殉情之都

湯世傑 著

謹以此書，獻給偉大的納西民族和所有在生與死之間尋找平衡的人們。

——作者題記

你寧可死，也不要吻你所不愛的人啊！——（俄國）車爾尼雪夫斯基：《怎麼辦》

麗江的確稱得上是世界殉情之都，這是令人難以置信的榮耀。——（俄國）顧彼得：《被遺忘的王國》

納西族的殉情是在歌與詩中完成的人生悲劇。詩歌與音樂自始至終與殉情的整個過程相伴隨。——（納西族）楊福泉：《神秘的殉情》

殉·情·之·都

目錄

目錄

第四輯　壩子 219

目錄 殉·情·之·都

第五輯　古城　303

引子

聽說過雲南嗎？

雲南？當然聽說過。

那麼，聽說過雲南的麗江嗎？

對不起——麗江在哪裡？

那你總該聽說過玉龍雪山吧？一座高達六千米的雪山，雪山上有許多非常漂亮的草甸，草甸四周是森林，森林盡頭呢，就是懸崖了……

哦，我想起來了，好像聽說過，不過，不過……你是不是去過那裏？

當然，還不止去過一次。

你一個人？

有時一個人，有時好多人。

怎麼樣，那裏？好玩嗎？

什麼叫好玩？

這都不懂嗎？我就是問你：那裏好玩嗎？

我說不清。

那你喜歡那裏嗎？

也說不清。

你怎麼回事兒？你不是去過嗎，怎麼什麼都說不清？

不知道，真的，我就是說不清。照你這樣問法，也許連納西人自己也說不清，因為……你想想看，對一個地方，光用「好玩」或「喜歡」這兩個字，能說明什麼呢？

這麼說，那地方有些奇怪是嗎？

不是「奇怪」，是「奇特」。

那地方世世代代生活著一群牧羊人，比如，有個叫朱古羽勒盤的納西小夥子，一個叫開美久命金的納西姑娘，還有一群納西族的青年男子，都生活在那個地方。

他們的羊像雪山一樣白，他們的歌像草甸上的花一樣美，他們的日子也曾像雲一樣的自由自在。

可這些名字……聽起來真拗口。

其實名字是無所謂的——你聽明白了嗎？

別拿我當傻瓜——你怎麼知道他們的？

那是因為納西人都知道他們——他們後來是殉情死的。

納西人說，那就是納西人的第一對情死者。

人們懷念他們，把他們的愛情故事編成了一支納西古歌，叫《魯般魯饒》，一代又一代地傳唱。那些年輕的男男女女唱著唱著，也跟朱古羽勒盤和開美久命金一樣，成雙結對的，甚至一群一群的，跑到玉龍雪山裏殉情死了……

真叫人震驚！……你聽過嗎，那支歌？

當然聽過。

好聽嗎？

你又來了不是——叫我怎麼說呢？那支歌很古老，很聖潔，又很悽愴；問題是，那支歌好多納西人都會唱，好多年輕人都想聽——當然也有人不敢聽的。

這麼說吧，好多納西人就是在那樣的歌聲中長大的。他們說，那支歌唱來唱去，唱的好像就是他們自己。最奇怪的是，東巴們為別的人家唱，卻不許自己家裏的人聽。

你說什麼，東巴？東巴是什麼？

你可以說東巴是納西人的牧師，要是你願意，說他們是經師、巫師也一樣。不過，我倒寧願叫他們是納西族的民間知識份子……

照你剛才說的，東巴在唱那些古歌時，是不是有些尷尬？

哈，「尷尬」這個詞你算是用對了！一點不錯，那就是「尷尬」。那支歌就在他們的尷尬中，在那種世世代代的尷尬中留傳了下來。

承蒙誇獎！不過我還是沒弄懂，他們為什麼會「尷尬」呢？

你這個人！我說過我說不清，世界上有些「為什麼」是永遠說不清的。

好了，再也不說「為什麼」了——我保證！可關於那支歌，那個愛情故事，你能說給我聽聽嗎——你看，你看哪，月光多好！

你的意思是讓我說？

當然。

從頭說起？

從頭說起。

你倒真會給人出難題！讓我想想……好吧，我試試看——我只能試試看。

第一輯

峽谷

○

死亡為他有限的塵世生命落了幕，
同時又揭起了另一個幕，
使他的光芒耀眼的一面永垂不朽。

（智利）聶魯達：《詩的事業──回憶錄》

虎跳，虎跳！虎跳峽口；如雷濤聲中的靜靜沉思──「殉情之都」麗江，中外學者將近一個世紀以來的關注──氣息奄奄的南宋王朝和忽必烈大軍的「革囊渡江」──一個無法證明的傳說：忽必烈與他的納西情人──追根溯源：美麗的納西少女達拉瓦索米──美國人洛克：《中國西南的古納西王國》；關於納西人的始祖「爺爺」的兩個故事──閱讀「白俄」顧彼得──「麼些先生」李霖燦──對邊地這一詞語的初步思考──仗劍行：一把長劍如何磨成了一枝禿筆──九十年代：仲春麗江的一個千古月夜。

❖ 虎跳峽的濤聲

金沙江從青藏高原進入橫斷山蒼莽深邃的峽谷，在與怒江、瀾滄江連袂作了一段精彩的「三江並流」之後，繼續由北向南，徑直流到了雲南麗江縣的石鼓，眼看就要繼續南下，卻在那裏猛然一個大彎，折頭往東北方向奔去，從而避免了跟怒江、瀾滄江一樣，成爲一條衝出國界的國際河流。

金沙江在石鼓「長江第一灣」發生的這一流向改變，對中華民族事關重大。由此，中國才有了一瀉千里的浩浩長江，有了滋養了大半個中國的長江文明。

跟著，金沙江進入了長江的第一道大峽——虎跳峽。

虎跳峽谷深約三千米，江面僅寬三十至六十米，短短十七公里江水，落差竟達二百一十米。江中有一巨石橫臥中流，相傳曾有猛虎從石上一躍而過，故名虎跳石。虎跳石將江水一裁爲二，一時浪沫飛濺，白浪翻天，十數公里之外也能聞其濤聲。

一九八八年前後，一批又一批意欲漂流長江的勇士，都在虎跳峽敗下陣來。

——萬里長江不能沒有石鼓，不能沒有虎跳峽。沒有了它們，就像沒有了三峽，長江就成了一條淺薄、平淡的河流。

到此，你應該明白我的真意了：石鼓、虎跳峽，都在雲南麗江縣境內。而麗江，是納西族的主要聚居地。

虎跳峽是威嚴的，如同大地的一道深深的傷口。兩岸是兩座怒聳入雲、高達近六千米的壯麗雪山：玉龍雪山與哈巴雪山。皓首皚皚，銀髮蒼蒼，兩座雪山，就像兩個歷盡滄桑的老人。

生活在虎跳峽一帶的納西族人中，流傳著許多有關那兩座雪山、有關虎跳峽的傳說，說兩座雪山原來是兩兄弟，中間只隔著一伸手就可以越過的距離，但狠心的哥哥有一次竟不顧弟弟的死活，在伸手拉弟弟越過峽谷時鬆手，把弟弟送進了萬丈峽谷……

另一個民間故事牽涉到美麗的愛情，說兩座雪山原是一對情人，由於大江的阻隔，它們至今還頂著萬古不化的皚皚白雪，如一對熬白了頭卻又永世不得聚首的戀人，苦苦地廝守相依著……它們朝夕相望，默默無語，把所有的思戀託付給了洶湧的江水，託付給了那從未停息也永遠流淌不盡的愛的波濤。

——我喜歡這個看似俗套的故事。

什麼是愛？

什麼是忠貞不渝？

什麼是真正的人生？

這個故事似乎在敘說著一切——樸實地，動情地而又真切地……

那是春天，一個陽光燦爛而又普普通通的日子，我獨自佇立在虎跳峽口。

凝望，沉思，沉思，凝望。

一邊是玉龍雪山，一邊是哈巴雪山。燦燦雪峰在陽光下閃耀，恍若披戴著金冠銀帶，威武的身影，讓人疑心自己走進了一個巨人的國度。

在它們面前，世俗的人沒法不感到自己的渺小和無奈。沁涼的江風，挾著星星點點的水花和雷霆萬鈞的震響，吹亂了我的頭髮，潤濕了我的視線，也震撼著我的魂魄。江水吼聲如雷，它從峽谷底部翻捲上來，又從蒼穹深處直瀉下去，刹那間便注滿了我的心胸。

我在塵世已待得太久太久，我知道我需要滋潤，因爲我感到了乾枯，也需要灌注，因爲我感到了虛弱……

天氣卻在不覺間陰了下來，峽谷轉眼就變得有些暗淡了。灰白的水霧，從江底飛升起來，在整個峽谷裏翻轉瀰漫，如同我思緒的漫天大霧。頭上，那被兩座雪山鎖成窄窄一線的蔚藍色的天空，千萬年來日升月沉，斗轉星移，此刻又雲飛霞走，岸邊那兩座雪山一動不動，卻又像在大步行進，讓人感到了時光流逝的迅疾與無情。

我自然而然地想起了居住在玉龍雪山下的納西人，想起了納西人古老而奇特的「情死」習俗，想起了那些爲了自由與愛情而慷慨赴死的年輕的納西男女。

與金沙江在虎跳峽的遭遇一樣，納西人也有過一段像虎跳峽一樣的歷史。

無數的納西戀人，就像玉龍雪山和哈巴雪山一樣，現實中相愛卻不能相聚。爲了他們美麗神聖的愛情，他們相約去到美麗的玉龍雪山下，雙雙結束自己年輕的生命，然後一起進入傳說中的

「舞魯遊翠閣」，即「玉龍第三國」。

此風代代相襲，竟然形成了世界上獨一無二的「情死」文化。從一七二三年清政府在麗江實行「改土歸流」，直到一九四九年的這兩百多年間，「情死」愈演愈烈，終於成了納西族普遍的社會風習。而「情死」發生得最普遍、最慘烈的地方，是麗江。麗江因而被稱爲「世界殉情之都」、「亞洲殉情之最」。

四十年代在麗江居留多年的俄裔學者顧彼得，在他的《被遺忘的王國》裏寫道：

「麗江的確稱得上是世界殉情之都，這是令人難以置信的榮耀。家家都可以數出其家庭成員中有一兩個殉情死去的。」①

英國學者傑克遜在其所著《納西宗教》裏說：

「毫無疑問，殉情是納西人生活中最嚴重的社會問題。多數漢人政府都試圖採取措施，減少殉情而亡的人數。但直到一九四九年，殉情的普遍性並未減輕。多對情人，甚至有多達十對的情人一起殉情而死。殉情死亡的人數多得驚人。它的原因是什麼呢？」

「納西族如何以亞洲最高比例的情死率，而蒙上了『悲劇的人民』這一獨一無二的名聲？」②

一九二二年至一九四九年一直在麗江考察的美國學者洛克博士，曾把玉龍雪山稱作是「情死的世界」，據他調查，他在麗江期間，「在麗江的一些地區，幾乎每天都要舉行『哈拉里肯』儀式（即納西人為情死者超渡靈魂而舉行的『祭風』儀式——本書作者）」；「很少沒有任何親屬殉情的家庭。幾乎所有的人都會承認自己或多或少都有殉情的親屬」；「有時甚至有六對情侶一起殉情的事發生」。③

我的納西朋友和中孚告訴我，一九四八年前後，他曾親眼目睹過兩次情死的場景。一次是在他十二歲時，就在離麗江縣城不遠的馬鞍山下，他一次就看見了五對情死者，他們全都吊死在山上的一個樹林子裏。另一次他看得更真切，那天他跟他姐姐去玉龍雪山下玩，看見就在雪山的一個山腳下死了兩個人，一男一女，面容安詳沉靜，毫無痛苦的跡象；他們身旁擺著一些水果、糕點，還有一個餘燼未盡、青煙裊裊的火堆。那正是那對情死者一起度過了他們生命中最後一段美好時光的見證。據和中孚後來回憶，那對情死者很可能是喝了用劇毒的草烏泡製的毒酒後死的。

納西族青年學者楊福泉在其所著《神秘的殉情》一書中寫道：

「自清代『改土歸流』以來，隨著麗江納西族巨大的社會變遷，殉情悲劇愈演愈烈，一直到一九四九年，每年的殉情者難以計數。筆者在數年的田野考察中，僅調查了麗江縣黃山、拉市、泰安、白沙、大東、塔城、魯甸、大具、鳴音、寶山以及中甸縣三壩等鄉的一些村寨和老人，很多村寨被調查的人們僅就所見所聞，就能列舉幾十對乃至上百對的殉情青年。由此可以知道，麗江縣納西族在漫長的歲月中殉情人數之驚人，可以說是成千上萬，無以數計。它們在納西族歷史上寫下悲婉沉重、觸目驚心的一頁。麗江被稱爲『世界殉情之都』，確實不是誇張之辭。」④

他說：「納西族著名歌手和錫典於一九二四年，曾在麗江黃山鄉長水村的樹林裏，目睹三對青年男女一起吊死在一棵樹上。一九四五年，該村有八對青年男女殉情而死。據麗江泰安鄉南興人楊文煥說，他父親對他講，他所耳聞目見的情死者就有一百多對。在四十年代，拉市鄉曾發生過多起六至十人一起殉情的事。

在拉市鄉的一座山上，有一株被稱爲『遊爲孜』（**意為『情死樹』**）的樹，每年都有數十對愛侶自縊於其上。四十年代，龍山鄉有一次有九對男女青年一起殉情。龍山鄉因殉情者眾多，被外鄉人稱爲『遊無施底』，意爲情死之鄉。塔城鄉依隴巴甸有一次有六對男女青年一起殉情，又有一次有四對男女青年一起殉情。據該村年近八十的老歌手和學璜講，她在五十年代前的歲月裏所知道的殉情者不下一百對。據筆者在調查中所接觸到的拉市鄉、黃山鄉、白沙鄉、泰安鄉、大東鄉、魯甸鄉等地的一些老人講，他們所見聞的殉情者也是難以計數的。」⑤

情死者大多是成雙成對的青年男女，也有數對年輕人一起情死的。楊福泉在其論著中寫到：「據說，由於殉情者眾多，有時會發生這樣的事，一夥想群體殉情的青年男女邀約出走殉情，在山上又碰到另一些想群體殉情者，於是大夥共聚一起，度過生命的最後時光，然後集體自殺殉情。群體殉情看來是相沿甚久的一種風尚，在記載於東巴經的第一部殉情悲劇文學作品《魯般魯饒》中，就描述了在高山上放牧的九十個小夥子和七十個姑娘集體殉情的故事。在近代，殉情者大多是一對一雙，但三四對乃至七八對情侶一起殉情的事也經常發生。」⑥

集體殉情無疑跟納西族青年男女婚前的戀愛活動大多採取集體方式有關，他們往往先聚集在一起唱歌跳舞，然後才在人群中挑選自己的意中人，納西人稱這種形式的活動爲「咪若霍」，意即「男女混在一起」。青年男女就在這種集體活動中建立了友誼，其中當然也包括愛情。當他們將要面對死亡時，平時要好的人就會互相邀約，一起去情死。

——這跟英國作家史蒂文生在他的小說《自殺俱樂部》裏描述的自殺情景，形成了鮮明的對照。

在那部十分怪異的小說中，一群想自殺而又無力自己殺死自己的人，組成了一個秘密的自殺俱樂部，用抽籤的辦法來決定死亡的次序；當那些抽中了死亡之籤的人正面無人色地處在恐懼中時，就會被另一個人殺死。事實上，那已經不是自殺而是他殺了。在對待「死亡」這件事上，看來納西人無疑要比那些人勇敢得多！

納西族傳統的集體戀愛習俗至今也沒有多大改變，不過，那已不是在某個荒郊野外，更多的則是在某個具有現代生活色彩的公共場合。我起初幾次去麗江時，都聽說每逢節日和週末的夜晚，麗江縣城的大街邊，總有一夥夥的年輕男女圍在路燈下對歌跳舞，到了一定時候，那些相互間有了那麼一點「意思」的青年男女便會悄悄離開人群，去找一個適合的地方另開「小灶」，讓他們年輕、熾熱的愛情狂放地生長。

近幾年來，這種集體活動更自然而然地演變成了遍佈麗江縣城的露天舞會。縣城的中心至今還矗立著一座毛澤東雕像，就在那座雕像對面的麗江縣文化館，幾乎每天晚上都有好幾場營業性露天舞會，來的多是附近村寨的納西青年男女——別以爲他們會不習慣這種現代舞會，或許在他們眼裏，這種舞會跟他們祖祖輩輩都玩過的「咪若霍」並沒有什麼兩樣，至多，也就是彩色的電燈光代替了火塘，音響洪亮的電喇叭代替了他們手中的樂器而已。

也許正是這種「歷史的淵源」，造成了小小一個麗江城營業性舞會的繁榮興旺。一九九三年五月的一個晚上，正好輪到我的一個納西朋友去那裏的一個露天舞場值班，他邀請我跟他一起去。那天天氣有點冷，還刮著一股小北風，但從四面八方趕來跳舞的人仍絡繹不絕，最多時甚至有五六百人。可我的那位朋友竟然不停地嘀咕，說，怎麼今天才來這麼一點人？他認爲那天的

「生意」實在有點冷清，那將直接影響他們的收入。

我說，這麼多人還少哇？他告訴我說，這就算是少的了，天氣好時，露天舞場裏的人根本擠不下，許多來晚了的年輕人只好就著音樂，在場子外面跳。

情死並不限於納西社會的某個階層，事實上，它幾乎涉及到納西社會的各個層面；窮苦的，富家的，世俗的，宗教的，未婚的，已婚的，年輕的，年老的，普通百姓，村寨頭人……各個階層的人都有。納西學者楊福泉對納西社會中各階層的情死狀況都作過詳盡的介紹，聽來讓人震驚：

「在東巴經中有不少『司沛』（首領）的子女殉情的記載。如『肯使司沛若』（意為『司沛那牽狗打獵的兒子』），『般曹司沛命』（意為『司沛那擠奶的女兒』）等首領之子女殉情的故事。在近代，拉市鄉、黃山鄉、大東鄉、白沙鄉等地都發生過木姓富戶子女殉情的事，其直接起因大多是包辦婚姻。」⑦

解放前，也有幾個兄弟或幾個姐妹與情侶一起殉情的事件發生。「大具、大東、魯甸、黃山、拉市等地，都發生過堂表姐妹數人或堂兄弟數人一起群體殉情的事。在四十年代，黃山鄉文華村某戶有一子一女，長相都不錯。兒子先與一女子在附近文筆山上殉情，納西族學者和志武先生曾隨其父（東巴）去爲死者舉行過『哈拉里肯』儀式。事隔不久，該戶的那個女兒也與人一起殉情。」⑧

「在不少地方，還發生過年輕的東巴與戀人一起去殉情的。如泰安鄉汝南化村東巴和學文父親的兩個年輕徒弟，都爲抗拒包辦婚姻而與自己的戀人一起殉情，一個在婚前殉情，喝草烏酒而死；一個則在婚後與自己過去的情人在山上自縊而亡。和學文的一個叔叔也是個不錯的東巴，因婚事不如意，婚後又與一個女子殉情而死。大東鄉東巴和士誠的一個舅舅（亦是一個出色的東巴）因不滿於家庭爲自己定下的親事，在尚未結婚時，與自己平素相好的情侶在本村附近一個叫『展短居』的山上一起自縊殉情。

據魯甸鄉東巴和開祥講，他的師父、魯甸鄉新主村的大東巴和文質二十七至二十八歲時，曾與自己的情人在一棵杜鵑樹上自縊殉情，因樹倒下而未死。他認爲自己未死是神意，因此不再殉情。大東鄉一個老東巴年輕時曾與一女子相約殉情，已準備好必備的東西，但後來女子被家人看住，二人未達到殉情的目的。」⑨

「到光緒年間，殉情已成爲蔓延於麗江納西族社會的風尚。民國元年，麗江地方政府鑒於當時驚人的情死率，明令禁止舉行爲殉情者舉行的『哈拉里肯』儀式和宣傳殉情悲劇的文學傑作《魯般魯饒》，因爲這個儀式和《魯般魯饒》被視爲促成殉情的重要原因。從這件事上也可見清末時期殉情悲劇的普遍性。」⑩

抗日戰爭時期，因社會動盪不安，男子被大量徵召入伍，有情人難成眷屬，麗江的情死事件層出不窮。著名的臺兒莊大戰中，參戰滇軍中的納西族將士在前線大批戰死，後方的妻女和情人得知親人死訊後，悲痛欲絕，便在後方相繼殉情。一時間，爲陣亡將士舉行的悼念儀式和爲情死者舉行的「祭風」儀式風起雲湧，哭泣聲、誦經聲此起彼伏，天地悲愴，山河動容，其情景讓人涕淚滂沱，難以面對。

「一九四九年之後的解放運動，使麗江又發生了重大的社會文化變遷，導致殉情悲劇重要原因的包辦婚姻，在很大程度上被革除，『玉龍第三國』的樂土信仰也隨著破除封建迷信的運動，在年輕人心中日益淡薄，因此，自一九四九年以來，殉情人數銳減，漸至十分罕見。但殉情作為一種複雜的社會和文化背景上形成的傳統風尚，又很難完全絕跡。直至一九六一年，在麗江縣拉市鄉還發生了三對青年男女穿戴一新，在一個生產隊的曬糧場自縊殉情的悲劇。直至七十、八十年代，麗江各地還零星發生一些殉情事件，但與過去席捲麗江的殉情風尚相比，已屬於十分罕見的事。可以說是納西族歷史性殉情悲劇的尾聲。隨著社會制度和文化觀念的不斷變革更新，今天納西族的青年們已不再需要用自己的青春生命去殉愛情的理想。往事如煙，殉情之都已成為過去，但是，過去那無數殉情者用他們的生命譜寫的那一頁悲婉沉重、淒傷哀豔的史書，卻將永遠使人追思憑弔，發人深省。」⑪

在很長一段時間裏，我難以想像在如此壯美的峽谷裏、雪山下，會發生如此慘烈的悲劇！我癡癡地凝望著虎跳峽。我的目光上上下下，搜索著虎跳峽的每一塊岩石、每一朵浪花；我的耳朵和心窗全部打開，諦聽著虎跳峽裏的每一陣風聲、每一道波濤。深深的峽谷漸漸模糊了，在我眼前變得抽象起來，抽象成大地的一道深深的傷口，歷史的一道深深的斷裂，橫亙在我面前的一段巨大的時空。

從虎跳石上一躍而過的老虎如今安在？如果那故事雖說荒誕不經，卻並非完全是憑空想像，而是納西人的心靈和願望的美麗折射，那麼，在納西族的歷史上，在納西人的心靈史、情愛史上，是不是也有過一個「虎跳」時期呢？在那段漫長的歲月裏，納西人是不是也曾試圖像傳說中的那隻老虎一樣，縱身一躍，躍過橫亙在他們的生命、愛情、婚姻以至整個人生道路上的深谷險壑，躍過他們情感和心靈世界中的「虎跳峽」，從現實的此岸投身到精神的彼岸呢？

從來都沒人這麼說過，沒有。那又有什麼關係呢？我並不是歷史學家，也不是人類學家，我只是一個平平常常的人，一個有著七情六欲，對納西人和他們的歷史感興趣的人。

事實是，納西族的歷史的確在明清時期出現過一個巨大的斷裂，那就是他們日日月月、時時刻刻都必須面對的「虎跳峽」。如果真是這樣，如果納西人的心靈史、情愛史中真有過一個「虎跳」時期，那麼——

誰是金沙江峽谷上的第一隻「虎」？

誰是那欲作「虎跳」的第一個納西人？

誰又是納西族歷史上的第一個殉情者？

❖ 忽必烈和他的納西情人

八百多年前，西元十二世紀中葉，中國歷史上繼漢、唐之後，又一個威赫一時的朝代——趙宋王朝，已是日薄西山，氣息奄奄，命數將盡；在與逐漸強盛起來的北方元蒙政權的一次次較量、對壘和一次次敗北中，趙宋王朝且戰且退，終於從作爲中華文明搖籃的九曲黃河之濱，退避、蜷縮到了煙雨迷濛的江南旖旎之地，成了中國歷史上第一個偏安一隅的小朝廷；醉生夢死的絲竹管弦和笙歌華宴，掩不住趙宋王朝病入膏肓後日愈粗重的聲聲喘息。

漢唐雄風崇尚的是鐵血與劍，那是中國人揚眉吐氣的時代，是青春與詩的歲月——李白流落西域時，是「十步殺一人，千里不留名」的劍客，寶劍明月是他詩歌的永恆主題。詩人高適、岑參，都是統帥千軍萬馬的封疆大吏。就連一向老成持重的杜甫，青壯年時也曾單人走騎，壯遊天下。而一到南宋，漢唐盛世冶煉出的那把民族精神的銳利刀鋒，便被磨蝕成了一把鏽跡斑斑的禿劍！難怪魯迅在談到南宋王朝時憤慨地說，這個王朝「逃到哪裡，氣焰和奢華就帶到哪裡」。

可憐了那一片好山好水的江南！

江南何地？《楚辭·九歌·國殤》曰：「操吳戈兮披犀甲，車錯轂兮短兵接。」

李賀詩云：「男兒何不帶吳鉤，收取關山五十州。」

是的，儘管江南時興的是吳儂軟語、淡淡黃酒，是纏綿悱惻的越劇、黃梅戲，可江南也出過勾踐那樣的英雄，出過龍泉劍、魚腸劍那樣削鐵如泥的寶劍；紹興自古乃復仇雪恥之鄉，而非藏汙納垢之地。南明奸黨馬士英亡命故里，被拒之門外；紹興人不認他這個敗類，只崇拜勾踐那樣的復仇雪恥之士。而在趙宋王朝的統治下，江南竟至成了花天酒地、淫樂頹唐的淵藪。

大好河山已一分爲二，但正在北方迅速崛起的元蒙軍隊並不打算與趙宋王朝平分江山，共用天下；他們覬覦的是整個中國。西元一二四四年，即理宗淳祐四年，蒙古軍隊在進軍四川的同時，爲繞道雲南對南宋王朝南北夾擊，派軍遠征雲南，從麗江境內渡金沙江，大舉進犯大理國。爲了對付元蒙軍隊的進攻，南宋王朝聯合大理政權，在如今的雲南麗江九河一帶進行抵抗，挫敗了蒙古軍的進攻。

然而，那只是一次僥倖的勝利。事實上，那一年離南宋王朝壽終正寢的西元一二七九年，已時日不多了。不久，元蒙軍隊就開始了對大西南的第二次征戰。

據《元史本紀》記載：「世祖壬子（一二五二年）……夏六月入覲憲宗於曲先惱兒之地，奉命率師征雲南。秋，七月丙午，禡牙西行。歲癸丑（一二五三年）……秋八月，師次臨洮，遣玉律述、王君侯、王鑒諭大理，不果行。九月壬寅，師次忒剌，分三道以進。大將兀良合台率西道兵，由晏當路；諸王抄合、也只烈帥東道兵由白蠻；帝由中道。」⑫

「乙巳，至滿陀城，留輜重。冬十月丙午，過大渡河，又經行山谷二千餘里，至金沙江，乘革囊及筏以渡，摩娑蠻主迎降，其地在大理北四百餘里。十一月辛卯，復遣玉律述等使大理。丁酉，至白蠻打郭寨，其主將出降，其侄堅壁拒守，攻拔殺之，不及其民。庚子，次三甸……。十二月丙辰，軍薄大理城……。留大將兀良合台戍守，以劉時中爲宣撫使，與段氏同安輯大理，遂班師。」

又據《元史・地理志》寶山州載：「世祖征大理，自卡頭渡江，由羅邦至羅寺，圍大匱等寨，其酋內附，名其寨曰茶罕忽魯罕。至元十四年以大匱七處立寶山縣，十六年升爲州。」⑬

根據這個記載，元蒙軍隊在第一次進兵雲南失敗後，滅南宋之心依然不死。

南宋理宗十二年，即一二五二年七月，元蒙憲宗皇帝命忽必烈率軍再次南征大理，以統一雲南。當年八月，忽必烈從現在的河北北部和內蒙南部一帶率軍西行，經寧夏到達甘肅臨洮結集，號稱十萬大軍。

西元一二五三年，即南宋理宗寶祐元年九月，元蒙軍隊由臨洮到達四川北部的忒剌（今松潘），然後兵分三路，大舉進軍雲南。

值得注意的是，這支大軍的中路軍由主帥忽必烈親自指揮，顯示了蒙古軍隊志在必得的決心。

據記載，「西元一二五三年，元世祖忽必烈為討伐大理而揮師直壓金沙江畔。一水橫陳，狂濤拍岸，震耳欲聾的濤吼，使曾經踏破草原高山、橫掃歐亞大陸的蒙古大軍毛骨悚然。江上無橋樑可資通行，水面無舟楫可以利用，怎樣才能使千軍萬馬安然跨天塹、戈矛平蒼洱呢？」「這時，麼些首領阿良出現在忽必烈面前，為蒙古軍隊提供了大量的革製渡河工具——革囊。」⑭

何謂革囊？將羊、犛牛宰殺後，剝下整張的皮曬乾，經過搓揉加工，使皮質變得柔軟，然後將頭、尾和四肢處紮緊，打足氣後，封死氣孔即成。可坐人，亦可運物；可單用，也可將數個或十數個連成筏。在水流湍急且水中多礁石的金沙江上游，革囊是理想的交通工具。

傳說革囊還是納西始祖崇仁利恩傳下來的。「在納西語中，革與人同音。生動地表明了對皮革的加工利用乃是與納西族歷史與生俱來。東巴經典《創世紀》對此作了最好的說明：人類始祖崇仁利恩面臨洪水之害前夕，善良的東神讓他殺牛剝皮以製革囊。崇仁利恩如法炮製，當洪水氾濫之際，他將狗、羊、雞等裝入囊中，自己亦鑽於其中，得以逃生。最後與從天上下凡的襯紅褒白結婚，共同繁衍了人類。」⑮在金沙江上游地區，至今偶爾仍可見到這種古老的革囊。

清末孫髯翁所撰，至今懸掛在昆明滇池之濱的大觀樓天下第一長聯中，有這樣的句子：

「數千年往事，注到心頭。把酒凌虛、嘆滾滾英雄誰在？想漢習樓船，唐標鐵柱，宋揮玉斧，元跨革囊。偉烈豐功，費盡移山心力！」

其中「元跨革囊」一句，指的正是忽必烈當年乘革囊渡過金沙江以襲大理的史實。

事實正是如此。忽必烈麾下的中路大軍一路所向披靡，自四川的忒剌至滿陀（今瀘定）城，當年十月成功地越過了大渡河，然後「經行山谷二千餘里」，從四川的木里、鹽源一帶，抵達現今摩梭人聚居的寧蒗縣永寧壩子，隨後便翻山越嶺，直抵金沙江邊，自「卡頭濟江」，從而進入了納西人聚居的麗江地區。

「卡頭」，即如今的雲南麗江縣奉科鄉行政村恒可自然村，是麗江通往永寧、木里等地的大渡口之一，「卡頭」對面是寧蒗縣拉柏村。

這個古渡口，納西族稱作「姑空獨」，意即大渡口，此地名古今相同，從未更改。

美國學者洛克和國內著名歷史學家方國瑜先生也確認，忽必烈「革囊渡江」的地址在麗江縣奉科。「卡頭」爲「空獨」的同音異字，僅落了一個「姑」字。中路軍渡江後，受到摩娑（麼些）蠻主迎降，然後由奉科翻越太子關先到了羅邦，再達羅寺。

羅邦爲納西語的「拉博」，即今寶山石頭城一帶，羅寺指納西語的「拉汝」，指現在寶山鄉的果樂行政村；都在如今的麗江縣境內。

蒙古軍隊從「羅寺」打到「打古」（或大匱，即打郭寨，今麗江縣大具），這裡的摩娑頭領迎降，其侄堅持抵抗，被蒙古軍攻拔殺之。三日後，忽必烈從「打古」率軍到達三甸，即今麗江壩，受到摩娑首領的迎降。當年十二月，忽必烈率中路軍首先到達大理城下。這時，東、西兩路軍尚未到達大理。一二五四年忽必烈班師，留兀良合台總督軍事，繼續征伐雲南境內的未附勢力，並進軍當時的緬甸、老撾、越南等國。

忽必烈率領的這支元蒙軍隊的大規模軍事行動，完成了南北兩路包圍南宋的戰略目的，創造了中國古代軍事史上的奇蹟，也在雲南北部現納西族聚居的麗江一帶，留下了「革囊渡江」的歷史佳話，從而引發了一連串歷史事件。

麗江地區納西族的歷史，由此拉開了新的帷幕。

在忽必烈南征大理之前漫長的歷史歲月中，麗江一直只與戰國時的秦國及後來的大理南詔、西藏土蕃等地方政權發生聯繫：戰國時屬秦國的蜀郡，兩漢時屬越巂郡，蜀漢時屬雲南郡，西晉因之，隨屬巂州，唐初屬姚州都督府，後一度屬吐蕃神川都督府，貞元中，屬南詔鐵橋節度（後改為劍川節度），宋時屬大理國善巨郡。

忽必烈南征取得大理後，元蒙政權爲加強對「蠻夷」之地的統治，決定在麗江設茶罕章管民官（一二八一年改稱「茶罕章宣慰司」），由此開始，麗江才與中央政權發生直接的聯繫。

即使這樣，也完全可以說，正是在十二世紀中葉，麗江納西族的歷史才翻開了新的一頁。儘管歷史還要走過漫長的整整五個世紀，直到清雍正元年，即一七二三年，清政府在麗江實行「改土歸流」政策，廢除世襲的土司制度，改由中央政權直接任命駐麗江的地方官後，麗江納西族的本土文化才真正開始與內地的主流文化發生交流，但忽必烈於十二世紀中葉的那次進入麗江，無疑是隨後到來的那場悲壯慘烈的漢、納兩個民族的文化融合的遙遠的序曲。

美籍學者趙省華指出：「一二五三年，納西族臣服元朝，元朝統治者把麗江城的名字『依古』或『鞏奔』改爲麗江。一三八二年，即明朝時，漢人軍隊第一次征服了中國南部地區，建立了土司制度，任用當地貴族統治各民族人民，納西土司家庭是最先轉變爲父系繼嗣和父系繼承制的家庭。」⑯另一方面，又如洛克所指出的，「事實上，頭人有權佔有任何一個新娘的初夜權，這個新娘必須陪頭人過三天，才能回到她合法的丈夫那裏去。」⑰

「納西族統治者的漢化表現，在他們向父系繼嗣和父系繼承制的轉化。中央王朝這種使之漢化的主要目的，在於想通過鼓勵他們接受漢文化價值觀後，以此治理納西人。洛克和傑克遜在其研究論著中說，在麗江，當地貴族的行徑與其他納西人有很大區別，他們能說漢語，會用漢文寫作，接受了漢族的文化習俗。洛克所譯的用漢文寫於十六世紀早期的《木氏宦譜》表明，除納西族貴族外，納西人並沒有接受漢族文化習俗，仍然處於漢人認爲的所謂『蠻野』狀態。換句話說，在十六世紀中期以前，土司制度並沒有成功地使納西人漢化。」⑱

白庚勝、桑吉扎西等著的《納西文化》一書指出，「殉情的主要原因，自然是源於封建社會中的父母包辦婚姻，買賣婚姻，姑舅表婚所致」，「另一方面，卻根植於納西族的傳統文化心理，特別是古代的麗江納西族人的婚姻價值觀念。」⑲

納西族長期保留著母系氏族社會的古老婚姻習俗，那時「男女結合頗爲自由」，只要兩情相悅，任何兩個納西族的男女都能結合。這種結合沒有任何別的附加條件，它需要的唯一只是兩個人之間的愛情。

「這種自古以來形成的極爲自由的性愛觀念，早已成爲一種穩定的文化心理結構，深深地積澱在納西族的傳統文化之中，並支配影響著納西族人的婚姻觀念和行爲方式。這種根深蒂固的傳統婚姻價值觀念，在未受到強烈的外族文化衝擊，或是本民族普遍自覺的觀念更新時，它都難以在短時間內發生重大的觀念以及行爲的價值轉向。麗江的納西族人所以出現大量的『殉情』事件，這與歷史上麗江的統治者強迫納西族改變原有的古老婚姻觀念和性行爲有著直接的關係。」

然而，「史料記載，明代納西族土司統一納西族諸部落後，強令還處在多偶婚，甚至包括部分群婚狀態之中的納西族人效法漢人的婚姻習俗，過一夫一妻制的家庭婚姻生活，以徹底改變納西族人歷史上『只知其母，不知其父』的婚姻習俗。因而，木土司曾制定了一系列鄉規民法，強迫麗江納西族百姓效法漢族婚姻，不得違抗，凡違令者處以死刑。這一規定自然引起了廣大青年男女們的強烈不滿和抵抗。然而，反抗和抵制的結果，只能造成無數愛情悲劇的產生。」

「隨著統治者封建婚姻意識的確立，納西族傳統的自由的性愛結合同封建的包辦的一夫一妻制婚姻，不可避免地要產生極大的矛盾衝突，造成只有婚姻，沒有愛情的悲劇來。」⑳

據上所述，「情死」至少在明代就開始出現了。到了清代，就更爲盛行。

正如趙省華所說：「一七二三年，清廷在麗江實行『改土歸流』，他們實施了一系列的變革，這些改革必然導致持久性的兩性關係重組。這包括婚嫁習俗、孩童訂婚、男子的專有繼承權、父系繼嗣、以及對於通姦和未婚懷孕的處罰。這些變化除孩童訂婚以外，都體現了漢族奉行的習俗。」㉑

一七二三年的「改土歸流」之後，以儒、道文化爲其核心內容的漢文化，以勢不可當之勢直接進入麗江納西族聚居區。兩個民族差異明顯的文化開始了艱難的融合。

就中原文化對納西社會進步的推動來說，這場文化融合的歷史功績顯然不容抹殺，但一個民族的文化是難於被消滅的。納西文化的暫時屈服，並不意味著以東巴文化爲代表的納西族文化在本土的真正告退。

中外歷史上這樣的情況並不鮮見。一個強大的民族可以佔領、統治甚至融合另一個民族，但這個被佔領、被融合的民族自身的文化，卻頑強地植根在這個民族的歷史和現實生活之中，它依然存活著。儘管歷史上的納西族從來就善於接納、融合別種民族文化，但它在有選擇地接受漢文化的先進一面的同時，也在民族文化的深層次上，頑強地維護著它自身的傳統和生活習慣。

作爲西北河湟地區的古羌後裔的納西族，一直是個善牧的民族，他們是古羌牧人的後代，身體裏流淌著的是古羌人奔騰熾熱的血。連天的牧場，飛馳的駿馬，烈日長歌，大風呼嘯。自由自在在他們的遊牧生活中與其歷史一樣漫長，奔放，豪壯，視死如歸，早已浸淫進他們的血液。在外族強大的軍事、政治和文化壓力下，他們在表面上接受漢族婚姻方式的「父母之命，媒妁之言」的同時，仍舊依照著本民族傳統的情感方式去理解、追求和實現他們的愛情。

兩種文化之間的衝突，自然不可避免地發生了。

納西民族的命運悲劇也就不可避免地發生了。

巴爾扎克在《驢皮記》中，曾這樣描述過自由與專制的關係：「當專制合法的時候，自由就躲在習俗裏；反過來，當自由合法的時候，專制也是如此。」㉒納西族情死習俗由產生到風靡的過程，恰好證明了這一點。

從「改土歸流」直到一九四九年前，爲抗拒不合理的婚姻，神奇的麗江大地上，到處都有年輕的納西男女爲他們美麗而又神聖的愛情自殺身亡。那時的情況，用偉大的蘇格拉底在臨終時所說的一句話來解釋，真是再恰當不過了：

「我們各走各的路吧——我去死，而你們去活。哪一個更好，唯有神知道。」

爲愛情而自殺。爲愛情而死亡。

對絕大多數當代人來說，「情死」這個字眼是陌生的，甚至是可怕的。當代人生的欲望太強，哪怕是那種苟活於世、碌碌無爲的生。祖先教給了我們許多格言，其中就有「好死不如賴活」、「留得青山在，不怕沒柴燒」這樣的教誨。到了當今，這些教誨更是被運用到了出神入化的地步。走遍當今的城市，爲「延年益壽」而練氣功者大有人在，各種聞所未聞的「滋補品」充斥街頭，可又有幾個人去關心自己靈魂的健康呢？當我偶爾與一些人談起納西人的情死時，他們大多表示難以理解。他們振振有詞地說，有這種必要嗎？這太不值得了！

一個從北京回來、剛剛大學畢業的女大學生談到「情死」是這樣說的：

「一個背負著凝重醇厚文化積澱的民族，同時也就帶上了歷史的笨重和滄桑，納西人擁有悠久的東巴文化和母系文化，人們擁有世界上最美麗的高山草甸，然而選擇的，卻是躺在上面死亡。人類生命結束的方式並無一定之規，然而說到底，殉情這種被摧殘後的感情變形，作爲逆來順受的另一極，寧爲玉碎以死相抗與自然舒展的感情畢竟不是一回事，封建制度的專制重壓下可以產生傲骨和悲壯，卻絕對產生不了民主精神，情死應該是過去制度下的風景。」㉓

是呵，的確「不是一回事」，的確「產生不了民主精神」，也的確「應該是過去制度下的風景」。如果我沒理解錯的話，這段委婉的話，其實完全可以直譯爲另外一句十分簡單的話：他們爲什麼要殉情，爲什麼要去死？爲什麼他們要以結束生命的方式去殉自己的愛情？

而納西人卻一代又一代地那樣奮爭著。

跟著而來的一個問題是：在納西族的歷史上，究竟是誰，第一個以這樣的方式對那個社會發出了微弱卻震撼人心的抗議？

這是一個歷史的謎團，也是一個現實的疑問。

時間之河已經枯萎。我們能以思索的水分，讓它重新滋潤，充滿液汁嗎？

歷史風煙已經消散，我們能以理智的網路，讓它重新集結，顯出真相嗎？

那麼，在納西族歷史上，最早的情死者到底是誰？

一般認為，那是用納西象形文字寫成的東巴經敘事長詩《魯般魯饒》所記載的朱古羽勒盤和開美久命金。而我在閱讀史料時，卻發現了另一個故事，那就是關於忽必烈和他的那個納西情人的故事。在我看來，這則故事在無意中透露了一個一直被人們和無數學者所忽視的事實，即究竟誰是納西族記載中的第一個殉情者。

歷史記載，忽必烈從一二五三年九月由四川開始向雲南進軍，到當年十二月攻下大理，其間總共只有短短的四個月時間。我關心的，並不是我們應該對忽必烈在那麼短的時間裏建立的豐功偉績作出怎樣的歷史分析和評價，而是想弄清，麗江民間至今還流傳著的一個有關忽必烈與他的納西情人的故事，到底是真是假。

洛克在其所著《中國西南的古納西王國》一書中，曾記載了一則關於納西的祖先「爺爺」來源的故事。洛克寫道：

「當忽必烈率領他的部隊，穿過雲南，沿揚子江順江而下，進攻緬甸人時，曾在雲南西北遭遇大雪，這樣就耽誤了三個月。那時，忽必烈住在一個村子的頭人家裏。這個頭人有個美麗的女兒，每天都在家裏。忽必烈想娶她做他的妻子，並且告訴她，等他和緬甸人打完仗，征服了緬甸人後，就回來娶她。很長時間過去了，頭人的女兒一直等她的情人回來。就在那漫長的等待中，她生下了一個兒子。可惜由於忽必烈一直沒有回來娶她，她只好把孩子綁在一塊木頭上，讓他順江漂流而下，她自己也投江而死。」

無疑，這個鍾情女子的投江自盡，顯然是出於她對那個負心人的憤懣和抗議。

「後來，忽必烈回來，詢問她的情人，於是人們告訴他，她已投江尋死。而他的兒子在一個名叫巴拉塞（**現在的巴拉卓**）的地方被人撿著。巴拉卓這個村子在阿喜區，村名的意思是：『巴』字從巴拉齊，意思是人，『拉』等於『來』，『塞』等於從水裏拿起來的東西。由於這個小孩就是在那裏從水裏撈起來的，所以把這樣一個名稱給了附近的一個村子，來紀念這件事。……因爲這個緣故，忽必烈就賜給這個孩子一個世襲的稱號，並封他爲納西親王。這樣，這個孩子就成了納西國王的第一代祖先。」㉔

洛克記敘的那個故事淒豔而又悲壯，雖屬民間口傳，卻也明白無誤地錄進了《木氏家譜》，可見並非無稽之談。

我後來在麗江的實地考察中也一再聽人講起，情節儘管稍有不同，但忽必烈在麗江一帶有過一個美麗的納西情人這一基本事實，卻沒有什麼改變。遺憾的是，所有的講述中，都沒有提到那個納西姑娘住的村子，更沒有提及那個投江自盡的納西姑娘的名字。傳說中忽必烈的那個納西情人到底是誰？我們不得而知。

洛克在那本書裏，還記載了有關納西的祖先「爺爺」的來源的另一個故事。故事說，古時候一個名叫達拉瓦索米的納西姑娘，曾生了一個私生子。爲此而感到羞愧的達拉瓦索米出於無奈，把那個孩子綁在一塊木頭上，扔到揚子江中，讓他順江漂流而下。這個男孩大難不死，在阿喜區的巴拉卓村被人從江中撈起，後來，這個孩子就成了納西王國的第一代祖先。㉕

那麼，達拉瓦索米的情人，或說那個孩子的父親到底是誰？聯繫到前一個故事，我們能不能斷言那個一直在等待忽必烈歸來的納西姑娘就是達拉瓦索米呢？

雖說傳說畢竟是傳說，我們還是能從有關納西始祖「爺爺」的兩個不同版本的故事中，尋到某種蛛絲馬跡，並隱約感到它們內在的某種聯繫。然而，歷史的煙雲已蒼茫難辨，感覺也不等於可信賴的史實。我在眼看就要找到歷史的源頭時，突然又面臨著深深的困惑和悲哀。不知後人在尋找歷史的蹤跡時，是不是常常會陷入這樣的尷尬？

❖ 與洛克博士「幸會」

一九九三年五月初，當我在麗江縣城一間不足六平米的小屋裏，就著昏暗的燈光閱讀上述史實，與洛克博士「幸會」時，我感到了一種從未有過的、意外的驚喜。

我到麗江後最早得到的，是一本叫《中國西南的古納西王國》的書。那是麗江文聯的牛相奎借給我的。他的名字我早就知道。早在五十年代他讀高中時，就和他的同學木麗春一起，創作出了轟動一時的敘事長詩《玉龍第三國》。木麗春我已見過多次，卻直到那時也還沒和牛相奎打過交道。我去麗江文聯時正好碰到了他，我說很想去拜訪拜訪他。他說歡迎。他說他住在位於黑龍潭公園裏的麗江縣圖書館樓上。他還給我畫了一張路線圖。

可在一片漆黑之中，一張路線圖又有什麼用呢？那天晚上，當我如約走進黑龍潭公園的大門時，公園裏已沒有一個遊人。過了一座小橋後，身邊似乎就是麗江人引以爲驕傲的，白天能看見玉龍雪山倒影的黑龍潭了。水波粼粼，夜風簌簌。我一直往裏走。不知爲什麼，在我的印象中，那座圖書館應在公園的最深處。

我在幽靜漆黑、空無一人的公園裏穿過時，兩邊盡是或許已生長了幾百年的森森古柏。風吹著，那些比我的年齡不知要大多少倍的樹木發出一陣陣忽高忽低的嘩嘩嘩的響聲。在那靜得自己似乎成了一個空殼的夜晚，那樣的嘩嘩聲明顯地帶有一種動人的憂傷，如同一些靈魂在娓娓訴說……

我心裏突然有點害怕。我聽說六十年代初，曾有一對戀人就在黑龍潭公園的湖心亭裏一起殉情。他們是上吊死的，死前點燃了他們預先在亭子裏澆的汽油，用熊熊烈火把自己化成了灰燼。

在那個年代，這類事是極不光彩的，有關部門也極力保守「秘密」，儘量減少他們異乎尋常的殉情可能帶來的負面影響；於是人們除了知道死去的是兩個國家幹部，更多細節就沒人能說得清楚了。

我聽說這個故事後，曾陷入深深的沉思：照一般規律，情死者絕少會這樣幹——他們懷著崇高的理想結束自己的生命時，心裏除了對未來世界的嚮往，並不對這個世界有著泛泛的仇恨，更沒聽說過爲了自己的死，還要報復性地爲人世製造災難。如果那兩個幹部不是因爲有某種特殊原因或難言苦衷，恐怕很難下那種狠心……

就在那種恍惚之中，我終於迷了路。

我一直往公園的深處走去，直到無路可走，才折回頭來。按照牛相奎指點的方向和路徑，我總算找到了那座作爲圖書館的古舊木樓。四周一片漆黑，不知道該從哪裡上樓。我大叫他的名字，牛相奎一邊在黑暗中應答，一邊手拿電筒從樓上咚咚咚地下來了。我聽見他彷彿是抱歉地說，路燈壞了，你小心點走。樓梯又陡又窄，如果沒有手電筒，我是絕對上不去的。即便有牛相奎爲我照路，我還是小心翼翼地側著身子，才登上那段天梯一樣的樓梯。

牛相奎問我有沒有一本叫《被遺忘的王國》的書，說那是一個在麗江待過十年的叫顧彼得的俄國人寫的。我說我有了。

我記得那本書是納西作家楊世光送給我的，而他正是那本大受歡迎的書的編者。之前我聽說這本書某些章節的譯文，在麗江地區的文學雜誌《玉龍山》刊出時，曾在當地引起過一場風波，原因是書中的有些描寫，暫時還不能爲一些納西朋友接受。我懷疑我印象中納西人士對「情死」一事有所保留的態度，或許就來自那場小小的風波。其實，顧彼得稱得上是位不錯的作家，我至今也沒弄清，當初究竟是他的哪些文字讓我的納西朋友不高興。

牛相奎是個沈默寡言的人，聽了我的回答後，似乎再也找不到話說。過了一會兒他才說，他有一本叫《中國西南的古納西王》的書，是美國人洛克寫的，一九七六年由雲南大學歷史系翻刻了一個油印本，如果我需要，他願意借給我，但最好就在麗江看。

這個條件稍微有點苛刻，我還是同意了。他用報紙把書包好後交給我。我喜出望外，藉口時間已經不早，匆匆回到了我的住處。

當晚我就開始讀那本書。事實上，我早就聽說了那本書，我一直在四處尋找，可惜沒能找到。沒想到竟在麗江找到了。但我知道，爲了儘快讀完那本書，我只能暫時放棄去玉龍雪山下的山野裏享受明媚春光的打算了。

那是一本怎樣的書呵！十六開油印本，紙頁發黃，牛相奎還用厚厚的牛皮紙爲它加了一個沒有任何字樣的封面。打開封面，扉頁上有一行令人膽戰心驚的字：「歷史資料，供批判用。」時光一下子就回到六十年代中期那場席捲中國的政治風暴，沒有轉接，沒有過渡。

那時，無數被打上「供批判用」字樣的書籍資料，長時間被束之高閣，更多的書則被付之一炬。然而，在我的印象中，「供批判用」這個字眼有著兩種完全不同的含義。那些死心塌地的人對「供批判用」這幾個字是絕不含糊的，是要動真格的。有的就是另一碼事了，他們從來也沒準備去「批判」，他們是有心人，知道那些書總有一天會派上用場，保留那幾個字，無非是要構築一個掩體，以防備那些明槍暗箭罷了。

牛相奎正好就是個「有心人」，爲此我對他佩服。

我拿到那本書時，已是一九九三年五月，中國的政治和社會生活早就發生了巨大的變化。當明亮的燈光或是燦爛的陽光與那幾個嚇人的字同時出現在我面前時，未免讓人覺得有些心酸，有些滑稽。

有時，從招待所院子走廊上射進來的陽光，輝煌地照在我的那張小桌子上，我的眼前一片金黃。我根本用不著擔心會有人來干預我。夜深人靜之時，除了偶爾有人從門外走過，沒有任何人來打擾我對那本書的閱讀。放在十多年前，要看這樣的書，我多少要擔點風險，我必須把門關死，用黑布把窗戶緊緊蒙上，就像那時爲了聽幾張《天鵝湖》唱片，也必須黑燈瞎火地把自己關在某間小屋子裏一樣。

我完全沉浸在洛克對納西歷史的記敘之中。

那正是玉龍雪山下滿山滿谷的杜鵑花將開未開的時候。

杜鵑花，又名馬櫻花，多生長在海拔一千五百米以上的高山地區，而麗江縣城所在地的海拔已近二千米，它四周的山峰，則多在海拔二千米以上。再過些日子，紅豔如血的杜鵑花將像一片片燃燒的紅雲，把玉龍雪山下大大小小的山嶺變成花的海洋。

當我站在我住的那間小屋外的院子裏往外望時，遠處的玉龍雪山山頂依然是一片皚皚白雪。然而，麗江的春天已經到來，儘管早晚還有一點涼意，但中午在太陽下走路，已經讓人有些頂不住那死死盯在身上的火辣辣的陽光了。

之前我已幾次去過麗江，卻沒有一次是在春暖花開的五月。我選擇在五月出行，正是爲了一睹麗江春天的美麗。但我的確不是爲了遊山玩水才去麗江的，儘管自從第一次去過麗江之後，麗江絕美的山水風光對我就有著相當大的吸引力，從此，我便常常在睡夢中神遊麗江。

我暫時還顧不上去遊山玩水。如果真有時間隧道的話，那隧道無疑是用無數描述歷史的著作建造起來的。那些日子，我正是順著那樣一條歷史的通道，返回到幾百年前的麗江，返回到對我來說那完全屬於「異族」的陌生日子。

當然，有時我走著走著，會突然發現是條死胡同，不得不折回來另找出路；但沒有那樣一次冒險，你就無法證明那的確是一條岔道，一條死胡同。我那時的處境正好如此。我常常不得不在閱讀的中途停下來，打量一下四周的景色，校正一下自己的方位，然後再重新上路。

洛克，這個在當今國際納西學界無人不知的美籍奧地利人，從一九二二年至一九四九年的二十多年間，一直住在雲南麗江。這一點我早就知道。

其實，在研究納西文化的國外東巴學者中，洛克既不是唯一的，也不是最早的一個。據楊福泉、白庚勝在他們譯著的《國際東巴文化研究集粹》一書中透露，「西方學者早在十九世紀中葉就注意到了遠在雲南邊陲的納西族東巴文化。一八六七年，法國傳教士德斯古丁斯（Pere Desgodins）從雲南寄回巴黎一本十一頁的東巴經摹寫本《高勒趣贖魂》。數年後，吉爾（W·Jill）上尉和梅斯奈（Mesney）在麗江旅居時，得到了三本真正的東巴經，其中兩本被寄回梅斯奈在英國澤西的家，一本被寄往大英博物館。這本東巴經被標以『中國緬甸之間山地祈禱者的象形文稿』的題目。這以後，不斷有一些西方的探險家、旅行家、傳教士從雲南麗江，帶回東巴經。這些東巴經被視爲人類啓蒙時期的原始圖畫文字的珍本，在歐洲高價出售。」而「西方第一篇討論納西族象形文字和東巴經的文章，是拉卡珀里爾（Terrien de Lacouperie）於一八八五年發表的《西藏境內及周圍的文字起源》一文。他在文章中，公開發表了由德斯古丁斯帶回西方的第一本納西東巴經複製本，明確指出這是麼些（納西）人的象形文手稿。第一個比較完整地寫出一本關於納西族和東巴經書、東巴象形文字專著的是法國人巴克（J. Bacot），他在一九一三年出版了《麼些研究》一書，全書約六萬字，作者在書中介紹了他於一九〇七年和一九〇九年兩次考察納西地區時所見到的三百七十多個象形文字，並對納西族的口語、辭彙和語法作了初步研究，書中還介紹了納西人的衣食住行、地理環境、體質特徵、婚姻道德和宗教等。」㉖

到麗江來的外國人，到底從麗江弄走了多少東巴經書？我不知道。反正，如今收藏東巴經書最多的，不是中國，而是英、美、法、德等國家。那些探險家、旅行家和傳教士們，在麗江各地收購了大批東巴經書運回去，包括一些珍貴的東巴經書手寫本。

他談到，洛克在麗江購買了「數以萬計的東巴經」，資金是從美國農業部、美國地理學會、哈佛大學等單位那裡弄到的。

一九四四年，美國老羅斯福總統的長孫昆亭・羅斯福「在麗江收集到一千八百六十一冊東巴經，其中有很多珍貴的占卜經書」；「六〇年代初，聯邦德國國家圖書館動議購集已在國際學術界享有盛譽的東巴經。在阿登納總理的支持下，以昂貴的價格，把洛克原先贈送給義大利羅馬東方學研究所的五百多冊東巴經悉數買回」，而「當時，該研究所急欲出版洛克的《納西—英語百科詞典》兩大卷，但苦於資金短缺，只好忍痛割愛，賣出經書籌資」。

這一回，德國人乾脆驚動了總統。一九六二年一月，洛克應邀到聯邦德國講學和編撰東巴經目錄及經書內容提要，至一九六二年十月，編撰成《德國東方手稿目錄》第七套第一部《納西手寫本目錄》一、二卷。該年十二月五日，洛克不幸在夏威夷度假期間去世。西德梵文學者雅納特繼續進行編撰工作，完成了《納西手寫本目錄》三、四、五卷。這是迄今世界上唯一一套公開出版的東巴經目錄，編目完整，敘述詳備，受到國際學術界的好評。㉗

我們不禁要問；當洛克等人在麗江大規模收集東巴經書的時候，我們的地方官員，我們的研究人員到哪裡去了？還有一個問題：爲什麼在國外有了關於納西學的大量研究成果後，我們還要對諸如《中國西南的古納西王國》這樣的著作冠以「供批判用」的字樣？除了「文革」的原因，我們的心理、心態到底正常不正常？

很明顯，除了因爲窮，除了那會兒我們「不識貨」，沒拿東巴經書當什麼正經玩意兒，不能排除我們作爲「中央大國」的狹隘和盲目自大。

無獨有偶，幾乎與外國人蜂擁到麗江的同時，敦煌莫高窟也在上演著同樣的悲劇。負責看守莫高窟的王道士儘管克盡職守，但因無錢維修和新建廟堂，從一九〇五年開始，先後向俄國人奧布魯切夫、英國人斯坦因以及接踵而來的法國人、日本人和美國人，出售了一批又一批敦煌繪畫作品和經卷文書。

那當然不是王道士的過錯，他早就向「有關部門」的「領導」，如知縣、學台寫過報告，但都石沉大海，沒有回音——對於如何保護我們民族的文化寶藏，那些「官員」們何曾真正地放在過心上！

現在我們總說敦煌的「寶貝」是被「盜走」的，其實就是這樣被「盜走」的，就像無以數計的東巴經書也被「盜走」了一樣。我們已經看到，被「盜走」的東巴經書後來都得到了妥善的安置，並被廣泛地研究和利用。而據說當年賣給洛克等人東巴經書的東巴們，後來都受到了諸如「出賣文化遺產」之類的責難。

東巴們手中當然也有不少還沒有被「盜走」的經書，如果不是被當做紙筋摻在泥裏用來糊牆，也大多都在「文革」中毀於一旦……

當我在麗江讀到洛克的那本書時，聯想到洛克等人當年為收集東巴經書所經歷的種種艱難困苦，心裏升起的既有酸楚也有尊敬。一個外國人，跑到別說外國人，連中國人也很少知道的雲南麗江這個地方來，到底是為了什麼？

當然，洛克最初的目的只是受美國農業部之託，到麗江採集植物標本，後來卻一頭栽進了浩如煙海的納西東巴文化，在「有關單位」的資助下，收集整理了大量用納西象形文字書寫的東巴經，又以畢生精力，投入了對東巴文化的研究，出版了包括《納西—英語百科詞典》、《中國西南的古納西王國》（上、下卷）、《開美久命金的愛情故事》在內的十多種論著，至今還被譽為「納西學研究之父」，國內外的納西學學者差不多是「言必稱洛克」。

關於納西始祖「爺爺」的故事，我正是從洛克的著作中讀到的。至今為止，我還沒有在其他的研究成果中看到過這個記載。只有洛克。

真正的文化遺產總是屬於全人類的。正是那些被「盜走」的東巴經書先在世界的其他地方引起了震動，然後才轉回來引起了國內的注意。此事雖然有些令國人臉上無光，卻讓我們警醒！

我並不想否定國內學者對東巴文化研究所作出的貢獻，但是，沒有洛克等一大批國外學者的收集、研究，我們的東巴文化研究如今到底是什麼模樣，簡直難以想像。據我所知，國內至今也還沒有一本上規模的《東巴經書目錄和提要》出版。

科學研究當然需要資金，更需要的是眼光、氣度和熱情！

❖ 閱讀顧彼得

每次去麗江。我隨身帶的除了幾個筆記本，只有很少的幾本書，其中一本就是顧彼得的《被遺忘的王國》，有空我就拿出讀幾段。儘管我早就讀過，再讀時，它仍像第一次那樣吸引著我，就像有一股魔力。

顧彼得，原名彼德・顧拉特（Peter Goullart），納西人習慣叫他顧彼得。很長一段時間裏，顧彼得被說成「白俄特務」，漸漸被人「遺忘」。

由於《被遺忘的王國》的正式出版，他的名字再一次傳遍了麗江，甚至比鼎鼎大名的洛克還要響亮。照書裏的記載，顧彼得在麗江住了八年，是除洛克外，又一個在麗江住得很長的外國人。書中那優美的文筆、豐富的資料和幽默的語調，使麗江在雲南讀書界名聲大震。

那是一本不大的書，三十二開，三百來頁，根據倫敦約翰・默里出版有限公司一九五五年英文第一版翻譯過來。裝幀雖不算精美，卻十分用心；封面是深調子的寶藍色，左下角有一幅造型簡捷的畫團；高聳的、銀灰色的山崖上，有幾座孤零零的、塗成桔黃色的房子，畫面右上方則是一輪高懸於夜空之上的皎月。

顯然，它象徵的是在深邃、暗藍的夜空裏，在如同一片薄冰的月光照耀下的那個孤獨的村莊，它的遙遠與孤淒，神秘與淳樸，甚至它的高潔與豔美，都給了人一種如夢如幻的感覺，讓人恨不能立刻就奔向那片土地，去作一番尋根究柢的探訪。

看得出來，設計者在那幀封面上傾注了他對那「被遺忘的王國」的感情和理解。如此說來，顧彼得的命運要比洛克好得多——據我所知，儘管洛克在國外出版了多種有關麗江和納西族的書，但時至今日，國內還沒有正式翻譯出版過這個美國人的任何一本著作。

顧彼得在那本被人稱為四十年代「滇西北風情錄」的書裏，除了在序言裏寫到了他的家世和他在中國的簡單經歷外，主要篇幅寫的都是他到麗江後的種種見聞，他不厭其煩而又娓娓動聽地介紹了他所認識的麗江人士和所結交的納西、白、藏、彝等眾多少數民族朋友，對麗江奇妙的自然風物和民族人文景觀，舉凡民族、宗教、節典、物產、交通、貿易、手工業、婚喪習俗、文化、藝術、娛樂，以及那個時代的背景、氛圍等等，都作了詳實而又富有「當事人」親臨感的、幽默風趣的記錄。

我在得到那本書的當天，便貪婪地、囫圇吞棗地讀過一遍，我得承認，它在我眼前展示了一個儘管非常遙遠卻又極其神奇的世界。我在驚嘆一個俄國人對四十年代的麗江、對納西族的一腔熱情和瞭解之深切的同時，內心也一直存有一個疑問：它所寫的一切，到底有多大的準確性和可靠性？我能認為那是客觀、公正的寫作，而不是獵奇嗎？

一九九三年初夏，我在麗江期間，曾花了好幾天工夫去尋訪有關顧彼得的故事：既然他在麗江住過八年，既然他筆下出現了那麼多四十年代的麗江風情，他當然也會在麗江、在四方街留下他的足跡和他的故事。

最早，我從麗江縣誌辦瞭解到，一個叫楊俊生的年輕大學生，曾對顧彼得留居麗江多年的情況作過一些調查，但他最近沒有上班，聽說是去做生意了，究竟在哪裡做生意，他們也說不清楚，甚至不知道楊俊生的家在哪裡。我發愁了好幾天，麗江雖然不大，但要大海撈針般地打聽一個幾十年前在麗江住過的俄國人的蹤跡，絕非易事。

一天，納西族作家、麗江地區文聯的沙蠡來看我，我偶然向他說起了顧彼得。

在麗江，聽說臉膛黑黑的沙蠡是個脾氣「古怪」而頗有些孤傲的人，我卻覺得他熱情而又樂於助人。他當過兵，教過書，回鄉務過農，豐富的人生經歷使他的文學寫作獨具一格，在麗江、雲南都很有些名氣。

就像任何一個有才能的人一樣，沙蠡說起話來，言語間總會流露出一點懷才不遇的怨憤。我幾次勸他不必在那些事情上花費時間和精力，還是專心寫作的好。他說他懂，真要做到卻並不容易。這一點我完全同意。

我到麗江後不久，他就幫我解決了許多問題。開頭我住在地區招待所的一個雙人間裏，另一張床上幾乎每天「換人」，我每天外出都提心吊膽。但要讓我每天掏五十元錢「包」下那個房間，又承受不起。沙蠡知道後，硬是爲我換了一個單間，每天卻只花九元錢；房間雖小，卻是個獨立的空間，可由我任意支配。

我話還沒說完，沙蠡就說他知道楊俊生，還很熟。他很快就跟楊俊生聯繫上了，並陪我去找到了楊俊生。

楊俊生原來就在離我的住地並不太遠的地方，與人合開了一家商店——事實上，他只是爲朋友幫幫忙。知道了我的來意，他惋惜地說，你來晚了一步，一九九二年下半年，顧彼得當年從上海帶到麗江來的廚師剛剛故世，那是麗江至今最瞭解顧彼得的人。（後來我聽說那個廚師姓王，據說脾氣非常古怪，常有人聽見他跟顧彼得吵鬧，顧彼得依然笑臉相迎，從沒見他們翻過臉。）

楊俊生想想又說，聽說那個上海廚師在麗江認過一個乾兒子，但那個人現在在什麼地方，他也說不清楚；即使找到了，他能談的，大概也只是那個廚師，而不是顧彼得本人。其他一些當年跟顧彼得共過事的麗江本地人，現在已大多不在人世——畢竟，那已是半個世紀前的事了。

我突然有些沮喪，也有些後悔——我要是早來一年就好了。一個尋訪歷史的人，常常都會碰到這種遺憾。我的確是準備早一點去麗江的，但事情似乎總是做不完，預定在一九九二年開始的麗江之行因而一拖再拖，直到一年後才得以成行。如此，便只好眼睜睜地與那位廚師失之交臂了。

小楊大概看出了我的沮喪，安慰我似地說，我可以再試試，看還能不能找到一兩個認得顧彼得的人。不過，他說，有的人就是找到了，他也不願意談什麼……

爲什麼？我問。

爲什麼？楊俊生說，解放後，他們爲顧彼得吃苦頭吃得太多了——那年頭，人們懷疑這個俄國佬是個「白俄」特務，要不，怎麼麗江一解放，他就跑了呢？

這事兒我倒是第一次聽說。

後來，我在楊俊生寫的一篇文章裏看到了這樣一段話：

一九四九年七月一日，麗江白沙機場上，幾個外國人行色匆匆。幾個挑夫拎著大包、小件正往飛機後艙裏裝。其中一個五十多歲的俄國人向來送他的幾個納西人招手道別，並用他那流利的漢語大聲囑咐：「一定要保持『工合』事務所現在的局面，要齊心協力，我會設法與你們聯繫的。」隨即登上飛機，飛走了，再也沒能回來。㉘

那就是如今大名鼎鼎的顧彼得。那就是所謂的顧彼得的「倉皇出逃」。

納西族作家戈阿干在《一個沒被納西人遺忘的俄羅斯人》一文裏說到，當年與顧彼得有過接觸的納西人，後來不少都因此而被「牽連」。

顧彼得曾在麗江荷多柯，即金甲村的一幢坐南朝北的樓裏住過，那幢二層樓的納西民居有三扇紙糊的窗戶正對著獅山。房頭簷瓦蓋的是壽頭瓦；側旁有一扇木門正對著一條鋪有五花石的古老的小路。

這小路連著獅山接鳳樓，過去是進麗江古城的必經孔道，現在已被冷落了，在那裏，戈阿干曾與一個叫王坤亞的老人閒聊。

王坤亞說，眼前這幢房子原是一個姓陳的人蓋的，後來賣給了一個姓姚的。姓姚的當時另有住房在烏古新華街，便把它租給了顧彼得。平時，原來爲姚家當雇工的楊姓夫婦爲他守房子，他們有個兒子叫楊鳳鳴，是顧彼得的看家人，後來又變成了他的辦事員。楊鳳鳴後來曾參加地下黨的游擊隊，還當上邊縱七支隊某團團政委。

解放後，楊鳳鳴任中共雲南省寧蒗縣縣委書記。但反右時因受顧彼得的「牽連」，被打成了右派分子，過早地離開了人世。楊鳳鳴的妻子邱明興至今還住在當年顧彼得住過的那幢小樓裏，當戈阿干請她談談顧彼得，談談她丈夫時，她立即表現出某種淡漠情緒，望著孫女，只低沉地說了一句：「為顧彼得的事，她爺爺受夠了罪；其實，顧彼得不是個惡魔，這誰都知道的……」說著，她的聲音變得顫抖。㉙

一九四八年參加中共地下黨、現已離休的納西人和宏訓也說，當時在顧彼得的支持下，他一家同村上三戶納西人聯手，開辦了麗江第一個粉絲生產合作社，那時他還讀過有宋慶齡和路易・艾黎的名字的「工合通訊」。

和宏訓說，「過去人們長時期把顧彼得說成為國民黨效勞的『白俄分子』，其實他到麗江前，在四川先被嫌疑為『共產黨人』遭到了國民黨當局的監禁。」「他是來麗江搞『工合』的。他於一九四一年到麗江，在荷多柯租了間民房，大門上掛的是『中國工業合作協會麗江事務所』的牌子。他親自擔任這個事務所的主任。」

在和宏訓的印象中，「顧彼得交往的大都是些貧苦市民和農民，很不喜歡同權貴們往來。」「他的漢話很精，到後期也能操納西日常用語。」「他喜歡種花，常見他穿上背帶褲，在他住所背後的花園裏除草澆水。」「他也喜歡跳舞，有次他放上洋器——留聲機，把我拉過去跳起三步舞來。」㉚

這樣一個人，真是個「特務」麼？

一八九三年，顧彼得出生在帝俄時代的俄國基輔。兩歲時，他那曾是皇族並當過沙俄軍官的父親早逝，他六歲時便隨母親住在莫斯科，並在那裏受到了良好的教育。他回憶說：

「由於我是獨生子，就成了我母親專心照料的對象。我母親是個相當聰明而敏感的女子，對文學、音樂和自然美很感興趣。我總覺得她有點孤立於眾多親友之外，因爲在聰明才智或見識廣度方面，沒有一個親友比得上她，她寫詩作畫，她很有靈感，所有這一切把她——最後連我自己也吸引住，於是疏遠了其他家庭成員。」㉛

他說，「我從小就對東方充滿興趣，特別是對中國、蒙古、土耳其斯坦和西藏感興趣。這肯定是血統上的關係，並且毫無疑問是我母親那邊的血統。在上一個世紀，她的祖父是有名的大商人，他們的馬隊去到科布多和基雅塔，甚至遠至杭州去採購中國的茶葉和絲綢。他們來回蒙古，進行牲畜貿易，並與西藏進行草藥、麝香和藏紅花買賣。當我問世時，這一切都已成爲過去，那段發跡史的唯一遺老，就是我外婆帕拉吉，她活到九十七歲高齡。在漫長的冬季夜晚，她常跟我講很長很長的故事，敘說她的丈夫和她的父親怎樣旅行到中國和蒙古以及其他神話般的國度，那些國家曾經一度被普列斯特·約翰和成吉思汗統治過，我聽著眼睛睜得大大的。」㉜

十月革命爆發後，顧彼得和他母親離開俄國，先到了土耳其，本想從那裏去中亞，但道路已斷，只好又回到莫斯科，然後到海參威住了一年；一九二〇年初流亡到哈爾濱，待了六個多月後，獨自來到蘇州一所教會學校，當了一名英語和音樂教員；五年後他遷到上海，先「給商號當專家，鑒別中國文物、玉器和名茶，以維持生活」；一九三一年，他進入美國運通公司旅行部任副經理，常常「陪同大批顧客到中國、日本和印度支那」。他對中國的好些城市都非常熟悉。

楊俊生在其《顧彼得與麗江「工合」事務所》一文裏寫道：

「『七七』事變後，旅行部搬到了重慶。他與當時的財政部長兼中國工業合作社協會理事長孔祥熙的一個女秘書伍愛蓮相識，並由她介紹到『工合』協會當職員，不久就得到了孔的賞識，派他到西康省任金庫籌備委員兼康定『工合』辦事處處長。兩年後，即一九四一年初，又回到了重慶。隨即又被派往昆明『工合』滇黔區辦事處工作。才到任，就讓他到滇西一帶視察『工合』情況，路過麗江，在麗江住了幾天，認爲麗江是個好地方，應該設立『工合』事務所，旋即函告『工合』總部，總部予以批准。不久，他就收到了一道孔祥熙簽署的雲南省麗江『工合』辦事處處長的委任狀。」㉝

從此，顧彼得開始了他長達八年的麗江生涯。麗江是顧彼得離開俄羅斯後，待的時間最長的地方。

那八年正值中國的抗日戰爭，麗江各方面都非常落後，顧彼得卻在麗江留下了三十六個他親自創辦的工業合作社，涉及紡織、縫紉、皮革、食品、木材、銅器、鐵器等多種行業；雖說經營規模都不大，但因管理有方，效益都還不錯，很快就形成了麗江的支柱產業，使當時面臨倒閉的麗江許多小手工業戶及工人有了生機，麗江市場上的日用品一時琳琅滿目，爲麗江的手工業打下了很好的基礎。

中國「工合」的創始人之一路易・艾黎，對麗江「工合」的發展也非常關心，在交通不便的麗江，他透過多種管道，給麗江「工合」送來許多醫療器材以及國際友人援助的藥品、衣物、小型機械，如縫皮機、織襪機、織布機等急需而又緊缺的物質。那些藥品和勞保用品，除了生產合作社的社員無償使用外，顧彼得大多拿去給附近的貧苦農民、市民看病了，以至他在麗江期間，成了一個「著名的醫生」。

是的，按照通常的說法，顧彼得無疑是個所謂的「白俄」。但他在麗江留下的，除了作爲麗江手工業生產的基本設施之外，更是一個樂善好施、平易近人、以誠相待的外國人的形象。

從八十年代起，昆明流行過一種皮鞋，塑膠底，桔黃色鞋幫，上線縫合，看上去完全像是舶來品，結實、美觀、大方，又價錢便宜，很受一些文化人歡迎，還不容易買到，說那是一家中外合資廠的產品，完全照外方指定款式生產，大部分外銷，只在國內市場少量銷售。殊不知那就是麗江產的，據說廠家使用的機器設備，還是顧彼得在麗江興辦的工業合作社留下的。

如果顧彼得真是個「白俄特務」，他的所作所爲就讓人費解了：麗江那時並非是什麼軍事要地，一個離家萬里、「沒有」了祖國的外國人，跑到那裏「潛伏」八年，究竟目的何在？又有什麼必要那麼張揚，把自己弄得路人皆知呢？

在楊俊生的幫助下，透過艱苦尋找，終於打聽到一個曾與顧彼得共過事的老人。那個下午，我東問西問地去找他，一路上不知問了多少人，才找到了那間屋子。

敲開門，一個老人迎了上來，我說明來意後，老人說我找錯人了。

我問他我要找的那個老人住在什麼地方，老人說他不知道，隨即關了門。我只好告退出來，到別的地方打聽。

當我在一棵大樹的濃蔭下碰到一個年輕的納西姑娘並向她打聽時，她說，你跟我來。我跟著她在那個村子裏繞來繞去地走了半天，姑娘說到了。抬頭一看，那不就是剛才我來過的那個人家麼?姑娘開門進去，用納西話喊了一句什麼。一個老人應聲出來，沒錯，果然就是剛才我見過的那位老人。

我再次說明了來意，想請他聊聊顧彼得的情況。他已滿頭白髮，身子卻還壯實。老人開頭很緊張，支支吾吾地跟我兜了半天圈子。我立即想起他可能爲此吃過不少苦頭，大概把我當成了什麼專案組、調查組的人，是來找他的麻煩的吧？再三說明之後，他才答應向我介紹顧彼得的情況，條件是不准記錄，以後也不能將他的名字公之於眾。我答應了他，因而在此也無法寫出他的名字，儘管我覺得這種隱瞞已毫無意義。

老人說，顧先生——他稱顧彼得爲先生——是個知書識禮的文明人，他戴一副漂亮的眼鏡，常常拄一根「文明棍」，待人也很和氣——如今，這樣的人已經很少了。

老人說，顧彼得特別喜歡納西族娃娃，常跟娃娃們一起玩。只要他在街上走，身後總是跟著一群娃娃，看上去他就像一個娃娃頭。他會說簡單的納西話，就用納西話跟娃娃說說笑笑，打打鬧鬧。娃娃們有時完全忘記了他是個外國人，玩到高興時，就扯他的衣服，甚至把他的眼鏡、鞋子都藏起來，顧彼得只好光著腳在街上走，但他從來沒有發過脾氣。老人說，這樣的人，你現在到哪裡去找？

老人的話沒錯。我後來見過一幅顧彼得的照片，那是個面目清瘦、身材挺直、額頭寬闊卻頭髮半禿的男人，騎一匹白馬，穿一件半長外套，光亮的額頭閃著光。在麗江納西人的記憶中，顧彼得外出時是個愛騎馬的人，他自己沒養馬，需要時就向村裏有馬的人家租用，付些錢給主人。他也不要牽馬人，常常獨自騎馬去察看他的那些合作社，有時也去玉龍雪山下的「三朵廟」，或是麗江附近的五大喇嘛寺遊玩。

老人說，他第一次找到顧彼得時，提出想開一間毛皮店，希望顧彼得能爲他提供些資金——

他聽說顧先生已爲好多人提供了那種條件。顧彼得跟他仔細商量後說，麗江已經有一家毛皮廠，可以考慮另找一個項目。老人又提出是不是能開一家火柴廠。顧彼得答應了，幫他很快把那家小廠辦了起來。

由於他自己的經營無方，那個火柴廠最終也沒辦好。爲此，他一直感到對不起顧先生。老人回憶說，顧先生曾提出送他到內地學習一段時間。

原來，顧彼得那時在各個合作社中選拔了一批骨幹，分批送到中國「工合」國際委員會支持創辦的重慶、成都、甘肅山丹、江西贛南、福建長汀等地的專科學校，學習外地的先進工業技術、工藝及管理經驗，爲麗江培養了一批生產骨幹。

老人得知此消息後非常興奮，因爲那將是他有生以來第一次出門遠行；可惜後來因種種原因未能成行，他至今還引爲憾事。

後來你跟顧彼得還有聯繫麼？我問老人。

他警惕地看了我一眼說，沒有。

他沒有給你寫過信？

沒有，老人說。他堅決不肯再說下去。

我無法判斷他是與顧彼得有過聯繫而不願說呢，還是真的從來就沒有聯繫過。歷史早就翻過了好幾頁，陰影卻似乎至今也沒消散。但顧彼得作爲一個對納西族、對麗江十分鍾情的外國人，即使遠在天涯海角，也沒有忘記那個「被遺忘的王國」。

一九四九年七月一日從麗江白沙機場起飛的那架飛機，把顧彼得和同機的洛克送到了印度，然後他們就各自東西了。

不久，顧彼得又到了馬來西亞、新加坡，在新加坡的小坡城街一號住了很長一段時間。那段時間，他一直擔任聯合國國際合作社亞洲專員，奔波於東南亞各國。人雖然離開了麗江，他還時時掛念著麗江「工合」的前途。

他設法與他在麗江時的朋友通過幾年的信，還給他們匯過款，聯繫直到一九五七年才被迫終止。

就在新加坡，顧彼得斷斷續續地寫出了二十餘萬字的《被遺忘的王國》，並於一九五五年在英國出版。

說是「被遺忘的王國」，顧彼得卻一直沒有「遺忘」。他甚至宣稱，他寫這本書時，是「堅定地作爲納西人的一員來陳述的」。

閱讀這本書時，我明顯地感到，顧彼得是懷著對麗江、對納西人的一片深情來寫的。我們可能並不贊同他在書中的某些觀點，但對他在書中流露出來的熱情，卻不能不感到欽佩。

一九五九年，顧彼得在倫敦出版了反映涼山彝族生活的《黑骨頭公主》（黑彝公主）。據納西音樂家宣科說，這書寫得很實在，他打算把它翻譯出來。顧彼得一直對中國的宗教文化頗有興趣，另一本《華山》寫的是道教；一九六一年，他還在倫敦出版了他的另一部著作《玉龍山下的喇嘛寺》、另一本《黃教喇嘛》寫藏傳佛教。還有一本是寫東南亞民俗文化的。

奇怪的是，在《被遺忘的王國》和有關顧彼得的所有資料中，我從沒看到過有關他個人感情生活的記載。

他是不是個「獨身主義」者?不知道。但是，他在書中對納西族婦女卻有過極富感情的描述，包括對四方街上專門釀製和出售麗江特有的「窨酒」的「和大媽」和「李大媽」，還記述了一個來自魯甸、名叫「阿娥卿」的女頭領向他表示愛情的故事。

戈阿干在《一個沒有被納西人遺忘的俄羅斯人》裏寫到，他曾在麗江找到了顧彼得寫到的「李大媽」、「和大媽」的親人。麗江縣城的關門口，現在的七十一街七十二號門，就是當年顧彼得喝窨酒的店鋪。《被遺忘的王國》一書中寫到的「李大媽」，當年就在七十二號店賣窨酒。「李大媽」早已不在人世，幸好找到了李大媽的孫子李合九及其媳婦周益先，李合九現住七十二號店鋪背後的一個小庭院，他說，書中李大媽是他的祖母，名王阿丹，麗江奉科人，當時是釀製窨酒的高手，因他爺爺叫李茂和，顧彼得就把她寫成李大媽；她死於一九六三年。

十多年前，成立麗江窨酒廠時，曾有人來家裏訪問過，但他奶奶來不及留下方子就死去了。李合九聽他父親講，最愛喝他奶奶的窨酒的是羅博士（**洛克**）；奶奶的每道頭酒，都盛在一個罈子裏送到洛克的住地；顧彼得喝的是二道酒了。

顧彼得不像洛克那樣講究，常常親自到店裏來喝，時間通常是下午或晚間，一邊喝一邊和他奶奶聊天，也同別的顧客閒聊。他奶奶賣的酒還有清酒、梅子酒、「滿花」酒。顧彼得固然也爲著喝酒，但好像「醉翁之意不在酒」，而在乎同三教九流的人接觸。

顧彼得和洛克好像是朋友，但兩人的個性很不一樣，洛克除東巴外，很少接觸一般人，也從不在納西人家裏吃喝點啥。顧彼得不同，他非常隨和，能跟普通人打成一片。㉞

《被遺忘的王國》中寫到的另一個賣窨酒的「楊大媽」早已去世，店鋪在現在的新華街黃山下段七十六號。現年七十六歲的楊鳴一說，「楊大媽」名叫趙雲谷，是他的大嫂子。《王國》裏說「楊大媽」已守寡，這是錯的；他哥哥楊雲清死於一九七八年，比嫂嫂多在世十多年，他說，嫂子的酒店設在大門口的一方小空地上，但顧彼得不嫌棄這地方。

當時楊鳴一在麗江中學九班讀書，顧彼得在那裏當過一年的英語教員，晚上來喝酒時，還輔導他的英語；直到現在，他還能講一口流利的英語，有幾年還被麗江二招等賓館聘去給招待員教英語，也當過翻譯員。楊鳴一承認，他的這點看家本領與跟顧彼得的接觸分不開。㉟

在《被遺忘的王國》中，顧彼得以「殉情和東巴儀式」這樣專門的一章，講述了他對納西人情死的種種見聞，錄下了好幾個精彩的情死故事。限於篇幅，要在這裏轉述其中任何一個故事都是不可能的。

真正值得我們注意的，倒是顧彼得對納西人殉情的一些基本看法：

「殉情被看作是一種既方便而又理想的方法，用來逃避糾纏不清的愛情事件，逃避丟面子，逃避激烈爭吵、逃避受到致命的羞辱、逃避不幸的婚姻生活和其他許多不幸事件。殉情並非恥辱，不幸的男子或女子沒有受到威脅，說他們會被放進烈火熊熊的爐中永遠受燒灼。不是因爲納西族的地獄中沒有爐火，而是因爲爐火留給了那些犯有滔天罪行的人。」

「殉情並不像在西方那樣隨便地以不光彩的方式進行，在西方，人們臥軌自殺，從高樓跳下，或把頭伸進煤氣爐中。納西族像其他東方民族一樣，認爲進入彼岸世界是一件嚴肅而隆重的事。正像一個蓬頭散髮、穿著破衣爛衫，或許手裏還提著水桶和掃把的人，匆忙跨進門檻，加入王宮裏的賓客之中，是十分不體面的。」㊱

「殉情是隆重的自殺，靈魂脫離屍體有一定之規，以正派而莊嚴的方式在適當的場合進行。如果不能在家裏進行，像男女私奔，那麼選擇大山裏一個難以達到的地方，一個僻靜而美麗的地點，是通常的規律。打算殉情就必須身著盛裝，猶如赴宴一般。如果在彼岸世界裏，人性以地上的方式繼續存留的話，毫無疑問，衣冠也應如故，或者為了永生，穿著不整潔不適當，那將是愚蠢的。此外，遲早總會有一條通向祖先所在的天堂的路，作為一個後代，衣衫襤褸地進入天宮，祖先會怎樣說呢？」

「依我看，在麗江，青年男女盟約殉情至少占自殺數的百分之八十。其次是婚後生活不幸的婦女，其餘的屬於其他原因。青年人中這樣不尋常且驚人地盛行殉情，完全是由於納西族的婚姻制度所致，這種制度完全不適用於這些性格熱情奔放、愛好自由獨立的人們。在向他們的人民熱情灌輸漢族文明和文化中，納西族統治者們已經嚴格而堅定地引進了孔教婚姻制度，這種制度的實施，在這個本來應該快樂的壩子上，造成了無數的極端痛苦和死亡。」

「似乎盟約殉情的主張是在幾世紀前，由一個名叫開美久命金的納西姑娘創立的，作為她與一個英俊小夥子愛情糾葛的唯一出路。……自從那時起，這個故事就在鼓勵殉情，當舉行『哈拉里肯』（祭風）儀式時，被東巴們引用來作為序曲。在締結盟約時，使用口弦這個程序嚴格地堅持了下來。由於小夥子們自己沒有分文，總是叫姑娘們籌措殉情儀式的資金。他們不得不購買新衣服，食物和酒。然後他們手拉手，悄悄溜進大山，在那裏，他們吃喝跳舞，盡情地做愛，直到生命結束。可是即便面臨死亡，麗江姑娘仍然顯出優越於懦弱的男性。許多小夥子並不想死，而是受了他們的意志堅強的情人的衝動才這樣做的。有人向我敘述，從前有一個姑娘用暴力威脅她的情人，嚇跑了想阻止他們的人，她逼著嚇得發抖的情人到了高崖的邊緣，沈著地把他推下懸崖去，然後她鎮靜地用大刀自盡了。」

「令人驚奇的是，實際上就生活在麗江隔壁的永寧摩梭人，從來就沒有殉情的動向。倒是他們保持了自由戀愛的風俗，可以跟任何他們喜歡的人結婚和生活。那裏沒有無法補償的傷心事，直到壽歲已盡之前，人們忘記了死亡。藏族和彝族的婚姻也基於自由選擇和互相深愛，他們沒有這類殉情的事。」㊲

一九六二年，顧彼得在德國去世，享年六十九歲。楊俊生寫道：

「一個俄國人在中國這樣一個偏僻的縣城裏生活了八年多，爲了中國『工合』事業而任勞任怨，爲了振興納西族手工業如此兢兢業業，我作爲一個納西族的後生，對他充滿敬佩之情，感激之情。」

在那篇文章的最後，楊俊生說：

「四十年後，加拿大友人何若哲、于勉克夫婦讀了顧彼得先生的遺著後，很受感動，經雲南省社會科學院聯繫介紹，決心幫助麗江發展集體和街道企業（**它的前身是『工合』組織**）。這是值得慶幸的，也是對顧彼得先生最好的紀念。」㊳

——就那樣，我在麗江一邊尋訪著顧彼得的蹤跡，一邊讀他的書。

尋訪也是一種閱讀，是對人的閱讀；讀人，是爲了更好地讀他的書，反過來，讀書，又是爲了更好地讀人。

那是一段美妙的日子。在一個作家生活過的土地上讀他寫那片土地的書，跟在另一個跟那本書毫不相干的地方讀那本書，感覺完全是兩回事，那往往就是一種快樂。你一邊讀，一邊就能在生活中去尋找作家的蹤跡，去印證他書中描述的一切的準確性。

這種閱讀從來不會讓人感到累。不管從書中的哪個章節讀起，你都不會覺著無頭無腦，因爲書中寫到的生活，現在就發生在你的身邊。你將懂得，他所經歷的那些普普通通的日子，怎樣化作了優美的文字。你會感到某種神秘，某種驚訝，某種說不出來的欽佩。事實上，那就是那種閱讀帶來的快樂。我在麗江閱讀《被遺忘的王國》時領略到的，正好就是一種那樣的快樂。

❖「麼些先生」李霖燦

國內關於納西族的情死習俗，最早只是一些零星的記載，幾乎談不上「研究」。這些記載最早見於光緒年間的《續雲南通志》：

「滾岩之俗多出於麗江府屬的夷民，原因：未婚男女，野合有素，情隆膠漆，伉儷無緣，分袂難已，即私盟合葬，各冠新服，登懸岩之巔，盡日唱酬，飽餐酒已，則雍容就列，攜手結襟，同滾岩下，至粉身碎骨，肝腦塗地，固所願也。」㊴

四川鹽源縣邑人陳震宇於清同治甲戌年（一八七四年）抄呈的《鹽源縣誌》中，也有關於納西族殉情習俗的記載。該書所載的《鹽源雜詠》中寫道：

「誰謂蠻家無是非，兩情相向更相依，今生只合風流死，化作鴛鴦到處飛。（幺摩，姦情敗露，男女俱自盡，俗名風流死。）」

「取次貪花情大濃，風流腸斷形蹤蹤，縱然化作雙蝴蝶，未必花間得相逢。（夷俗，男女私通情願，即採斷腸草和酒飲，腸斷同死，名曰風流死。）」㊵

段綬滋於民國二十八年（一九三九年）纂修的《中甸縣誌》卷下中記載：「麼些族男女最重戀愛，每因婚姻不稱己意，輒於婚嫁之前，男女相偕入山，猥依自經（即自縊），或吞金仰藥而自殺之，初必相對唱曲以訴其苦痛。」書中還記載了作者所翻譯的「殉情曲」。㊶

這些記載不僅非常簡略，且大多湮沒在浩如煙海的史料之中，一般讀者難於見到。有關納西族殉情習俗的記載，最多的還是在東巴教的經書典籍和納西族的民間文學作品中，諸如《魯般魯饒》、《遊悲》等。由於一般人對東巴象形文字都難以認讀，人們依然無法領略東巴文化的深邃和奧妙。

國內對納西東巴文化的研究，最早還要數納西人自己。據納西學者周善甫先生回憶，一九三三年，在昆明第四小學當校長的納西人楊仲鴻，「偶悉有一二外國人正注意搜求和研究『東巴經』，便條陳省教育廳，申言此項研究之必要和計畫。旋得廳長龔自知點頭，並批給了兩千元研究費。於是，他決定先著手編製一本《麼些字典》（麼些乃納西舊稱）。當即從本地請來一位東巴經師（忘其名）和百十卷經籍著手研究。」

「為使工作不受干擾，他曾利用一個暑假，約我和另一位青年教師王唯一及兩名工友，一起去西山華亭寺鬟鏡樓上，就在那湖山最勝處的明窗淨几間編寫開來。那位經師承當『畫』字和口釋，楊老師主譯撰，王司繕寫，我管編目，倒也搞得有板有眼。」「書，沒有能在山上編好。回得城來，我又去別處謀生計。關於此事，後文便不甚了了。只曾聽說字典畢竟問世了。即便不免粗疏，也算是有關研究東巴象形文的第一本著作。」㊷國內鍾情於東巴文化的，又何止納西本民族的文人志士？其中就有現居臺灣的著名學者、畫家、散文家，曾任臺灣故宮博物院副院長、終身館員的李霖燦先生。

八十年代末，我從朋友處借到一本書，書名《玉龍大雪山》，作者為李霖燦。書中相當大的篇幅，是對麗江的玉龍雪山的描繪，並配有多幅十分精彩的照片。從那本書中我得知，李霖燦先生也曾在我現在居住的這個城市裏住過。

李先生一九一三年十一月廿八日生於河南輝縣。中學畢業後考入杭州藝專，師從林風眠、潘天壽等名師學習繪畫。抗日戰爭期間的一九三九年，他隨杭州藝專遷到雲南昆明。畢業後，到滇西北一帶採風，寫生。

正如他在一篇文章中說到的，「才從大學畢業，滕固校長要我到麗江去調查邊疆藝術。我，一個陌生的北方人，一見到巍峨的玉龍大雪山，立刻就知道這是我安身立命的不二所在，所以一切放下，約下另一個『瘋子』李晨嵐兄，一同專心誠意地來做個冰清玉潔的美夢」，而「這個夢一做就是四年」㊸；其間他走村串寨，四處搜集東巴經書，曾受到過納西鄉親以及木氏土司、木里王子、各名寺大喇嘛的接待，並與和才和久戛吉兩位著名東巴結下了深厚友誼。他向他們請教，學習東巴象形文字，共同進行編寫工作，將他們的研究成果寫成了《麼些（納西）象形文字字典》、《麼些（納西）經典譯注九種》及《麼些（納西）研究論文集》等著作，後又出版了

《陽春白雪集》、《玉龍大雪山》、《神遊玉龍山》等文集。

說起自己對納西「故鄉」的感情，這位如今已年屆八旬的老人說：「是在我最艱困的時候，你接納了我；在我生命最茁壯的時候，你保育了我，度過了逝水流年最美麗的一段時光。一個人，一生中，只要能有這麼一點『凝聚』，也就可以死而無所遺憾了！」並說，「如今，人已垂垂老矣，卻更無悔無憾，而且充滿了喜悅、充實與感激，因爲曾有『紅塵樂事滅，白雪故人多』的歌詠，從這裏便有了『不虛此行』的專注與滿足，有名山爲師爲伴，有詩歌散文爲證爲記，區區浮漚，亦可以少休矣。」「二十年的青春年華，我和這個民族融合在一起，和他們的精神往來息息相通，自覺相知匪淺，不負平生。」㊹

一九九五年，我在一家刊物上發表過一篇寫麗江的散文，我的納西朋友和中孚見後非常喜歡。那天他來我家，說起他剛剛收到李霖燦先生從臺灣寄給他的一篇文章的影印本；我讀後覺得有些意思，便推薦給一家刊物發表了。爲此，我給李老先生去了封短信，說明了情況。

不久，李先生便給我回了一信。就這樣，我算是與李先生有了一點文字往來，從中深知李先生對麗江、對玉龍雪山的一片深情。

後又得知，臺灣新竹工業園區的黃錦雪小姐素喜登山，在《野外》雜誌上讀到李霖燦先生對玉龍大雪山的報導後，帶著李先生的專著來到麗江，並在雲南中甸的白地與國內青年學者楊福泉巧遇。

經她聯絡，李先生與正在德國從事納西學研究的楊福泉取得了聯繫，後楊福泉即將回國，去信與他辭行，李霖燦先生「心下十分感動，便剪下一縷頭髮，裝在一個特製的封套內遙寄給他。

請他在回鄉之便的時候，爲我登山一行，把這些蒼蒼白髮撒落在玉龍山的皚皚白雪之中。黑白相間的斑駁頭髮，自有一種歷盡人事滄桑之美，玉龍山的太古白雪更有一種永恆之美，二美俱，必然更和諧無量。因爲我計算一下自己的年齡，知道自己再來拜謁玉龍大雪山的機會，很顯然的是不太富裕了。」㊺

麗江的納西鄉親也對李先生一片深情，將李先生的那縷白髮留下了一半，保留在麗江的東巴文化研究所，擬待先生百年後，到玉龍雪山爲先生瘗發立碑；另一半則於一九九一年四月十六日，在麗江地方的幫助下，埋葬在雪山腳下風景秀麗的雲杉坪。

從八十年代開始，李先生並莊重地申請加入麗江縣籍，印製名片都以「麗江人」自稱，同納西人交往也以「同鄉」、「鄉親」相稱。一九九三年，麗江納西族自治縣人大決定，正式接納李霖燦先生爲麗江縣的「榮譽公民」；從此，他在任何時候都可以回到他夢繞情牽的納西「故鄉」。

❖ 癡迷與困惑的瞬間

那個明媚的春日，當麗江金黃得如有質感的陽光潑灑在我借用的那張簡易書桌上，潑灑在厚厚兩本《中國西南的古納西王國》的書上時，我絲毫感受不到融融春日的快樂。我面前出現的是一片哀豔淒迷的人世風光。我的整個身心都陷進了納西族歷史與文化的海洋，沉浸在納西人久遠的歡樂與痛苦之中。

有時我真不敢相信，這生活在偏僻一隅的，至今只有不足三十萬人口的民族，何以能創造出如此燦爛輝煌的歷史與文化，令全世界矚目！

事實上，那就是一個海洋，深邃浩瀚，茫茫無邊，氣象萬千。那些時日，我乘著自己生命的小舢板，在其中漫無航向地漂遊，顛顛簸簸，浮浮沉沉；當我盡情領略麗江美麗迷人的自然風光和納西族的人文景觀時，我簡直如行山陰道上，既時時情不自禁地爲歷史的華彩段落擊節讚賞，又常常爲歷史的某些迂迴沉迷而困惑不已，既爲納西族所營建出的美麗「天國」而振奮，又爲他們神聖的愛情宮殿不斷地被摧毀而灑淚……

在大起大落的情感波濤衝擊下，我嚮往，我癡迷，我暈眩，我沉醉。我從中聽到了歷史的回聲，也聽到了生命鮮血淋漓的突圍與吶喊。

由於熬更守夜，飲食不規律，我多年未犯的胃病又重犯了；自從離開家時，妻子把一包花粉塞進了我的旅行包，我在麗江一直都在服用那據說對胃很有好處的東西，可我越吃，胃疼得越是厲害——很久之後我才知道，像我這樣的過敏體質，是完全不能吃花粉的。但那時我卻毫不知情。

我把隨身帶的所有胃藥都吃完了，又到街上買回來各種各樣的胃藥，仍然無濟於事。劇痛把我一次次地擊倒，然後我又一次次地爬起來，再次撲向前去，撲向那納西文化浩瀚無際的大海汪洋……

事實上，那時除了我這樣的人，誰還願意讀這樣的書?人們愛看的，是那些輕鬆愉快的消遣故事，是開篇就脫衣服上床的所謂「愛情小說」，是「武俠」打鬥、宮闈秘聞、情欲亂交、名人軼事，只有白癡，才會在這樣的春天裏，把自己埋在故紙堆中!

現代人需要的是帶有強烈感官刺激的情節和最暴露、最挑逗的細節，他們唯一不需要的是心靈。在整個熙熙攘攘的「市場」上，心靈已沒有了買主，哪怕那心靈再高貴、再純淨都不值一文。他們需要的是金錢，而不是財富；是漂亮，而不是美麗；是享樂，而不是創造；是肉欲，而不是愛情……

而我，卻在這樣的時候，讀著這樣的一本書。中國的讀書人，似乎永遠都是不合時宜的，都是傻乎乎的；這到底是中國讀書人的悲哀呢，還是幸運?

有天晚上，當我飽受胃疼的折磨，滿身冷汗又疲憊萬分地躺在小屋裏的那張床上時，已是淩晨二點。招待所的院子裏一片悄寂。

在更遠一點的麗江壩子上，午夜靜謐如水，將我深深地淹沒於其中。驟然想起，很多很多年以前，同樣的午夜，同樣的悄寂，同樣的靜謐也曾籠罩過麗江的山山水水，籠罩過納西人的列祖列宗，籠罩過那些古羌人的世代後裔，也籠罩過那些經過長途跋涉，去到玉龍雪山下「遊巫」，即情死的年輕男女……我當然也想起了我居住的那座城市。

當我離開雖然說不上是大都市，卻也照樣在拼命追趕現代潮流的昆明時，當我經過數年的準備後踏上旅途，開始這次生命的遠行時，我生活的那座高原之城的人們，正在爲他們能不能多掙幾個錢而焦慮煩躁，爲能不能弄到一場明星演唱會的票而發愁，爲能不能在現代官場裏出人頭地而心煩意亂絞盡腦汁……現代人講的是「自我價値」，是可觸及的實惠，是一本萬利的回報。我能實現什麼樣的自我？能得到什麼樣的實惠？又能得到什麼樣的回報？

我無法回答這些詰問。我只知道，我不能不去瞭解古老的納西文化，不能不去探訪納西人古老的情感方式。因爲，從接觸它的第一天起，我就被它強有力地吸引著。

她有的不僅僅是獨特美麗的風光，奇異絢爛的風情，還有人類最原始卻也最質樸、最純真的情感，和一種爲了理想而生活的生存方式。而旖旎的風光可以讓人的身心得到休憩，神聖的情感則可以讓被都市生活節奏弄得疲憊不堪的現代人得到暫時的輕鬆，讓我們對這片古老的土地有所依歸……

我來到這片神奇的邊地已快三十年，直到仲春麗江的那個千古月夜，我似乎才找到了我心中那塊真正的邊地。

❖ 邊地：一個語詞

作爲一個語詞，「邊地」兩個字的明確一如它的存在，而它的含混又一似它的遙遠。關山飛度，天涯杳渺，多少人身在「邊地」猶不知邊地的難以界定。

記得當初，我和我的一幫熱血如沸的朋友曾豪氣干雲地爲「邊地」一詞的確指爭論不休，另一些朋友則在一旁深意莫測地笑而不語；爭論最終也沒個結果，那番熱鬧，也跟年輕人的那股豪氣一樣，早就散作了滿天煙霞。

奇怪的是，若干年後，我翻遍普通的辭典，竟一無「邊地」這兩個耳熟能詳的字的蹤跡，原來它深藏在厚厚的《辭海》裏，揀出來後，還須小心地撣去歲月的塵埃。細細讀去才明白，據說，古印度的佛教徒把印度以外的遠地統稱爲「邊地」，翻譯過來，或許可以叫做「化外之境」吧。而在我們自己的典籍裏，這個字眼最早則出現在晉代高僧法顯的《佛國記》中，也跟印度相關。想到那常常掛在我們嘴邊，曾作爲一場現代爭論之關鍵的字眼，竟和釋迦牟尼、暮鼓晨鐘，以至青燈蒲團是同一個出處，不禁啞然失笑。

當然，在我的周圍，在我們多少使用過這個字眼的人的心目中，「邊地」絕無《辭海》中所說的那種意思。任何一個詞語，都會隨著歷史的演進而增添甚至改變它原來的含義。曾經，「邊地」只是生活在這個地域的某些人們，爲了表達某種難於言說的意願，借用它而出於一廂情願造出來的，帶有些許人工的意味；在一段時間裏，它是某些外表強悍、內心自卑的人爲引起關注喊出來的一句口號，舉起的一面旗幟，就像一個不被人喜歡的孩子，常常動不動就哭，或是做出些千奇百怪的事來，以引起大人的注意，從母親那裏多得到一點獎賞，多分到一點糖果。

如果並非刻意要當語言學家，鑽頭覓縫地在它的定義上多花功夫簡直就毫無意義。何況，這個字眼至今在內地人心目中仍沒有什麼地位。他們只是在想起那些離他們很遠的地方時，才湊合提它一下；當我有一次跟他們說起這裏曾用這個字眼與另外一個字眼連綴成一面旗幟時，他們甚至不明白爲什麼除了我們所說的這片山地外，這片國土上其他一些沿邊的省份和地區，就不能使用「邊地」這個字眼？既然如此，以「邊地」命名的某些看起來非常神聖的東西，即便不是顯得有些滑稽，也讓人覺得費解了。他們說，那面旗幟上的標記是模糊不清的。

但是，當「邊地」作爲一種自然的和歷史的人文景觀，一種意象，一種讓人感到神秘莫測的夢幻出現在我們面前時，那就是另外一回事了。「邊地」在這個意義上被使用時，不僅我們，就連內地人也感到它非常清晰。

將近三十多年，我跟比我早到或是同時到這裏來的人們——不管是任由命運驅使到這裏來作長期居住的，還是懷著壯烈的夢想，自願到這裏來建功立業的——嘴裏所聽到的，正是跟我當初完全一樣的感覺。

那是一代人的思考方式，一代人的活法；個體是渺小的，它本身的狀態究竟如何似乎並不重要，一切思考的立足點，都放在對社會、世界的改造上。爲此，他們可以犧牲自己的青春和愛情，甚至爲此感到自豪。他們相信，在一個正在發生大變革的時代，個人無論做什麼，似乎都是無所謂的，問題是你必須去做；只要做了，就必然會對這個社會作出貢獻。正像我多年前在一首小詩中寫過的：

高原空氣稀薄，
陽光並不稀薄，
生活既被熱烈地照耀，
就不會無聲地沈默。

而和那些晚於我許多時日到達，只想來這裏觀光遊覽，作短暫逗留的人相比，我們就大不一樣了。

是的，他們似乎要瀟灑倜儻得多。邊地的神秘依然無處不在，儘管當代這個講究競爭的社會的煙火氣早已浸入到那些遙遠的邊塞，原先十分純淨的神秘已然充滿了人造的雜質。他們來到「邊地」時，精神上大多處於極度的放鬆之中——如果不把對於即將到來的日子所存的新奇、擔憂，以及可能會有的冒險也算作緊張的話。「化外之境」在他們看來幾乎等於爲所欲爲，等於放縱，等於可以在這裏幹那些他們在原來的生存地不敢幹的事情的地方。

他們或多或少都打算對自己的靈魂進行放逐，隨時都在準備進行生命和情感的瘋狂冒險。也許他們原來的日子過於平淡無味了，也許不能說是平淡，只能說他們對養尊處優的日子膩味了，儘管平淡是我們所處的這個年代的通病。於是他們假模假樣地說他們喜歡流浪，彷佛流浪是人生的第一要義和最高境界。其實他們說的流浪無非是新奇的代名詞，並不準備品嘗一個流浪者慣常都要遭遇的饑餓、寒冷、漂泊和無家可歸。他們需要的其實是刺激，而並非真正的流浪，因爲他們並不具備一個流浪者必備的堅韌。

很清楚，不管個人的理解如何千差萬別，「邊地」從來都不是一個抽象的詞語，而只是一種實實在在的生活方式。到底是一種什麼樣的生活方式，當然要依據各人的理解而定。

我無意對上述兩種理解中的兩種生活方式、兩種人生態度作出評判，事實上，它們各有長處，儘管後一種方式多少帶有一點逃避的意味，而前一種方式又差不多忽略了個人的價值。二十多年過去，如今我希望的，當然是那種兼顧了個體和社會的方式，是那種承認生命的價值，也承認生來應爲他的時代有所奉獻的方式。

我的「邊地」，是在山野行止不期而遇的牧歸少年眼裏那半青半紅的殘陽暮煙，是那殘陽暮煙裏漸行漸近又漸行漸遠的、夢一樣的村莊，是那村莊裏一個雙眸如星卻破衣爛衫的少女手裏捧著、嘴裏嚼著的那一枚青澀的橄欖，是她嘴角邊掛著、喉嚨裏咽著的那一抹暗綠的液汁……嚼、嚼、嚼，不把邊地的苦澀嚼盡，絕不會有那一縷回想中的甘涼……

❖ 仗劍行

驀然回首，憶起了在風雨中啓程的那次青春的遠行。

幼時愛聽江湖藝人說書，最傾慕的，無非做個一劍在手，行義江湖，鋤奸去惡，無往而不利的俠士。料想他們憑著正氣與膽識，行走於民間，嘯傲於江湖，雖難青史留名，倒也瀟灑快活，不枉到人間白走一遭。後來讀了書，識了字，曉得中國的讀書人對此早有論及，原來那竟是一葉秋海棠般綿綿五千年的禪境古意。

屈原說：「青雲衣兮白霓裳，舉長矢兮射天狼。」

李賀有詩云：「我有辭鄉劍，玉鋒堪裁雲。」

劉長卿道：「獨立三邊靜，輕生一劍知。」

辛棄疾道：「我最憐君中宵舞，道男兒到死心如鐵。看試手，補天裂。」

仗劍行遍天下，幾乎是每個少年的夢想。無論是一把吳鉤劍、一把七星劍，還是一把龍鳳劍，都是少年的夢想。

三十年前，當我頭一次踏上這片土地時，我只有一個簡捷到令人羞澀的行囊，篋中有書，腰間卻無劍。雖說那時我已不只是一個少年，卻依然渴望有一把劍。幾經磨練，才知道當今之世電鈕閃爍，股市漲跌，早已不是俠客的世界了。少年夢中的那把劍，其實只是少年的一腔熱血，是那即便被剜出來後也依然鮮紅狂亂的心跳。

在多少年前的那次豪氣干雲的青春遠行中，我從來就沒有把「邊地」當作一個純哲學意味的概念來對待，當然就更談不上從文學的角度去詩意地理解它了。在我看來，邊地只是一個事實，一種現存的、超穩定的，在二十世紀末又不能不變的生活方式；是一片疆土，一片古老的、殘存著原始風韻而又生長著新的神話的山林叢莽。

我想到的是這裏像壯士的肌腱和筋脈一樣隆起的山巒與河流，是原始森林中的神秘叢莽，參天大樹，千年古藤，是老虎、大象、狗熊，是這片土地上暫時還不為世人所知的一切；當然，我也想到了流浪、旅遊，浪跡天涯；甚至想到了被貶斥和放逐，想到了界碑與國界、疆場與戍邊，想到英雄繫馬、壯士磨劍，想到烽煙古堡、斷戟殘刃、旌旗鼓角、熱血豪歌……

是的，三十年前的那個夏天，當我乘著一趟慢慢騰騰的火車進入這片山地時，我想到的無非就是這一切。儘管我還不能確切地說出即將降臨到我頭上的命運到底是好還是不好，但我深知，我對這片土地既充滿了恐懼又充滿了希冀。我的恐懼其實只是一種擔心，擔心一具即將栽種在這片土地上的瘦弱之軀是否能夠存活，能夠長成一株血旺氣盛的大樹；而我的希冀卻是一種乞望，乞望以險峻的山崖作砥石，磨礪生命的鋒刃，以奔湧的江河作源頭，貫通世代棲息於長江邊的先祖留給我的一腔血脈。我的獨立的、真正帶有流浪意味的生活就那樣開始了。

多年四顧茫茫，蒼山如海。世界其實是一頭怪物，一把劍又能奈其何？那怪物一似傣家「潑水節」神話中不死的魔頭，砍下後又會重新長出來，甚至砍一長十。我的劍在無盡的揮舞中終於鈍了，鈍成一枝筆。一枝筆和一把劍，相去何其遙遠？然敝帚自珍，帶劍遠行成了帶筆而行。也好，有時，將一枝筆蘸了西天灑於人間的濃豔如血的殘紅，書寫時，那文字的流淌如同自戕者熱血的噴射，倒也讓人兀自驚心動魄；以筆作劍固然悲壯，卻也時時讓人面對著這世界鐵一般硬也鐵一般涼的真實。一個仗劍而行的夢，似乎演變成了一個唐•吉訶德式的童話。可那童話裏嘰嘰嘎嘎旋轉著的，並非西班牙破舊的風車，而是讓人噁心卻又僞裝得金碧輝煌的、實足的虛假和血腥。

隨意打開電視，隨便調出一個頻道，螢幕上出現了一個壯烈的畫面，一幅美國西部式的蠻荒景觀，一個面廓剛毅、孔武有力的男人，頭戴寬沿呢帽，兩鬢絡腮鬍鬚，肩背長槍，腳蹬長靴，正迎著漫天風沙策馬前行。好氣派！好壯烈！

一個雄渾的男聲在說：真正的勇士，需要一匹好馬；真正的獵手，需要一桿好槍；真正的男人，需要一種豪情。說得真好！直看到最後，才見那男人從腰裏掏出一瓶牌子從沒聽說過，卻出產在另一個「邊地」的酒來，於是乎恍然明白，那不過是一則酒的廣告。

——是否堪稱世紀末的廣告經典？

很久了，我不再看「武俠」。我拒絕一切武俠。

艾青有詩云：「軟體動物，最需要硬殼。」

臺灣作家林清玄曾說：「一個邊地的『殘堡』，看不到英雄繫馬，看不到壯士磨劍，看不到笙歌樵唱，只有一輪將西的夕陽揮灑它的殘紅，而一個卸了鞍的遊子目睹這種景象，哪怕是鐵石心腸，恐怕也要黯然吧。」㊻

這聲音比那則廣告雄渾的配音低沉許多，也微弱許多，卻遠比那廣告真實。而我，或許就是那個「卸了鞍的遊子」，唯低頭垂淚耳。

❖生命與情感

在那些遠離城市、遠離親人的日子裏，我當然意識到，我的確是在探訪著「情死」，探訪著死亡；但我知道，我歌唱的並不是古老、神秘的「情死」習俗，而是「情死」所包容的精神。

現代社會比起納西人大量「情死」的年代無疑已進步多了，我們已經有了相當程度的「自由」；那些在過去的日子裏被數千年的禮教桎梏著的心靈，那些曾被各種各樣的「理論」沙化了的靈魂，經過了一段時間的疏鬆、調養和灌溉，似乎已重新被情感的蜜汁撐得滿滿脹脹。

隨著物質的相對豐富，我們以爲我們的心靈也處在一個前所未有的充盈時期。我們以爲我們懂得了愛，也懂得了恨，懂得了生，也懂得了死。我們言必談「情」。也許多少年來，我們一直是「上帝的棄兒」，一直生活在那種無休無止的訓斥、「打罵」之中，沒人疼愛，缺少關懷，我們一直渴求著這一切，於是稍有溫暖，稍有「氣候」，稍有陽光，我們便深深地沉溺在情感的「席夢思」上，再也無力自拔。

十多億人一起玩起「感情」來，真是當今世界最爲偉大最爲壯麗的奇觀。我們似乎在轉眼之間變成了世界上最樂意談論感情、談論愛的民族。我們以爲我們有這個權利，也有這個資格。

其實不然。細細一想，就會看到，在那表面的甜蜜之下，依然有著足堪憂慮的一面：經濟的迅速市場化，人心的迅速世俗化，加上物欲的汪洋大海的浸泡，人心的「剛度」和「韌性」都在轉眼之間大大「退火」。

我們心智的承受能力正在大大降低；是的，對我們來說，滿心、滿耳朵、滿世界都是像霧一樣輕薄的情感！

那是些什麼樣的情感呵！那些無足輕重的、小小的呻吟和哭泣，那些微不足道的孤獨和傷感，或者是那些類似杯水風波的淺薄的憂樂，爲此，我們在自覺或不自覺地躲避著那些引領我們登上天國的大悲哀，也像扔掉一張廢紙似地扔掉了那些真正的大歡樂。而那些大歡樂和大悲哀，是用來解答一些有關生與死的大問題的煉物，用來詮釋永恆與短暫這類大惶惑的經典。我們置這一切於不顧。

我們無可奈何地唱著「一切都是天意，一切都是命運」的哀歌，去面對和接受生活安排給我們的一切，不相信明天，也不相信未來……時間已到了二十一世紀之初；我們也的確在生活中看到了世紀末的種種表演：頹廢，沉淪，道德淪喪，不負責任，不講道義，玩弄感情……

這到底是怎麼回事？我們不是剛剛才從長達十年的大苦難中逃離出來麼？那時，爲了爭取我們所嚮往的「明天」，我們曾經付出了無數的血與生命。我們爲什麼會這麼快地就忘記了這一切？

當我們的內心已沒有足夠的能力去承受人世間大悲大喜的狂風巨浪時，當然就只能蜷縮在一些小哀樂的蝸殼裏顧影自憐了。一方面是情感蔓延、情感氾濫，「愛」成了這個時代裏最普及、使用率最高，也是最俗氣的一個字眼；一方面是心靈中的情感世界的水土流失和迅速沙化，一些人成了情感的乞丐，每每在那些骯髒的角落裏翻翻撿撿，撿到什麼算什麼，以滿足感官的刺激。

情感——如果還有的話——也如同那些假冒僞劣商品，因粗製濫造、名不符實而讓人不敢問津，一些人卻把這些原應被我們唾棄的廢物，寶貝似的加以珍藏。人類對自由、愛情、理想的執著追求，正在被用過就扔的「速食式」的情愛、享樂觀念所代替，諸如「沒有你的日子裏我會更加珍惜我自己，沒有我的歲月裏你要保重你自己」這樣看似瀟灑實則無奈的哀嘆，也正在取代「生命誠可貴，愛情價更高，若爲自由故，二者皆可拋」的永恆與崇高。

有人告訴我，那是現代愛情觀裏所特意張揚的韌性，你連這都不懂，還奢談什麼愛情？我說，生命固然也需要韌性，但「韌」不等於軟弱，不等於乞求，也不等於無所謂，更不是不要剛烈與堅貞。沒有了堅韌執著、至死不渝的追求，一個人或一個民族，還能成就什麼大業？

然而，對於歷史上的納西人，特別是青年戀人們來說，死亡確乎有著一種神聖純粹的意味，這種理想的、永恆的存在方式，就是當青年男女們的婚姻受阻時，他們絕不屈服於現實的壓力，而是懷著一種理想的愛的信仰，追尋天國中的美滿姻緣，去「玉龍第三國」殉情而死。而我想做的，正是通過對「情死」的理性思考，從而對當今社會人們精神與心靈的某種迷失與或缺作出反撥。

於是我在那個靜夜裏走出那間小屋，讓從玉龍雪山吹來的神風，穿過我的靈魂那像手指般伸展開的枝杈，拂動我的整個心靈；我在那樣的靜夜裏，把一團滾燙的、刻骨銘心的思念凝聚在舌尖，反來覆去地咀嚼；我想像放飛一隻鳥兒似地，從我的唇間呼喊出一個美麗的、我永遠不能忘記的名字——一想起那個名字，我就會熱血湧動，難以自禁。

事實上，在麗江的那段日子，我的靈魂一直飄蕩在情感的汪洋大海之中。我對自己也對整個世界說：歷史失落的某些東西，某些精神文化，也許正是我們建設一個富於人性、良知和愛的未來所不可或缺的。而通向人世和未來的道路上，正飛揚著迷眼的塵霧……

那正是我在不久前的一首短詩裏寫到過的：

晨啼的燦爛短於一瞬
霞色如煙　淡成散曲
神息飄拂自遙遠　自咫尺
冥冥中的靈波
浪漫為一種古典

悠揚如世紀之冰
簫角凝夢
那種顏色菲薄如苔

有囈語的夜晚醒成白晝
詩如纖指
從思繭中抽出旋轉的陀螺
那種顏色濃重如鐵
紡人之命運
織世事如歌
悠揚——似世紀之冰
浪漫——為一種古典
霞——色一如——煙

在我離開麗江的那些日子裏，我的心中，我的耳畔，常常會響起她的那些古老而又深情的歌：金沙江的歌，玉龍雪山的歌，雲杉坪的歌，四方街的歌，納西人心裏的歌……我會在那些或激越或晶瑩或幽婉或纏綿的歌聲中，溫情地回想起在麗江度過的那些日子。

我不知道她的心裏是不是也響起過我的歌——在城市更深人靜的夜裏，我的靈魂在無邊的神思中自由飛揚時發出的振翅聲；當我行走於都市的街巷，面對著世界的喧騰與繁榮也面對著世界的骯髒與卑劣時，那衝決我的雙唇迸發出的一聲聲輕輕的嘆息；當我渴盼真愛的心靈迷失在人間的荒漠時，對真情與誠摯的渴望……我並不奢望她能記住我這個來自遠方的遊子，更不用說奢望她能記住我靈魂的詠唱了。

是的，我不會說也不會聽納西話，更不認識納西古老的象形文字，但我讀得懂她的思索，感覺得到她的情感和追求，聽得懂她的那些古老的歌。

許多人寫過關於麗江、關於納西人的書，其中有好幾個是來自異國他鄉的外國人。讀那些書，常讓我想起三毛對撒哈拉，卡倫·布里克森對非洲肯亞的深情記敘。有一天，當我意識到所有那些寫作的本質時，我才發現，嚴格地說，不管是來自美國的洛克還是來自俄國的顧彼得，他們對麗江的記敘，要麼是一種冷靜的研究，要麼就是一種獵奇式的搜尋，而對於那裏的普普通通的人生，不能說是沒有涉及，至少也是所涉不深吧。於是我有了一種衝動，想把我在麗江的種種見聞講述給我認識或不認識的朋友。如此而已。

卡倫·布里克森在她的《走出非洲》裏曾說：「至於我，從來到非洲的最初幾周，就對土著萌發了深厚的感情。這是一種面向男女老少、非常強烈的情感。假設一個生來就同情動物的人，在沒有動物的環境裏成長，忽然與動物又有了接近；假如一個天生熱愛樹木森林的人，到二十歲時才第一次進入森林；假設一個和音樂有奇緣的人，偏偏到長大成人才第一次聽到音樂，那麼，這些人就是現在的我。」㊼

只要換上幾個字，這段話就完全適用於我了。

從某種意義上說，麗江，正是我的「非洲」。

◎註釋

①顧彼得《被遺忘的王國》第二二六頁，雲南人民出版社，一九九二年版。
②轉引自楊福泉《神秘的殉情》第八頁，三聯書店（香港）有限公司，一九九三年版。
③轉引自楊福泉《神秘的殉情》第九頁，三聯書店（香港）有限公司，一九九三年版。
④⑤⑥⑦⑧⑨⑩⑪楊福泉《神秘的殉情》第十一頁，第九頁，第十頁，第十一頁，第十一頁，第十頁，第九頁，第十二頁，三聯書店（香港）有限公司，一九九三年版。
⑫⑬《元史·憲宗本紀》。
⑭⑮⑲⑳白庚勝、桑吉扎西等著《納西文化》第一四一頁，第一四二頁，第一二三頁，第一二五頁，新華出版社，一九九三年版。
⑯⑱㉑㉖㉗白庚勝、楊福泉編譯《國際東巴文化研究集粹》第一九四頁，第一九五頁，第一頁，第五頁，雲南人民出版社，一九九三年版。
⑰㉔㉕洛克（Rock. J. F）《中國西南的古納西王國》第四章「木氏家譜」，雲南大學一九七六年油印翻譯本。
㉒巴爾扎克《驢皮記》，人民文學出版社，一九八二年版。

㉓段毅《走在故事的源頭》，《雲南日報》，一九九五年八月八日第八版。

㉘㉛㊳楊俊生《顧彼得與麗江「工合」事務所》，載《麗江志苑》。

㉙㉚㉜㉝㉞㉟㊱㊲顧彼得《被遺忘的王國》，第一頁，第二頁，第二二六頁，第二二七頁，第二二八頁，第二二九頁，第二三〇頁，第二三三頁，雲南人民出版社，一九九二年版。

㊴《續雲南通志》，轉引自楊福泉《神秘的殉情》第七頁，三聯書店（香港）有限公司，一九九三年版。

㊵《鹽源縣誌》，轉引自楊福泉《神秘的殉情》第七頁，三聯書店（香港）有限公司，一九九三年版。

㊶《中甸縣誌》，轉引自楊福泉《神秘的殉情》第七頁，三聯書店（香港）有限公司，一九九三年版。

㊷周善甫《善甫文存》第一二五頁，一九九三年版。

㊸㊹㊺李霖燦《神遊玉龍山》第一頁，第四頁，第三〇九頁，雲南人民出版社，一九九四年版。

㊻林清玄《林清玄散文》第六頁，浙江文藝出版社一九九四年版。

㊼〔丹麥〕卡倫·布里克森《走出非洲》，湖南人民出版社一九八七年版。

第二輯

雪山

○

我們周圍有光也有顏色，

但是我們自己的眼裏如果沒有光和顏色，

也就看不到外面的光和顏色了。

（德國）歌德：《歌德談話錄》

玉龍雪山：「十三長寶劍」和「一萬白芙蓉」──周善甫說：神山，拒絕攀登──雙峰雪山：與西藏的一種對照──掙脫世俗走向神聖和潔淨：我的遙遠的出發和並不愉快的旅途──生命存在的幾種方式──雪山和一個納西牧羊女──初謁玉龍：一個納西人的大惑不解和一個漢人的疑問──再訪麗江：甘海子，頂禮前的預演──走向雪山：有形的和無形的路──真正走近雪山：一個漫長的生命旅程──照片上的玉龍雪山和我心裏黯然的悲傷──白沙之行。沙蠡和他的家鄉：古納西王國的「首善之區」──黑水河──在雪山的背後──鳴音鄉的美麗和寶山石頭城的荒涼。

山。

❖「十三長寶劍」與「一萬白芙蓉」

無論在什麼季節，也無論從哪個方向、哪一條路進入麗江，我頭一眼看到的，必是玉龍雪山。

玉龍雪山，納西人心中至今尚存的銀色圖騰。

提起玉龍雪山，每個納西人都會肅然起敬，一片莊嚴，繼而眉飛色舞，滔滔不絕。他們是雪山的子民，從小在玉龍雪山的注視下長大，雪山早就成了他們生命的一部分。成人後，哪怕與玉龍雪山遠隔千山萬水，也難改他們從小就對玉龍雪山的那分癡情與崇敬。一百個納西人的心中，或許會有一百座各各不同的玉龍雪山，但有一點卻是相同的，那就是他們會以各種各樣的方式，來表達他們對玉龍雪山的嚮往、理解與思念：那可能是一株採自玉龍雪山的杜鵑，也可能是一首歌唱玉龍雪山的詩篇，當然也可能是一張玉龍雪山的照片，甚或是一個來自關於玉龍雪山的夢。而我的一個朋友，用的則是一副他自己撰寫的對聯：

大地恨難平　專鑄十三長寶劍
叢山嫌太翠　故栽一萬白芙蓉

「十三長寶劍」，據說指的是玉龍雪山那橫空出世、如鋒似刃的十三座雪峰，而「一萬白芙蓉」，指的則是雪山的飛絮積雪，恰如萬朵白芙蓉，開遍了蒼翠蔥鬱的大山。前者說的是「力」，是玉龍雪山本身的雄奇、峻拔，以及它在納西人心中喚起的巨大精神力量；後者卻極言其美，抒發的是雪山在人們心中引發的那種對於美好世界的嚮往與憧憬。玉龍雪山，正是這力與美的完美結合，而反過來，它恰好又是納西人心靈世界的最好寫照。

初初看到這副對聯，我即被它恢宏的氣勢和充沛的感情所震懾。當我後來知道，那是納西族作家楊世光積幾十年的情感，專門爲他心中的玉龍雪山寫的詩，我更不由得要對他表示敬意。楊世光的老家不在麗江縣，而在靠近石鼓的金沙江對岸的中甸。嚴格地說，楊世光甚至不能算是一個道道地地的麗江納西人。但那又有什麼關係呢，他畢竟是個納西人。

只要是納西人，誰的心裏沒有裝著那座偉大的雪山？

甚至，即使不是納西人，只要你去過麗江，只要你曾面對玉龍雪山，接受過它的注視，有過一段沉思默想的時光，你的心靈從此就會被它瀟灑地佔據。

納西人賦予了玉龍雪山太多太多的內容。那是他們心中的神山。

那是納西人心中至今供奉著的銀色圖騰。

既是神山，當然是不容攀登的。

前兩年，日本的一支登山隊曾想攀登雲南的太子雪山，後因天氣惡劣，登山隊遭遇雪崩而無一生還。這是科學的解釋，民間卻有另一種解釋，道是太子雪山是神山，絕不容許任何人攀登；

強行攀登者必遭禍患。而登山隊強行登山，果然遇難。這雖然不是科學的解釋，卻反映了太子雪山在當地人們心中的崇高地位。

在麗江，我曾聽到兩個年輕人企圖到雪山情死，又返回來的現代故事，這故事就和玉龍雪山有關——

一對青年男女相愛已好幾年了，可惜姑娘的母親不大喜歡她未來的女婿，理由是這個年輕人平時膽子太大，什麼事情都敢做，把女兒交給他實在不放心。就在那時，國外的一個探險隊想去攀登玉龍雪山的主峰扇子陡，到處找人做嚮導，這個青年聞訊，便自告奮勇地要去應聘。姑娘的母親聽說後大驚失色：我的老天哪，爬玉龍雪山？玉龍雪山是能爬的麼？那是神山哪！可那個小夥子還是去了。

到了海拔四千多米的地方，雪山上突然發生雪崩，小夥子差一點就送了命。但在他的幫助和引導下，那支外國探險隊全部脫離了險境。儘管他們的第一次攀登失敗了，那個小夥子還是非常興奮，因爲他們總算摸清了玉龍雪山主峰的一些秘密，爲下一次的攀登作好了準備。但是，他未來的丈母娘卻嚇壞了，說我沒說錯吧？玉龍雪山是神山，從來就沒有人上去過，你會把小命送掉的！她又哭又鬧地不准他再去當嚮導。

他堅持說服她。他的未婚妻也支持他，她正是喜歡他的闖蕩精神才跟他相好的。姑娘的母親說，要去，從此你就別再來找我的姑娘！又跟自己的女兒說，妳要跟這麼個不要命的男人結了婚，弄不好要守寡的。姑娘的母親以最快的速度，爲女兒在城裏另外找了一個開飯館的年輕人，說這人有錢，人也長得不錯。女兒還是不答應。母親想來想去，只好背著姑娘，悄悄地讓那個開飯館的年輕人的父親到家下了聘禮。心想，等生米煮成了熟飯，我看妳還能怎麼辦！

一天，那個開飯館的年輕人來到了姑娘的家，他在屋子裏轉了一圈也沒見到他未來的妻子。他問她母親，她說女兒出去了，一會兒就會回來。那青年就坐在她家裏等，一直等到中午，也不見那姑娘回來。姑娘的母親一連聲地埋怨女兒，心裏說，這個死丫頭會跑到哪裡去呢？再讓他那樣等下去，實在是太怠慢他了，於是她把那個年輕人、她未來的女婿請到女兒的屋子裏，叫他就在這裏再等一會兒。

年輕人一心想見到他的「未婚妻」，也巴不得能進到那間閨房裏看看。坐了一會兒，他覺得一個人實在沒有事幹，就這裏看看那裏看看。就那樣，他在一個小木櫃上發現了一張字條，上面寫著：「阿媽，既然妳要逼我，我也沒有辦法，我走了，再也不回來了。」

他一看，立即嚇了一跳，隨即大叫起來：「不好啦，他們到玉龍雪山情死去了！」

那個母親一聽，頓時嚇昏了過去。年輕人手忙腳亂地把她救醒，她還是哭得像個淚人。她的心裏一如刀鉸，不知道老天爺對她爲什麼會這樣殘酷！我說過，玉龍雪山是不能爬的，他們偏要去爬，這下好了，雪山上的愛神尤祖阿主來收他們回去了！

——後面的情節如何，對我們已經沒有意義。我只是想說，在普普通通的納西人心裏，玉龍雪山是不容攀登的。

在納西人心裏，「攀登」、「征服」這類字眼，從來都與玉龍雪山無緣。

納西人從來還沒有人登上過玉龍雪山的頂峰。

不是他們沒有那樣的願望，也不是他們不具備這種能力。玉龍雪山是神山，是天地造化給予納西人的一筆精神財富。既是神山，怎能讓它被踩踏在某個世俗的人的腳下呢？

納西族老一代學者、作家周善甫先生在其《綠雪奇峰》一文中寫道：

「雪山，並不罕見。但多位於漠北窮荒，徒自高寒，鮮可邇接而優遊者。獨有滇西北玉龍山的冰冠，卻插入北緯二十七度以南，以四千米的相對高度，屹立於溫帶雨林的蔥翠群嶺之間。挺拔巍峨，晶瑩皓潔，映襯著宛同江南的田疇郡邑，成爲瑰麗無雙的景觀。從昆明西行，僅十二小時的車程，便可一覽雄姿，從容欣賞。所以特爲抱有雅致的旅遊者所嚮往。」

「從麗江縣城北望，見其端麗莊嚴，似覺一覽可盡。其實它截金沙、連太子，逶迤數百里。其間丘壑堂奧，殊有未可畢攬者。筆者生小是鄉，早歲輕狂，曾累事攀越，但所涉獵的，也僅其什一而已。」

「在我所親歷的奇景中，值得大書的，首推綠雪之奇。在主峰扇子陡南側，峰下是一大片雪原。綠雪峰就在雪原正西面不遠。可是它僻處大谷中的北面懸崖間，南面又是懸崖，不循東面的『大深溝』（**未名的冰河故道，故作此稱。**）去迂迴深探，她是不露面的。」

「走近它，是不可能的。不僅壁立千仞、絕難攀躋，而且是雪崩最頻仍的所在，又時時有飄石飛墜，堂嗒有聲，連岩腳也不可久留，只好落帽瞻仰而已。不過深箐本身的幽奧高玄，也即人間殊景。辛勞遠至者，總不會有空返之嘆。」

「筆者好奇，早歲曾兩到其間。當年同遊的李霖燦君，如今還把他遠在加拿大的書室名曰『綠雪齋』，可見愛重之殷，並足徵信。」①

周先生的這番親歷，確乎道出了玉龍雪山的莊嚴和神聖的真諦。當今世界上，即便像喜馬拉雅山的珠穆朗瑪峰那樣的世界屋脊，也早就留下了人類的足跡；至今還沒被人「征服」的、海拔在六千米左右的雪山已經沒有幾座，其中就有玉龍雪山。所以如此，除了它的陡峭和嶙峋，長期以來由納西人對它的推崇、擁戴所造成的某種「輿論」壓力，恐怕也是登山者首先要逾越的一個障礙。

而這種輿論至今不僅沒有稍稍減弱，隨著世界性的「納西熱」，還出現了進一步增長的勢頭。如此，則玉龍雪山至今還是或將永遠都會是一座處女雪峰，就不足為怪了。

每次我面對它，默默的玉龍雪山，卻總讓人感到它有千言萬語要向我訴說。

當你凝視著它時，它也在凝視著你。

當你走向它時，它也在走向你。

而當你離開它時，它卻從來也沒有離開你。

玉龍雪山是默默的，它不過是我朝拜過的雪山中的一座，但它又和別的雪山不同，它分明是一句時時都在為你祝福的晶瑩雪白的禱語，一道時時都在投向你的終極關懷般的目光……

❖ 雙峰雪山

高貴是一種天質，一種稟性，一種無可遮掩的、自自然然顯露出來的出類拔萃——當我在雅魯藏布江邊仰望那座雪山時，我突然悟到了這一點。是的，一切人工的精美，矯飾的崇高，無以數計的金錢，至高無上的權力，都與真正的高貴無緣。高貴的真正締造者不是人而是大自然。我在西藏看到的那座雙峰雪山，正是大自然的傑作。

我並不知道它的名字，「雙峰雪山」只是我頭一眼看到它時，不期而然地湧上心頭的稱呼——也許它至今也沒有名字，只是崗巴拉山脈的一座普普通通的山峰。

那是在去日喀則的路上，當車從拉薩出發，沿著新落成的中尼公路西行一個多小時，繞出一個山谷之後，一座凛冽晶瑩似同水晶的雪山，便陡然出現在眼前。同車的許多人都歡呼著下車拍照去了，我的相機不好，只得憑自己的一雙肉眼，定定地凝望那座雪山——幸好如此，我才沒在百分之一秒的瞬間裏，就自以爲把它永恆地留在於心上，才得以用心地將它細細地品讀。

初時，我以爲雙峰雪山恰如一對戀人，他們含情脈脈地相依相偎、相視相望，神態嫻靜純真而又蕩人心魄。我敢說那並非戀人間常見的那種偶然的對視，而是那種頭一眼就註定了的終生相許的凝眸。即便一個毫無情感體驗的人，也會被那樣的目光打動而熊熊燃燒。那是無須語言交談的傾訴，是無須血酒作證的誓約。

凝神的注視已是千年萬年，目光卻一似初識時的羞澀和熾熱。也許起初他們各自都並不完美，但那種心與心的對視卻讓他們輝光閃爍漸臻化境。在那座略顯低矮卻更見秀美的雪峰上，一片白雲正被晨風展開，恰似她輕輕撩起的一塊三角紗巾。偶爾，雲被陽光染成嫣紅，便越發瀟灑自如地飄蕩，如同她隨風揚起的紅風衣。當紅雲漸漸飄遠，兩座雪山間已沒有一絲遮擋，另一座雪峰，那高大魁梧的漢子，襯著身後那飄飛的雲景，突然動了起來，彷彿正疾速地奔向另一座雪峰……

在我長久的注視中，我的魂靈似已潛入雪山的內界，發現了它們更深的秘密。與它們周圍那些脊線圓緩的山不同，雙峰雪山的峰頂峭拔凌厲，如同經過了千錘百煉而寒光閃爍的鋒刃，沒有模稜兩可的圓滑世故，也沒有俯身屈就的懦弱卑微。它們是志同道合的兄弟，相互欽羨著對方的剛勁、瀟灑，才相約著來到這世界，去奔自己的明天。

也許任何讓人肅然起敬的東西，都有一個直指蒼穹的尖頂吧，比如教堂，比如寶塔；雙峰雪山就是教堂，就是寶塔，它供奉的是靈魂的高貴，它鄙視的是世俗的卑瑣。不同的是，雪山並不要和誰比個高下，也無意去刺傷誰，壓倒誰；雪山高高的聳立，只是它自身生命的必然，是它不斷完善自己的需要。真正的高貴和強作的偉岸，其區別也許就在於此吧！

車又開動了。從接近雪山到離開雪山，車跑了一個多小時。我點起一支煙，一直默然，一直凝望，一直沉思。到底是什麼造就了雪山如此的品格、如此的氣度呢？公路在雅魯藏布江的一線峽谷裏奔突，我竟得以與雪山隔江相望了——其間僅隔不足一百米的距離。我驚訝山岩已然那般破碎，裂隙溝壑縱橫如織，岩石剝落如鱗甲飛屑。那不是雪山寬闊的脊背麼？我的呼吸變得濁重起來。

雪山的輝煌耀眼，與它經歷過的風雨滄桑，大約是成正比的吧？從地底隆起之前，它曾經遭受了多少地質年代的埋沒？而在它轟轟然隆起時，又少不了來自四面八方的衝撞擠壓，它終能長出地面，是靠了何等的毅力與韌性？固然從那以後，它能每日裏最早迎來太陽，雷電卻少不了來考驗它的意志，風雨也少不了來侵蝕它的肌膚，湍流更少不了來撕割它的軀體。一道深深的雅魯藏布江峽谷，不就是它身上的傷口麼？而它一直默默地承受著，任憑遍體鱗傷，仍將它高貴的頭昂然伸向天外。

它也不屑於用小椿小草來裝飾自己，只是裸露著筋骨，以自身的力量獨立於天地之間。聽不見它的呻吟和無謂的呼叫，它的強悍，它經過長久的磨礪練出的那種軒然昂揚的氣度，卻在如金的沈默中透露了出來。

雙峰雪山無疑是真正的雪山。一座真正的雪山，想來就該是這樣的，無論從哪個方向看，無論在什麼時候看，都叫人賞心悅目，感慨萬千。它有的不是那種故作一面的威嚴，刻意裝出來的皮相的深沉。威嚴與深沉早已化作它生命的內質。公路沿雪山腳兜了個弧形的大圈子，我看到的雪山一直氣宇非凡，猶如一塊巨大的多稜的晶石，在每個方位上，都把它刀削斧劈般剛健遒勁的稜角展示於雲空；空緲的天宇因了它那筆直凜然的聳立平添了生氣，連綿的峰巒因它那峭拔不凡的尖頂而獲得了高度。

幾天後，我在聖湖——羊卓雍措湖邊海拔五千米的山頂上再次遠眺雙峰雪山時，空間和時間的距離仍不能讓它變得猥瑣，它依然奇譎蒼勁，高聳於雲天之上。而它並不作孤傲的兀立，綿延數百公里的山巒，大大小小、高高低低的峰嶺，都是它的兄弟。遠遠望去，那形同大海浪濤般湧動的群峰，就叫崗巴拉山，雙峰雪山正是浩瀚山海裏那高高躍起的兩朵浪花。

我請朋友以雙峰雪山爲背景，給我拍了一張照片。那是下午，夕陽輝煌，天地籠罩在一片金色之中。照片上，我只是一個小小的剪影，雙峰雪山卻閃著高貴迷人的銀輝，壯美非常。

走的時候我沒跟它說再見。我希望並相信，未來的日子裏，它將永遠跟我同往。

❖ 穿越世俗的旅程

從昆明取道大理去麗江看雪山，全程六百五十公里，算不得多麼遙遠，普通的長途汽車在路上走兩天，就可以到了。然而在我心裏，每次去麗江，都是一條十分漫長的路，而在初次領略了玉龍雪山的晶瑩和美麗之後，那種漫長就顯得更加難熬。一路上，我總在以分秒爲計地捱時間。我急不可耐。我煩躁不安。稍稍冷靜一點時，我不明白那究竟是怎麼了，我甚至覺得自己有些可笑。不是說「曾經滄海難爲水，除卻巫山不是雲」麼？在雲南多年，我曾經有過連續十多天乘車穿越高山峻嶺的經歷，即便平時出門，一坐就是兩三天車的事，也是家常便飯。從來沒有哪條路，會讓我覺得有到麗江去那麼遙遠，那麼漫長，又那麼艱難，艱難漫長得讓人無法忍受！

很久以後我才明白，去雪山的路，本身並不遙遠，我之所以會覺得那麼遙遠，就因爲在我心中，一開始就有那樣一個念頭：我是去拜謁偉大的、我時時都在思念都在夢想著的玉龍雪山。去雪山的路，因而成了一條逃離凡塵、逃離世俗、逃離喧囂的路。一句話，那是一條心靈之路。心靈之路，無疑是遙遠的。

每次我都有一種衝出包圍圈、死裏逃生似的感覺。

一九九三年五月那次的麗江之行，頭天我是早上六點二十五分從省城出發的，按照往常的經驗，只要車不出毛病，路上不耽擱，最遲也該在下午六點鐘前到達大理。命運卻故意捉弄我，直到當天夜裏十點多，那輛倒楣的班車才搖搖晃晃地到達大理。想起來，真叫人不可思議。

那天早晨一開頭就不順利。離開車時間還有五六分鐘，司機就喊著要發車了。就在那時，客運站的女值班員氣呼呼地跑來跟司機說，再等等，還有兩名乘客弄錯了上車地點，跑到另一個汽車客運站去了，那邊來電話請車子稍稍等他們一下，她強調說，那是兩個外國旅客。

外國人又怎麼了？司機說，他不按時來上車，就讓這麼多人等他們兩個？

——看來，司機十分懂得怎樣動用「群眾」的力量。乘客們果然開始起鬨了，他們大喊大叫：「師傅，趕快開！」「活該！讓他們嘗嘗中國的滋味！」

——中國是什麼「滋味」？那兩個老外跟我毫不相干，他們弄錯了上車地點，也只能由他們自己負責；然而，我的同胞那時的舉止和心態，卻讓我大惑不解：人，怎麼都變成了這樣呢？

司機聽到那些七嘴八舌的喊叫，更加理直氣壯了，說，怎麼樣，妳聽到了吧，這可是乘客的意見！

值班員可憐巴巴地說，離開車不是還有五分鐘嗎？

妳是說笑話吧？五分鐘他們能從火車站趕到這裏？司機說，一臉的嘲諷，今天是我承包的第一天，不抓緊時間走，路上拉不到客，我不就慘了？妳這麼好的心，就讓他們坐下一趟車吧！他說話算話，馬上發動車子，開動了。

我那時想，既然是提前開出去，晚上六點鐘之前到大理就沒有問題。我在跟大理的朋友打電話時，就是這麼說的，我請他在大理爲我預訂一個房間。可車開出去不久我就明白了，事情絕不像我想的那麼簡單。那本來是一趟直達旅客班車，到了後來，就成了一路不停地上下旅客的短途車。司機只要能收到錢，見到路邊有人招手就停。車上的人本來就坐得很擠，中間的過道又窄，一路上上下下的，大多是公路邊村鎮去某處趕街的農民或生意人，大筐小筐，大麻袋小包袱，過道裏擠得水泄不通。

事情還不止於此，對那些苦苦求告才上得車來的長途乘客，司機可是下了狠心收他們的錢，弄得那些乘客叫苦不迭，說是請師傅原諒原諒，少收一點。司機說，少收點？上車時我就有言在先，這是直達車，你們說不怕，一個個氣粗得不得了，哦，現在又想少花錢了？沒那麼便宜的事！有的乘客聽了便說，那你停車讓我們下去算了！司機當然不會停車，那些人最終也只能乖乖地掏錢。

就那樣，幾乎每隔十多二十分鐘，就要停一次車，又喊又叫地上下旅客，一耽誤就是十多分鐘甚至半個小時。就那樣走走停停。我沒作晚餐的準備。中午，一車人被司機拉到一個前不沾村後不沾店的半山腰上停了下來，大家以爲是停車「方便」，卻聽司機喊道，就在這裏吃中午飯了，半個小時，誤車自負！

一車旅客馬上叫了起來：這裏怎個吃飯？屁大個店子，要吃到什麼時候？但司機壓根兒就不理眾人的碴，已經被小店那位塗脂抹粉的女老闆拉進去了。旅客們頓時都明白了，他們中了圈套。

這是長途汽車行駛途中常有的事了：司機事先跟某家根本就沒有生意的小店聯繫好了，司機把一車旅客拉到那個獨此一家的小店，旅客就吃也得吃，不吃也得吃，反正店家是要狠狠地把旅客宰一頓了。而司機在那個小店吃飯不但不花錢，老闆還得好好服侍，臨走再塞一條煙或一張大票子什麼的。

小店的飯菜要多難吃有多難吃，要了一盤回鍋肉，頭一筷子揀起來一片，除了皮就只剩下肥肉，上面還有一排牙齒印兒，看著叫人噁心！我端著那盤肉去找店家換。

店家說，「老闆，你就莫跟我開這種玩笑了，吃不起就莫吃，退錢事小，要說這肉是被人把瘦肉咬了又丟到鍋裏的，你就免談了。這麼缺德的事，我連想都想不出！」

我說，信不信由你，飯菜都是我剛剛端過來的，一口都還沒吃，總不至於是我咬了栽在你們頭上的吧?!店老闆乜斜了我一眼說，那哪個曉得呢？

沒想到出門半天就碰到這種事，我一怒之下，就砸了那碗飯和那盤菜。飯沒吃成，還掏了五塊錢賠人家的碗。我是不是瘋了？

天已經黑了。坐了一天的車，我又累又餓，甚至開始懷疑這次下了這麼大的決心，又準備了這麼長時間的麗江之行，是不是沒有選對時間，甚至壓根兒就是一件荒唐透頂的蠢事？也許我根本就用不著去尋找那片神話一樣的草甸吧？

就在那時，我探頭朝窗外看了一眼。呵，月亮出來了。月光下，遠遠近近的山峰，是那樣的沉靜，那樣的輝煌，那樣的讓人著迷。那是我向朋友講述過的月光。於是我想起了另一片月光，北方的月光。就是在北方的那片月光下，我向一個遠方的朋友講述過麗江，講述過玉龍雪山，當然也講過玉龍雪山下的月光。

那是幾年前在北京，在景山，一個月光融融的夜晚，在日壇，一個初雪皚皚的黃昏，我在跟那個遠方的朋友聊起麗江，聊起玉龍雪山時說：那並不是一座沒有知覺的雪山，不是一個「千山鳥飛絕，萬徑人蹤滅」的冰雪世界；從那些冰雪中，生長出了許多內地人聞所未聞、讓人心熱血湧的故事。

歷史雖然早就成了冰涼的敘述，可那些故事還是滾燙的，就像它們當初作爲一齣齣生命的活劇誕生在那些山裏時一樣，你甚至還能從中感到那些人呼吸的溫熱、心跳的轟響，感到他們眼神的專注和熱烈、歌唱的動情和悲壯。一對又一對相愛著的人們，爲了他們至死不渝的愛情，寧可將肉身拋棄在人世，而將靈魂奉獻給據說是住在雪山上的愛神，也不願意苟活於世。

朋友聽了問道：麗江，玉龍雪山，它們在哪裡？離我們很遠嗎？

打開地圖，在我們這片美麗國土的西南角，有一片寬闊的土地，著名詩人徐遲於五十年代爲這片土地寫下了六個字的斷語：神奇、美麗、豐富。這六個字一直流傳至今，成了這片土地的驕傲。

這片土地的名字就叫雲南。

雲南——彩雲之南。

我說，五六十年代，人們嚮往雲南的西雙版納和大理；七十年代，人們嚮往雲南的德宏、瑞麗；八十年代，人們開始聽說瀘沽湖、永寧——那裏是摩梭人聚居區，至今還保留著母系婚姻的殘餘；到了九十年代，人們開始聽說雲南的另一些地方：中甸、紅河……然而，我對每一個想來雲南的朋友都說，如果你們要去雲南，當然可以去那些地方，但雲南還有一片至今也不大爲人所知的土地，它的名字乾脆就叫麗江——美麗的江，你們應該去看看麗江，看看玉龍雪山。

朋友激動起來：我一定要去雲南，一定要去麗江，一定要去玉龍雪山！

可我告訴她，那裏也有人在想方設法地離開那裏，寧可到城市裏做一個無名無姓的人。

朋友回過頭來說，人真是一個奇怪的東西！總有一天，我要跟你一起去那裏住一段日子，哪怕死在那裏也值得……

凝望著窗外那水銀般的月光，我的思緒似乎輕鬆多了。

人就是這樣。我們一輩子都在想著逃離我們的「現在」，奔向我們的未來。去雪山的路，無非是一個象徵：當我們一直處在世紀末的世俗、世故和貪婪中時，當我們一直被喧囂、骯髒和利慾薰心包圍著時，當我們的生活中沒有金黃的陽光、沒有鮮亮的綠樹、也沒有藍得透明的天空時，我們並不覺得，我們習慣了或說麻木了，而一旦有了雪山那樣高聳雲天的座標那樣晶瑩的參照，我們就對周圍的一切再也無法忍受。

但我們還得學會忍受，爲了到達那個晶瑩的所在，我們必須忍受。唯此，我才有可能穿過黑古隆冬的隧道一般的世俗，走向那座雪山。

❖ 雪山背景下的納西牧羊女

旋轉……旋轉……旋轉……汽車在一眼望不到頭的大山裏蜿蜒而行，引擎發出單調、刺耳的隆隆聲，那敲打破銅爛鐵般的聲音，像一支鏽跡斑斑的鑽子，一直鑽到我的睡意中——如今幾乎就沒有一個真正說得上安寧的地方，哪怕你躲進夢裏，情況也不會有多大改變。但我知道，爲了去尋找那片神聖、神秘的寧靜，尋訪雪山和雪山裏的「舞魯遊翠閣」——那是納西話，翻譯過來就是「玉龍第三國」——我必須忍受這一切。

……車窗緊閉著。

山裏風大，儘管已是五月。車裏瀰漫著一股那樣的長途車裏常有的、熱烘烘而又帶著酸味的汗氣，薰得人暈頭脹腦，昏昏欲睡；腦袋不停地撞在髒不拉嘰的車窗玻璃上，終於「哐」的一聲，讓前後左右的人都嚇了一跳，他們驚訝地回過頭來，大概以爲不是玻璃碎了，就是什麼人的腦袋開了花。即便我自己，也被那意外而又嚇人的聲音驚醒過來。睜眼一看，一切依舊，什麼也沒發生，只是自己的前額隱約有點疼。於是睡意消去，眼前漸漸清晰起來——哦，這是到哪裡了？

那是一段盤山公路。所謂路，從車窗看出去，其實只是一段既看不到頭、也看不到尾的小半徑圓弧，圓孤兩頭都被森林、山崖遮擋得嚴嚴實實。車在不斷地改變著行進方向，一時由西向東，一時由東向西；於是坐在車窗邊的我，便忽地與陡峭的岩壁擦身而過，忽地又彷彿是懸在半空，面對著下面的萬丈懸崖。雲霧從車窗邊飛馳而過。讓人目眩的山谷底部，有一泓長條形的綠得發亮的湖水，像是畫家剛在裏面涮過他蘸滿綠色顏料的畫筆。我這才想起來了，那是一個深山水庫。

這麼說，是到鐵甲山了。那麼，剛才我在睡夢中感到的那一陣讓人暈眩的旋轉，就是從白漢場岔路口開始的盤旋上山吧？

從大理出發的公路到白漢場後，便分作兩岔：向左，可去靠近西藏的中甸，往右便是去麗江了。一過白漢場，景色跟先前便大不相同。如果說從大理出來後，一路的景色雖說也千變萬化，卻總也離不開蒼山洱海那秀麗、淒迷、溫馨的情調，那麼，進入麗江境界，上了鐵甲山，山水風光頓時就如鄭板橋筆下的山水，變得清癯、剛毅，完全是一幅高遠、簡捷的高山草甸景觀了。空氣乾爽潔淨，天空比蒼洱一帶顯得更爲高闊，也更爲幽藍，更爲明澈。

在整個雲南，那樣的風光並不多見，而在我看來，那是一種更爲闊大的氣象，一種對於生命看似嚴格、苛刻，其實卻更爲有利的環境。

生命是一種奇妙至極的東西。生命的存在當然需要讓其存活的條件，但自然和人類社會的歷史都一再證明，過分的優越和縱容，生命反倒會在「自我膨脹」中悄悄迷失；一旦條件變得嚴酷，那樣的生命便會因無法適應而難以繼續生存。是的，真正的生命總是要經過一些磨難，一些坎坷的。

人們熟知雲南的西雙版納、德宏、瑞麗那樣的亞熱帶風光，那裏樹木蔥鬱，藤蘿虬曲，氣候溫濕，一年到頭都有充足的雨水和陽光。在那裏，據說如果你要願意插下一根拐杖，一兩年後，它也會長成一棵參天大樹。

有人說，如果你在那樣的地方也無法成就生命的大業，那就證明你是個十足的、根本就沒有希望的笨蛋。在那樣的地方，生命以一種瘋狂的勁頭，輕輕鬆鬆而又蓬蓬勃勃地生長，如同「文革」中風起雲湧的戰鬥隊，只要是個人，就能揮舞一面大旗；或者就像眼下，任誰都可以自詡爲

「總經理」、「董事長」，彷彿只要你樂意，就能成爲百萬富翁。

但生命在那裏卻像在城市裏一樣，顯得過分地擁擠，過分地嘈雜，也過分地你爭我奪。放眼看去，到處都是濃密的遮蔽和難以逾越的阻擋，到處都是人的肉眼很難於穿透的叢林。滿滿當當的空間，濃得化不開的色彩，讓人應接不暇的聲響……一切都濃郁得讓人透不過氣來，於是那一切，反倒成了一種美麗的桎梏，一種擺脫不開的壓迫。

事實上，在西雙版納那樣的地方，所有的生命都因爲生長的過於「快速」，而造成組織的疏鬆，難於承擔大任。在那裏，我至今沒有看到過那種高大、筆直、組織縝密的大樹，沒有聽說過有那種能夠在建築中充任大樑的林木。一切都是疏鬆的，脆弱的，粗糙的，即便是充斥於市的「大象」等各種木雕，也都帶著明顯的慌慌忙忙的色彩，就像我們身處的這個喧鬧、浮躁的年代。

而在麗江，或許還有中甸，生命全然以另一種形式存在著、奮爭著、成就著。麗江壩子的海拔已在二千米以上，玉龍雪山則高達五五九六米，是中國這片大陸上除西藏之外，同緯度地區中最高的雪峰，也是長江以南的最高峰。儘管麗江的平均氣溫也不算太低，但決不像西雙版納、瑞麗那樣，冬天也溫暖如春。

麗江是美的。那是一種東方式的美，寧靜，肅穆，帶有一種「大寫意」的風格。

那又是一種嚴酷的美，嚴酷到近乎抽象，嚴酷到一草一木都成了一種象徵。

印象中的麗江，那些山野和平壩，幾乎沒有一樣多餘的、可有可無的東西，除了不時出現的一片片平闊的田疇和草甸，就是鬱鬱蒼蒼、筆直如椽的高山林木；在這裏，生命要麼偉岸、峭拔，要麼平實得如同土地本身；它們憑著自身生命的頑強，在這種近於嚴酷的環境裏自強自立，生生不息。

在這兩者之間，沒有過渡，沒有仲介，沒有那種高不成、低不就，糾纏盤結、亂作一團的侏儒般的叢林——那裏常常是攀附者和陰謀家的王國——或者是那種自身沒有骨頭，卻又想直入蒼穹、做偉岸丈夫的藤蘿，或者是那種秘密員警似的灌叢刺棵——它們懷著深深的嫉妒，把傷害他人當作樂趣，以鮮美異常的花朵誘惑於人，實則隨時都在準備以尖利的毒刺置人於死地。

而在這片土地上，你很難看到那種失去章法的爭搶，有的只是生命在自然法則面前的公平競爭，能在這種環境下生存者，就留了下來，其餘的都被無情地淘汰。於是，整個麗江的景色反倒徹底擺脫了平壩地區因淫靡的雨水和過分的溫暖而呈現出的良莠並存和雜亂無章。就像一篇出自大家手筆的文章，經過了大自然嚴格到有些苛刻的刪削，一切蕪雜，一切企圖草草生長、敷衍了事，或者不願付出艱辛卻又想出人頭地的生命都已蕩然無存，留下來的只是思索中傲岸的筋骨，濃縮到最低限度的智慧的精髓，因而顯得更爲冷峻，更爲剛勁，也更爲井井有條。

車從白漢場翻上鐵甲山，也就一、二十公里路吧，從鐵甲山到麗江縣城，大約還有兩個鐘頭的路程。可猛然間，卻像是進入了另一個世界。到底是什麼原因，造成了景色上如此之大的差異呢？僅僅是氣候使然嗎？車窗外，是一片鋪展於天地之間，如同波浪般起伏的紅花草子。連天的茜紅，彷彿一面面由天而降的巨幅旗幟，起伏不平地飄落在那片山崗上。

那是一種我年輕時曾非常熟悉的牧草，當那片看上去並不怎麼燦爛，卻是鋪天蓋地的茜紅撲進我的視線時，我那在城市裏被喧鬧、權勢、爭鬥擠壓得緊縮的心，此刻便像花一樣驟然開放。我立即爲之一振。

天稍稍有點陰。薄薄的、乳白色的霧氣在遠遠近近的山谷間遊蕩，就像一襲正在緩緩移動的、巨大的紗帳。而突然，在那片淡而勻的茜紅色中間，有一個淡淡的人影，細細一看，原來是側身坐在一塊石頭上的牧羊女，一頂大大的油笠戴在她的頭上，闊邊，尖頂，看上去那就像一朵剛剛撐開蕈傘的蘑菇。而從我那個角度看到的，那個以背部爲主的側影，又像一尊從洪荒年間屹立至今的塑像。

長途班車的轟隆聲，看來並沒能把她驚醒。她完完全全屬於她腳下的那片土地，乳白的霧氣，灰白的天空，和她那沉靜的、幾乎像是一無所求的神態，使她渾然一體地融和在那片景色之中。但她穿的那套深顏色的納西女裝，以及外面罩著的那件光面羊皮披氈，又讓她從那片淺淡輕柔的色彩中被凸現出來。一大群正在草地上覓食的羊，散散落落地圍在她的身邊，安詳得像初生的嬰兒。偶爾一聲咩咩的啼叫，反倒把那種靜寂襯托得更加幽遠，讓人覺得面對的是一幅出自大師手筆的古典油畫，又漂浮恍惚得像一個千古夢境……

當車的方向有了些改變，我終於看見了她的臉，那是怎樣聖潔、虔誠，又怎樣青春的一張臉呵，濃眉亮眼，挺直的鼻樑，薄薄的嘴唇，高高的顴骨……一切都被安排得那樣妥貼，無可挑剔——天神在塑造她的時候，一定是傾注了他的全部智慧和才思！

她的頭略略有些上仰，專注的目光向著遠方。順著她的目光看去，一座晶瑩的雪山在很遠的地方閃耀著，在碧藍如海的天穹的映襯下，雪山也如一個正翹首眺望著牧羊女的仙女，神情端莊，目光柔和；那不就是玉龍雪山嗎？晶瑩的光華，勻勻地潑灑在牧羊女的臉上和身上，把她映照得那麼純粹、動人。是的，我敢說，不管是誰，哪怕你是個凡夫俗子，只要被那樣的目光掃上一眼，非靈魂出竅不可……

汽車從牧羊女身後不遠處的公路上馳過時，她到底被驚動了，緩緩回過頭來，朝車這邊看了一眼。頓時，她臉上那一派柔和的、寧靜的光澤，深深地打動了我。一股無名的溫暖突然湧上心頭，讓我感到了一種從未有過的暢快。我怎能面對她而無動於衷呢？便忍不住把手伸到窗外向她揮了揮。牧羊女臉上露出了一個淡淡的、羞澀的笑容，淡得就像她身邊那片灰白的雲霧……

回想起來，那是我在幾年前的那次遠行中，在納西族的本土上看到的第一個納西人。那個牧羊女以及那片景致，就那樣深深地印在了我的腦海。

在省城昆明，我也有一些納西族朋友，但嚴格地說，除了他們相聚在一起的時候，除了他們說話的口音，平時，你很難從外表上看出他是或不是納西人。他們已和他們居住的那個污濁不堪的城市混雜在了一起；爲了生計，他們必須讓自己更像一個城裏人，而不是更像一個古「麼些」的後代。

他們把自己隱匿於都市中時，並不像那個牧羊女融合在那一片灰白色的天地和基調之中那樣。前者是以自己的徹底消失爲代價的，而後者，卻在有意無意之中把自己更爲分明地凸現了出來。這幾乎是兩種完全不同的生活，完全不同。

我想起城裏的人們曾煞有介事地談論要「換一種活法」，換一種什麼活法？當一切被決定之後，換一種活法能解決什麼問題？活的方式說到底，是以一個社會的生產方式爲前提的，社會本身沒有什麼改變，地球還是這個樣子，世界還是這個樣子，你就是換一萬種活法也是白搭。除非你像那個牧羊女那樣，既把自己完全融合在那個世界裏，又隨時都能從那個世界裏抽出身來，否則，只要你還在這個大一統的世界裏，其實怎麼活著都差不多，就是那麼回事。

玉龍雪山讓一切變得那麼澄澈、純淨，那麼富有生氣——不僅是那個牧羊女，也不僅是鐵甲山上的那片景致，整個麗江，整個雪山下的那片土地，都一樣。從此，我記憶中的玉龍雪山，就跟那個牧羊女聯繫在了一起。許多時候，我甚至分不清，我那天看到的到底是那個牧羊女呢，還是玉龍雪山；或者，那個牧羊女不過是玉龍雪山的化身……

❖ 初謁玉龍

儘管幾乎每一條路，每個方向，都通向玉龍雪山，儘管我曾從南、從東、從北……從幾個不同的方向進入麗江，去朝拜偉大的玉龍雪山。然而，從我知道玉龍雪山到我能真正走近它，其間竟經歷了幾年的時間。

頭一次，我是從南邊，從大理方向去的。

那是一九八八年的夏天，我和我的兩個同行因事前往雲南迪慶州所屬的維西縣，不料到了大理，才聽說第二天沒有去維西的車；爲了按時趕到，經朋友提議，決定先到麗江，再由麗江去維西。

我清楚地記得我們是午後到麗江的，準備第二天一早再從麗江乘車去維西。也就是說，在那趟旅行中，麗江不過是我們的一個臨時中轉站，它不是我們的目的地，儘管我早就聽說過這個地方。事實上，那天我們也的確只在麗江待了大半天，除了晚飯前，由當地一位同行木麗春領路去過一下黑龍潭，因爲旅途困頓，第二天又要趕路，我們在麗江的多半時間都是在屋裏聊天、睡覺。但是，就是那短短的逗留，就註定了我跟雪山，跟那個小城的長達數年的交往。

有人說，生活中所有真正稱得上序幕的開頭，都是在不知不覺中發生的，當你一點都還沒有意識到的時候，一件事情就開始了。我卻固執地以爲，從骨子裏看，我跟麗江、跟納西族是有緣的。這種緣份是在什麼時候結下的，我完全不清楚，或許那簡直就是一種前定。

那天，來接我們的納西族作家木麗春聽說我們第二天一早就要走，簡直大失所望：這麼遠來了，只住半天？老木是個臉膛黧黑、看上去近乎有些窩囊，卻絕對真誠的中年納西漢子，他那一口至今也說不清楚的漢話，讓我在後來跟他打交道時簡直大傷腦筋，以至不得不借助筆來交談。老木那天說，怎麼也該去看看玉龍雪山嘛！

無論我們怎樣解釋，老木對我們去了一趟麗江卻又不去看看玉龍雪山還是大惑不解。也許他覺得如此他便沒盡到他的責任吧，後來，他硬是在領我們去黑龍潭公園的路上，指給我們遠遠地看了看玉龍雪山。

那天雲層很厚，從鱗次櫛比的屋脊上透露出來的，只是玉龍雪山的一個銀色的尖頂。雲走絮飛，忽開忽閉，那一角雪山也便時隱時現，彷彿是一艘在風雨的大海上航行的銀色艦船。但那本身似乎就是一個寓意深長的意象；一座巨大的、冰雪的雕塑，就凜然屹立在飄蕩著炊煙、長滿了簷草的世俗的屋脊之上。它離人世很遠，彷彿又很近，介乎於現實與冥想、近在咫尺與虛無縹緲之間，是此岸的人與彼岸的人、軀體與靈魂共同營造出來的一個圖騰。

多年前，我就聽說過有關「玉龍第三國」的故事，還讀過一本名為《玉龍第三國》的長篇敘事詩。那是兩個年輕人於五十年代創作的，當時，他們都還是十七、八歲的高中學生，《玉龍第三國》一出，雲南甚至全國轟動，兩個作者，一個叫木麗春，一個叫牛相奎，都是納西人，一時被譽為「神童」，從此走上了文學道路，也從此開始了命途多舛的人生。六十年代中後期，他們倆都成了「牛鬼蛇神」，在批鬥會、牛棚、「學習班」度過了一段難熬的日子，卻至今不悔。而那天，木麗春正好就站在我的身邊，如今他已是五十多歲的人了。

老木一個勁兒地講著玉龍雪山的故事，我似聽非聽，覺得我所面對的仍然是一片混沌迷濛。是的，飛動如潮的雲絮在我眼裏，彷彿也真是無數條游動的白龍，首尾變幻，鱗甲閃爍，指爪出沒，變化萬千。

老木告訴我們，按照東巴經的記載，那裏就是「玉龍第三國」。然而，我到底還是把玉龍雪山當作了一片普通的風景。我甚至覺得，在我目力所及的那片冰雪之中，竟然會有一個納西人嚮往了幾千年的「玉龍第三國」，實在有些讓人不可思議。

納西人為什麼會把自己的理想之國建立在那個冰雪世界之中？聽著他的講述，我也曾在心裏回味著他和牛相奎在《玉龍第三國》裏，那些年輕、深情而又美麗的歌唱，盡力去想像隱藏在那片飛動的雲彩中的某個極樂世界。然而在我的想像之中，那個冰清玉潔的世界美則美矣，卻未免有些寒冷，有些淒涼——當一個人以他的世俗眼光去看待玉龍雪山時，結論大約也只能如此了。

而幾乎同時，我心裏甚至冒出了一個疑問：他們是怎麼想到要去寫那麼一本書的呢？固然他們都是納西人，一個從小在麗江縣城裏讀書，一個則在麗江著名的拉市海邊的一個村子裏長大，一定耳聞目睹過許多有關「情死」的故事，但那也並不是他們一定要寫《玉龍第三國》的理由。任何一個作家，即便寫的是歷史題材，也不僅僅是爲了展示歷史吧？那麼，他們到底要向人們說些什麼呢？我很想問問老木，但最終也沒有問——那樣也許過於唐突了。但從那時起，那個疑問就成了我一直想解開而又一直沒能解開的一個謎。

一九九〇年八月，一支由十多個人組成的採訪組乘車從昆明出發，沿金沙江北上，經由著名的攀枝花市，先去了摩梭人聚居的雲南寧蒗縣瀘沽湖和永寧一帶，然後由寧蒗驅車到達麗江，後來又由麗江去了中甸。那是一次艱難而又充滿樂趣的採訪活動。

雲南省林業廳宣傳處所以願意組織一次那樣的活動，除了他們一向對作家、藝術家懷有尊重之外，還因爲我們指名要去的地區，正好是他們管轄範圍內的滇西北大森林，有他們的許多單位，比如金沙江林產品公司、寧蒗縣林業局、麗江地區林業局、黑白水林業局、中甸林業局等等。我之所以不厭其煩地要特意列出這些人名和單位，不僅因爲他們曾給過我許多幫助，更是由於我想由此引出一個話題——關於雲南西北部的那片大森林。

那次是從東邊進入麗江的。從寧蒗到麗江有三百多公里路程，且路況不好；儘管旅途的顛簸和勞累早就讓我們昏昏欲睡，但車一進麗江，我們又轉眼就變得精神百倍了——玉龍雪山就要到了，那可是我們那次旅行的重點節目。恰好天氣晴朗，萬里無雲，遠遠地，我就看見了雪山。就像一座巨大的冰雕，玉龍雪山冰清玉潔地聳立在我們的眼前。

對於我們這些趕遠路的人來說，它森嚴的氣象和沁涼的氣息，穿過我們和它之間那巨大的空間，一直撲到了我們眼前，滲進了我們心裏。一車人突然大聲歡呼起來，要求司機立即停車。司機有點不解人意，回頭說，著什麼急呀，過兩天我們就要去看的！

過兩天？我們是那麼急於看到玉龍雪山。自從第一次見到了雲霧中的玉龍雪山，回去後，我找了些書來看，才發覺僅憑我那點皮相的瞭解，就對麗江，對玉龍雪山不以爲然，實在是有些可笑。我開始思念它，嚮往它，儘管我還不明白那種變化是怎麼產生的。

兩天後，我們驅車前去拜謁那座偉大的雪峰。車出麗江縣城，先是往西，然後轉北，再往東……無論車的方向怎樣改變，玉龍雪山都一直聳立在我們的視野裏，從來沒有離去，彷彿是它旋轉著身子，讓我們這些對它心儀已久的凡夫俗子向它注目凝望。

隨後，我們的車離開麗江縣城，穿過納西人古老的聚居地白沙鎮和它周圍那星羅棋布的村寨屋舍，轉向玉龍雪山開去。那是一片巨大的、佈滿礫石的開闊地，那就是麗江有名的白沙壩子。坐在車上，隔著白沙村，能看見對面半山腰上玉峰寺那佈局工整的院落，大殿的紅牆黃瓦和翹然欲飛的屋簷。

我們的右邊，據說原來是抗戰時修建的一個簡易飛機場，灰白色的跑道仍依稀可見。歷史的雲煙散盡之後，那多年前也曾熱鬧一時的地方，如今卻是一片沉寂。然而，我們這些外來人的到來，似乎驚動了這片土地深深的歷史，回頭望去，車後揚起的那片迷人視線的塵土，彷彿就是歷史的雲煙。金戈鐵馬，悲歡離合，許多歷史的戲劇，就在白沙鎮和它周圍的那片開闊的土地上一一上演。車一直在雪山的懷抱中行駛，似乎永遠也沒有希望駛離這片巨大的壩子，就像我們當今的日子永遠沒有可能完全逸出歷史的軌道。

當白沙村漸漸落在我們身後，翻過了一道小小的山梁，雪山似乎突然就撲到了我們的面前。其實，那完全是人的錯覺。雪山離我們是很近了，但真要走到雪山那裏，還有一段相當遙遠的路程。但我們確乎已經來到了雪山腳下。

那是一個名叫甘海子的壩子，緊靠在雪山腳下，星星散散地生長著成千上萬株矮小的松樹，松樹下是一眼望不到頭的綠茸茸的草甝，開著各色的野花。嚮導告訴我們，去雪山的人們，幾乎都要在這片草地上停留片刻，嬉戲一番，一則在這裏稍事休息，更主要的，恐怕還是能在這裏很近地看到雪山，就像在正式朝拜雪山之前，須得在這裏沐浴整理一番，作一次向雪山頂禮的預演。

雲霧繚繞，雪峰時隱時現，晶瑩而又蒼莽，看似遙遠，實則就在我們眼前。我突然覺得，它就是麗江那片大地的脊梁，是它的象徵，也是它的靈魂，是它的一面古老的旗幟，也是它永恆的未來。我無法想像，在我去過的任何一個地方，還有哪一座山能像玉龍雪山那樣，既那麼清純，又那麼深邃；既那麼現實，又那麼幽遠；既那麼明澈，又那麼神秘。如果你醉心於讀書，它便是一本無字的神書；如果你喜歡繪畫，它就是一片任何畫師也調不出來的色彩；如果你是一個數學家，它無疑就是數學上的一道多解的方程；即便你是一個無所不知的智者，它也是一個讓人永遠猜不透的謎……對任何人來說，它都既是對人生的一個永恆的追問，也是對你在俗世遭逢的一切疑問的解答……

我不厭其煩地講述我初識玉龍雪山前那些近乎瑣碎的經過，並不是爲了拉長篇幅；一個外地人，真正認識玉龍雪山，是必得有這樣的經過的。「有眼不識金鑲玉」這樣的話，說的正是我先前的無知。而一旦第一次看見了玉龍雪山，你就想看第二次、第三次……你會迷戀它，思念它。

現居臺灣的李霖燦先生，在談到他與玉龍雪山的交往時曾說：

「對於玉龍雪山，我們都有宗教巡禮者的虔誠，自從一九三九年初夏發現了這座滇西勝山（或聖山），便一住四年不忍離開。一九四〇年的春暮，我們曾以半個月的時間初訪雪山主峰，歸來後，信筆寫了一篇《陽春白雪大雪山》，結果由此接到許多朋友的來信，懷疑多於讚美，多半是說那篇文章所寫的雪山分明是假的。那時我們幾個登雪山的朋友都還留在麗江，大家討論之下，反而覺得這項批評異常中肯，因爲我們在雪山上的時候，就連自己也覺得是假的，陽春氣候白雪世界已經不合理了，又加上白雪裏開遍了杜鵑和牡丹，這豈是使人一聽就能相信的事？由此使人想到寫玉龍雪山是困難的，文筆未必傳達得了雪山的美麗，而讀者已在懷疑你說的是不是『真實』，因此我決定停筆，不再描畫。」②

其實，李先生在《陽春白雪大雪山》一文中說到玉龍雪山時，有一套相當獨特相當精闢的見解：一曰「玉龍雪山是石的雪山」；「土的雪山總是過肥，使人覺得臃腫，玉龍雪山是石的雪山，永遠沒有這項毛病，總是玲瓏峭拔！」；二曰「玉龍雪山是花的雪山」：「不曾到過玉龍雪山的人，不能想像它那遍地白雪遍地鮮花的奇景！說與世人，他也未必相信，真的白雪中開杜鵑，白雪中開牡丹麼？這景色引入宗教境界，令人悠然想到『造物主真是無限。在這種千古無人欣賞的地方，妙手一揮，亦使百花開放得如此燦爛！』」；三曰「玉龍雪山是畫的雪山」：「它本身就是一軸畫，朗朗照人卻了然寒意！雪的本身有這麼多的變化，正是畫家的絕妙畫材；有覆蓋的雪，有垂掛的雪，有鑲嵌的雪，有堆雪，有積雪，有凝雪，有新雪，有太古雪，有堆羊脂的雪，有潑牛奶的雪，有印度綢的雪，有北極熊的雪，有銀條網路的雪，有綠光盈盈的雪，有雪河、雪谷、雪岩、雪峰、雪嶺……一一都是我國藝人無緣見到的絕妙圖景。」③

這就是一個藝術家眼裏的玉龍雪山。藝術家看風景，儘管總帶些藝術的眼光，但我對李先生的這些看法，卻是贊同的。李先生雖然謙虛地說「文筆未必傳達了雪山的美麗」，說這「使人想到寫玉龍雪山的困難」，但在我看來，李先生的評語，只有不及之處，而絕無過譽。一般沒有到過玉龍雪山的人之所以不大相信，總是懷疑，「不信人間有此湖山」，就因爲他們很難想像，在那樣一個偏遠的地方，會有如此美妙的景致。而玉龍雪山恰恰是「宇內名山之『隱者』」，世俗的人們如果只是憑著他們的塵世經驗去作判斷，怎能相信世界上真有這麼一座山，而那座山又有那樣攝人心魄的美麗，那樣讓人念念不忘的魅力呢？

大自然的創造之精美，之偉岸，之博大，之深邃，常常超乎人類的想像，玉龍雪山正是造物難得的傑作。離雪山已經很近了，但相對於它那近六千米的高度和我們與它之間的四十多公里距離，我們所坐的車那一點點方向的改變和距離的縮短，簡直微乎其微，幾乎可以忽略不計，遑論在精神上，我們與它還相隔得多麼遙遠了。我們對雪山的所有思考也正是如此。

米蘭・昆德拉說：「人們一思索，上帝就發笑。」妄自尊大的人類，是常常犯這種錯誤的。

❖ 面對蒼穹

去過一趟西藏。那裏的高山大河，草甸雪峰，寺廟宮殿，都叫人留連忘返。但真值得西藏驕傲也讓人銘記的，我以爲還是那裏的天空。

孩提時，誰沒嚮往過藍天，凝望過星空？成人了，工作了，關在城裏，住樓房，泡燈光，更被紛繁的世事阻隔，我們好像已忘記了天空的存在。晝夜交替，日起日落，我們既無暇品評明亮的白天，也難以領略美妙的夜色。至於清晨黃昏，那些如詩如畫的時光，真對不起，我們大多也是或漫不經心或無可奈何地，把它們斷送在了早起匆忙的洗漱和趕路，晚歸時，疲憊的腳步與對晚餐和電視的渴望之中。

我們確已有些麻木，偶爾向天空瞥上一眼，關心的也只是天氣的好壞，看看要不要添衣服或帶傘，目光就頗爲功利。理由當然也是有的，事業、工作、奮鬥，生意、應酬、算計，我們實在是忙碌得很，於是油鹽醬醋，汗水淚水，甚或聲色犬馬，洋酒咖啡，便把我們的日子泡得走了形，變了味兒。我們淡漠了天空，天空也疏離了我們。有時夜半醒來，竟然想不起頭一天到底是陰是晴，更別說天空是什麼模樣了。

在西藏的那些日子就大爲不同了。不管走到哪裡，天空都就在你的身邊，一不留神，你就會跟它撞個正著。信不信由你——幾乎每時每刻，你都得準備好面對蒼穹，接受它的注視，回答它的詢問。

離拉薩不遠的拉薩河河心島上，有片草甸，我曾在那裏作片刻假寐。起初醉心的，是草甸的碧綠和柔軟，偶一睜眼，看到的卻是那片蒼穹。陽光如瀑，傾瀉而下，「穹廬」似頂，籠罩四野。熠熠光暈使蒼穹顯得既無邊遙遠又近在眼前，我感到了它的溫暖乃至灼熱，它的慷慨以及富有——隨意送來個小小的太陽，那在茫茫宇宙中原本算不得什麼的，竟成就了地球上的文明，讓人類享用至今。

在羊卓雍措湖邊海拔五千米的山上，我們原先渴盼的是那一泓碧水，但真正讓人震撼的，仍是那片澄藍透明的天宇。群山巍峨，雪峰高聳，但在蒼穹下，它們似乎都變小變矮了，遠遠退到天邊；唯蒼穹近在咫尺，彷彿伸手就能碰到。不遠處有個緩坡，穹頂似就在那渾圓的山坡上方，離我也就一百來米的距離。我遂大喜，執意要去叩拜參悟。高山缺氧，步履維艱，等我一步步挪到那裏，穹頂又移到了前面。低頭一看，天更開闊，也更俊美，似乎只要一縱身就能跳進那片澄藍，融進那無邊的清澈與純淨。

日喀則暗藍的夜空如同巨幅錦緞，有著驚人的華美與璀璨：星大如斗，晶光四射，河漢閃爍，儼然「天上的街市」，其壯觀，其迷人，決不輸於大都市夜景的輝煌。那時的天穹難以界定，說是淺近，卻又深邃無底，說是冥寂，倒似喧然有聲，看上去清澈如水，其實卻神秘莫測。我在那片星空下佇立多時，與夜之蒼穹的長久對視，讓人既心緒寧靜，又魂魄飛動。你似能聽見宇宙深處雜沓的足音，聽到未來世界發出的，輕柔而又讓人為之一振的呼喚。良久我才明白，那聲音似乎既來自遙遠，又來自自己內心。

蒼穹是美麗的魔鏡，它讓人既看到自己，又能看到世界。面對蒼穹，人會啞然失語，也會思緒萬端；會以爲自己成了抽象與空殼，也會感到自己心的轟響、血的奔騰。你會想起喇嘛寺裏向著蒼穹吹響的大法號，據說，那是人間唯一能憑藉自身的沈鬱空濛直抵宇宙中心的樂音；也會想起端坐於佛像前終日誦經的僧人那蒼茫的眼神，想起一路叩著長頭前往聖城拉薩朝佛卻歿於半道，仍仰頭凝望上蒼的朝聖者遺憾的目光；你還會想起一道偈語般裸陳於蒼穹之下，被時間的長河漂洗成慘白的犛牛的屍骨，也會想起與長空漠野渾然一體不可分辨的一切——那歇息在半山唱著牧歌的牧人，翻飛於其間俯視大地的兀鷹，整個的藏民族，整個人類的歷史與未來……

蒼穹是沈默的智者，它會向人講述一切，也講述它自己。面對蒼穹，一些東西正向你心中湧入，一些東西又從你身上離去。轉瞬間，你會把人世忘個精光，也會揪心地思念親人、思念朋友；你會切齒痛恨虛僞、狡詐、貪婪與不公，也會捫心自問你是否真的還保有良知、理想與正義；你會把功名榮耀與權力看得分文不值，又會渴望在某種新境界裏重建真正的功勳。你會感到虛無，又會清楚不過地意識到你和你所置身的這個世界的真實；你會覺得人生如夢，同時又領悟到生命如詩；你當然還會嘘嘆人的渺小，同時又會爲你身爲冥無聲息的宇宙中唯一會思考的生命而驕傲。

在這一點上，雲南麗江的天空與我在西藏看到過的天空有著驚人的相像。面對著麗江的天空，我再一次有了面對蒼穹的神聖之感。是的，面對蒼穹，對蒼穹的讚美和感激之情會油然而生。造就和照亮我們生命的陽光來自蒼穹，滋潤和養育世界萬物的水份也來自蒼穹；大智大慧大喜大憂，大慈大悲大徹大悟，統統來自蒼穹。

蒼穹是我們永恆的屋頂，蒼穹下是我們世代的家園。我們用「天長地久」祝福愛情，用「海闊天空」極言博大，用「天造地設」讚頌完美，用「天理不容」斥責罪惡——我們借助的都是「天」，都是蒼穹。或許，蒼穹正是我們智慧的淵藪，力量的源頭？也正是人的歸宿？

這還真不是一種臆想。藏族是實行「天葬」的，對天的尊崇自不用說。就在雲南的北部，在金沙江邊、玉龍雪山下，古稱「麼些」的納西族，也曾有過「祭天」的古俗。

納西民間有這樣兩句話：「納西美布迪」，即「祭天是納西人最大的事」；「納西美守若」，即「納西人是祭天的子民」。與漢民族及其他民族祭拜天地的活動不一樣，納西族的「祭天」完全屬於一種原始的自然崇拜。

在以納西族古老的象形文字——東巴文記載的經典中，納西族的「天神」全無社會屬性，也決不是「王權」、「天子」、「國家」等等概念的神格化，而是由天空自然神直接轉化而來的，儘管它最終也被人格化，有了人的姓名和性格特徵，也仍然是與大自然渾爲一體的人，不是那種社會屬性很強的人。

納西族祭天古歌《蒙增·查班紹》中唱道：

在最古最古的年代，
從高處首先出現斯布班羽④的天。
這天是能遮蓋整個大地的天，

這天是像一頂斗笠高懸在上界的天，
這天是空闊而透亮的天，
這天是有著陽面和陰面的天，
這天是鋪著九層雲錦的天，
這天是閃著大顆亮星的天，
這天是早起太陽暖照大地的天，
這天是晚間月光照亮大地的天，
這天是遮勞阿普的天，
這天是身材十分魁梧的天，
這天是兩肩寬闊勻稱的天，
這天是衣冠齊整的天。

沒有天就沒有高深的空間，
沒有天就沒有寬廣的幅員。
我們生兒育女，繁衍後代，
我們變得富足與豐實，
我們出征取勝，凡事遂心，
我們變得有才幹並行動敏捷，
我們活著能延年益壽，
一切全由天神恩賜。⑤

有意思的是，經民俗學者考證，納西族祭天的具體內容，祭祀的時間、方法、經過，祭壇的設立，祭品的準備，犧牲的處理等等，都與漢民族周代的祭拜天地如出一轍。這不僅證明東巴文化與中原文化有著同根同源的某種淵源關係，也說明漢文化中也曾有過類似的祭天活動，遺憾的是，這一活動在文獻中記載不多，也早已失傳。這，簡直就有點自絕於天的味道了。

納西人在祭天時想到了一些什麼呢？面對著浩浩蒼穹，他們一定從中獲取了某種力量、智慧和啓示，也獲得了某種寧靜與博大吧？

……從西藏回來已經好久了，才猛然想到，可惜並非我們身處的每個空間，都有那般澄碧、深邃、闊大的天空。我們自然也沒有必要都像納西人那樣，去設立祭壇，舉行「祭天」活動。但記得有人說過，比大地寬闊的是海洋，比海洋寬闊的是天空，而比大地、天空、海洋都寬闊的，是人的心靈。國人自古也有「天人合一」之說。那麼，請面對蒼穹吧！或許面對蒼穹，就是面對生命，面對自己，面對人類的未來和良知……

❖ 夜宿白水河畔

玉龍雪山下，白水河畔，有一個玉龍雪山自然保護區管理所，那裏離雪山下的人間仙境雲杉坪只有不到一個鐘頭的山路。在麗江地區林業局和麗江縣林業局的幫助下，我曾得以在那裏小住。

在那之前，我已去過雪山下的雲杉坪好幾次。記得當我終於能站在那片名叫雲杉坪的闊大草甸上，腳踩草甸上成團成簇的各色野花，凝視著眼前玉龍雪山那拔地而起的晶瑩、蒼涼的雪峰，呼吸著山下清冽、純淨的空氣，傾聽著草甸四周那由千年古杉彙集成的原始森林沉沉的林濤時，我覺得自己的靈魂已開始向頭頂碧藍如海的蒼穹升騰飄飛。冥冥中，有一種新鮮而又古老的聲音在把我呼喚。

我一時還無法理解那呼喚的內容，但它的深情，它的至誠，它的穿透我靈魂的力量，都讓我久久難以忘懷。我想起了我們去雪山時走過的那條路，據說，那就是無數納西殉情者在奔向他們心目中的「舞魯遊翠閣」時的必經之路。我當然知道，除了那條看得見的路，還有一條看不見的、純屬他們心靈的路。

無疑，後面這條路，比那條看得見的情死之路還要漫長、艱難得多。那到底是一條什麼樣的路呢？於是我暗下決心：一定要再到麗江，要在麗江好好地待上一段時間，弄清那條通往雪山、通往「舞魯遊翠閣」的心靈之路的歷史和文化的軌跡。我甚至野心勃勃地想要寫一本書，關於納西人，關於殉情，關於「舞魯遊翠閣」……

站在管理所的院子裏，抬頭就能看見雪山主峰扇子陡。管理所就在黑水河邊，地勢格外低，白得刺眼的雪山主峰以一種我從沒見過的巍峨和晶瑩聳立在我的眼前。四周，黑壓壓的原始森林，那些活了幾百年的、長著長長的「樹鬍子」的雲杉、雪杉，肅穆地簇擁在雪山的膝下，如同威武的方陣，護衛著雪山，又似乎在極力地踮起腳尖，仰望它們心裏的神靈。那種虔誠和莊嚴，讓我想到了人間，想到了俗世裏精神的迷失和或缺。

午後大約五點多鐘，雪山頂上突然沒有任何預兆地下起了一場恣狂暴烈的雷雨，一時，雪山像被施了隱身法一般，轉眼便無影無蹤了。粗壯、密集的雨鞭，把整個世界織成了一片不透明的茫茫的乳白。但我知道，雪山並沒有離開它業已堅守了億萬年的崗位，在我視力不及的地方，它正和狂風暴雨廝殺著，搏鬥著，從不遠的山裏傳來的沉沉的轟鳴，正是雪山的吶喊。

那或許也是對人心的呼喚吧，要不，平白無故地，它有什麼必要非得發出那樣的慨嘆？我在靜穆中聆聽著雪山的聲音，心中既像有無數的念頭在湧動，又像是一片空白。大約過了一刻鐘，風停雨住，雪山再一次露出了它的身影，但我吃驚地發現，它頭上竟裹著一大片灰白的雲霧，就像一個剛從鏖戰中凱旋的，頭上滿纏著綳帶的勇士；俄爾，太陽出來了，那團灰白的雲霧轉眼又成了一片殷紅，那立即讓我想到了血，想到了剛剛過去的那場搏鬥的刀光劍影。

或許雪山是受傷了，它正忍著巨大的創痛，思索著這個世界。而它腳下那片蔥鬱的老林，依然懷著那樣的虔誠，簇擁在雪山的身旁。那是以雪山為首領的英勇的方陣，也是它癡情不改的護衛……而在更遠的地方，是一片血紅。那是五月，正是杜鵑花開的季節。

前些天，當我在玉龍雪山一帶漫遊時，杜鵑才剛剛打苞。後來，我曾離開麗江去了一趟中甸，回來時可以算作我第四次，也就是從北方，從靠近西藏的中甸往南進入麗江的。等我幾天後從中甸回來，滿山滿嶺的杜鵑花已燦若雲霞。紅花白雪交相輝映，匯成一片美麗得驚人的熱烈。

那時，甚至連雪山上那經過整整一個冬天積下的雪，也隱隱泛出一層淡淡的紅，讓人如在仙境。這樣看來，我原先以為雪山是一片冰雪世界的念頭，恐怕就要作些修正了。雪山是熱烈的，它的內心凝滿了高熱的岩漿。如果說它真是一個勇士，恐怕也只是外表沈默冷峻，骨血裏的情感卻像火一樣地燃燒著……

雪山，從來就不孤獨，也不寂寞。

後來我才得知，滇西北的那片森林，是目前中國緯度最低，也就是地域最靠南的一片高寒林帶。在那些海拔三千米以上的大山上，普遍生長著樹齡幾百年、樹身高達近一百米的巨大的雲杉、雪杉、雲南松等高寒林木。往往，在聳入雲霄、終年冰雪封凍的大雪山下，就是一片一眼望不到邊的黑壓壓的原始森林。

那是一種十分壯麗又十分秀美的景色，我曾親耳聽到幾個從北京來的朋友說，這簡直就是又一個瑞士！

直至六十年代初期，一批又一批來自雲南、東北的林業工人和林業科技人員，才從四面八方聚集到這裏，開始了艱苦的、傳奇般的森林開發事業。在如今的滇西北，無論走到哪裡，都能看到一群又一群林業職工。當我在整個滇西北地方旅行採訪時，都一再得到他們的幫助和關照。好幾次，我都被他們的豪爽、質樸、熱情和好客感動得熱淚盈眶。

關於滇西北的那片大森林，關於我在那些大森林裏的種種見聞，關於長年累月生活、工作在森林裏的人們的故事，我無法在這裏一一講述，只能留待日後，以專門的篇幅細加描述。此刻我想說的只有一句話：大森林是人類一切財富的源頭。沒有那片大森林，就沒有滇西北那片雄奇、壯麗的景觀，自然也就沒有納西人，更沒有納西人創造的神秘、深邃而又博大的東巴文化。人類的一切都仰仗於神奇的大自然，人的一切創造，歸根結柢都是大自然的創造；毫無疑問，這一鐵的法則在本文所涉及的這片廣大的地區，也依然適用。

而滇西北的那片大森林，全都因爲有了雪山的滋潤。甚至，那流貫整個中國的長江，也在虎跳峽那裏，既受到了玉龍雪山和它對面的哈巴雪山形成的峽谷的阻擊和考驗，也得到了它們源源不斷而又冰清玉潔的補給……

夜宿白水河畔的那個夜晚，我此生難忘。我的四周，是亙古的漆黑和亙古的寂靜，然而，我卻莫名其妙地失眠了。不是因爲管理所那權充招待所的房間太冷，也不是因爲床板硬，更不是因爲孤身一人感到寂寞。事實上，我感到的是一種熱烘烘的寂靜。白水河在我的床頭流淌了一夜，滔滔訴說。它讓我深思，讓我輾轉難眠。

我深知，麗江，麗江的山山水水，是個深不可測的文化的海洋，瀰漫著遠古初民原始宗教崇拜的濃重氣氛。在那片被莽莽森林、皚皚白雪覆蓋，被縱橫的小河切割分離的土地上，充滿了動人的神話、離奇的傳說和數不盡的民間故事。許多時候，我都想從那些擁抱式的包圍中解脫出來，後來我才明白那是不可能的，於是我心甘情願地面對那個事實，讓自己沉浸在那種無以解脫的氣氛之中。

我相信，即使再過多少年，我也不會明白我怎麼會那樣。

也許不明白才是真實的，絕對的明白卻是虛假——一切真實的事物給予人的感受都是如此。現在，當我坐在我遠離玉龍雪山和那片土地的小屋子裏時，我似乎冷靜多了。但我知道那只是一種假象，在我內心深處，只要一想到那片土地，一想到玉龍雪山，心裏就會湧起一陣感情的狂風暴雨。

我彷彿又看到了那些臉色黧黑的山民——他們的皮膚上是深濃的陽光的顏色，那種顏色讓人想起宇宙深處，也想起他們腳下的那片土地。麗江的那片土地正顯示出那種迷人的褐紅，那是使我永遠感到迷惑、迷醉的顏色。說是褐紅，其實是一種說不清道不明的顏色，我相信那是任何畫師也調不出來的。

我當然遠遠還不敢說我已完全瞭解了他們——對於一個民族，對於一個民族在自己數千年的歷史中創造的燦爛奪目的文化，即使傾其一生，也未必能夠盡知；事實上，為了認知雪山，為了研究納西人和納西文化，在從本世紀初直到今天的近一個世紀中，國內外已有無數人為她付出了他們畢生的精力，甚至至死也還對他的事業念念不忘。我無非是個後來者，是個能夠坐享他們的研究成果和現代社會所提供的一切方便的傢伙，是個感情用事的人，跟那些為納西文化熬白了頭的學者相比，我實在有些微不足道。

但即使像我這樣一個在麗江匆忙走了一遭的人，如今談起麗江，也有說不盡的話。而我最想說的，依然是那座雪山，那美麗、豐富、神奇的玉龍雪山……

❖ 為玉龍雪山拍照

凡風景，都是可逛、可看，也可讀的。

「逛」風景雖說是身臨其境，但人眼的取景範圍畢竟有限，隨走隨看之中，接觸到的永遠只是那風景的一個「局部」，猶如點彩畫中的一個色點。若不把這個色點放到整個畫面中，你就無法解讀，也就無法領略它整體的奧妙。讀大風景尤其如此。比如廬山，你看到了錦繡谷，就看不到蘆林湖，看到了仙人洞，就看不到李白筆下「疑是銀河落九天」的香爐瀑。讀風景照片就不同了。一幅好的風景照片，即便只攝下了那片大風景的某個局部，給人的視覺享受，卻是整體性的——它表達的是那片風景的精髓。

真實的風景如果是一篇散文，優秀的風景照片就是一首詩。讀真實的風景，欣賞到的是散淡的美，讀優秀的風景照片，領悟到的則是濃縮的美了。

擺在我的面前的那幅玉龍雪山的照片，給我的正好就是這樣的感覺。

畫面上是玉龍雪山一派黛藍的峰面，有白雲纏繞、飄蕩其間，潔白如絲、如棉，如乳、如銀。而在它的上面，將起未起的紅日，將雪山上方的一抹雲彩濡染成了一派茜紅。那片茜紅的霞彩，那時正像一個龍頭。於是，一個奇妙的意象出現了：黛藍的山像是一個基座，而它上面的雲彩則是安置在基座之上的，一個造型爲龍的玲瓏剔透的工藝品。

玉龍雪山不正是一條龍麼——一條與「金沙」相對應的「玉龍」。

而且，照片上的龍是那樣的逼真，那樣的富有朝氣，那樣的生龍活虎，又那樣恰切、準確地揭示了玉龍雪山的本質。

所有見過這幅照片的人無不拍手叫絕！

自從人們開始談論玉龍雪山以來，自從玉龍雪山作爲一個民族的象徵，作爲一種文化的載體以來，將近一個世紀，許多人拍過玉龍雪山的照片，包括美國人洛克、俄國人顧彼得以及現在臺灣的李霖燦先生。但是，從來還沒有一個攝影家，爲玉龍雪山拍攝過如此精彩的照片！

那是我的一個朋友拍攝的。時在一九九三年下半年，他與幾個朋友一起，正在麗江拍攝一部名叫《高原女人》的系列電視片。爲了那張照片，他子夜即起，扛著照相機守候了好幾個鐘頭。而在那之前，他與玉龍雪山下的一個納西女子有過一段苦苦的、沒有結果的愛戀。

當我看到那張玉龍雪山的照片後問他，照片是怎麼拍出來的時，這位至今依舊孑然一身的朋友靦腆地說，「精誠所至，金石爲開」，那實在只是玉龍雪山對他在情感上陷於苦痛時的一個補償。不久前，當他的那幅玉龍雪山的照片被帶到國外展出時，他曾應邀將他的那段經歷，寫成了一個淒婉、美麗的故事，作爲那幀照片的說明。當我要求他給我講講那段經歷的細節時，他謝絕了。但他並沒有否定感情在他拍攝那幅照片時的作用。

愛，從來就是普通人的事業。法蘭西斯科·培根就尖銳地指出，歷史上的偉人「沒有一個曾爲愛情而瘋狂」。英國作家霍拉斯·華爾波爾曾用一句話表明了他對感情的看法：「對於運用理智的人來說，人生乃是一部喜劇；對於訴諸感覺的人來說，人生乃是一部悲劇。」⑥我不知道，我的那位朋友到底是在「運用理智」，還是在「訴諸感覺」，對他來說，人生到底是一部喜劇呢，還是一部悲劇？

還有，對於玉龍雪山來說，我的那位朋友以全部心血全部智慧拍攝的那張照片，到底又意味著什麼呢？是的，那幅照片不僅「形似」，而且「神似」，它讓我們看到了玉龍雪山的雄奇，它的華美，它的莊嚴和燦爛，但它是不是依然缺少一點什麼呢？

我說不上到底少了什麼，但我敢肯定的是，它還是少了點什麼。因爲，即便是如此精彩的照片，似乎也仍然難以傳達盡玉龍雪山在納西人心中的那種純潔，那種寧靜，那種超然，那種傲然屹立於塵世之上的神聖與無限……是我的朋友不努力嗎？不。是他的攝影技巧還不到家嗎？也不。我相信，那已是非人力所及，非人力能夠逾越的最後的也是最隱秘的一個層面。它宣告了這樣一個真理：世界千變萬化，魅力無窮，深邃無比，我們無法徹底窮盡它的奧妙。我們當然還要努力，但無論我們如何竭盡全力地試圖逼近玉龍雪山的本質，揭示玉龍雪山的真義，我們對它的感知依然是世俗的、粗淺的、皮毛的——玉龍雪山比我們所能理解的，不知要豐富多少萬倍。

想到這一點，我心裏就不免會升起一種令人黯然的悲傷……

❖ 白沙之行

原野如砥。薄霧如紗。自行車車輪在沙質的土路上輾過，輕微的沙沙聲，在清晨的原野上顯得溫馨而又動人。

一大早，我就和沙蠡一起，騎車前去白沙。那是一段約十公里的平坦的鄉村大道，出了縣城那些狹窄的街道，眼前便是一眼看不到頭的白沙壩子。還有很遠，一片村落就從地平線上那層紗一樣的薄霧中閃現了出來，幾縷炊煙，淡青色的，漸漸溶化在那些深灰色的屋脊上方。

沙蠡在我身邊輕輕地說，看見了嗎？那就是白沙。

我當然看見了。

沙螽是白沙三元村人，一路上，他不停地向我介紹著白沙的過去，如數家珍。說實在的，他的納西口音太重，說話又快，有時我根本聽不懂他究竟在說些什麼。幸好我對白沙多少有些瞭解，才能把從沙螽嘴裏斷斷續續聽懂的幾句話連結起來，變成對白沙的完整印象。

白沙是麗江縣城附近最大的鎮子，也是納西族在麗江壩子內最早的聚居點。很早以前，白沙就是納西土司的「首善之區」，也是古納西王國的政治、經濟和文化藝術中心，至今還成片保留著當年的古建築和古代藝術作品。那是一個時代的記錄。

元末明初，木土司將土司府遷到如今的大研鎮，完成了納西族歷史上的又一次遷徙。這次「權力中心」的遷徙，比原居住於河湟地區的古羌大舉南下，抵達金沙江邊，從而形成了古納西族的那次遷徙，規模要小得多，但它對納西族的社會歷史發展，卻有不可估量的意義。從那以後，白沙在納西人心中的神聖地位，便逐漸被大研鎮取而代之了。

然而，白沙曾經有過的光榮和輝煌，至今還讓白沙人引以爲自豪，津津樂道：它最靠近玉龍雪山，白沙人抬頭就能看見他們心中的神山，堪稱是玉龍雪山真正的子民；麗江那些閃爍著歷史光輝也經受過歷史風雨的名勝古蹟，差不多都在白沙附近。

這裏有被譽爲麗江七大喇嘛寺之一的玉峰寺，寺內那棵馳名中外的山茶樹，每年春上開花兩三萬朵，故名「萬朵茶花」，或「山茶之王」。白沙村頭，有建於唐代的北嶽廟，那是爲紀念傳說中的納西族保護神「三朵」而建的，每年春天都要在那裏舉行盛大的祭祀活動；白沙街的東頭，有木氏土司政權最盛的明朝年間興建的殿宇群，如大寶積宮和琉璃殿——那裏面有作爲納西藝術珍寶的白沙壁畫，那是從明代到清初二百多年間，先後由漢、藏、納西等民族的畫家們陸續完成的——有大定閣及金剛殿、文昌宮、解脫林——據說當年的土知府木增曾在解脫林設宴款待過著名地理學家徐霞客，《徐霞客遊記》中尚有記載；還有離白沙不遠的玉湖，玉湖村北的雪嵩庵，位於白沙村西不遠的木氏土司的避暑行宮梵字崖——上有宋朝時候的納西統治者麥保阿琮手書的梵字，等等。

如此說來，很可能在一個白沙人的心裏，一部納西歷史就是一部白沙史；或說一部白沙史，幾乎就是一部完整的納西史。而白沙人的聰慧精明，白沙人的勇武善戰，在納西人中也都鼎鼎有名。據當地方誌記載，白沙從作爲納西人的發祥地到現代，出過不少的舉子和戰將，僅本世紀上半葉，從白沙走出去的將軍和校官就有好幾十個。

那天，我逕自跟著沙蠡去他妹妹家，他妹妹多年前從白沙嫁到玉龍雪山腳下玉龍村的一戶人家，那裏仍屬白沙，卻是一個偏僻得多的地方。我們是爲了去拜望位於雪山腳下的「三朵」神廟，順路去玉龍村他妹妹家看看的。

走過一段令人寂寞的土路後，路漸行漸陡，騎車已成了一種負擔。當我們終於來到了一片屋舍密集的村子前時，眼前的景色已爲之一變。從那條土路的盡頭到沙蠡妹妹家，要穿過村子裏各家各戶比比相連的菜園。菜園與菜園間，有齊胸高的籬笆相隔。時值五月，籬笆上竟開滿了大朵大朵的花，原來籬笆本身就是用花栽成的，潔白的「十姊妹」，紅豔豔的玫瑰，以及一些我還叫不出名字的花，或嫩黃，或淡紫，或淺藍，五光十色，爭奇鬥豔，漂亮得讓人如同走進了春天的花園。

已是正午時分，當頂的日頭噴吐著烈焰，人們都回家歇晌去了，整個村子幾乎見不到一個人。蜂蝶自飛舞，鳥雀自鳴唱。微風過處，空氣中飄來一股股馥郁撩人的花香。那片迷人的農家田園風光給了我一個美麗的錯覺，我想，這一帶納西人的日子，或許就像那些花一樣的甜美，也像花一樣的安謐吧。

走進沙蠡妹妹的家，屋裏卻沒有人，冷火悄煙，雜亂無章，蚊蠅亂舞，眼前的情景頓時讓人生疑：這是納西人家的院子嗎？不管是它的格局還是它的清潔程度，都與我見過的任何一個納西人家的院子無法相比。沙蠡對此大約已「熟識無睹」，他招呼我在相當於「堂屋」的一個臺階上坐下，自己則出去把他的一個侄女找了回來，一問，說她媽媽可能還在地裏幹活，便打發孩子去找。

在外跑了半天，我的肚子早就餓得咕咕直叫，一陣陣的胃疼讓我大汗淋漓，然而看那樣子，原想到那裏吃一頓雖不豐盛卻一定是非常鮮香的農家飯的打算（**我想那也正是沙蠡作此「安排」的用意所在**），看來只能是一個奢望了。

片刻之後，我們終於等來了沙蠡的妹妹，那是一位顯得蒼老而實際年齡並不太大的納西女子，她滿頭汗水，一身疲憊。沙蠡趕快起身向她熱情地介紹了我。她的反應似乎有些冷淡，她說她去給我們做點吃的。我沒好意思問沙蠡，他的姐夫到哪裡去了。後來我猜想，她的冷淡絕不是衝著我來的，也許她實在是太累了。那種累，決不只是在烈日下幹活造成的，壓在她身上的，或許還有一副儘管看不見卻是實實在在的生活重擔。如此，一個客人和她弟弟的到來，給她帶來的實在也不能說是什麼歡喜。

我突然感到了一種強烈的失望——不是對沙鑫的妹妹，而是對整個白沙！吃著那碗由沙鑫的妹妹親手做的湯圓，我感到難以下嚥——不是因為湯圓，而是因為別的。

儘管我並沒有依據歷史，把白沙想像成人間天堂，但白沙作為顯赫一時的木氏古納西王國的「都城」和「首善之區」，歲月帶給它的變化也讓人過於吃驚了。它沒有從地面陷落，而是淪落了，它沒有在納西人眼裏消失，而是荒涼了，它也沒有被時間之河淹沒，而是頹敗了。法國作家雨果說得好：「所謂政治家，有時也等於說：民賊。」而所謂的政治權力中心，對於一個地域來說，無非是經濟上的某種虛假的繁華——靠著以權力和專制為後盾的橫徵暴斂，靠著以光榮和夢想為名義的揮金如土。

木氏土司府遷至大研鎮所造成的權力中心轉移，使昔日的白沙轉眼便成了真空，那些由納西族老百姓用血汗和生命堆積起來，用琉璃、壁畫和金頂飛簷的宮殿妝點起來的輝煌和神聖便從此不再，白沙頓時如同一個被遺棄在荒郊野地的孤兒，一片「人」去「樓」空的廢墟，再也無人過問。

直到近幾年前，除了懷舊的人們偶爾還到白沙附近的古廟行宮祭拜一下祖先，白沙似乎再也引不起他們的興趣。從明初到一九四九年前的數百年間，這個離縣城僅十里之遙的古鎮一蹶不振，轉眼便成了麗江縣城附近有名的窮困之鄉。如今，隨著旅遊業的發展，凡到雲杉坪去了回來的人，也會順路到白沙來看看著名的白沙壁畫，白沙正在悄悄地發生變化，但這個變化比起外部世界來，也未免過於緩慢了。

其實，這裏的自然條件不能說不好，儘管白沙就在玉龍雪山腳下，但凜冽的寒風卻正好被雪山擋住，無法對白沙造成致命的侵襲，一向天氣偏暖，加上就在雪山腳下，水源充足，白沙原應十分富饒；但白沙一帶的土地卻不大爭氣，滿是由古代冰川沖挾下來的大大小小的砂礫，難於耕種——旅遊者坐車在穿越整個白沙壩子通往雲杉坪的那條公路上奔馳時，就能看見一馬平川的白沙壩子上，這裏那裏，到處散落著一些突如其來、奇形怪狀的巨石。

那樣的土地當然是不宜栽種的，農民的生活也就可想而知了。近代的白沙，竟然成了一個頻頻發生年輕男女情死悲劇的地方。許多研究納西族情死習俗的文章和書籍都一再指出，白沙是年輕男女情死的高發區。

這樣的結果看似叫人不可思議，細想又在情理之中：一方面，無數納西年輕男女到玉龍雪山情死的事實，不可能不對白沙人的情感帶來強有力的震盪，另一方面，生活在這個隨時隨地一抬頭就能見到玉龍雪山的村子，悲慘的現實生活與傳說中就位於玉龍雪山裏的美麗天國相比，相去又何止萬里呢?!當這裏的人們在愛情、婚戀上遇到種種不如意時，最容易想起的，就是到玉龍雪山去情死。我甚至懷疑，納西人最早的情死事件，納西族最早的情死者，就發生在白沙的某個村子裏。我並沒有找到任何有力的證據，但在我的印象中，這似乎已是一個確鑿的事實。

從玉龍村回白沙的路上，沙蠡帶我走進了豐樂村他的朋友和文虎家的院子。與沙蠡的妹妹家比起來，和文虎家已經顯得相當「豪華」了。我們在天井旁的一間屋子裏坐下，和文虎為我們新泡了茶，還端出了幾碟自家做的納西小食品，諸如蜜餞之類。

和文虎年紀雖不大，大約也就四十歲左右吧，卻頗有見地。談起納西人歷史上的情死風習，他說他們村子裏不久前還發生過情死的事。不過，他不願意向我們提供那些情死事件的細節，或許是因為同在一個村子裏，早不見晚見，少惹一點麻煩吧。

即便這樣，我依然覺得有一股濕漉漉的霧氣從他的雙眼中飄飛而起，漸積漸厚，在我的身邊瀰漫，讓我深深地覺出了歷史的微寒，就像那天早晨我從麗江縣城出來時看到的一樣，那股薄霧在整個白沙上空瀰漫，讓整個壩子處於迷濛之中。

——直到不久前，沙蠡才告訴我，就在他的老家白沙三元村，六十年代初發生過一起轟動整個麗江的事：現在大約七十歲的楊開風，曾參加過麗江地下黨組織並當過指導員，五十年代中期，他突然和一個年輕女子一起失蹤了，人們斷定他們是一起到玉龍雪山裏「情死」了。他是白沙東山腳下的人，原妻是他的親嫂嫂，哥哥去世後，他便由他父母作主娶了他的嫂嫂，那時，他和他嫂嫂都還年輕，日子倒也過得去。

不久後，楊開風便參加了革命。他唱得一手好山歌，常常以山歌調子填上新詞宣傳革命；他的歌聲喚起了一大批窮苦的人對革命的嚮往，也傾倒了一大批年輕的納西姑娘。時間一長，楊開風的感情開始發生悄悄的變化。慢慢地，他不喜歡他的妻子了，卻鍾情於另一個年輕女子。他們一起到玉龍雪山打算「情死」，卻沒死成，又不敢回來，只好在山上過著野人一樣的生活，有時也偷偷到山下找點吃的，支撐他們熬過那些艱辛日子的，只有他們之間的愛……

五、六年後，傳說已在玉龍雪山殉情而死的楊開風，和跟他一起的那個姑娘被抓回來了！那之前，白沙一帶常常丟失東西，有人就懷疑楊開風沒有死，說他成了白沙方圓幾十里內的大盜。楊開風被抓回來那天，白沙上萬人聚集在白沙街子上，等著看他和他的情人到底變成了什麼樣子。

沙蠡那時雖還很小，那件事給他的印象卻非常深。他說，那天白沙街上人山人海，擠得水泄不通。大人們說，說不定楊開風的情人已經成了「白毛女」吧！幸好當時白沙公社的負責人比較開通，對群眾說：楊開風不是強盜，是人！讓楊開風與原妻離婚後和他的情人一起在白沙住了下來，一直生活到現在……

聽到這個故事後我想，當年我對白沙的預感沒有錯。沙蠡看到長篇小說《情死》後曾對我說，那時你沒有說，我也不知道你要寫「情死」，要不，我還能爲你提供一些情況——也許他想起了在陪我逛白沙的整整一天中，都沒跟我講過一個發生在白沙的納西人的情死故事吧。

那當然不能怪他，我也從來就沒有向他提起過。因爲我知道，對我來說，知道的情死個例多一個或少一個都不重要，都不會對我認識和研究情死產生多大影響，重要的是我已經感到，作爲古納西王國歷史上的兩個「都城」，白沙跟以四方街爲中心的麗江古城，爲什麼會那麼不一樣……

❖ 在雪山的背後

輕快的出發

在多年來與麗江的交往中，我跟玉龍雪山似乎已很熟悉了，但我從沒在真正的冬天踏上過那片土地，沒在凜冽的寒風和碎銀般的飄飄雪花中，領略過玉龍雪山全身披掛白甲的英姿。我心中滿是麗江明媚的夏日，是它金晃晃、沉甸甸的陽光，莽莽蒼蒼的原始森林和花草連天的草甸。

而對一座以雪山著稱的土地來說，沒見過它冬日的銀裝素裹，不能不說是一個天大的遺憾，那樣，玉龍雪山在我心中就是個有著致命缺陷的存在。一九九六年一月十二日，正是冬天。當我的朋友陳孝慈說，他將駕車去麗江而車上又還有座位時，我便跟他一起啓程了。前一天，我從天氣預報中看到麗江有小雪。這麼說，天公作美，我去的也正是時候。

那是我多年來數次往返麗江中，一次最舒服最輕快的旅行，一輛標致五〇五轎車，有空調、音響，坐著三個人，老陳，老陳的朋友老范和我。他們兩個都會開車。於是，我的那次旅行成了一次高規格的出行。在由昆明至楚雄的高等級公路上，我們的車以每小時八十公里，有時甚至是超過一百公里的速度風馳電掣，想起我以前坐著臭烘烘、慢騰騰的長途班車顛顛簸簸去麗江的情景，真乃天壤之別。

一九九五年下半年，昆明至麗江的空中航線開通，坐飛機從昆明到麗江不用一個鐘頭。二十世紀末，中國現代化進程的隆隆腳步，終於也驚動了麗江那片古老的土地，一個封閉多年的偏僻之隅，如今也被納入了現代化世界的網路——儘管回想起來，麗江這次商業性通航的時刻，離開麗江在抗日戰爭中修建起第一個簡易機場，足足已是半個世紀了。

抗日戰爭期間，麗江曾是聯結作爲抗戰大後方的雲南與反法西斯進步國際的那條重要通道的主要中轉站，那條通道從昆明出發，沿古茶馬道西行，經大理到麗江，再從麗江經雲南的中甸、迪慶至西藏，並一直遠伸到印度和整個世界。在著名的滇緬公路被日軍截斷後，這條崎嶇的、蜿蜒於雪山草甸和「死亡峽谷」之間的山間小道，便成了世界反法西斯陣營支援中國抗戰的主要通道。

其時，無數的馬幫穿行於麗江與西藏之間的雪峰草甸、崇山峻嶺，最盛時，麗江來往於西藏間各路馬幫的騾馬，總數竟達二萬餘頭。當局和商家當然都不會放過那個做生意的機會，許多大銀行，不管是國有的還是私人的，都在麗江設立了辦事處，麗江在戰爭中突然變得繁華起來。如今走在麗江大研鎮那些古色古香的石板路上，誰又能想起古城的那個黃金時期呢？誰能想到，就在眼前那些破敗的木屋裏，當年卻有過大宗的金融活動？

第一次聽人說起麗江的這段歷史時，我不能不感到震驚！白雲蒼狗，天地巨變，那條被命名為「茶馬古道」的崎嶇小路早已無處可尋，但我的眼前，仍然出現了一條塵土飛揚、馬鈴叮噹的山間小道，那真是一條「用我們的血肉築成」的山間通衢。

據有關資料介紹，當時的馬幫路上，隨處可見從萬丈絕壁上摔下深淵的騾馬和趕馬人的屍骨，累累白骨，竟然成了馬幫商旅前行的路標。可惜，偌大一個中國，至今大概也沒有幾個人知道，這個遠在偏僻一隅的小小的麗江和居住在麗江的納西人，曾為中國的抗日戰爭勝利作出過它偉大的、不可磨滅的貢獻。

從遠古時期納西人的大遷徙之路，到茶馬古道，到抗戰時期的馬幫之路，再到如今的高等級公路甚至空中之路，歷史確實在緩緩地向前。但聽到麗江有了飛機場的消息時，我仍有些擔心現代文明的大肆進入，會讓那片古老土地上的悠久文明和傳統文化在轉瞬之間蕩然無存。當今世界的許多地方正在發生這種悲劇：經濟發達了，人的日子好過了，但風氣不再，古老文化或是消亡，或是以商業化的姿態，畸形地出現在世人面前，變得不倫不類。

我的擔心顯然不無道理，幾百年前，麗江恰好經歷過那樣的時刻，當今人類也正處於這種兩難之中。但坐在那輛非常舒適的小轎車上，我又不能不承認，現代文明給人類帶來的，確是更符合人性的生活方式。總不至於為了保留一種古老的文化，就一定要讓那個地方永遠處於封閉落後之中，讓它變成一個浸泡在福馬林藥液裏的死嬰標本，永遠也長不大吧？但理智往往並不能代替感情，我意識到了這一點，卻依然難於完全打消那種擔心。

當天晚上，我們在大理住了一夜，第二天早上八點動身，中午就到了麗江。麗江正大興土木，那天快進入麗江城區時，老陳就指給我看了那條寬四十米的雪山中路，據說還有雪山東路和雪山西路。

站在已見雛形的雪山中路中間，視線一直可以抵達冬日的玉龍雪山，它依然一片晶瑩。不過，天氣預報中的那場小雪，或許真是一場小雪，它甚至沒能改變我見過多次的玉龍雪山的夏日景觀，山根接近平壩的岩石上，依然光禿禿的沒有積雪。我不記得我去過的哪座城市能有這樣的景觀，即使是在高原之城拉薩，站在布達拉宮的廣場上，也看不到如此壯觀的景象。說真的，我真為麗江感到高興。

稍事安頓，我就去麗江文聯找到了李理。他對我再次來到麗江似乎感到突然。我們在他那間小小的辦公室裏一邊喝茶一邊閒聊，決定第二天坐上麗江文聯的銀灰色「切諾基」，啓程去寶山石頭城。

我在麗江最為冒失的一段旅程，就那樣開始了——開始得十分偶然。

多年前我就聽說了寶山石頭城。元朝年間，忽必烈南下渡過金沙江後，那裏就成了麗江路宣慰司所轄的七州之一，納西話叫做「刺伯魯盤塢」，意即「刺寶白石城」，歷史悠久，是納西族最早最古老的聚居地之一。這些年來，國內不少旅遊報刊也都報導過那個地方。那天我和李理偶然說起來，李理頓時臉上放光，言語間滿是對寶山石頭城的嚮往。

他是麗江地區永勝縣人，先在麗江地區的寧蒗縣工作，後又到麗江地區文聯工作，輾轉多年，居然一直沒去過寶山。照他的說法，整個寶山石頭城就建在金沙江邊一塊孤零零的、巨大而又險峻的山岩上，石城所有的房子，房子的牆柱、屋頂、窗戶，以及屋內的床、灶台、盆、井等等，都是在那塊巨大的山岩上鑿出來的，也就是說，所有那些東西都跟那塊巨大的山岩連在一起，因而完全可以說，寶山石頭城就是一座巨大的石雕。我過去對寶山石頭城的印象，加上李理的渲染，一時便變得更加神奇，也更加誘人。

就那樣，第二天早上十點，我們就出發了。車上一共是四個人：李理，老范，和強和我。和強說他去過寶山石頭城，自願去爲我們帶路。

天氣晴朗，一路非常順利。快到雲杉坪時，公路邊的山窪裏開始看見淺淺的積雪，有些路段甚至還有一層薄冰。我們小心向前。車過雲杉坪後，玉龍雪山開始以一種我從未見過的姿態出現在我們面前。看上去，它就像個龐然大物那樣堵在路的中間，叫人覺得前面再也無路可走。

儘管那場小雪對雪山來說有些微不足道，雪山上那些裸露著的岩石肌理依然看得十分清楚，但山上積雪畢竟厚多了。在白水河與黑水河之間，我們還只能透過山與山的間隙，看見一個孤零零的雪山山頭。車一直在向北開。越往前走，雪山也就越是顯得高大、磅礴，越來越像個巨人，讓我們深深地感到自卑，感到人在大自然面前的渺小和無助。

於是我想到，儘管我曾多次看到過玉龍雪山，但都是從麗江縣城方向看到的，也就是說，是在玉龍雪山南邊看到的，都是玉龍雪山的「正面」。但那或許還遠遠不是玉龍雪山的全貌。從某種意義上說，在那之前，我所看到的玉龍雪山都還是平面的。頓時，一個非常富有誘惑力的問題在我腦子裏縈迴不去了：雪山的背後是什麼？還是雪山嗎？如果是，背後的雪山又是什麼模樣？我渴望看見雪山的全貌，看見一座「立體」的雪山。

黑水河

車在玉龍雪山山腰上走，過了黑水河，公路突然拐了一個大彎。就在那個大彎裏，有一個很大的供銷社，走進去，裏面是個很大的院壩，空空的，沒有人。從供銷社出來，緊挨著供銷社的院牆，又有一道門，人說那是一所小學：黑水河小學。

推開小學校又厚又重的木門走了進去，一大群孩子「呼」地湧了上來。他們很好奇，看到我這陌生的來客，就像看到一棵突然從地裏長出來的大樹。我說：「你們好！」他們並不回答，只是笑笑。我看他們不像是在上課的樣子，也許是課間休息吧。

小學校不大，依著那個大而無當的供銷社的西牆，有一塊狹長的空地，大約就是「操場」；說是「操場」，其實倒更像一個過道。「操場」再往西，有一溜木板房，那就是教室——整個看上去，那學校竟是一副瘦骨嶙峋的樣子。

頭一間就是教室，有一塊木黑板，有兩排木頭的課桌課椅——其實只是用未經刨平的木板搭成的。靠黑板裏面的牆腳，堆著一些石灰，白得刺眼。我想，那或許是用來防潮的吧。退出來，我順著「操場」往裏面走去，見一扇半開著的門前圍著幾個學生，湊近一看，見是一位老師，正在給學生們講著什麼。

我說：「您好！」

那位老師穩穩地站了起來，他身板壯實，穿一件深灰色的舊中山裝；就那麼微微地笑著，跟我攀談起來。

我們互報了姓名。他說他叫陸興，是彝族。

我說：「您當老師很久了吧？」

他說：「二十多年了，原來在別的村子……」

「在這兒呢？」

「也十多年了。」

「有多少學生？」

「三十多個。分四個年級，搞複式教學。」

「那可夠您忙的。」

「習慣了，也沒什麼。」

「是從學校分來的？」

「我讀過師範。」

「現在能掙多少錢？」

「差不多二百來塊錢吧——這就不算少了，以前只有幾十塊錢呢。困難的是學校，這棟房子原來是租的，現在人家提出來要轉讓，開價七千多。沒辦法，由附近幾個村子集資集了三千多，又找民委、教委各要了一點，也只湊足了四千來塊錢，還差三千沒著落。」

「那怎麼辦呢？」

「我也不知道該怎麼辦……」陸老師一臉的悽惶。

我說：「該上學的學生都上學了嗎？」

他說：「剩下沒幾個了。」

我說：「這兒搞了希望工程嗎？」

他說：「在報紙上看到過，不知怎麼還沒到我們這裏。」

「學校有些什麼報紙？」

「有《雲南日報》、《小學生報》。想訂一份《春城晚報》，訂不起了。」

陸老師看上去四十五、六歲，或更小一點——他顯老。

轉過身來，我又看見了供銷社的那堵牆，它定定地待在那兒，可我老覺得它還在往學校這邊擠。

跟陸老師告別出來，那一群孩子都站在校門裏面，伸出頭來看我。冒然看去，那道窄窄的門縫裏，就像掛了一串蔫癟的葫蘆。陸老師站在他們身後，跟我揮了揮手。他們那被陽光曬成褐紅色的臉上，掛著一種我說不出來的神情。

抬起頭來，我原以為會看見雪白晶瑩、莊嚴肅穆的玉龍雪山——那裏離玉龍雪山不遠，黑水河就是從雪山下流出來的，流進黑白水，又一直流進金沙江，流進大海——卻沒有看見。許是中間那一道山，把美妙的玉龍雪山擋住了。

從鳴音到寶山石頭城

離開雲杉坪大約一個鐘頭後，我們面前出現了第一個岔道。我問和強該往哪邊走，和強居然說他也不知道。我說，你不是說你去過嗎，老兄？他說，去過一次就記得所有的路？那還是十多年前的事。老范提議還是停下來的好，等有人或車路過時問清楚了再走不遲。於是我們下了車。

就在那裏，我看到了一座我從沒看見過的玉龍雪山。

那個三岔路口正好位於一片樹林之中，公路的兩邊，長滿了密密的、高過人頭的松樹。往回走幾步，就在路的對面，有一道小小的山坡，我們幾步就爬了上去，眼前似乎是「嘩」的一下，鋪開了一片視野非常開闊的山地，巨大的坡面上，密密麻麻地生長著低矮的松林——也許它們並不低矮，無非是因爲我們站在高處，從上往下看罷了。

松林的盡頭，是一道屏風似的、同樣長滿了低矮松林的山梁。就在那道墨綠色的山梁的背後，連綿的、晶瑩的雪山，襯著雲走霞飛的萬里晴空，恰如一排拍天的巨浪，峰峰相銜，細細數去，果然是十三峰——以前我一直以爲「十三峰」不過是中國詩詞中常用的概數，殊不知楊世光那副對聯裏所說的「十三長寶劍」竟是確指。

當風輕雲靜，綿延的雪山又像一盤巨大的銀色浮雕，高高地聳立在雲天之下，幾乎佔據了整個天宇。看不到它的根基，雪山似乎是憑空懸浮在大地之上。頂多，你能將那片墨綠色的山梁當成那個巨大的銀色浮雕的基座。雪山從我們來的方向逶迤而來，又一直向我們即將前往的方向伸展過去，看上去浩浩乎足有將近上百公里，勢若一條不見首尾的銀色巨龍，正氣宇軒昂地在藍天下舞動，讓人頓添幾番豪情；與我在麗江縣城附近多次看到的雪山相比，與我在白沙、甘海子、雲杉坪看到的雪山相比，眼前的雪山簡直恢宏博大得讓人不可理喻！我敢斷定，如果玉龍雪山真是一條神奇的天龍，那麼，以前我看到的頂多是龍的一個指爪，甚至是一片鱗甲。而我現在看到的，才是這條神奇巨龍的雲中真身！

一時間，我真是看得目瞪口呆，傻了！

那是正午，雪山在金晃晃的陽光下燦爛奪目，熠熠生輝，而又一派寧靜，無比聖潔。沁涼的，我早已熟悉的雪山的氣息孱合著松脂的清香從遠處飄來，充盈於我的整個身心。我的同伴早就大呼小叫地忙著拍照留念了，我這才想起該把此時此刻的雪山拍攝下來。我慌忙拿出相機，不斷地改變著角度，拍了一張又一張。我相信，我拍的那些照片，連我的朋友朱運寬也沒有拍過。

和強在一邊問我，你看到了雪山在那裏有一個缺口嗎？順著他指的方向看去，在雪山的北段，真有一道「缺口」，雪山在那裏突然「斷裂」了，「消失」了，在留下了一段不小的空隙後，才又在它延伸的方向高高地聳立起來。

我一時不大明白和強的意思。和強驟然得意起來，說，告訴你，那個「缺口」處就是金沙江，就是虎跳峽，「缺口」的那一邊，就是與玉龍雪山隔岸相對的哈巴雪山了。

原來，我在虎跳峽口感受過的那個巨大的、震懾人心的「斷裂」，其實竟只是一道「小小」

的「缺口」！

與大自然相比，人，實在是太渺小了，人的目光也太短淺了，而人的生命也太短促了。納西人傳統的「情死」風習，跟他們所領略到的大自然的浩瀚與久遠之間，是不是也存在著一種隱秘的聯繫呢？我說不清。但至少我覺得，那種對神奇、偉大的大自然的崇敬與膜拜，那種對生命與人生短促的感悟與嘆息，那種對人與大自然完全融合的追求與嚮往，在一定程度上，正是引發古納西人以「情死」的方式，拋棄生命皈依自然、拋棄短促尋求永恆的原因之一。

對此，楊福泉也指出，儘管佛教和道教的因果輪迴、極樂世界、來世等觀念，早在明代就開始在麗江地區盛行，東巴教中也摻雜了不少藏傳佛教的內容，「但有意思的是，真正支配著人們思想的不是佛教的這種因果輪回、轉生、天堂等觀念，而是『回歸祖地』的傳統觀念。……在納西人心目中，回歸祖先之地是根深蒂固的觀念，即使東巴按照『神路圖』畫卷和經書把亡靈送往『六界』中的最高境界『神地』，人們還是認爲死者實際上是沿著東巴所招引的送魂路線回歸祖地去了。」楊福泉說，「筆者曾就東巴教中所反映的這種二重生命歸宿觀念請教過一些東巴，這些不同地方的東巴都一致強調，回歸祖先之地是最爲重要的、必須的，而且都說明祖先之地不是在天堂，而是在祖先們確實生活過的地方。」⑦

那個「祖先之地」，不管是在東巴的經書裏，還是在民間流傳的古老輓歌中，都充滿了「回歸自然的生命精神，歌詞多以自然界和動物比興，把人生終結的歸去理解爲如動物的回歸自然」。作爲納西人「情死」後靈魂歸宿地的「玉龍第三國」，其基礎便是「與祖先之地觀念同源的」，而「『玉龍第三國』比『祖先之地』更富有大自然生氣勃勃的野趣和天籟之情調，更顯現出一派人與大自然陶然共醉、和諧相攜的境界。祖地歌頌的是人間煙火味濃郁的耕樵牧獵生活，『玉龍第三國』謳歌的是與天地日月、山川草木和野生動物融爲一體的自然生命一體化意識：日月星辰爲燈，彩霞白雲爲衣，青青的草地當床鋪，朦朧的晨霧爲紗帳，紅虎爲坐騎，獐子當家狗，白鹿當牛耕……生命回歸到這樣的境界是美麗的，特別當人生最富於激情和幻想的愛情處於苦難和深淵時，這種自然的幻化淨土便有極大的誘惑力，即使要以死來作代價，青年男女也在所不惜地要去尋找它。於是在漫漫的歲月中，無以數計的苦難的納西族青年男女濃裝盛服，長歌曼舞，含笑赴死，去投奔這一美麗的大自然樂土」。⑧

在當代社會中，人類已愈來愈感到自己正在被從大自然中「分離」出來，成爲大自然中一個孤苦伶仃的棄兒，而納西人似乎具有某種一以貫之的回歸自然情結，儘管情死是他們在這方面的一種極端表現，但從某種意義上說，他們一直保存著人類童年時期那種與大自然同榮共生的追求。與當代人比較起來，哪怕是在這一點上，我們也不能低估納西民族的偉大。

那天中午將近一點鐘，我們到達鳴音鄉，據說那是我們此行途中唯一能吃上午飯的地方。而據我所知，鳴音鄉是高寒之地，過去情死十分盛行，也出過不少東巴——在麗江，那已成了規律，越是窮苦的地方，人們越是篤信「玉龍第三國」的存在，情死者越多，東巴也就越多。現已在麗江東巴文化研究所的著名東巴和即貴老人的家就在鳴音，其祖上承襲了十八代東巴，到他已是第十九代，舊時家裏有「半個樓」的藏經；儘管他應聘進入東巴文化研究所時，手頭已沒有片紙祖上留下的象形文墨蹟，到一九九〇年，他大兒子拆一幢祖房時，卻在一堵老土牆裏，突然得到了三十本祖上秘藏的東巴經書和一套完備的儀式用器；直到一九九五年，雲南省文聯副研究員戈阿干隨他去到鳴音老家時，他說他家鄉現在還保留有祭天、祭龍、祭風等若干納西古祭場。⑨

除了玉龍雪山下的雲杉坪，那裏的風光比我去過的麗江任何一個地方都好：小小的鳴音鎮被蒼綠的群山層層包圍著，站在村口，就能看到我們在中途看到過的皚皚雪山，它透過山崖上茂密的叢林顯露出來時，更有一種超凡脫俗的意味。公路從鎮子的中間穿過，把那個孤零零的小鎮一分爲二，兩邊有不少用圓木搭起的現代木楞房，開設著幾家簡陋的小商店和飯館。我們的車剛剛停下，車輪帶起的滾滾灰塵還沒消散，就有好幾家小飯館的人圍過來問我們是不是要吃飯。李理說，他們地區文聯有兩個作者就在鳴音當老師，他請路邊一個學生去喊一個叫劉志文的老師，孩子一聽，興奮地跑著去了。

不一會兒，劉志文就興沖沖地跑來了，滿臉煙燻火燎之色。他還相當年輕，甚至有點稚氣。他似乎有些手足無措，兩隻手絞在一起搓來搓去，說他正好在做午飯，邀請我們就到他那裏吃。我相信他的邀請絕對出於真誠，可爲了節省時間，我們邀請他跟我們一起，就在路邊的小飯館吃飯。

劉志文從師範學校畢業後，已在那裏教了五年書，爲了驅趕山裏的寂寞，他一直潛心於文學創作。也許他的創作屬於「純文學」吧，吃飯時，我問他一些有關鳴音的情況，他竟一無所知。時間又不允許，我原想走訪幾戶人家，瞭解一下鳴音一帶過去「情死」情況的打算只好告吹。劉志文倒十分熱心地要去寶山石頭城，說他至今也沒去過，飯後我們就一起出發了。

按照打聽的情況，從鳴音到寶山只有三十多公里路，可從下午一點多出發，走到下午三點多也沒到——雖說是鄉村公路崎嶇難行，也不至於要這麼長的時間哪。再問我們的嚮導和強，還有劉志文，都說不知道是怎麼回事。直到遇到對面來的一輛車，上前打聽，才知道我們走錯了路，早就該在離鳴音二十公里處的一個岔道往右拐，我們卻一直朝前開，超出了十多公里，只好原路返回。還好，恰恰因爲那個錯誤，我們才在路邊看到了一個巨大的冰瀑，它從幾十米高的山上掛下來，在那個山窪裏形成了一個寬約五、六米的水晶門簾，晶瑩、透亮，美麗得讓人嘖嘖讚嘆，讓人彷佛置身在童話世界。

那是我在玉龍雪山地區看到的唯一一個冰瀑，它讓我對玉龍雪山深處的美妙景色更加想入非非。小心翼翼地踏著吱嘎作響的冰面，我們一溜一滑地一直鑽到冰瀑後面，進到冰簾洞的裏面，用帶閃光燈的相機頻頻拍照，可惜那時太陽已沉落到了遙遠的大山背後，洞裏光線太暗，拍出的照片都不理想。

車開到寶山鄉政府所在地時已是下午五點。鄉政府裏根本就沒有人。幸好劉志文還認識他的一個學生的父親，請他介紹了一下情況。他說路還遠，勸我們在鄉政府住一晚後明天一早再走。但我們趕路心切，本想當天往返，如果明天早晨才動身去，就連明天都趕不回去了。我問他，去寶山的路到底有多遠。他指著遠處一座山說，翻過那個山埡口，就不太遠了。又問翻上那座山要多少時間，他說大概一個鐘頭吧。我們想，那就沒問題，我們應該能在晚上七、八點趕到。便借了三個手電筒，買了電池、乾糧，準備上路。老范還特意買了一雙球鞋。那個學生的父親又爲我們請了一個當地的小夥子帶路，說他經常送電影片子去寶山石頭城，路熟。就這樣，六個人說說笑笑地出發了。

沒走多遠，就感到事情絕不像我們想像的那麼容易。「看山容易上山難」，我們平時都是不大走路的人。路是土路，又窄又滑，身邊就是萬丈懸崖，稍不小心，就有滾落下去的危險。等我們費盡九牛二虎之力終於爬上那座山頭時，天已黑了。原以爲下山的路會好走些，不料更爲難行：在那樣陡的下坡路上，慣性大得你想停也停不住，四周一片黑暗，前「途」未卜，三個手電筒的微弱光亮在茫茫大山的黑暗中，簡直形同於無。

艱難會讓人對周圍的一切產生懷疑。走到實在有些走不動時，同行的人中有人感嘆道，自然條件如此險惡，寶山石頭城的人真有必要一定要在這麼偏僻的大山裏定居嗎？難道就不可以搬到交通方便些、條件好一些的地方去麼？當然，我們同時也開始懷疑自己，懷疑我們此行的意義何在。那時我只有一個念頭，事已至此，後悔無益，看來也只好生死由命了。

黑夜濃濃。似有若無的手電筒光，簡直無法穿透那樣深濃的夜色。身邊一直有淙淙的、十分陰險的水響，如同千萬頭野牛在山間狂怒地奔行。那是我從沒聽過的很嚇人的水聲，僅憑那聲音，就知道那股山水正帶著一股巨大的衝力往山下沖去，任何人掉到那水裏，後果都不堪設想！

從第一座山頭下到谷底，又開始爬第二座山。

依然是黑夜沉沉，我們完全看不到「希望」。我的腳已經挪不動了，幾乎每走幾步，就要停下來喘喘氣。爲我們帶路的小夥子不停地說快到了，但我們對他早就失去了「信任」，因爲他明顯地是在鼓動我們，爲我們打氣。到那時，我反倒有了一種莫名其妙的勇氣，心想無非是「活著幹，死了算」吧，停下來絕對是死路一條，還是走一步算一步，走到哪算哪，實在不行了，就隨便倒在哪個草窩裏、哪塊岩石旁拉倒。這麼一想，腳下反倒有了一點力氣。

直到當晚將近十點鐘，我們才跌跌撞撞地挨到寶山。到那時，我的腿已再也不能動彈了。

嚮導把我們帶到一家黑乎乎的人家，第二天我們才知道，那並沒有進入寶山石頭城，而是還在石頭城之外。主人家據說早就接到了鄉鎮在政府打來的電話，說是今晚縣上有人要到他那裏住，已爲我們預備好了晚飯。一身納西女裝的主婦馬上開始爲我們熱飯熱菜，遺憾的是，那時，我們儘管很餓，卻沒有一點胃口，只想找個地方躺下來，一覺睡到天亮。

吃飯時，從外面進來了好幾個人，一問，原來是省委工作隊的。其中一個身材魁梧的紅臉膛漢子，據說是工作隊的隊長，劈頭就說，你們幾個的膽子也實在太大了！他聲若銅鐘，是那種適合對著數萬人講話的大嗓門。

正在我們驚愕萬分，以爲此人來意不善時，他又說，曉得吧，你們來的路上，最近連續摔死過好多人和牲口，都是因爲趕夜路、搶時間！他說，你們一直聽得到水響的那條溪河，一直通到金沙江，掉到溪河裏的任何一點東西，最後都會被沖進金沙江！他說，他曾在那一帶工作過幾年，至今也不敢在夜裏走那條路。他樂不可支地笑得前俯後仰，指著我們說，你們是糊裡糊塗地冒了一次險！

不知他是覺得我們幾個可笑至極呢，還是爲自己說出了一句精彩的「格言」而自鳴得意，或是二者兼而有之，後來，他便反反覆覆地說著這句話，說完後就哈哈大笑，笑得十分暢快。

看得出來，那是個非常開朗的男人，四十多歲，因爲長期在基層工作，有一套很快就和陌生人「打成一片」的本領。但是，我覺得他的笑聲多少都帶有一點譏笑的味道，讓我越來越感到慚愧。而當他說他本來已經調到省級機關工作，這次組織工作隊，他是主動要求到這裏來的，無非想來看看這裏的老朋友，包括他的老房東，說他在省城實在是非常想念他們時，我覺得他簡直是在自誇了。

不過，那時我已經沒有心思去挑剔他了，我一邊吃飯一邊開始發愁：明天我們怎麼回去呢？儘管進屋後，房東已讓我們用熱鹽水燙了腳，後來又拿他自配的藥酒將兩腿直到腳趾統統擦過，腿腳已再次有了屬於自己的感覺，但一想到剛剛走過的那幾十里山路，仍不免心有餘悸。

工作隊長走後，有人提議就在當地請人把我們幾個「傷員」抬出去，給我們帶路的小夥子聽了卻不言語。問急了他才說，你們出多少錢？我說，四個人抬一個人，每個人給五十元怎麼樣？小夥子不吭氣。又有人說，每個人給一百元，行了吧？小夥子還是不說話。看來，他對這筆「生意」沒有興趣。也難怪，第二天，當我們要死不活地走在山上，迎面碰到幾個趕馬人，想請他們馱我們一截時，他們照樣也沒有興趣。據說，那裏從來就沒有這樣「賺錢」的。

當晚早早地睡了。

第二天醒來，腿和腳已沒有昨天那麼疼。站在窗戶前一看，眼前是一座儘管不大卻十分險要的小山，四周築有幾尺高的石牆；金沙江隱隱約約就從我們暫時還看不見的小山背後流過。它聳立於江邊，猶如一座威嚴難犯的古堡，扼斷了從江邊通向我們這座大山的道路。山上有鱗次櫛比、層層疊疊的房子，朝著我們的這邊，一條不寬的小路通向山上的一道門——看樣子，那就是遠近聞名的石頭城了。

雖然還是冬天，石頭城兩邊山沖裏的梯田卻都綠了。而在更遠的金沙江兩岸，則是一片高聳於雲天之外的重巒疊嶂，陡峭嶙峋，寸草不生；在晨光的映照下，那片山崖更是顯得光禿赤紅，彷彿是被大火燒焦過的無人之境。我們住的那間屋子，就在金沙江南岸的大山上。作爲石頭城基座的那座小山，其實正是我們腳下那座大山的餘脈。估計吃飯還早，我和老范便一起去看石頭城。

走在石頭城裏，眼前的景象與我們的想像實在相去太遠。真正稱得上是從那座山上鑿出來的，大概只有腳下的路吧，儘管高處已經磨得黝黑發亮，路面卻依然坑坑窪窪、高低不平，也許從有那條路的那天起，它就從來沒有被稍稍修整過；路兩邊的溝槽裏，一頭頭豬在由灰土和屎尿攪合成的稀泥塘裏翻滾覓食，臭氣熏天，蚊蠅遍地，叫人不忍目睹。

我和老范耐著性子在石頭城裏轉悠了大約個把鐘頭，根本就沒看見一處傳說中的石柱、石牆、石凳、石桌和石灶台。充斥著整個石頭城的，是黯淡、髒汙和濃臭，讓人感到憋悶、壓抑，心情沉重。或許石頭城早先確如史籍裏記載的那樣，有著自己獨特的景觀和純樸的風習，但如今它只存在於那些發黃的紙頁，在現實生活中已蕩然無存，一切不再了。一直到我們走到石頭城的北端，面對著在我們腳下靜靜流淌的金沙江，看到了我們頭頂藍藍的天空，我們才稍稍鬆了一口氣，才確信我們依然生活在現實的人間。

站在那裏，看著腳下浩浩東流的金沙江，我突然想起了那個叫達拉瓦索米的納西姑娘。我隱約覺得，寶山石頭城一帶，說不定就是達拉瓦索米的家鄉吧——要不，她怎麼會想到把孩子放在一塊木頭上讓其順江漂流而下，自己也投江而死呢？

回到房東家吃過早飯，在當地那個小夥子的帶領下，我們再次來到石頭城。小夥子說，他知道在一戶人家裏有一眼就著山體鑿出的井。等他帶我們去到那戶人家，主人卻堅決不准我們進去，即便我們答應給主人一點「參觀費」，他也照樣不肯答應。

小夥子帶我們在石頭城裏繞了一圈，幾乎沒有一處讓我們感到驚喜的東西。我們的失望是深沉的。不僅僅是石頭城的名聲與它的現實不符，也不僅僅是我們花了那麼大的力氣跑到那裏去後居然一無所獲，我想到的是，在如此嚴酷的條件下，這裏的人們究竟在怎樣生活？何況這已是二十世紀末了，幾百年前這裏是一幅怎樣的景觀，真讓人難以想像！

吃早飯時，我跟房東和世英有過一番交談。他是當地的醫生，有兩個兒子在外面工作。我們從他家的生活談起，說到了那裏令人觸目驚心的貧困和落後，說到它至今還不通公路，也說到了它的封閉。不知為什麼，那時我突然想起了忽必烈當年在金沙江邊的那次「豔遇」，石頭城不正好就在金沙江邊麼？和世英說，他聽說過關於納西始祖「爺爺」的傳說，卻沒聽說過忽必烈的故事。至於「情死」，他說，寶山石頭城一帶，過去有很多年輕男女邀約著一起去情死，解放後也還發生過不少情死事件，當地的東巴也相當多。只是到了現在，情死才很少聽說了。

納西族的「情死」風習，顯然跟納西人在如此惡劣的自然條件下生存不無關係。因而，「情死」不僅僅是文化現象，不能僅僅用精神的原因去解釋，它同時也是生存現象，要從實際的社會生活中去尋找原因。當人的生命在艱難萬端的現實生活中一文不值時，保存一條生命還有什麼實際意義呢？當生命在此岸被全然否定，追求生命在彼岸的永恆，就是一件再合情合理不過的事了。就像頭天晚上，我無依無靠地走在去寶山的路上所想到的那樣，生命已像一張弓那樣被拉到了極限，眼看就要斷裂時，死就不再是一個可怕的結局。何況，納西人在歷史上遭遇過的艱辛，比我們的那段艱難旅程還要艱難多少倍。與其長期忍受那樣的人間痛苦，還不如喝下一瓶毒酒，或是掛在一棵樹下，走向他心中的「天國」。

在形成納西族「情死」風習的諸多原因中，是不是真有這個因素？我不好打包票。但不管怎麼說，當我在雪山的背後走了一遭後，我自信對雪山的瞭解要深刻得多，也全面得多了。美麗的玉龍雪山在我眼裏，不再是平面的，而是立體的，不再僅僅是神聖，也有苦難。而苦難從來就是造就高貴、堅韌的必經之路——儘管人們為此付出的代價，也往往慘烈得讓人不忍目睹。

◎註　釋

①周善甫《善甫文存》第一一三頁，一九九三年版。

②③李霖燦《神遊玉龍山》第五十一頁，第四十四頁，雲南人民出版社一九九四年版。

④斯布班羽和下文中的遮勞阿普，是同一天神的兩個名字。這個天神的女兒襯紅褒白後來下凡，成了納西族創世始祖崇仁利恩的妻子。

⑤納西族東巴文學集成《祭天古歌》第四頁，戈阿干主編，中國民間文藝出版社一九八八年版。

⑥霍拉斯．華爾波爾語。

⑦⑧楊福泉《神秘的殉情》第一四〇頁，第一四三頁。

⑨參見戈阿干《告急：東巴文化出現斷層》一文，《上海文化報》一九九六年五月三日第三版。

第三輯

草甸

使生如夏花之絢爛，死如秋葉之靜美。

（印度）泰戈爾：《飛鳥集》

高山草甸雲杉坪和它的另外幾個名字：「殉情草甸」，「十二岩子坡」或「舞魯遊翠閣」——躺在大地深處的「森林十字」——古樹顯靈：與一個「情死者」靈魂的奇遇——「祖先故地」與納西人的偉大創造；「玉龍第三國」的由來——走近東巴：「納西活荷馬」，一個民族的祭師。關於我和美國人洛克、俄國人顧彼得在這一問題上的分歧——漫漫心路歷程。「情死」的幾種方式：與一個年輕趕馬人的交談——「樹耳朵」記——故事：源頭與遺址。發生在雲杉坪的一個現代「情死」傳說——草甸上的廢墟。讓「我們挾帶著廢墟走向現代」。

❖ 十二岩子坡

那片神秘的高山草甸和那座亙古不化的雪山，終於又凸現在我的眼前。前者如同一塊從高天飛降的巨幅呢絨，沉沉地飄落在我的面前——當然該是那種厚重的，凝綠的，後者卻無從比喻——你能說它是什麼呢？就像往常一樣，我深知人的語言在這類壯美非凡的自然奇觀面前，遠遠不會夠用。我能做的，第一件事是靜默，第二件事是靜默，第三件事還是靜默。

比起囂塵沸反的都市，那裏確實是一塊淨土，雪山明麗，草甸坦闊，雲空如洗，卻依然鐵色峻崖上岩裂如書，黑鬱密林裏霧縷若緒，真要讀懂它，決不是一件易事。從古至今，幾千年時光匆匆流過，能讀懂它的，不知究有幾人？

在麗江，五月看雪山，只見白雪不見山。

在這裏，七月看草甸，只見鮮花不見草。

我第三次到那裏時，正是五月。山上雪線還低，甸子上，花還沒開。

空氣沁涼，四圍卻是一片柔韌溫暖得如同母親的臂彎，具有擁抱感的景觀。聳峙的雪峰似乎就壁立在你的鼻尖，黑壓壓的千年老林直撲你的肺腑，它們從四面八方包裹你，逼視你，湧向你，有如一首《十面埋伏》的古歌，它幾乎是強迫你面對它的存在。

即便背對雪山，也無法背對它的凝視——那一道道凜然的雪光，正像箭矢一樣地朝你飛馳而來，甚至，你似乎能聽見它「嗖嗖嗖」的鏑鳴。回過頭來對它注目凝望，玉龍雪山在眼前拔地而起，錚亮如同一柄多稜的霜刃，深深地扎進了藍天。它無疑叫人賞心悅目，頓生敬意。

我深深地呼吸著，盡情呼吸這潔靜、清新的空氣！

我徹底地放鬆了，一心融入這美麗、迷人的景觀！

如今，從四面八方湧到這裏來的人們，看重的正是這片雪山下的草甸那寧靜迷人的風光。

作爲一個「新」開發的旅遊區，作爲一種據說將帶來高額利潤的產業，古城麗江，麗江的玉龍大雪山，雪山下的這片草甸，已經成了每個到麗江來的旅遊者必到的景點，就像每個到拉薩去的人，都要去朝覲大昭寺和布達拉宮一樣。而我的憂慮恰恰也在於此。隨著我數年間一次又一次地來到這裏，洶湧而來的旅遊者也越來越多。

——我不知道那到底是好事，還是壞事。

他們之中，當然不乏真正的旅行家，更有帶著敬意前來拜訪雪山的學者和研究人員，但那畢竟不是全部，甚至說不上是大部。更多的，倒是如今充斥於世的那些輕浮淺薄的紅男綠女，那些頤指氣使的商賈款爺，那些裝模作樣的凡夫俗子，他們帶著各種各樣的方便食品，讓一輛又一輛旅遊汽車像貨物一樣地從麗江縣城拉到玉龍雪山腳下，拉到黑水河邊，然後又慌慌忙忙地坐上索道纜車，從雪山坡腳莽莽蒼蒼的原始森林的樹梢上嘻嘻哈哈地掠過，匆匆地趕到這裏，然後，在綠草如茵的草甸上溜躂一圈，搔首弄姿地照幾張相，然後便匆匆而去——是的，他們要回去了，要回到他們雖然有些討厭，卻實在無法離開的城市去了，他們到這裏來，或許是出於在城市裏待得實在太無聊、太煩悶了，或者是聽人說某地某處有一片不錯的風景，如果某某某都去了而他還沒去過，就落伍了，就有失身分了。他們不過是來走走看看，「到此一遊」而已。

很少有人會真切地意識到，一片風景也是有生命有靈性的，匆忙的觀光，很難對那片風景作稍稍深入一點的考察和瞭解，就像瞭解他身邊的一個朋友、一個親人一樣。問題當然還不僅在這裏，而在於人們已經很少甚至不能使用自己的心靈，再往下想，現代的都市人到底還有沒有能夠感受世界的心靈，很可能已是一個疑問。

記得有一次，我和幾個朋友一起，在離麗江不遠的瀘沽湖上蕩舟時，划船的正是幾個非常漂亮的摩梭姑娘，大家一路說說笑笑，快樂非常。面對瀘沽湖的山光水影，有人感慨地說，他的心可能就要留在那裏了。

同行的、一直沉思著的青年詩人費嘉突然問道，城裏人還有心麼？他沒說錯。在雲杉坪，就像在都市裡一樣，現代人一心想的仍然只是佔有。金錢、權力、地位、女人、小轎車和高級住宅……人世的一切，無不是他們佔有的對象，旅遊提供給他們的，無非是一種新的佔有對象，那就是風景。他們去過了，在那裏留下了他們的足跡，或是一行歪歪扭扭的字：「某某到此一遊」。如此而已。對那片風景，他們將永遠是陌生的，格格不入的。

——當今意義上的旅遊就是這麼回事：做一個旅遊者的首要條件，是準備足夠的錢，只要有了錢，你就能到任何你想去的地方擺一回闊！回來後便可以逢人便說，我去了什麼什麼地方，頂多再加上一句：那地方如何如何的了得。總之，他強調的是「我去過了」。於是，常常，當我在某個旅遊風景區看到那樣的旅遊者，我會從心底裏可憐他們。

玉龍雪山下的那片高山草甸，當然能給人以在城市得不到的輕鬆愉快，但它絕不是一個普通意義上的旅遊景點，只想來這裏尋找輕鬆、尋找快活的人，最後尋到的往往是沈鬱，是無言，甚而就是羞慚與愧悔。

那當然是一片美麗得出奇的風景，那同時也是一片堅硬得具有擠壓感的風景——

雲杉坪。

我結識這片美麗的草甸已有多年。一九九〇年八月，我第一次踏上這片草甸，便被它震懾得無言。從那以後，我三番五次地來到這裏，就像讀一本深奧的書，一次又一次地讀它。我斷言，「雲杉坪」這個名字，決非這塊神秘草甸原來的納西名字。這名字大約出自某個蹩腳的漢人腦袋，浸透了末流文人的酸腐、淺薄和儒道文化根深蒂固的腐臭。因而我敢說，對於那塊草甸，任何輕佻的賞玩、醉眼朦朧的打量都是褻瀆。我寧願固執地按照我自己的叫法，把它叫做「殉情草甸」，或者根據納西族東巴經的記載，叫它「十二岩子坡」。

「十二岩子坡」，納西人的情死聖地，納西人的理想之國。在浩如煙海的東巴經裏，它屬於納西語「舞魯遊翠閣」的一部分，另一部分叫「遊翠魯美拿」，意即「情死者（之地）的大黑石」，乃「舞魯遊翠閣」與外界的交界之處；二者合在一起，便是完整的「舞魯遊翠閣」。

按照記載，「舞魯遊翠閣」是個沒有蒼蠅蚊子的地方，住在那裏的人，將永遠相親相愛，也將永遠年輕。同樣按照記載，「十二岩子坡」就在玉龍雪山的某個地方。也就是說，那個千百年一直在牽動著整整一個民族的理想之國，就在玉龍雪山裏。

置身「殉情草甸」，當然需要用眼睛，也需要用耳朵，更需要用心靈。

聽見了嗎？雪山下，密林間，風過處，殉情者那一陣陣熱烈而又幽怨的歌唱？

一曲《梁祝》，曾讓千百萬人爲之傾倒，這裏卻演出過千萬支《梁祝》！

柴可夫斯基以一首《悲愴》，撼動過千萬人心，這裏卻時時都響徹著《悲愴》！

淒迷低婉，悲豔壯烈……

此曲只合天上有，偏在雪山草甸聞！

最早記載納西人情死悲劇的東巴經敘事長詩《魯般魯饒》，就濃墨重彩地描繪過一個愛情和青春的理想樂土，那一理想樂土最早的名字，納西話叫「陳尼久卡補」，意即「十二岩子坡」或「十二歡樂坡」；在較晚的東巴經殉情文學作品，如《遊悲》中，這個理想樂土叫做「舞魯遊翠閣」，意即「雪山上殉情者（居住）之地」，其中的雪山即玉龍雪山，「閣」指高山上草深林茂的地方。後來，一些民間詩人在收集整理納西族的民間殉情調時，才將其譯爲「玉龍第三國」。

事實上，無數的納西族青年男女，就從這片草甸出發，走向了他們心中的「十二歡樂坡」，走向了「舞魯遊翠閣」。

每當我站在那片草甸上時，我都會想到許多許多。納西族是個信奉多神崇拜的民族，在他們眼裏，世上的一切都具有靈性：山、水、樹、木，岩、石、花、草，風、雲、雨、雪，甚至石磨、杵臼、鋤耙、牲口……等等。人作爲天地之間的靈物之長，應該永遠與有靈的世間萬物友好和睦地相處。

何況這裏是玉龍雪山，又何況這裏是雪山下的一片美麗的草甸。

玉龍雪山是有靈的。

殉情草甸是有靈的。

臺灣詩人洛夫曾經寫道：「山靈往往以各種形象出現，以風，以雨，以冷冷的流泉，以蒼蒼的古木，以壘壘危石，以峭壁懸崖，以黃色的金線菊，以小鹿的足跡，以飛鳥的羽翼，以穿透翳鬱的枝葉射出的陽光，以千年堆積的落葉。山靈也透過各種聲音把我們呼喚，以鳥鳴，以蟬嘶，以松濤，以花開聲，以露滴聲，以唧唧的蟲鳴，以悠悠的晚鐘，以啄木鳥的敲打聲，以夜梟的悲唱，以殘雪辭枝的嘆息……」①

在玉龍雪山下的那片殉情草甸，這一切或許你都能看到，也都能聽到。

甚至，你還將碰到某個情死者的靈魂。

❖ 森林十字

我頭一次走進雪山下的那片原始森林時，便一眼看見了那兩棵倒在那裏的大樹。我說它們是「倒」大約不會錯，因爲那裏是禁伐區。兩棵大樹至少都在百歲以上，幾乎交叉成直角，就在林中空地上寫成了一個十字，那一橫一豎少說都有三、四十米，這麼說，那就該是世上最大的十字了。枝葉當然是早就沒有了，粗礪的樹幹上長滿了厚厚的苔蘚，幾片灰白，幾片暗綠，斑駁著，就像那些不太成功的點彩派油畫。

它們是什麼時候倒下的？一年前？兩年前？還是五年、十年前？不知道。反正樹幹還沒怎麼腐壞。我在那裏照過一張相，後來不知丟到哪裡去了，再後來又被我翻箱倒櫃地找了出來，寶貝似的保存至今。

幾年後再去，那寫成十字的兩棵樹還在。雲霧繚繞。森林裏靜極了，靜得能聽見自己的呼吸。或許也能聽見那兩棵樹的呼吸吧，我想。

從一頭走到另一頭。從另一個一頭走到另一個另一頭。遙想它們壯年時，該是何等的葳蕤挺拔！在莽莽原始森林裏，從一株瘦弱小樹，年復一年地拼著命地往上長，直到頂天立地，其間經歷的風風雨雨，電閃雷鳴，記錄下來，想必是一本大書。卻沒人寫。

轉念又想，其實它們自己就寫了，寫在它們的年輪裏，那是它們的人生日記。就像所有的樹木一樣，它們的日記不是寫給別人看的。凡要給人看的日記，自然就不能算是日記。只有當它們走完了生命的全程，當它們被刀斧和鋸盤肢解時，人們才會發現它們生命裏的驚心動魄。而那兩棵樹，連被斧劈鋸解的機會也沒有。也不知道它們是兄弟呢，還是夫妻。怎麼地，怎麼地就會倒成一個十字呢？兄弟也好夫妻也罷，都該並排倒下的吧，但它們卻硬是倒成了一個十字。這裏面彷彿就有點意味，什麼意味，我說不清。

卻從此就對那森林裏的十字，有了幾分掛念。

今年又去了那片森林。

是在七月，上山的路跟世上的路一樣泥濘。老鄉們早學會了用馬把不慣於走山路的遊人送到雪山下，雨季，森林裏鬆軟的山路被雨水泡軟了，馬蹄踏過，便壞得不成樣子。惦記著那個十字，我執意自己走，走到雪山下，走進林子，徑直去到那十字跟前。

照樣很靜。照樣雲霧繚繞。但這一回，靜寂中，我好像聽到了多年前它們倒下去時的轟然巨響。我猜，那時森林裏定然有過一陣驚嘆、一陣惋惜，或是一陣竊竊私語、幸災樂禍。然後，一切都過去了，森林重歸寂靜。一個生命結束了，另一個生命也結束了。就想，海德格爾說：「人的仰視直薄雲天，立足之處仍在塵寰。」能做到的有幾個呢？唯有樹才能真正如此。它們悄悄躺在少有人去的密林裏，沒有什麼偉大的企求，只用自己依然筆直的身軀，寫成一個十字，祭奠自己清白的、追求過、抗擊過也輝煌過的一生。死去的生命因而又有了生命，這真是玄妙至極。

想到那裏，它們就像倒在我心上，倒成了一個美麗得讓人沉思，又因沉思而讓人美麗的十字。

記得也曾領朋友去過那裏。去到那裏我總要問：嗨，願意在這裏照張相嗎？有人願意，有人搖頭。想來，願意或不願意，都是緣份吧。

下回再去時，森林十字還會在嗎？不知道。樹，終歸是要腐爛的，但那個十字卻不會——這一點我確信無疑。

❖ 與一個情死者靈魂的「奇遇」

一九九〇年八月，我和我的一些朋友，第一次去到了玉龍雪山下的那片草甸。面對雪山、草甸那恍然間並非人世的奇妙景色，我們一開始是歡呼雀躍，我們在草甸上打滾，在雪山下指指點點，然後就一頭鑽進了草甸旁那密密的原始森林——正是在那裏，我看到了那個巨大的森林十字。

大約到了下午五點鐘，我們在原始森林裏胡亂地鑽了一陣後，從林子深處走了出來。那時，太陽已悄悄落到了雪山的背後，開始有些陰翳的草甸上，除了我們已空無一人。我們一群人正站在草甸西邊緊靠林子的地方。

我說，天不早了，都沒有人了，我們該回去了。

那幾年，外界知道那片草甸的人不多，真到那裏遊玩的人就更少，才是下午五點多鐘，草甸上除了我們自己，早就空蕩蕩地沒人了。

而我的一個同伴卻意猶未盡，說，誰說沒有人？沒看見對面還有人坐在那裏嗎？

我一驚，問，哪裡？

那位同伴說，那不是麼！

他指著對面林子邊的一棵樹。

順著他指的方向，我的目光穿過整個草甸，看見就在我們對面，在草甸另一邊離我們很遠的一棵大樹下，真有個人蹲靠在那裏。

是個女人，她的頭，她的身子，她的手腳，我一一都看得清清楚楚。她好像是剛剛從山下上來，走路走累了，正倚著那棵樹靜靜地休息一下。

然而，草甸上除了我們之外還有一個人，並不證明天色尚早。

我堅持說，不早了，走吧，回去了。

於是我們一起朝對面那片林子，當然也是對面那個女人所在的地方走去——下山的路，正好就要經過那個陌生女人休息的地方。

我一邊走一邊尋思，這個女人是幹什麼的呢?是附近村子裏的嗎?這麼晚了，她怎麼獨自一人還在這裏，不回家去?

我就那麼一直地盯著她，也一直地那麼想著。

我確實有些奇怪。我很想直接走到她跟前去看看，跟她聊上幾句。沒準兒，她會告訴我一個美麗的故事呢?

離那個女人休息的地方越來越近了。當我們就要走到她跟前時，我卻突然發現那裏根本就沒有人。我頓時覺得渾身毛髮都豎了起來!真是活見鬼了，明明看見一個女人蹲在那裏的，怎麼轉眼就不見了呢?

與此同時，我們一行的所有的人都發現那個女人不見了!

我們癡癡地站在那裏，不敢再往前走了。

有人悄聲說，我們是不是碰到了情死者的魂靈？就在來的路上，有人曾告訴我們，雲杉坪正是納西族傳說中情死者的首領愛神尤祖阿主居住的地方，也正是情死者的靈魂遊玩出沒的地方。

按照納西人的規矩，情死的地方必須是一個風景美麗，樹木蒼蒼，花草繁茂，幽靜無人之處。這樣的地方，在納西語裏叫「閣」，指高山上草深林密之地。而雲杉坪正是這樣的地方。許多存心要情死的人，都喜歡選擇這裏作爲他們的「遊無膽」，即「情死之地」。

我當然不敢相信我們會真的碰上一個傳說中的情死者的遊魂，但我敢肯定，我的眼睛一刻也沒有離開過那個女人！如果她是一個現實世界的人，她就不可能在眾目睽睽之下消失得無影無蹤！即使她真是站起身來走了，在如此之大、如此空闊的一片草甸上，在如此短的時間裏，她也絕無可能走得多遠，以至轉眼就走出了我們的視線！然而，千真萬確，草甸上除了我們自己，再也沒有一個人影……

那情景，我至今想起來仍感到不可思議。

許久之後，當我跟一個納西朋友講起我在雲杉坪的那次奇遇時，他說，說不定你們碰到的是一棵「情死樹」。他說，他家所住的拉市鄉的一個村子後面的山上，就有一棵「情死樹」。

納西學者楊福泉在他的論著《神秘的殉情》中，也說到了那樣的「情死樹」，他說：

「久而久之，由於殉情的人多了，很多殉情之地也就產生了種種怪異神秘的傳說。在麗江縣拉市鄉，過去的許多殉情者常常在一座山上的一棵大樹上吊死，相傳在這棵大樹上殉情，就能很快到達愛之樂土『玉龍第三國』，而且死得快，不痛苦。據本鄉一個年輕時曾經想殉情而未成的老太太講，拉市『窩洛郭』有一棵樹，很奇怪，人只要一走到這棵樹下就想殉情而死，因此在這棵樹上殉情的人很多，每年都有幾十對。此樹被稱為『遊孜』，意即『情死樹』。相傳有時人們能看見這棵情死樹下有殉情死去的青年男女們在圍著火歌舞彈唱。獨自路過這裏的人會聽到幽幽的彈奏口弦聲。」

「中甸三壩白地也流傳著當地一棵情死樹的故事。據當地著名東巴久高吉的女兒（七十四歲）講，過去有的年輕人在這棵樹上殉情而死。人們經過這棵樹時，會聽到男女的哀哀哭泣聲。有一次，有人用斧子去砍這棵會哭的樹，可裏面竟流出血來。」②

流傳在拉市一帶的《情死樹的傳說》也說，「在剌是壩的蒙世大山上，長有一棵像傘蓋一樣撐開著枝葉的山楂樹，樹身像老人的腰桿一樣佝僂，枝幹像爬向四方的虬龍，陰涼面積方圓九公尺。在這棵樹上，每年吊脖子殉情的納西族青年有幾十對」；傳說那是古時候愛神尤祖阿主吃山楂果時掉下的種子長成的大樹。後來，當相愛的朱古羽勒盤和開美久命金婚姻受阻，受愛神尤祖阿主的蠱惑相約著去找天國時，就雙雙在這棵山楂樹上吊脖子情死了。從此，村寨裏的年輕男女，一遇到婚姻上不順心的事，就「懷著生時不能同燒一座火塘火，死後也要埋一坑」的宿願，常常到這棵山楂樹上自縊情死。

後來，一個發現兒子也在這棵樹上吊死的老人，「跑到勾走他兒子魂魄的山楂樹下，叉開雙腿，揮起板斧，衝著山楂樹砍去，一抹電光從樹上飛起，頓時山搖地動，大地顛簸」。老人後來口吐白沫，慘叫而死，脖子上留下了五道青印。從此，人們再也不敢砍這棵山楂樹了，說凡在這棵樹上情死的青年男女，「大家都背著這棵樹，砍樹，等於砍它的靈魂」；認為那棵樹是情死者的生命和靈魂化成的，不能冒犯。「從這以後，人們再也不敢砍這棵山楂樹了。有人還傳講，假若晚上路過情死樹邊，冥冥中會發現樹下燃燒著大火，一群青年男女環圍著山楂樹跳『阿蒙達』舞。那是情死鬼們守護著他們的替身情死樹哩。情死樹變成了神樹，它越長越茂盛了……」③

不管世間是不是真有情死樹，也不管我們那天碰到的是不是真是一棵情死樹，我爲之十分可惜的是，那時我還不知道情死樹的故事，也就沒能碰到納西族的愛神尤祖阿主，更沒能看到情死者們的舞蹈，聽到情死者們的歌唱。如果黃昏薄暮之際，我們真的聽到了那從另一個世界傳來的哭泣聲，我們會怎麼樣呢？我們也會去殉情嗎？

我不知道。

我只知道，從那以後，似乎就註定了多少年來，我想對玉龍雪山，對那片草甸，對納西人和他們的情死風習作一番探究了。

❖ 雪山裏的理想之國

人類對巍峨聳立於大地之上的高山的崇拜，並不止於納西族。

在歐洲，希臘人曾以想像中的奧林匹斯山上的宙斯大神及其周圍男女諸神爲主要系譜，創造了一個具有人的形體和人的性格的神的世界，從而編製出了錯綜虛幻、豐富多彩的神話，反映了他們對自然界和人類社會森羅萬象的朦朧認識。希臘神話從此成了當時和後來希臘文藝作品的重要題材，對羅馬以及後來的歐洲文藝的發展產生了相當大的影響。

中國神話中關於不周山、崑崙山的傳說，也無不如此。

從最初的動因上去尋找，這種對於山的崇拜，或許只是出於人類幼年時對山的無知。大自然的雄奇博大，在還沒有掌握科學知識的人類看來，無疑是冥冥中的「神」以它們的無邊法力造就的。納西人對玉龍雪山的敬仰崇拜，大概也無非如此。

但是，世界上似乎還沒有哪個民族，會把自己的靈魂歸宿地，與一座如此具體的大山聯繫起來。在後來的接觸中，我才漸漸明白，歷史上，作爲一個久居於此的山地民族，高山深壑，群峰林莽，一直是納西人的生息聚居之地；山，是他們世世代代的家園。如此，他們對山有著純樸深厚的感情也就不足爲怪了。

納西全民族信仰的最大的民族保護神或說民族神「三朵」，就是玉龍雪山的山神，相傳他的幾個兄弟也都是山神。東巴教中，有名有姓的山神就更多。祭村寨神亦即祭山神，因爲村寨多依山而建。正如納西族學者楊福泉指出的：「休養生息於山地區域，與山林休戚與共的民族歷史和地理環境，使納西族形成了突出的山崇拜意識，並在幻化他們的死後世界時也自然地與山聯繫在一起，他們的靈魂皈依之處，亦是孕育哺養了他們的大山懷抱中。」④

傳說中，東巴教的眾多神祇都居住在一座名叫「居那世羅」的大山上。據學者考證，「居那世羅山」是納西族祖先原來生活區域內一座真實存在的山，隨著歲月的推移，它被慢慢地神化，並融進了崑崙神話和須彌神話的一些因素。出於民族自身長期以來與山地不可分離的歷史，不少地方的納西族認爲自己的祖先之地，就在居那世羅山上。於是，居那世羅山成了納西人心中的神聖之地。著名的敘事長詩《魯般魯饒》開篇第一句就說：「很古很古的時候，所有的人們都從居那世羅山上遷徙下來。」

按照納西人的傳統觀念，納西人認爲，人死後，其靈魂要返回祖先故地，也就是說，要返回居那世羅山，因爲只有那裏才是納西人的祖先故地。隨著納西族宗教觀念的複雜化和外來文化的影響，「祖先故地」被一步步神化，變成了一個神靈雲集，靈光閃爍的地方。正常死亡者到達祖先故地後，也就成了祖先神。

但是，納西人的「祖先故地」並不是一個隨時都敞開著大門，願意慷慨接納所有納西亡靈的地方，只有那些「正常」死亡者，其靈魂才有資格名正言順方便快捷地回到祖先故地。其餘各種各樣的死亡，要麼須事先「辦理」一些複雜的手續才能進入，要麼就乾脆被永遠拒之門外。

納西人中的非正常死亡者，如戰死者、暴病死者，須由東巴舉行一連串複雜的祭鬼和超渡儀式，經過誦經、祈禱、指路後，才有希望前往祖先故地。而那些未曾婚育、沒有後代而死亡的年輕人被拒於祖先故地的大門之外，就是理所當然的了。

至於被看作是鬼的殉情者的靈魂，就更是不能被這神聖的祖先故地接納了——無論什麼年代，「正常」與否，都是掌握權力者對付他的臣民的殺手鐧；而判斷是否「正常」的標準，自然也掌握在那些人手中，只要不合他們的意，你就可能被判爲「非正常」而打入另冊。

不過，納西人這樣做跟中國封建社會的道德觀念還有一定的區別。在納西人傳統的哲學思想中，世上萬物都由二元交合而來，而這創物的二元，通常直指或隱喻雌雄兩性，把世界萬物的結構都歸結於兩性交合這樣一種生殖模型。說得通俗一些，即世上萬物都應該有配偶，都應該成雙成對，沒有配偶是不正常的，是違背天道人情的。就連東巴經中的神人鬼怪，也都是成對地出現。

正是在上述這種神鬼分明的觀念下，才出現了專門接納殉情者靈魂的「玉龍第三國」。如此看來，所謂「玉龍第三國」，其實是那些無望返回祖先故地的殉情者和他們的親人們合力創建出來的另一個納西人的靈魂安息之地。它既是那些爲愛情、自由而慷慨赴死的年輕男女們所追求的理想之國，又是他們對「祖先故地」拒絕接受他們靈魂的一種抗議和反叛，其中所明顯包含的與「祖先故地」「分庭抗禮」的性質，讓我不由得不對它肅然起敬。

不是嗎？對那些在愛情與婚姻上深受不自由之苦、不自由之害的年輕男女來說，作爲一種反抗，拒絕與傳統的、規範的道德信條合作，拒絕按照「家族」、「父母」在年輕人誕生之前許久就規定好了的法則生活，這還只是他們「離經叛道」的第一步，而重新設置一個僅僅屬於他們自己的靈魂歸宿之地，就是更進一步的對抗。

何等的膽大妄爲！又是何等的驚世駭俗！沒有衝破世俗網羅的決心，沒有把這種「反抗」進行到底的毅力，何以能做到如此決絕的地步？年輕人滾燙淋漓的熱血，反叛者光華四射的膽識，人心與良知中對弱小與被排擠者和著淚水的同情，全都凝結在這個看似子虛烏有的創造上，全都凝結在這個美麗的理想之國中。

僅憑這一創造，就該給偉大的納西人頒發一項諾貝爾創造獎！

於是，當我一次又一次地來到「雲杉坪」，來到玉龍雪山腳下，凝望著雪山上千古不化的白雪，凝望著草甸四周莽莽蒼蒼的原始森林，就不能不對在那種年代裏敢於這樣做的人表示我由衷的敬意！不管是默默地站在草甸中央，或是腳步輕輕地走進密不透風的叢林，我總希望能碰見一個年輕的納西人，我渴望與一個年輕的納西殉情者的靈魂作一次深入的、親切的交談。我知道他們的靈魂就在我的身邊，他們在注視著我的一舉一動。

我想與他們交談，向他們討教。我想告訴他們，世界早已不是他們所處的那個年代了，儘管當今時代被各種各樣的人貼上了各種各樣的標籤，比如電子時代，經濟起飛時代等等，但更多的人或許更願意叫它是「愛的時代」，不僅虛構的文學作品，就是新聞媒介也充滿了有關名人的婚戀、外遇、風流韻事的報導，層出不窮的所謂名人或準名人或僞名人的所謂「愛情故事」，已經成了芸芸眾生實現自己夢想的象徵和榜樣。對「愛」的需求量似乎在一夜之間便有成百上千倍的增長，與此同時，對愛情的迷惑也在一夜之間增長了成百上千倍。

是的，這是一個專家、學者在愛情理論問題上各執一詞，進而胡說八道的時代，也是一個芸芸眾生在愛情的實踐上各顯身手胡作非爲的時代。然而，在我們的生活中，並非就沒有了他們曾經不顧一切想衝破的網羅，那些網羅並不是別人強加給他們的，卻大多是他們自己給自己套上的。

我想告訴他們，在我們生活的這個年代，人們雖然在愛情之類的事情上比他們懂得的東西要多得多，卻並非每個人都還具有那種敢將熱血噴灑的勇氣和決心，去和那些桎梏人心、人性的舊習決一死戰。「情人」成了一個最大眾化的、氾濫成災的字眼，問題是，這些所謂的「情人」既沒有古典優雅的舉止，也沒有浪漫主義者的情懷，理想主義者的情操，他們唯一注重的，是那些據說可以用以代替愛情的、純技術性的操作，性，不再具有情感上的含義，而成了一種可以無數次反覆進行的機械行爲。

事情還不止於此。在我進一步地明白了「玉龍第三國」與「祖先故地」的區別，明白了「玉龍第三國」並非「祖先故地」的翻版後，我心中的那種敬意就更爲深沉熾烈了。想到那裏，我往往會對冥冥中的他們發出會心的微笑，儘管那是含淚的微笑！

「玉龍第三國」形成的初期是「舞魯遊翠閣」，它與納西人傳統的祖先故地「居那世羅」神山還有著某種內在的聯繫。事實上，東巴經中對居那世羅山和祖先故地的描述，與傳說中的「玉龍第三國」的內容有很多相似之處，它們所歌詠的都是牧歌式的自然山野生活，只是「玉龍第三國」中對其作了更爲浪漫的濃墨重彩的渲染，也摒棄了像居那世羅山那樣作爲神域聖地的莊嚴氣氛，更沒有那種複雜的空間結構觀念。它的整個格調樸實平和，洋溢著山鄉生活的牧歌情趣，是將納西族的山地生活高度浪漫化、想像化的產物。

也就是說，納西族殉情者追求的，並不是要在死後去做神仙，而是要過上普通人應該享受的實實在在的生活。作爲納西族殉情者所嚮往的死後的理想世界，「玉龍第三國」聽起來似乎虛玄縹緲，其實卻是在特定的民族文化背景下出現的一個非常明確的理想世界，與許多宗教中的「天堂」、「天國」有著很大的不同，它只是一個「純粹的自然的樂園」。由於這是那些不願意遵守祖先規矩的、帶有反叛性質的年輕人的世界，「玉龍第三國」強調的，並非鋪金嵌玉、飛金流丹的亭臺樓閣、錦衣美食的「天國」，而是一個青春永在的理想國，一個人與人、人與自然和諧相處、陶然共醉的境界。

相傳，玉龍山上有三個被叫做「閣」的高山之地，後人將它們分別叫做「玉龍第一、第二、第三國」。納西的民間傳說中，第一國裏還有蒼蠅蚊子，第二國裏沒有青草樹木和山泉，只有到了第三國裏，才是草深林茂，群獸畢集，也有飛瀑流泉和住著愛神的自然樂土：

那裏的斑虎會耕田呵，
那裏的馬鹿可馱騎呵，
那裏的山驢會做工呵，
那裏的風可以使喚呵，
那裏的雲可做衣裳呵，
那裏沒有蚊子蒼蠅呵，
那時沒有疾病痛苦呵，
那裏沒有惡語毒話呵！⑤

在殉情悲劇《魯般魯饒》中，愛神尤祖阿主在呼喚痛苦的女主角開美久命金時也唱道：

開美久命金，
妳的眼睛太痛苦了，
到這裏來看草場的鮮花吧！
妳的腳太疲倦了，

到這裏來踏如茵的青草吧！
妳的手太疲倦了，
到這裏來安然地取犛牛的奶汁吧！
妳到這裏的雲霞世界中來居住吧！
妳到這裏來飲高山的清流吧！
妳到這裏來把愛之花插滿頭吧！
妳到這裏來騎紅虎，來牧白鹿，來取鹿乳吧！
妳到這裏來織天上的白雲，地上的白風吧！⑥

民間流傳的殉情調《遊悲》，對「玉龍第三國」的描述就更爲細膩：

舞魯遊翠閣，雪石像綠玉，雪岩像水晶。
金水右邊流，銀水左邊繞。
土地不用耕，年年鬆軟軟；
莊稼不用種，歲歲綠茵茵。
花開永不謝，綠葉常青翠。
蜂叫似口弦，鳥鳴如彈琴。
青草當床鋪，白雲做被蓋。
晨霧是紗帳，日月做明燈。

彩霞織衣裳，白雲做腰帶。
這裏沒蚊子，這裏沒蒼蠅。
沒有苦和痛，沒有淚和愁。
斑虎當牛耕，玉鹿當馬騎，
野雞當晨雞。青春不消逝，
快樂永相隨。……

這樣的理想之國，無疑是對納西人現實生活的一種補充，是力圖擺脫現實苦難的一種追求。難怪一代又一代的納西青年男女，會那麼癡迷於「玉龍第三國」！會那麼執著地要去追尋那個理想之國！

❖ 尋找「玉龍第三國」

按照東巴經書的記載，納西殉情者所嚮往的「舞魯遊翠閣」，是一個只能由愛情和青春擁有的幻化世界和理想之國。這裏說的「幻化」、「理想」一類字眼，充分說明了它是一個想像之物。而千百年來，這個「理想之國」已經漸漸演化成了納西人心目中一個實實在在的地方。他們總在尋找，總在考察，歷經千辛萬苦，他們總想找到「玉龍第三國」的準確地點。這是一件十分有趣的事。

一些上了年紀的納西族老人堅持認為，「玉龍第三國」就在玉龍雪山的某座山上，但在具體的方位和地點上又其說不一。許多納西族的年輕人更是真誠地相信，玉龍雪山裏真有那麼一個地方。曾經有過一些年輕的男女，跑到玉龍雪山深處去尋找那個理想的樂園，在雪山上住了好幾年才回來。直到七十年代，也還有一些癡迷於「玉龍第三國」的情侶，不辭辛苦地到玉龍雪山裏尋找這一理想天國的具體所在。

他們找到了什麼？

有人說，「玉龍第三國」在玉龍雪山的最高峰「花冷古」。

過去，一些村子裏的年輕人，如麗江白沙和雪崧村的青年男女，會在每年農曆六、七月間的一天，也就是納西族火把節前後，到玉龍雪山的最高峰「花冷古」遊玩，敬拜殉情始祖和愛神。

「花冷古」峰高約五千米，是傳說中的「雪山情死地」之一。據說，「花冷古」山頂的東前方有一凹臺地，西後方的高坡擋著來自山頂的大風，臺地東北角有個石頭堆，豎著一個木頭人，周圍散亂地扔著一些碗片、口弦、竹笛、布帛條等，可見這種活動由來已久；青年男女們到了臺地之後，把拴有一塊白布的竹竿插在木頭人旁邊，擺上一些食物糖果，並敬酒憑弔，然後圍坐就餐，彈口弦，唱殉情調《遊悲》，臨走時會留下一些口弦、竹笛等物，回去時每人帶一塊石頭，或抓一把雪茶作為紀念。⑦

也有人說，「玉龍第三國」就在雲杉坪。

一九九〇年我第二次到麗江時，正值納西人的火把節。木麗春就曾告訴我說，據他所知，每到火把節那天，年輕的男男女女都會穿上自己最好的衣服，帶著盡可能多的酒和吃食，到雲杉坪去，通宵達旦地唱歌跳舞，祭拜愛神尤祖阿主。一說到這些就顯得極其神秘興奮的木麗春告訴我說，火把節那天夜裏，尤祖阿主會從她的住地來到年輕的男女中間，跟他們一起享受節日的快樂，卻不會在那天引誘他們去她的天國。

木麗春說那話時，臉上有一種無可置疑的嚴肅，但說實在的，他越是如此，我便越是將信將疑。傳說畢竟是傳說。後來，我曾多次向別的人請教這個問題，他們大多都說，木麗春說的，只是他心裏一廂情願的東西。民間文化如同烈酒，是能醉人的。

還有人說，「玉龍第三國」在玉龍雪山深腹處一個美麗的地方——文海。

文海位於玉龍雪山主峰——扇子陡的正南面，處在玉龍雪山那石頭構成的山體與泥土構成的山體的結合部，海拔三千米，四周有高兩三百米的小山環繞，中間是一個近十平方公里的圓圓的盆地。盆地南低北高，南邊是一個狀似一隻大甲魚的湖，當地人叫「高甘海」，五萬分之一的軍用地圖上標的是文海。事實上，文海既是這小湖的名字，也是整個盆地的名字，同時還是這個納西山寨的名字。

小時候在文海住過，近年又重訪過文海的納西族作家和國才說，文海風景秀麗，杜鵑滿山，活脫就是納西人心目中的那個理想王國。據老人說，這裏有個「落水洞」，地面以下還有海、有河，是調節整個文海甚至整個麗江水系的第一道閘門。

落水洞旁，還有一個巨大的石帽。這是一塊褐黑色的石頭，周長七、八米，頂凸中空，距地兩米多高，就像一頂帽子，人稱「魯貢哞」，納西話「石帽子」的意思。傳說這就是神仙阿普臘的帽子。據說神仙阿普臘來到這裏，口渴了，喝了幾口文海的水，覺得這水非常甜，這兒的風景非常美，捨不得離開，就摘下帽子放在落水洞西邊，把拐棍插在東邊，然後大步流星往南海辦事去了。說好辦完事再回文海來。天地悠悠，幾千年過去了，神仙一去不復返，此地空餘神仙帽……

或許，和國才說文海就是納西人心目中的「玉龍第三國」，更多的是憑藉自己對文海的感受，而非實證。但它至少從另一個側面證實了前面我們已經提到的那個情況：納西人對作爲他們心中理想之國的「玉龍第三國」，一直沒有放棄他們的考據和尋找。而這一切尋找和努力，正是建立在「玉龍第三國」並非虛幻，而是實有其地這一信念上的。

在麗江，我曾與一位五十多歲的林業勘察工程師聊天。他是六十年代中期從東北來到麗江的，那時，爲了開發滇西北的森林資源，一大批林業單位從全國各地雲集滇西北。來時，他還是個小夥子，現在卻已是快退休的人了。三十多年來，他的足跡遍及整個滇西北的山山嶺嶺。我相信他的話，他臉上那兩塊被高原陽光曬出的紫紅的暈斑，就是他的話的注腳。他說話豪爽而又風趣，我們很快就熟識起來。

六十年代，爲了勘測玉龍雪山一帶原始森林的分佈和覆蓋情況，他曾和幾個同事一起，一直攀登到了玉龍雪山主峰下海拔四、五千米的一片臺地。說起那裏的風景，他兩眼放光。那裏的風景美得讓人沒法形容，他說。按照他的講述，那片臺地的背後，就是陡峭的玉龍雪山主峰扇子陡，一道巨大的冰川從主峰一直鋪展到離他們不遠的地方。近處的臺地上，要麼是裸露的、鐵灰色的岩石，要麼是長滿了灰綠色的苔蘚、地衣類低等植物。那些苔蘚在光禿禿的岩石上構成了巨大而又美麗的花紋圖案，像天外來客在地球上設置的著陸識別標誌。儘管海拔已四千多米，但空氣新鮮，他沒感到呼吸有什麼困難。

我說，有一年，我在西藏的羊卓雍措湖邊海拔五千米的大山上，已經感到呼吸非常急促。見我有點不相信，他說，也許當時只顧去欣賞大自然的美妙了，或者事情已過去了這麼久，他已忘了，反正他現在回想起來，並沒有覺得那裏有什麼可怕。想了想他又說，麗江，甚至整個滇西北和西藏並不一樣。滇西北的森林、植被比西藏要好得多。由於植被較厚，空氣中的含氧量也比西藏要高。因而，在滇西北，即便是在海拔四千多米的高山上，空氣也遠不像人們想像的那麼稀薄。

說到那裏，我突然想起了「玉龍第三國」。他說的「海拔四、五千米的地方」，不正是傳說中的「玉龍第三國」嗎？於是我問他，有沒有聽說過「玉龍第三國」？他當即點了點頭，表示他聽說過。那時就聽說過了？我問。不，他說，那是後來的事了，當時忙著「抓革命促生產」，誰敢去管什麼「玉龍第三國」？他沉吟著：要是早知道，我會對那片海拔四千多米的雪山臺地更留意一些，哪怕能找到一點蛛絲馬跡呢！

我問他，除了剛才他說到的那片風景，還看到了一些什麼。他說沒有，他在那裏沒有看見什麼人的蹤跡。想了想他又說，他倒是看見了一具很大的像化石一樣的東西，說不定是一具什麼動物的骨骼化石。他很想把那具動物化石扛下山來，也真扛著它走了一段，但它實在太重了——也可能是當時我們油水太少，身體太差了，要不我應該能把它扛回來的；最終，他只好把那塊據他說是「價值連城」的化石放在那裏了。

他說，那時他想，他或許還會有機會再去的，哪想到從那以後他就再也沒有上去過。說不定它還在那裏呢，他開玩笑地說。我說，你覺得那裏像納西人說的「玉龍第三國」嗎？他說，這就不好說了。但他認定那是個非常不錯的美麗地方，如果那裏就是「玉龍第三國」，是戀人們的靈魂歸宿地，他也很樂意去，因爲那裏真是冰清玉潔，恍若仙境！

一九九三年春天杜鵑花開的季節，我曾再次上山，到雲杉坪去。那次我是騎馬上山的。不知從什麼時候開始，坐落在白水河邊的玉龍雪山自然保護區管理所門口，已經有了專門向遊客兜攬生意的馬隊。馬的主人都是黑水河附近村子裏的人，男男女女，都是年輕人。據我所知，那一帶大多是彝族聚居的村子。

我選中了一個小夥子的馬，那匹馬體態高大，英俊剽悍，棕紅色的鬃毛就像一團燃燒著的火焰，看上去非常惹人注目。一路上，我跟他有一句沒一句地交談著。我問他知道不知道每逢火把節時，納西族的年輕人要到雲杉坪狂歡的事。他說他聽說過。我說，你沒去過？小夥子說，那是納西族的事，我是彝族。我又問他，你知道納西人的「玉龍第三國」嗎？他說他聽說過。我問他「玉龍第三國」在哪裡，他說，好多人都說就在雲杉坪。真的嗎？他說他不知道了。

我的發問當然是毫無道理的：對於一個原來就屬虛幻的所在，硬要把它和現實中的某個實地聯繫起來，本身就極其荒謬。然而，人們對「玉龍第三國」的尋找，至少表明人們的現實生活與他們的理想之間至今還存在著明顯的差距，人們的確希望在我們的現實生活中，真有那樣一個美麗自由的地方。

按照現代人的說法，終極的幸福並不存在，幸福其實是一個過程。如此說來，對「玉龍第三國」的尋找，或者說對自由、美好、快樂的尋找，本身就是幸福；至於他們是不是真能找到，反倒變得不那麼重要了。

❖ 漫漫心路歷程

唯一能讓人真正抵達「舞魯遊翠閣」的途徑，是死亡。

我曾想像，在那片高山草甸上，必有一條通往「十二岩子坡」的路。我指的當然是一條看不見的路。

事實上，從麗江縣城出發，途經納西人最早的發祥地白沙鎮，穿過沉寂、粗礪而又燥熱的乾海子（據說那裏將修建一批高規格的「度假村」，從事旅遊業的企業家、工廠承包商甚至當地的居民正對此歡呼雀躍。但在我心裏，跟「雪山」相比，「度假村」這個字眼實在有點俗不可耐！）跨過白水河到玉龍雪山自然保護區管理所，再上山直到雲杉坪，確有一條當今的旅遊者常走的路。前半程已有柏油公路，即便是那段上山的路，如今也可以以馬代步了。

一九九五年，這段上山的路又被一條高架索道代替。坐著晃晃悠悠的纜車上山，輕鬆倒是夠輕鬆的，只是比從前自己靠兩條腿爬上山，要少去許多的興味。

不過，我說的不是這條路。通往「舞魯遊翠閣」的那條路是看不見的。而無數情死者走的正是那條看不見的路。

我說的是「情死」，而非「殉情」。「殉情」作為相愛的男女最後的歸宿，只是「情死」的一部分。「殉情」可能是狹隘的，盲目的，「情死」卻意味著一種清醒的選擇，其間所包容的社會文化內容，很可能將會撐破「死亡」那看似堅硬的黑色外殼。

我的一個納西朋友，一個孜孜不倦地研究了幾十年東巴文化的民間學者，堅決反對把「情死」和「殉情」混為一談。我信服他的結論。正是從他那裏，我懂得了，「情死」者是必有一條路的。

那該是一條心靈的道路，並非東巴圖譜《神路圖》中描繪的那條「神路」。

情死幾乎就是一種宗教，是現世之人在生與死之間找到的一個平衡點，既然生不如死，那就死得像生。學者們對「情死」（他們依然常常把「殉情」誤為「情死」）作過種種研究、考證，或說那是遠古時牧奴不堪忍受牧主的盤剝而生出的悲劇，或說至今還在著名的瀘沽湖一帶保存著的母系婚姻，遠古時也在麗江一帶盛行；而當那種婚姻在麗江一帶淪為歷史的陳跡時，「情死」則是那些留戀群婚，拒絕一夫一妻制的人們對於歷史的反動。

美籍學者趙省華認為：「許多研究者對納西族中突出的自殺現象作出了種種解釋，洛克和顧彼得認為，漢人輸入麗江的孩童訂婚制的實施和勞務繁重的艱苦生活，以及『哈拉里肯』儀式中對自殺的浪漫描述，是導致青年男女自殺的原因。他們特別譴責了東巴用田園牧歌般地描繪死後的生活，來鼓動年輕人自殺的行徑。傑克遜認為，納西人的自殺是漢人輸入的法定父系制和納西母系制之間發生衝突的結果。他對洛克和顧彼得提出的納西婦女的權益在漢人統治下極端受壓，而東巴們出於想在儀式中謀取經濟利益的目的而慫恿自殺，他們對納西婦女提供了頗具感染力的解決問題的捷徑等說法提出了異議。」⑧

作家黃堯在其所著《生命的原義》一書中，對納西人情死習俗的形成作了十分有益的研究。在論證了遠古時期的人們是以「母」為大，在如今的納西地區存在著一種事實上的母系文化，並廣泛地崇拜女神後，他指出：

「在某一特殊歷史階段，由於外力的突然介入，甚至以中央集權的力量強令母系婚姻改制，這對綿延了數百代並業已衰竭的古老社會仍然是猝不及防的。母系血液為此沸騰，母系肌體為此震顫，往往作出最激烈的對抗。」

「最典型的例子莫過於在宋元時期，麗江地區的土酋（木氏）在統一了各自為政的氏族部落之後，為了加強局部集權的力量，也為了鞏固男權統治，便在該地區強行推行夫權至尊的一夫一妻的婚姻制度。這不僅是對充滿溫情的母系血緣大家庭的一次血肉崩離的肢解，而且是對千萬年來母系婚姻觀念的毀滅性打擊。習慣了群婚殘餘習俗，並保持了相當自由的愛戀生活的納西族青年男女往往以『情死』的方式以示抗議。……從母系制崩離到近、現代社會，這一現象層出不絕，已演化為『情死』風習。對此，納西族東巴經典有記載，如《魯般魯饒》、《初步尤步》（祭送情死鬼）經卷，也有祭祀超渡情死鬼道場程序的經文記載，民間也廣泛流傳著『情死』的故事。」⑨

在麗江，民間流傳的有關「情死」的故事簡直數不勝數。在我所見到的《納西族民間故事集成卷》第一卷中，僅由木麗春收集整理的有關情死的故事，就有《青年人遷徙的故事》、《愛神尤祖阿主的故事》、《琤軛雀的故事》、《情死樹的故事》、《愛神的蠱惑》、《殉情未遂女人的命運》、《火把節殉情的故事》、《殉情民俗的來歷》、《情死鬼魂尋偶的故事》、《祖古和開美的故事》等多種。而在廣大的鄉村，那些還沒有收集整理出來的「情死」故事，就更多了。

其中《殉情民俗的來歷》說到，「那個時候，掌握尤氏部落的酋長麥良，從麗江到京都朝拜皇上，他看見中原文化繁榮昌達，發現一個家庭像一對理窩的燕子，一夫一妻養育子女後代，使他理會到麗江地廣人稀，人口發展緩慢，是麗江沒有一夫一妻的婚俗。麥良回到了麗江，一心想學漢俗。」「麥良還下了一個命令：凡是男丁都要娶妻建寨，若是不從新俗，違者罰一頭羊子和一頭牛。有的累犯不改者，還判以重刑處死。這樣強逼的隨漢俗的對偶婚，像一陣大風，吹遍了麗江的壩子和山裏。」民不從，也不反，於是情死成風。

跟納西人生活在同一片土地上的，還有幾十個少數民族，他們的生存境況之惡劣，他們的情愛生活之不如意，有不少遠遠超過了納西人，卻極少有像納西人這樣大規模地成批「情死」的現象，更不像納西人的「情死」那樣，有一整套作爲「情死」的理論基礎的宗教和神話傳說，更沒有「玉龍第三國」之類對人世之外的理想天國的宏偉構建。

雲南瀾滄縣拉祜族的殉情風習也是古已有之。黃堯在《生命的原義》一書裏寫道：

「這與拉祜族進入父系社會後的婚姻制度有著密切關係。拉祜族一般不與外族通婚，原則上實行一夫一妻制，但男女交往婚戀仍十分自由，即便婚後離異也較容易，一般請村寨中長老爲證，點蠟燭祈拜天地寨神，以一條絲線連結雙方，巫師祈禱後，燒斷絲線，即爲離婚。但有的地區離異極爲困難，按族中習俗，男方主動提出離婚，要罰九頭牛；女方主動提出離婚，則要罰九碗銀粉，這一慣制等於宣判了自由婚戀的死罪，此外，父母包辦及婚外情感爲社會不容也是殉情的直接原因。瀾滄縣富邦等地，每年發生各類殉情死亡人數均在十幾人至幾十人。殉情男女往往互相邀約，興高采烈，唱著情歌一同去殉情」，「到村後原始密林中上吊，到野外服狗鬧花（一種劇毒野生植物）等毒藥，用獵槍自殺……」「不但一對情人在樹林中含情脈脈地離去，而且還有在田壩草坪上集體狂歡醉飲，一起殉情自盡。」⑩

唯獨納西人才有「玉龍第三國」。

可敬可親的納西人！

在幾千年的發展過程中，納西人容忍過許多並不屬於他們自己的東西，也曾遭遇過他們周邊許多強大民族的佔領、統治和驅使。當漢人在婚姻上奉行的父母之命、媒妁之言入侵這片土地時，納西人卻不能容忍那種沒有愛情的婚姻。

可以沒有吃的，沒有穿的，但不能沒有心靈的自由，不能沒有愛情。一個寧可以死亡換取心靈自由的民族，是不可戰勝的。事實上，處於幾個強大民族包圍之中、據考證是古羌遊牧人後裔的納西人一直沒有消亡，雖說也沒能得到更大的發展。

一個民族真正要保衛的，常常並不是他們的習俗，而是心靈的自由。與其說「情死」是個人對於不公正的命運的反抗，毋寧說那是人們以血寫就的，對社會進程中人們付出的昂貴甚至慘痛的情感代價的警示和抗議。

洛克、傑克遜和顧彼得以及國內一些研究者對納西族的情死現象所作的部分解釋，大多是

「外部」的。我堅持認爲，必須從納西人自身去尋找答案。這種答案存在於納西人對於生命、死亡的觀念之中。美籍學者趙省華的論文《殉情、儀式和兩性角色轉變》，恰好證明了這一點。

趙省華認爲，「……要對自殺率急劇上升的原因作出更爲合理的解釋的話，可以借用馬歇爾·薩林提出的『結合結構』的概念來進行闡述。」⑪

按照薩林的論述，「結合結構」是「一組歷史地形成的關係對傳統文化範疇進行再造，並賦予它們跨越出原有背景的新意」。在本質上，當事者多種範圍內的利益和目標產生變遷，這是由於入侵的文化和人們的各種不同範疇之間存在的有差別的關係所導致的。於是，在歷史的進程中，便存在著傳統因襲的價值觀和目的性價值觀之間的激烈競爭，這種衝突始終貫串在薩林所說的「結構的實踐」和「實踐的結構」之中。

趙省華據此指出：「從納西族的自殺事件中可以看出，納西人試圖進行的文化再生（**建立在本土的成年身分和與之相伴隨的期待**）已成爲不可能，這是因爲漢人已使納西文化結構產生了變遷。而納西人的行爲仍舊按照過去存在的文化價值觀進行，這就常常導致自殺。」他指出：「自從一個古代民間故事（**筆者按：此故事應是著名的東巴敘事長詩《魯般魯饒》**）描繪了一個自殺的納西青年女子開美久命金的悲劇以後，自殺在納西人中便成爲一種儀式主義和模仿式的行爲。」

趙省華所說的「儀式」，即指《魯般魯饒》故事中，開美久命金與朱古羽勒盤的情死這一「神話事件」，所謂「模仿」，無疑就是對這一古典情死事件的「複製」了。

事實上，所有的情死事件都是與開美久命金和朱古羽勒盤的情死這一「原生形態」相認同的。恰如趙省華所說：「『神話事件構成了原型情境』，『所頌揚的神話主角的經歷』是『類似情境中活著的人們的再體驗』。這樣，『活著的人又成爲神話主角』。」

按照納西人的信仰觀念，情死者們相信，「情死」帶給他們的，並不是生命簡單的結束，而是從此就要進入一個美妙無比的勝境，「他們在那裏啜飲露珠，在雲彩中漫遊，與自己相愛的情侶永久地做愛，永遠保持著青春」。神話中的開美久命金和朱古羽勒盤是情死者們心中的「英雄」，當他們自己也走上「情死」這條路時，他們無疑就是在讓自己進入「英雄」的行列。在這裏，神話和現實已難以分清。

正如趙省華所指出的：「『遊巫』的年輕人不僅是重新體驗『神話主角』的經歷，而且通過自殺進入了『神話主角』的行列。」⑫

孟德斯鳩曾經指出：「能將自己的生命寄託在他人的記憶中，生命彷彿就加長了一些。」⑬事實上，神話中的主角如開美久命金和朱古羽勒盤等，從來都沒有被人遺忘，他們一直活在納西人，特別是各個時期的情死者們心中；情死者們相信，一旦自己情死，他們也將與神話中的開美久命金和朱古羽勒盤一樣，存活在後人的心中。

這顯然就是一種典型的「模仿」。值得注意的是，與此同時，納西族中還存在著另一種「模仿」，那就是納西族的上層人物如土司、貴族對中原漢族生活方式的極力仿效。

「模仿」似乎是納西人的一種特長，更像是納西人血裏的一種因子。兩種「模仿」是這樣的不同，情死者模仿的是本民族的「英雄」，而土司、貴族們「模仿」的，則是離他們十分遙遠的另一種生活方式，這種「模仿」是「唯上唯書」的翻版，原因是中原的封建統治者希望他們這樣做，這樣做了，就能免受中央王朝大軍的征伐，就能維護自己對納西族普通老百姓的統治權力。前者崇高，後者卑瑣。前者奮不顧身，效仿的是古代的「英雄」，他們鍾情的本來只是愛神，但是，如果條件是皈依愛神時必須一併皈依死神，他們就連死神也一起皈依。後者出於保命，至多是個聽話的奴才。

直至今日，邊地依然在某種程度上殘存著那種「土司意識」，那些人無須顧及百姓的死活，看重的只是自己的官位，爲此，他們唯上唯書，拼命「納項」，只要能保住他們的官位就行。

當今世界，無數學者在研究東巴文化。我無意也沒有能力從理論上去研究納西人的情死現象——儘管通過閱讀資料和野外考察，上千年歷史中，無數情死個例已在我心裏堆積如山，但我唯有震顫。

我曾寫過一本有關納西人「情死」的小說，雖說我以爲對歷史的文學性探究不應被輕視，但這本書的成功與否並不重要。歷史的長河有意無意地掩埋了那麼多人心的活動，但歷史本身其實恰恰應該是人的心靈的和情感的歷史。可惜當今的民俗研究正越來越媚俗，似乎要把民俗研究變成枯燥刻板的現代生活的一瓶可有可無的調料。

某些專門研究民俗的刊物也跟市場上無數花花綠綠的地攤讀物一樣讓人噁心，甚至成了某些僞「研究者」謀取私利、換取出國機會的本錢。當世僅存的東巴象形文字、東巴畫、東巴舞，也正在淪爲某些人賺錢的手段。對這些人來說，心靈是不是還完好地存在？我不知道。也不知道一個研究東巴文化的人如果已經沒有或不能使用心靈，還怎麼去研究那種純屬心靈的文化？

回到雲杉坪，回到十二岩子坡。

那裏有的絕不僅僅是風景，儘管那裏風景純粹得讓人嘖嘖讚嘆。它有高大密集的，以雲杉、雪杉爲主的原始森林，那是現今尚存的爲數不多的幾片低緯度高山林帶的一部分，有幾乎就站在你面前的玉龍雪山，有簡直像是伸手可觸的乾乾淨淨的天空，但它更有一片草甸。

每次去到那裏，最最讓我驚訝的，就是那片草甸，就是那片草甸上的野花。從五月滿山滿嶺燃舉起紅杜鵑開始，那裏一直就是花的世界。到了七月、八月甚至九月，無聲的草甸便滿是花們轟轟烈烈的喧鬧。那叫人想起生命的狂歡。**（我注意到，漢人是沒有「狂歡節」的，而傣族的潑水節、彝族的火把節等，正是他們事實上的狂歡節。）**方寸之內，必有花朵。而我相信，每朵小花都負載有一個靈魂。

——只要你尚能使用心靈，你就會感覺到，讚美在那裏是庸俗的。面對她們，人唯有靜默。在巨大的時空面前，你感到心靈的震撼，驚訝得無言。

一九九三年五月，我正在麗江採訪時，已故著名評論家馮牧先生，帶著幾個北京朋友，來到了麗江，其中有《中國作家》編輯部的郭小林，還有兩位畫家和一位青年研究人員。馮老先生雖已高齡，身體也說不上好，平時走路都氣喘吁吁，卻執意要去雲杉坪。大家勸阻不住，只好讓他騎馬上山。

那天，我和魯迅博物館的畫家陸燕生一起步行上山。他開頭有些猶豫，怕上不去。我說路並不遠，騎馬上山會失去許多樂趣，他想想後同意了。我們邊走邊聊。一路上他不斷地拍照。那正是杜鵑花含苞欲放的季節，實際上，山上許多地方的杜鵑已經開了。走在上山的小路上，透過密密的杜鵑花叢，就能看到遠處白雪覆蓋的玉龍雪山。

走著走著，山凹裏出現了一座護林人搭起的小木屋，它的四周，是一圈隨地勢高低起伏的木柵欄，看上去十分幽靜，十分美妙。陸燕生驚呼，這簡直太像瑞士風光了！他說他簡直想不到，在中國，在遙遠的雲南，竟然還有這麼美妙的地方！我打趣說，要是你騎馬上山，能看到這景象麼？因爲，騎馬走的是另一條路。

那是我多次到雲杉坪後的又一次上山。草甸上有附近寨子的人牽著馬招徠生意，讓騎馬的人沿著雲杉坪那巨大的草甸兜一圈。禁不住一個小夥子一再相邀，我騎上了他的馬。不過，我只在馬上坐了一會兒就下來了，我說，我不騎你的馬了，只要你陪我說說話。

於是他牽著馬，跟我一起在草甸上踱步。

冬天這裏冷麼？我問他。

當然冷了。他說。

下雪嗎？

下，有一尺多厚。

我問他，你聽說過「情死」麼？

他湊近我的耳朵說：不要說話。

怎麼了？我覺得奇怪。

他再不說話。

直到要下山前，他才說，那裏住滿了情死者的靈魂，我們在那裏說那些事，會驚動他們的。

他回頭指著雪峰下那些沒有被冰雪覆蓋的鐵青色的山岩，說，看見了沒有，山上有好多小岩洞。

我看見了：在那些壁立的山崖上，有一些逼窄的、僅能讓人勉強容身的岩穴和岩縫。或許從那裏往下看，我腳下這片巨大、碧綠的草甸，就像一池碧水吧。

小夥子說，那就是情死者跳崖的地方。

這麼說，我猜對了，我想。當他們從那些山崖上往下跳時，他們眼裏有的必是草甸，必是那看上去就像一池碧水的草甸。死是痛苦的，但在意欲情死的男女眼裏，那樣的痛苦比起他們因愛情受阻而分離的痛苦來，真是算不得什麼。何況，還有那麼美麗的一潭「水」。

都是跳崖嗎？我問。

有的人也找一棵樹把自己掛起來，他說。

我注意到，他沒有用「吊脖子」這個多少讓人有些恐怖的字眼。掛起來，人也就成了一棵樹。小夥子想想又說。

——天哪，他的話不僅生動形象，還非常獨特。

或是一瓶有毒的草烏酒，小夥子接著說，喝下去既能讓他們走向天國，又不毀壞他們的容貌，不讓他們缺胳膊少腿。

小夥子的話說得多好呵！如此說來，不論是在情死者本人心裏，還是在那些沒有去情死的年輕人心裏，情死從來都不是對於生命的輕賤，美，是他們對人生和世界的最後一次思考。他們往往要在情死之前穿上自己最好的衣服，把自己收拾打扮一新，就像每個要做新郎新娘的年輕人一樣。

而我想起，許多人生前都不在乎他們的容顏——外貌的和心靈的。

我不知道，情死者在踏上那片草甸時，心裏還在想些什麼。但我知道，即便衣衫襤褸，食不果腹，他們卻珍惜自己的心靈。他們懷著對於未來世界的憧憬和嚮往，從容地走向了他們生命的最後路程。

相比之下，現代人卻早已失去對理想和明天的宗教式的虔誠、熱情和堅韌，固然這是因爲人類在漫長的歷史中，逐步懂得了世界上並不存在什麼天國，算是一種進步，可悲的是，他們同時也在失去自己的心靈。一切跟心靈有關的東西，都在失落之中。就是愛情，也成了無所謂的東西。當代的山盟海誓——如果還有的話——也跟政治家的權宜之計一樣不再值錢。當今兩個相愛的人，決不會想到要用死去實現他們的愛情。別的也一樣。一切都可以斷然割捨，更高更實在的權衡標準是利益。

❖ 走近「納西活荷馬」

常有人問我：東巴到底是什麼？

對此應有多種科學的回答，但我寧願借用周善甫先生的話作答：東巴，就是納西族的「活荷馬」。

從第一次聽說「東巴」這個字眼開始，我就在盼望著要去拜訪他們。然而，時代的更迭、文明的進步、自然的淘汰和歷次「運動」的衝擊，曾經遍佈麗江的東巴，如今早已成了歷史的陳跡，找到他們已相當困難。多年來我在麗江的遊歷中，從來沒有在某個偏僻山寨碰到過一個東巴。為此我真感到沮喪。

幸好在麗江美麗的黑龍潭公園裏，有一個掩映在綠樹叢中的所在：在公園主幹道和一條小路的交口處，立著一塊古色古香的赭石色石碑，上面鐫刻著由任繼愈先生題寫的幾行深綠色大字，那就是「雲南麗江東巴文化研究所」和東巴文化博物館。就在那裏，我找到了老東巴和開祥，與他作過好幾次交談，圓了我「走近東巴」的夢。

儘管一些熟悉東巴生活的朋友一再告訴我，大多數東巴都是自食其力的農民，平時也跟普通納西人一樣，主要靠種地和放牧為生，只在遇到一些人家需要做祭祀時，才受主人之請前去舉行祭祀禮儀，但當我第一次走進那個研究所去見和開祥東巴時，心情仍因好奇而有些緊張。我要去見的是一個東巴，東巴當然也是人，但我總覺得那不是一個普普通通的人。周善甫先生把和開祥東巴譽為「納西活荷馬」，絕非溢美之詞。事實上，東巴既是普普通通的人，又是人與神之間的使者。及至見到了和開祥，我的那些古怪念頭才煙消雲散：這是和開祥嗎？他實在是太普通不過了。我甚至懷疑，這是作為人與神之間使者的東巴嗎？

「玉龍第三國」、「十二岩子坡」無疑是美好的，但納西情死者的靈魂真要進入那個美麗的理想之國，卻並不容易，情死——這個在我們看來已是不可思議的捨生赴死，也還只是他們必辦的手續之一，就跟人間一樣，一個要到外國出訪探親的人，必須辦理各種複雜的手續：單位批准、公安機關同意、辦理護照、簽證、預定機票、出示健康檢查證明，缺一不可。

情死者的靈魂在踏上進入理想之國的漫長旅途之前，也必須辦齊各種類似的「證件」，才不致於半路迷途，成爲漂泊於荒山野嶺的孤鬼遊魂。爲此，他們必須得到東巴的幫助——請東巴爲他們舉行超渡靈魂的「祭風」儀式。

「風」，在納西族觀念中，即「風流」、「風流鬼」的意思，所謂「祭風」，在我看來，就是請東巴爲情死者指出一條靈魂的歸路，爲「風流鬼」送行。對情死者們來說，那是認可，也是放行，是規勸，也是導引。

納西族的傳統觀念認爲，人在死前應該有親人照料，爲之舉行「少薩肯」儀式，即在死者的彌留之際，守候在旁的親人，要把一個其中裝著米粒、銀屑和一點茶葉的小紅紙包放在死者的嘴裏，象徵給了死者返回祖地的生命氣息，即力量，也有爲死者準備返回祖地的盤纏之意。

「少薩」意爲氣息，「少薩肯」意爲「放氣」，即放陽世之氣在死者體內，讓他有返回祖地的氣力。這一切只有在「正常死亡」，即有親人在身邊時才可能舉行；情死者常常在遠離親人的地方結束自己的生命，屬於「非正常死亡」，自然不會有人爲之舉行如此隆重的「告別」儀式，一應手續只能在他們死後，由東巴在「祭風」儀式中爲他們「補辦」。東巴「補辦」的方式，就是爲情死者念誦一系列的東巴經，包括著名的《魯般魯饒》、《遊悲》等等。

在麗江，一些年長些的人告訴我，每當有年輕男女殉情，情死者的父母請東巴給殉情者舉行「祭風」儀式，唱誦《魯般魯饒》、《遊悲》時，總有一群群的年輕男女圍聚在一起，如癡如醉地聽東巴的演唱。

東巴的誦唱當然是獻給死者的，然而，那又未嘗不是獻給活人的，因爲活著的人與死去的人幾乎有著同樣的悲慘遭遇，或是即將有那樣的遭遇，差別只在死去的人已經有了行動，而活著的人卻正在準備加入那個行列。

事實上，死者與活者情感相通，同病相憐。演唱到許多關鍵的段落，年輕的聽眾們往往熱淚盈眶，涕泗橫流，泣不成聲。然後，緊跟著，在一時一地，就會有成群結隊的年輕男女走上情死之路。由此，人們便常常把大批年輕男女的情死，歸罪於演唱《遊悲》、《魯般魯饒》的東巴，認定正是東巴在舉行祭奠殉情者儀式時，對「玉龍第三國」作了過分的渲染，才造成了那種局面。

洛克博士在其論著《開美久命金的愛情故事》中就說：

「人們強烈地指責東巴導致了眾多的殉情事件，這是因為他們在經書中描繪了殉情後最美麗的生命世界，它召喚和回應著極為浪漫的情侶戀人們，愛的激情容易使他們輕信，他們決然赴死，因為他們相信，他們將在那個美麗的世界裏永遠年輕，與風和雲一起漫遊，最幸福地度過生命的時光，永恆地享受著愛的快樂，從不會有『再生』或被送到陰森恐怖的地獄，而是與情人永不分離地生活著，他們的生命將永保青春。這就是東巴在『哈拉肯里』儀式（**即東巴為殉情者舉行的超渡儀式，納西人稱為「祭風」——筆者**）所詠誦的書中所描繪的美妙情景。」⑭

顧彼得在《被遺忘的王國》一書中也說：「在麗江，這種自由和隨意的殉情，也可以追溯到東巴的有害影響。舉行『哈拉肯里』儀式所得的豐厚報酬使東巴們生活優裕，因此，保持高的殉情率符合他們的利益。於是，他們在那些輕信的人們中進行巧妙而又狡猾的宣傳，把殉情的願望解釋為是人生重大問題邏輯的解決辦法，他們極力地描述殉情者所在的無人之地是何等快樂。

他們的這種宣傳果然很成功。他們多少個世紀以來的說教，使整個民族樹立了生死如一的超然觀念。」⑮

這些說法是公平的嗎？按照他們的這種說法，他們又將如何評價西方的牧師呢？就連美籍學者趙省華在其《殉情、儀式和兩性角色轉變》一文中也說：「僅僅因爲東巴的宣傳就會使人輕易地自殺，而東巴則認爲從自殺後舉行的儀式中得到利益而鼓動人們自殺，這一點也是很難讓人信服的。」⑯

和開祥東巴是麗江魯甸區新主鄉人，如今已是七十來歲的老人。他身材瘦小，面目清癯，看上去幾乎毫無神秘之處。他的祖上就是東巴，但家裏的日子並不好過。爲了多有一門謀生的手段，小時候他白天學漢文，晚上就跟著大人學東巴象形文字。漢文老師知道他的學生還在「畫蛇畫青蛙」（**指象形文字**）後，很不高興，罵他沒出息，強令他不准再學。可見在當時的社會上，一個想當東巴的人，往往是被人瞧不起的。但和開祥還是偷偷地學。

其父在他十八歲時去世後，他就再也沒有條件學漢文了。從那時起，他只能一邊幹農活，一邊堅持向當地的幾個著名東巴學習納西象形文字。因爲家裏沒有錢，他每次去時，都要自己從家裏帶點吃的東西去。學成當了東巴，可以自己主持東巴儀式後，和開祥依然過著一個普通納西農民的生活。

木麗春在《試談東巴教徒的社會地位》一文中就說：

「依據現存可知的調查，東巴教既無寺廟，又無統一組織。東巴教徒和社會政治嚴格說是政教無干係。東巴教徒一般不參與政事活動，他們是農村和山區自然經濟條件下的個體農牧民，沒有職業性的教徒。他們平時一般是參與農牧生產活動，僅是逢到民族傳統祭祀節日，祈神禳鬼，以及村寨裏有婚喪嫁娶等事情的時候，受主家的邀聘，前往進行祭祀活動。祭祀禮儀畢，東巴教徒收取微薄的報酬，仍回家從事農牧生產活動。……因而東巴教徒是無組織的流散在民間的納西族人民中有知識文化的農牧民。」⑰

在當時的社會條件下，許多東巴爲了逃避社會對他們的指責，在接受主家邀請前去爲殉情者誦唱《魯般魯饒》或《遊悲》時，常常故意把鑼鼓釵鈴等法器敲得很響，同時把吟唱的聲音盡可能地壓得很低，讓那些想聽《魯般魯饒》的年輕人只能聽見一片鑼鼓聲，無法聽清楚他的詠唱。

但許多時候，那樣做的結果，會遭到年輕人一致的強烈反對，他們指責東巴那樣做是「敷衍了事」，是不費力氣就想得到報酬，其實，年輕人的目的是爲了清楚明白地聽見《魯般魯饒》的故事情節。即使有的東巴把詠唱《魯般魯饒》的時間安排在深夜也不管用，年輕人還是會悄悄地聚集起來，躲在黑暗中聆聽東巴的演唱。那樣的夜晚，四周漆黑一片，東巴的詠唱在微弱的燭光照耀下，反而會因爲更加悽愴而更爲打動人心。

一九四九年以前，納西東巴一直處在這種進退維谷的兩難境地之中：一方面，社會促使大批年輕男女走上殉情的道路，而一旦有人殉情，死者父母爲讓孩子的靈魂得到安息，一定要請東巴到家裏來做祭風儀式，詠唱《魯般魯饒》或是《遊悲》；另一方面，村寨裏的老人們對東巴的詠唱又談虎色變，深怕因此引起更多的人走上殉情的道路。

和開祥在麗江東巴文化研究室的住處，是一間不足十平米的小屋，屋裏除了一張桌子，和一個簡單到近乎寒傖、薄薄的被子已經洗得褪色的硬板床，幾乎沒有別的陳設。如今，和開祥作爲麗江東巴文化研究所一位受人尊敬的東巴，依然樸實安靜，兢兢業業地做著研究所交給他的每一項工作，搶救、繕寫東巴經書，錄製東巴舞譜，接待納西學學者和東巴文化研究者，每天要工作很長時間。

他神情和藹，態度謙和，衣著打扮也至今還像一個地道的農民。我一直深信，一個人的外表，往往能透露出他的靈魂的消息。面對這樣一個善良的老人，我無法對那些對東巴們的苛求和指責表示贊同，也難於想像，他會爲了「豐厚的報酬」而極力慫恿年輕人走向死亡之路。

東巴當然遠遠不止只是爲「情死」者開通了去往「玉龍第三國」的道路。納西學者戈阿干就指出：

「有位去了兩次麗江並還想再次前往的荷蘭老婦人面告納西族老學者周善甫：她一去再去麗江，試圖在麗江看到中國，看到世界。我很想告訴這位荷蘭人：在麗江，妳還可以看到世界。我的理由是：身爲納西文化之父的歷代東巴，經一代代艱辛傳遞，不僅把納西先民的古文化一直當做『峨珍』（傳世之寶）承襲下來，也把中華乃至世界古文化廣爲吸收引進並保存至今。東巴們不僅用自己的民族古文字——納西象形文字，書寫保存著至今尚能誦讀的上千卷不同門類的東巴經典籍，同時還傳承下了一整套相應的形貌多姿、內涵豐富的三、四十種祭典儀式，把眾多的『靜態的』典籍與『動態的』各類儀式結合在一起，構成了多姿多采的活的東巴文化寶庫，從中我們不僅可窺探納西民族的繁衍遷徙蹤跡以及先民的宗教神話、天文曆算、狩獵農牧、婚姻家庭等等古風古俗，同時通過對該文化中古羌文化的淵源考察，尚可揭示她與中原文化的血緣聯繫，從而對中華古文化（夏、商文化）的研究開拓一個新的領域。」

戈阿干指出，如反映自然崇拜合二而一（天人合一）的祭天風俗，早於商周之前的「夏人」開始使用的「骨卜」一俗等等，都已在中原絕跡，如今卻發現都還在東巴文化中完好地保存著。「如將東巴文化與藏族本教文化作比較，我們又可以發現它同古代印度、中亞、兩河流域以及埃及文化有某些聯繫的一些跡象。所以，我們再以古印度文化作仲介，便又能發現諸多域外文化已在本土泯滅或淡化，卻由納西東巴較爲接近原貌地保存下來據爲己有的明顯事例。」「總之，東巴既是納西文化之父，也一直在扮演著中華乃至世界文化的保存者的可敬角色。把東巴文化稱作『世界文化遺產』，自然當之無愧。」⑱

然而，對納西乃至中華文化、世界文化作出了如此巨大貢獻的東巴，自身卻長期處在艱難困苦的生活中。他們同樣需要生存，同樣有著愛情、婚戀方面的種種煩惱，東巴及其子女爲了愛情與自由而情死者，也不在少數。與此同時，在長期的歷史過程中，雖說是在發展宗教前提下，東巴還爲納西族創造出了豐富、燦爛的東巴文化，其中包括他們對繪畫、雕塑、音樂、舞蹈諸多方面的不朽貢獻，甚至還有爲了書寫東巴經，而製造一種特殊的紙張而發展起來的造紙工藝等等。

他們是當之無愧的藝術家，也是極富人情味兒的納西族民間知識份子。當然，由於歷史的原因，我們無法排除也不想否定東巴們那淒婉哀豔的詠唱，會給那時已在麗江十分盛行的殉情風習火上加油，的確有不少愛情受阻的年輕人，是在聽了東巴的詠唱後，決心將自己獻給「玉龍第三國」的；但從根本上說，出現殉情悲劇的動因，至少首先並不在於東巴的詠唱，也就是說，年輕男女的大量殉情，不是或首先不是像和開祥這樣的東巴造成的，而在於納西族當時深刻的社會、文化衝突，在於納西人創造出來的「玉龍第三國」本身的強大魅力。

由此可見，過分斥責東巴是毫無道理的，不公平的。到了七十年代，早就沒有東巴在大庭廣眾之中詠唱《魯般魯饒》和《遊悲》了，但殉情事件並沒有完全絕跡。據楊福泉在《神秘的殉情》一書中介紹，「直至七十年代，還在麗江蟠龍鄉發生過這樣的一件殉情事件，一個六十年代畢業的大學生的妻子不慎在山上摔死，這個大學生亦殉情而死。一九八三年，筆者的一個摯友，大學畢業參加工作後不久，因自己深愛的戀人變卦，與親朋好友告別後，當著戀人的面服草烏酒殉情而亡。」⑲而我的納西朋友和中孚則告訴我，「文革」中，昆明某大學的一個教授，也是以「情死」的方式自殺身亡的。

如何對待東巴，一直是個問題。由於眾所周知的種種人爲的原因，過去主要靠父傳子、子傳孫或師徒言傳身帶而賴以存活的東巴文化，已整整停頓了一代多接近兩代的學習傳承，目前，絕大多數納西族鄉村已沒有東巴。個別地方尚有幾位稱得上「東巴」的人，也大多已風燭殘年，將不久於人世。

據戈阿干在文章中介紹，東巴的發源地雲南中甸縣三壩納西族自治鄉，有兩位著名東巴已於近年謝世，另兩位東巴也已年逾古稀。麗江泰安鄉汝納化村以前有「東巴村」之稱，四十年代末，全村五十來戶人家，出現過三十二位東巴。其中，大東巴和東元早在五十年代因受到衝擊而自殺後，該村再無人敢問津東巴文化。⑳

當然，也有些有識之士曾經非常注意保存東巴和東巴文化。據戈阿干親口對我說，五十年代末、六十年代初曾擔任過麗江縣委書記的徐振康，雖然不是納西族，卻因文化水準較高，能閱讀英語報紙，從中得知國外有許多學者仍在研究東巴文化，當時就建議立即動手搜集、整理東巴經，集中了趙淨修、周汝成、周耀華等人開始搜集、翻譯東巴經書，並提出要立即採取措施培養新的東巴以繼承東巴文化。

然而，不久「四清」運動開始，徐振康被反覆批判，其主要罪名之一，便是「扶植牛鬼蛇神」。徐振康在走投無路中，竟以刀片割斷頸動脈，一時血流如注，幸得他的部下發現得早，將他從血泊中救出，才倖免一死。

順便說一句，在探討造成「情死」風習的原因時，與如何評價東巴的功過一樣，也仍然存在許多「本末倒置」的現象。直到六十年代，麗江滇劇團依據殉情題材編了一齣滇劇《玉龍第三國》，因為那時依然有零星的殉情事件發生，這齣滇劇也便以「可能導致殉情」為由而被禁演。「文革」中，敘事長詩《玉龍第三國》的作者木麗春和牛相奎，也被打成文藝「黑線」人物而飽受折磨與凌辱，原因同樣是他們「宣傳了封建迷信」，換著法子鼓動年輕人「殉情」。

為此，戈阿干大聲疾呼：「告急：東巴文化出現斷層！」

和開祥已經老了，生命的時日無疑已經不多。每當我隔上一段時間再見到他，都發現他比先前已更為蒼老。戈阿干告訴我，東巴文化的形貌與內涵，要通過一幕幕活的儀式才能體現出來，但眼前要復活一個較為隆重、較為完整的祭典儀式，已十分困難。一九九五年，他奔赴麗江參與東巴文化資料電視片的搶救拍攝，其中的「東巴舞譜與舞蹈」，原擬請和開祥東巴承擔「按譜起舞」的主角，不幸，和開祥突發急病，雖經搶救未致喪命，可身體極度虛弱，已無力承擔那一重任。

當我走出他那間小屋時，總在想，他能活到今天，實在是他的幸運。我當然希望他能在有生之年爲東巴文化研究作出更多貢獻，更希望他能保重身體，安度晚年。畢竟，他過去不是作爲神在被供奉，而是作爲一個人在生存，現在也不能作爲「工具」供研究使用，而是應該作爲一個慈祥善良的老人被尊敬，他理應受到人們更多的關心和愛護。作爲一個老東巴，他的一個心願，就是東巴文化得到傳承。

正像戈阿干所說：「已故東巴死不瞑目，活著的東巴矢志不渝，仍在企盼自己這不多的有生之年，突現一場機遇，好讓自己臨終前爲後人圓成一個世紀夢，不做歷史的罪人。」我們能讓和開祥，讓所有東巴的這個心願得以實現嗎？

❖「樹耳朵」記

即便是像我這樣經常在外面跑的人，偶爾落到一個陌生的環境裏，仍然會一籌莫展。那時，你舉目無親，寸步難行。你最大的願望是立即逃離那裏，回到你熟悉的地方。可你又不能走，你預期的事情還沒做或是還沒做完。你需要得到別人的幫助，但別人並不瞭解你。於是你走也不是，不走也不是。也就是說，你陷入了一種尷尬。

那年五月的一個上午，我剛到玉龍雪山自然保護區管理所，準備在那裏小住兩天時，碰到的正是這種尷尬。

一九九〇年我第二次去麗江時，就到過那個管理所。從管理所到雲杉坪，只有一個來鐘頭的山路，除了開頭的一段路有點陡外，剩下的路都非常好走。那時，外界對玉龍雪山還所知甚少，通往雲杉坪的那座山腳下，除了玉龍雪山自然保護區管理所那個小小院子，還沒有任何建築和服務設施。除了個別旅遊者外，到雲杉坪去的人，大多是麗江縣和當地林業部門的客人，一般都是先坐車到管理所，在那裏吃上一點東西，然後把不必帶的東西放在那裏，輕裝上山。

我頭一次去雲杉坪時，正是通過麗江縣林業局的安排，先在管理所那裏稍事休息，然後又在那裏吃了一頓午飯，才上山的。那時我就想過，等到有機會時，一定要來這裏住上一段日子。於是，當我一九九三年獨自在麗江漫遊時，便預先找到了縣林業局的高局長，請他安排我去管理所待上兩天。高局長很快就爲我作出了安排。

那個管理所在山腰，位於從玉龍雪山流下來的白水河與黑水河之間，只不過離白水河更近些，人在管理所的院子裏，就能聽到白水河鏘然的水聲；而俯身窗外，更能看到白水河洶湧湍急的波浪。管理所周圍的山上森林密佈，雲霧裊裊。

我那天是乘管理所一輛到麗江縣城買菜的汽車去的。縣林業局高局長在電話裏說，他已事先讓人跟管理所聯繫好了，到了那裏會有人來接我。又說那裏有個小伙房，你可以到伙房吃飯。但車到管理所後，靜悄悄的沒人。我想，肯定是什麼環節出了問題。

就在管理所的一個角落，管理所的一個職工開了一個小小的飯館，我在那裏打聽管理所的主任到哪裡去了，他說他是管理所的會計，但他也不知道主任到哪裡去了，又說主任最早也要到晚上才會回來。我見他到那邊問一個胖姑娘還有沒有飯吃，那個胖姑娘說，中午不做飯！我的肚子早就餓得咕咕叫，會計的那間小飯館的陣陣菜香更讓我饞涎欲滴，沒辦法，我只好在那個小飯館裏吃頓飯。

一盤炒白菜，一碗米飯。原以爲會計聽說我是來採訪的，會「優待」我一下，結果不，算賬時，他說一共十三元錢，照當時的物價，那確實不算便宜；他卻鐵面無私，照收不誤。我想這樣也好，省得到處欠下人情，日後也難得還。

後來我才知道，其時雨季未到，玉龍雪山自然保護區一帶風高物燥，正値防火季節。管理所除了留下一個電臺話務員、一個炊事員外，別的人都不分白天黑夜外出巡山未歸。電臺話務員和炊事員皆年輕姑娘，每日堅守崗位，不敢稍有疏忽。我想等管理所主任回來後跟他聊聊，一時無事，便主動出擊，去找她們聊天。

電臺話務員是個清清秀秀的姑娘，文靜靦腆，高中畢業後來到管理所，當過幾天巡山工，後來就讓她做了電臺話務員。閒來她喜歡看點書。我小心地問她結了婚沒有，不料她倒很大方，說還沒有，有個男朋友在別的地方工作，也難得見到一面，一有空就會想他，而在這裏，「有空」的時候又很多。

我突然想到，在這個僻靜地方，她們平時是很少能跟人聊天的。只要你真心誠意地跟她們聊，她們或許什麼都願意跟你講，問題是，到時你是不是有一雙願意傾聽的耳朵了。

話畢出來，見她那張放著電臺設備的桌子下面，一物如大象耳朵，顏色蒼褐，滿是粗糙皺褶，如老人臉。問爲何物，她說叫「樹耳朵」。

這名字好生新鮮，我還是頭一次聽到。彎腰去看，竟是一碩大無比的樹蘑菇，高一尺，寬一尺五，古樸如史前遺物。年輪外露，密密十數層，一層層如波濤湧動。遠看巍峨如山，峰巒皆備。問採自何處，電臺話務員說，乃雲杉坪旁之原始森林。那森林日前我已去過，古樹參天，盡生長數百年之大樹。我撫弄「樹耳朵」多時，竟有一見如故之感，想向她們討要，未便啓口。

是夜多夢，所夢皆那碩大無比的樹蘑菇。

後來，我又去跟那個胖姑娘聊天。

原來她以前是「個體戶」，就在麗江縣城的集市上賣菜，雖說是小本生意，每天的收入倒也不算太少。後來管理所招工，她那原在林業局工作的父親希望她也到林業部門工作，她報了名，就到這裏來了。她矮矮胖胖的身材，說話直率，很逗人喜歡。

我問她，妳自己願意到這裏來工作？她說，也不是十分願意，不過她愛玩，聽說雲杉坪這裏好玩，就來了。

她也確實喜歡雪山下的風景，平時除偶爾也跟著別人出外巡巡山外，工作倒也不重——管理所除了兩三個青工外，大多是自己做飯，兩三個人的飯對她來說，只是小菜一碟，慢慢就覺得時間太多，難捱。便天天盼著星期天休息，如果不回家探望，夏天便上山摘花、採蘑菇，冬天可以去玉龍雪山的冰川雪峰觀賞雪景。那時陶醉於自然風光，可忘掉一切人世煩惱，快樂無窮。

我說，妳小小年紀，還有煩惱？

她說，當然有啦！

再問，她卻不告訴我。

但我看見她的臉紅了一下。就想，那一定是像她這樣年紀的姑娘常有的那種「煩惱」吧！便不再問。

就那麼聊了幾句，晚上的情況就大不一樣了。小胖子主動跟我說，晚上，我給你做飯吃！後來所長終於回來了，看樣子他很疲憊，像幾天幾夜沒有睡覺。他給我安排了住處，又簡單地向我介紹了一下情況。正在那時，胖姑娘跑來問他，晚上吃不吃飯。所長說不吃了，他太累了，只想睡覺。

晚飯是我跟話務員和胖姑娘三個人一起吃的。

傍晚時下過一場驚心動魄的雷陣雨，雨後，我在管理所院子裏閒逛，胖姑娘倚在她的那間宿舍門口說，你沒事吧，進來坐嘛！於是我又去到了她的房間。

開始，我們依然東一句西一句地閒扯著，不知是什麼時候，話題突然轉到了她的「對象」問題上。她說，她有個男朋友，也是個個體戶，自從她來到了這個管理所，他就對她不那麼好了。我問她是什麼原因，她說她也不知道。她爲此感到很痛苦，就給他寫信，訴說她對他的那份感情。可小夥子似乎還是無動於衷。胖姑娘問我，你說該怎麼辦呢？

那卻是我回答不出來的。

到管理所之前，在麗江縣城裏，一個在縣委機關裏工作的小夥子，也曾一次又一次地向我訴說他在婚戀上的煩惱。我和他是在我到縣委瞭解當地歷史情況時認識的，就在他參與的那次接待後的一個晚上，他來到了我住的地方。閒聊了幾句後，他很快就談起了他的女朋友。

按說，他在昆明大學畢業，又在當地的黨政機關工作，人也生得魁梧英俊，在當地找一個志同道合的姑娘應該不成問題。可命運偏偏對他不公平。儘管她和那個姑娘已經相好了一兩年，可那個姑娘的哥哥就是看不上他。他幾次主動到那姑娘家裏去幫著做事，以增加姑娘家人對他的好感，可無論他怎樣努力，依然於事無補。

不久前，那姑娘在昆明做事的哥哥把她叫到昆明去了，說是要在昆明爲她找份工作。姑娘臨走時對他說，她哥哥也是出於好意，她人去了昆明，心還是在他這裏。開始他們還常通信，但近來信卻越來越少了，偶爾有一封，也很冷淡。他爲此夜不能眠，想去昆明找她，工作又不允許。他的家不在麗江縣城，當地沒有什麼親人，內心的煩愁簡直無處訴說。

他聽說我在瞭解納西人的「情死」，說現在他很能理解那些戀人爲什麼會邀約著去情死了。我說，那都是歷史上的舊事了，你可千萬不能那樣想。他嘆了口氣說，是呵，他不會去情死，因爲社會畢竟不一樣了，但他覺得，當年那些能去情死的戀人們，比像他這樣在情感上受折磨的人要幸福多了。

我在和那個胖姑娘的交談中，有意把話題引到了「情死」上。我說，聽說雲杉坪就是當年那些情死者最愛來的地方，妳聽說過麼？她說她聽說過，但從來沒有見過。她只是聽說麗江縣城裏不久前還有人去情死。她說她不贊同那樣做，又說敢那樣做的人真是勇敢！

胖姑娘的話讓我多少有些意外。

如果說縣城裏的那個大學生是個有文化的人，情感上可能比較敏感的話，眼前卻是個沒有讀過幾天書的姑娘了！

我後來一直想，納西人是不是天生就在感情問題上特別敏感、特別執著呢？我不好作肯定的回答，但從我所接觸的這兩個例子來看，我敢說，他們的情感世界比起當今那些生活在城裏的青年男女們來，無疑要豐富、深沉、執拗得多。一方面，他們中的一些人，其情感方式依然停留在他們民族在歷史上形成的那種層面上，另一方面，世界畢竟已經不是十九世紀或二十世紀上半葉了，即便是在納西地區，世俗觀念的影響也在很大的程度上改變著人們在情感和婚戀上的傳統看法。儘管像那個大學生和那個胖姑娘那樣的當事人，一般都不再會選擇情死那樣一條路，但他們由此所經受的情感折磨和內心衝擊，卻絕不亞於那些當年選擇了情死之路的人們。

臨離開管理所的那天下午，兩個姑娘前來送我，並邀我下次再來。我說我肯定還會來的。又趁機道：下次如果妳們再有「樹耳朵」，能送我一個嗎？電臺話務員說，怎麼你不早說？那不是現成的麼，送給你就是。她返身進屋，將那個巨大的「樹耳朵」包紮停當，讓我帶走。我說，我拿去了，妳就沒有了。她說，這山上有的是，我再去採。胖姑娘說，採？哪這麼容易？這麼大的，也很難碰到的。電臺話務員忙說，放心吧，會碰得到的。

我甚感激，一路小心，將「樹耳朵」帶回昆明家中。家人、朋友見之皆稱奇物，以為世上竟有如此巨大之靈芝。我便愈發得意，暗自對「樹耳朵」以「耳兄」相稱。又想，「耳兄」並非凡物，先前在原始森林中，所聽無非松風壑韻、雲語霧聲，何等清靜、雅致！

自到了我家，雖置於書房中，與無數高人名士為伍，然畢竟家近鬧市，難免早晚有市聲相擾，俗氣相侵。但我或可藉此時時聽見遠方的天籟與心聲，遙見森林中之氤氳，或讓我少有些惡俗之氣吧，如此，便只好乞「耳兄」海涵了。

❖ 故事：源頭與遺址

高山草甸靜悄悄的，野花開得密不透氣。遠遠看去，雪山似乎浮在花浪之上，搖搖晃晃。於是他有些模糊，弄不清眼前這塊草甸，比二十年前是大了，還是小了，或是壓根兒就沒變？

雪山倒是更老了。它孑然而立，看上去像個年暮的將軍，銀甲破損，鬚髮枯白。四周如簇的群山似乎要年輕漂亮得多，卻少了一點威嚴。

當草浪花浪更爲恣狂地向著雪山湧去時，草甸中央那片斷壁殘垣便越加顯得孤獨和觸目驚心了——彷彿，它比雪山還要老。

——那兒是什麼？

——哪兒？

——那兒——

那……喔，是間破房子。

他本想說那是遺跡——一個叫人忘了自己也想起自己的地方。可他怕孩子不懂，沒說。

淡藍的氤氳從雪山灰白的脊梁上升起時，他覺得他已不是他了，而是遙遠的她。

空氣很濕潤，能聞到一股奇特的精靈般的氣味。二十年前每次上山，他都聞到過這種氣味。

——破房子裏有人住嗎？

——有……哦，沒有。

——我看你也不知道。

——我知道，過去有，現在沒有。

孩子愣愣地看著他。孩子眼裏有座雪山。

她眼裏也有過。那時的雪山似乎沒有這麼多雪，卻常常起風暴。

風暴是悄悄來臨的。風暴狂怒地捶打那間小屋。雪風從門縫裏擠進來，吹熄了油燈。

他聽見她在黑暗中瑟瑟發抖，原以爲她是不怕什麼的，既然她曾那麼堅決地要求獨自上山——她那麼說時，還像模像樣地揮動了一下她紅紅的小拳頭。但風暴終於壓出了她心裏的膽怯。他摸索著走過去，擁住了她。他是忍受不住那種分離，悄悄上山的。

他說，別怕，風暴就會過去的。明天，我去要求換妳下山，山上不是妳待的地方。

她說，不。她一直在發抖，一直不說話，卻突然說不，很輕，卻很堅決。

但她沒拒絕他的擁抱。他們忘了小屋外面的風暴，卻陷進了另一場風暴……

他和孩子向草甸中央那片斷牆殘壁走去。

孩子掙脫了他，歡叫著向前跑。他走得很慢，像是怕驚動了什麼。破房子像個枯乾的夢，凋零而又赫然地堆積在那裏。

他沒法兒再唱歌。上山時，他一直在大聲唱歌，一副很瀟灑的樣子。弄不清爲什麼要那樣，因爲身邊只有他和他的孩子，而在孩子面前完全不必裝模作樣。

那是早晨。雪山頂上紅豔如血。

原以爲過去什麼也沒給他留下，就像她不曾給他留下什麼一樣。快到草甸時，他看見了那間坍塌的石砌的小屋——如同一個年久失修的露天羊圈，灰黑又慘白，頹敗又殘破。

她說過她想要個羊圈。她說，羊安靜，她喜歡。

小屋蓋好的那天，人們敲鑼打鼓送她上山。

他也去送她。他覺得那鑼鼓敲得很陰險。

農場說要在山上修個氣象站，要派人上去管。大家都報了名——誰敢不報名呢？結果卻選中了她。事實上，山上沒有什麼氣象站，只有那間石砌的小屋。

那是七月。從此，雪山，草甸，七月裏開不盡的野花，還有那份跟羊一樣的安靜，都歸了她。

她說山下太吵，她總是感到害怕。臨走時她說，以後你別來，他們知道了會整治你。

他說，那怎麼行呢？他會想她，會忍不住，會……

她說，我也會想你，可你……別來，記住！

慢慢地走。

——爸爸，你快來呀！

孩子在那邊喊，揮舞著那頂小小的桔黃色太陽帽，像揮動著一束花。他答應了一聲，卻依然慢慢地走。

她很富，富得擁有雪山，擁有草甸，一直開到九月的鮮花，還有那份跟羊一樣的安靜，像羊一樣放牧在天空中的雲。

也很窮，窮得只有那間小屋子，只有寂寞。

無論窮，還是富，都不是她跳下那堵陡崖的理由。理由或許是那個傳說，那個很古老很美麗的傳說，或說是那個很古老很美麗的誘惑。

包圍那塊草甸的森林並不完整，靠近雪山那裏有個豁口。豁口那裏有堵陡崖。陡崖對面是雪山，西面是浪花如雪的溪流，是樹的海洋。

總之，豁口西面很美麗。當地人說，情死的男女從那裏跳下去，跳進那片美麗，就能到達天國。

他，和她，和他們年輕的夥伴，都到豁口那裏眺望過。他們一致得出的結論是，豁口是愛的遺跡。他們說，殉情是古人的遊戲，而古人很笨。但當地人說不對，豁口是留給靈魂的。

有一回她說，她生命裏有了個小生命。

說那話時，她很不在意，就像說草甸上又開了一叢野花。她的聲音輕而冷，像從雪山上滑落下來的一片鵝毛雪。

他望著她，靜靜的，像是在凝望雪山。

他說，爲了那個小生命，我們下山吧。她說，那不是……不是你的。

不，他喊道，妳撒謊！那是我的，是我們的！

不，她說她沒說謊。她親了他一下，說，你走吧……

她不走，也不讓他留下。

他好久都沒上山了，可夜夜都去到草甸。

草甸如海。沒有風暴的夜晚，草甸寧靜如處子。

雪山發藍。他們在草甸上追逐嬉戲。她笑著躺在草甸上時，壓倒了無以數計的野花野草，笑聲卻如花綻放；當笑聲像花一樣地謝去時，那些野花野草緩緩地直起身來，於是她被花草悠然托起，如同靜懸於半空的雲朵，裙裾飄曳……

走近那堵短牆時，他呼吸急促。

半截短牆，隔開了過去和現在。牆上的石頭已生了皺紋。苔蘚慘綠著，從森黑的牆洞裏爬出來，悄悄地蔓延開去。莫名地，他摸了一下自己的額頭。

坍塌的屋頂早已化作一堆時光的灰土，隨風飄散。他聽見了一聲呼喚，從豁口那邊傳來。他抬眼望去，豁口對面的雪山上，又一縷雲煙升起。豁口邊黑森森的森林，像望不到頭的方陣，向他圍攏、逼近。

林濤如訴，沉沉隱隱……

孩子自己玩去了。

他在那片斷壁殘垣中翻翻撿撿，像是在找尋什麼。不知道是不是能找到什麼，也不知道究竟想找到什麼。

時光在這裏變得古老厚重，無以穿越。

昨晚在山下的賓館，他碰到一個已經當了賓館經理的老同學。經理告訴他說，二十年前人們上山收拾她的遺物時，發現了一個筆記本。筆記本最後一頁上說，她寫了一封信，是寄給他的。還有一封信，是控告農場的一個頭兒的。

他沒收到她的那封信，至今沒收到，也沒看到那個筆記本。那時他突然被關進了一間黑屋子，要他承認他上過山，承認他對她的死負有責任。

他說他愛她，但他沒有罪，因爲他愛她。

在被發落到一個更爲荒僻的地方之前，他再上一次草甸再看一次雪山的要求，被拒絕了。

他想，他不可能找到什麼了。

從那片斷壁殘垣裏走出來時，他看見四周的草坪上丟滿了雜物：破舊的食品袋，壓扁了的果汁盒，香蕉皮，果核，廢紙，以及一些說不出是什麼的東西……亂糟糟的，草甸看上去像是生了癩頭瘡。

又一種遺跡。他想。

他早已聽說這兒已闢成了旅遊景點，昨晚那位經理說，現在是旅遊淡季，再說，這兒除了自然風光，沒有什麼人文景點。

你說說看，什麼叫人文景點？他問。

經理說，人文景點嘛，就是……就是歷史的遺跡，這兒沒有。

他想，下山後他要告訴那位經理：你說的都是些屁話，全他媽的是屁話！這兒的人文景觀還少嗎？

孩子從豁口那邊跑了過來。孩子說，那邊有道很深很深的山谷，說他聽見山谷裏有女人唱歌的聲音，他想看看是誰，差點掉了下去。

他摟住孩子：不，你不會掉下去的。

孩子說，爲什麼呢？我差點掉下去了。

他說，那是大人掉下去的地方。他又說，很久以前，有個阿姨走到那裏，就稀里糊塗地掉下去了。

孩子說，她不知道掉下去會摔死嗎？

他躊躇了一會兒，說，她知道，但她也許是故意的，她喜歡……

孩子說，我不喜歡。孩子指著那片斷壁殘垣說，還有那間破房子，我也不喜歡。我看見你在那裏站了好久，你喜歡嗎？

他沒回答。他想那不是喜歡不喜歡的問題。他說，你不是說那邊有人唱歌嗎？我們聽聽去好嗎？

好吧，孩子說。

他們朝豁口那邊走去，迎著雪山……

❖ 草甸上的廢墟

十二岩子坡或說雲杉坪的那片草甸上，有一片廢墟。

我們已經看到，那廢墟，是一個故事的源頭，也是一個故事的遺址。

不知爲什麼，草甸上，除了那生機盎然、姹紫嫣紅的野花，那片廢墟是我最看重、最喜歡的東西。有時我甚至想，我之所以喜歡草甸上的花，恰恰因爲有了那片廢墟，就像我所以珍視生，恰恰因爲懂得了死。

一走上那片草甸，我最先看到的，總是那片廢墟。

那是幾方高高低低的斷牆，鋸齒一般，依據它們，我們還能依稀拼湊出早先那裏有過的一幢石砌房屋的模樣。石壘的牆體，最高處也只剩下半截，齊著人的胸脯，有幾處抬腳就能跨過，有幾處甚至早已蕩然無存，化作了一片石礫塵灰；那廢墟灰白黯淡，苔痕斑駁，彷彿是天神隨手丟在茵綠草甸上的一具森然的白骨。

沒人去思索那具「白骨」的意義，甚至就連簡單地想想那片廢墟究竟是怎麼回事，大概也無人願意。然而，那片廢墟，卻無形中成了雲杉坪草甸事實上的核心。早年的旅遊者，常常就在那道短牆四周擱下他們的行囊，或是就在那裏坐下來，開始享用他的美餐。我頭一次去時也那樣做過，後來就再也不了。

一片生機盎然的草甸，竟然是以一片廢墟作為中心，讓人委實有些匪夷所思。

不知那片廢墟是什麼時候留下的，也不知道當初是何人所建，為何而建。但，這又有什麼關係？每次凝望著那片廢墟，都讓人浮想聯翩。草甸上常常寂靜無聲，但廢墟卻在聲聲訴說。

「廢墟是毀滅，是葬送，是訣別，是選擇。時間的力量，理應在大地上留下痕跡；歲月的巨輪，理應在車道間輾碎凹凸。沒有廢墟就無所謂昨天，沒有昨天就無所謂今天和明天。廢墟是課本，讓我們把一門地理讀成歷史；廢墟是過程，人生就是從舊的廢墟出發，走向新的廢墟。營造之初就想到它今後的凋零，因此廢墟是歸宿；更新的營造以廢墟為基地，因此廢墟是起點。廢墟是進化的長鏈。」㉑

不是麼，在雲杉坪，一切都活著，雪山、草甸、野花、原始森林、黑水河、白水河，甚至那裏的風和雲，死去的，只有那片廢墟。

一切都在高唱生命的頌歌，唯獨那片廢墟，在那片充滿了生機的草甸上，高高舉起了死亡不朽的旗幟！

德國學者克里斯提安·馮·克洛科夫在談到生與死的問題時說：

「假如沒有死，任何東西都將失去真正的分量，我們的一切行爲都永遠是極不現實的。我們的生命和行動在一定程度上只是作試驗，因爲任何重複都是可能的。我們之間的交往如同和一台機器或一盒錄音帶、錄影帶打交道，人們根據自己的興趣，可以把它們倒回來或者重新錄製。只有死才創造了無可挽回的尊嚴和毫不留情的『永不重複』！換句話說，死亡創造了責任，正因爲如此，也創造了人的尊嚴。」㉒

在我數次去雲杉坪的經歷中，從來沒看見過有人走進那片廢墟，但我相信，當初一定有人走進過那片廢墟，用他們的生命寫下過壯烈的故事。果然，就在我第一次去雲杉坪回來後不久，就聽到過一個跟那個廢墟有關的故事，一個現代傳說。

傳說很多。然而，或許那不僅僅是傳說。它們指明了那道短牆、那片廢墟的由來。而更多的時候，我卻執拗地以爲，那不過是一個象徵，一個縮影——那是另一條跟「情死」相反的路留下的遺跡，它註定是要頹壞衰敗的。

不會毀敗的，唯有雪山，唯有草甸，唯有那條通向「舞魯遊翠閣」，通向「十二岩子坡」的路。

遺憾的是，當我一九九五年七月再次去雲杉坪時，草甸中央的那片廢墟已被拆除。

在我眼裏，那片草甸突然變得光禿禿的，如同一個沒了頭髮的姑娘，一個沒有了根柢的巨人。

據說，那是爲了營造一個良好的、美麗的旅遊環境。

我悲傷。我不明白：那片廢墟究竟在什麼地方妨礙了、「影響」了我們的旅遊？

從某種意義上說，早已成了歷史遺跡的東巴文化本身，也是納西文化的一片「廢墟」。可無數的納西同胞，無數的專家學者，都在傾其畢生精力去研究它，保護它，而絕不會想到要去「拆除」它。

一向十分明智的納西人，一個從來就十分寬容、十分大度的民族，不知爲什麼會在對待雲杉坪那片廢墟的問題上，表現出了他們缺少起碼程度的文化感和歷史感？

是的，一切都是要被毀滅、被葬送、被淘汰的，廢墟就是時間在大地上留下的蒼涼的足跡。

然而——

對權勢者來說，廢墟是警示，是判決，是對他們往昔的榮耀和輝煌最無情也最意味深長的嘲弄，足見無論怎樣威重如山的天朝盛世，都有王道不及的化外之境，也都難逃末日莊嚴的審判。對民眾來說，廢墟卻是華表，是鼎銘，是對他們生命的最熱情最動人的禮讚，足見無論怎樣普通卑微的人生，也有曾閃射過亮麗輝煌的生命火焰，也都不會像雲煙一樣消散得無影無蹤。

「在中國人的心中留下一點空隙吧！讓古代留幾個腳印在現代，讓現代心平氣和地逼視著古代。廢墟不值得羞愧，廢墟不必要遮蓋，我們太擅長於遮蓋。」「廢墟不會阻遏街市，妨礙前進。」「我們，挾帶著廢墟走向現代。」㉓

◎註釋

①洛夫《一朵午荷》第一七八頁，上海文藝出版社，一九九〇年版。

②④楊福泉《神秘的殉情》第二十頁，第一三二頁。

③《納西族民間故事集成》第一輯第一七四頁，《情死樹的傳說》，木麗春搜集整理，麗江地區文化局、民委、群藝館編，一九八八年。

⑤趙銀棠譯《魯般魯饒》，載《邊疆文藝》一九五七年第十期。

⑥李霖燦《納西研究論文集》，臺北國立故宮博物院一九八四年版；轉引自楊福泉《神秘的殉情》。

⑦參見楊福泉《神秘的殉情》第一二六頁。

⑧⑪⑫⑯白庚勝、楊福泉編譯《國際東巴文化研究集粹》第一九一頁，第一九二頁，第一九三頁，第一九二頁。

⑨⑩黃堯《生命的原義》第一七八頁，第一八〇頁，雲南人民出版社一九九三年版。

⑬〔法〕孟德斯鳩《波斯人信札》第一五四頁，人民文學出版社一九五八年版。

⑭⑮轉引自楊福泉《神秘的殉情》。

⑰木麗春《東巴文化揭秘》第三〇八頁，雲南人民出版社一九九五年版。

⑱戈阿干《告急：東巴文化出現斷層》。

⑲楊福泉《神秘的殉情》第一六六頁。

⑳參見戈阿干《告急：東巴文化出現斷層》。

㉑㉓余秋雨《文化苦旅》第二三二頁，知識出版社一九九二年版。

㉒〔德國〕卡林·瓦爾特編《哲人小語——我與他》第四一七頁，生活·讀書·新知三聯書店，一九九四年版。

第四輯

壩子

○

生命的全部奧秘就在於為了生存而放棄生存。

（德國）歌德：《歌德的格言和感想集》

在某種程度上也可以說，人是為死而生的。

…… 不論對世界哪一文化、哪一民族來說，

生與死的問題都是一個原點。

（加拿大）布西豐正：《自殺與文化》

藍色拉市海：一個納西族老人的驚喜和嘆息——木麗春的憤怒：「你真想瞭解『情死』嗎？」——納西人的現代婚禮：發生於一九九三年的「跑婚」事件——在納西人家裏作客。李嘉惠和他的妻子及父親——話說「潘金妹」；一個納西姑娘和一個來自內地的神魂顛倒的男子；H與L的初戀及其終結——聆聽母湖：瀘沽湖邊的摩梭人——納西女神和納西女人：更為勇敢的情死者——造訪納西女作家趙銀棠——綠色的雲與曬糧架：情死的變異——自殺與歷史。我第一次目睹的自殺事；歷史上中外人士對自殺的態度；納西與日本的「情死」比較——感覺道路：到吉子村去——泰安：一個情死未果者的漫長歲月。

❖ 藍色拉市海

那個晴朗的午後簡直藍得發亮，大約是兩點多鐘，長途班車在翻過了鐵甲山的最高峰，剛能看見麗江著名的馬鞍山之前，一片鏡子一樣明亮的湖水突然出現在車的前方；它嵌在一片屏風似的群山之中，明亮的暗藍色柔韌地起伏蕩漾，就像一匹質地上乘的綢緞，在輕輕地擦拭每一道投向它的世俗的、粗糙的目光。我的眼睛頓時也變得清亮、濕潤起來。

就在那時，坐在我前排靠窗戶位置上的那個老人突然失聲喊道：「看哪，拉市海！」由於抑制不住的興奮，他的喊聲既洪亮又嘶啞，引得差不多全車人都以吃驚的目光看著他。他嘿嘿一笑，隨即就把頭伸出窗外，簡直是有些貪婪地看著遠處那片暗藍色的湖水。

一路上，他都在跟坐在他身邊的同伴嘀嘀咕咕地說話，時而用納西話，時而又用漢語。看來他就是本地人，一個本地人，對他常常看見的那片湖水，也會那麼驚奇，那麼興奮嗎？

過了一會兒，他回頭跟他的同伴說：「拉市海的水，今年怎麼這麼少呢？」

「怕是好久沒下雨了吧。」坐在他身旁的同伴回答。

「我看不是沒下雨。」老人又說，他好像爲那件事非常擔心。

「那你說是怎個啦？」

「我要曉得還來問你？」老人說，過了一會兒彷彿是獨自嘆息道，「以前，拉市海的水又大又清，水裏的魚喲，多得坐在船上也能看見，如今是怎麼了呢？」

他的同伴沒有回答，他也不再說話，就那樣一直地看著遠處那片湖水。

他在擔心什麼呢？從那時起，我就一直在想他的那句話。那句疑問夾雜著輕輕的嘆息，也從此就一直漂浮在我的腦海裏嗡嗡作響，就像當時那聲音便從車窗裏飛出去，一直漂浮在拉市海上空一樣——那是嘆息，也是驚訝，那聲音是遊動的，也是凝固的，是輕柔的，也是沈鬱的，單純到透明又複雜到渾濁。

那句話的全部含義當時我沒能想個明白，過了這麼多年，當我重新回味它時，應該說我還是沒能想得明白。我只是隱隱覺得，那句話的所指雖然明確無誤的就是拉市海，它的能指卻又不完全是拉市海，而是比拉市海要多得多的東西；拉市海在他心裏，很可能只是一個象徵，到底象徵著什麼，也許連他自己也說不清，但至少，他的擔心不只是拉市海本身，不只是它裏面的水和魚的多少，還有整個拉市壩子的天氣、土地、收成，甚至還有他的某種隱秘的希望。

拉市海這個名字，這個不知道爲什麼讓我覺得很有點動人、很有點詩意的名字，也就從此讓我對它充滿了渴望。

——那還是八十年代末我第一次去麗江時經歷的一幕。可多年來，儘管每次去麗江，我都在計畫著要去看看著名的拉市海，卻始終也沒能在近處一睹它神秘而又美麗的面容，更別說能撫弄它清冽的海水，親近它美妙而又清涼的氣息了，對此，我真是萬分遺憾。

我想，難道是命中註定，我與它沒有緣份麼？可在意識上、情感上，以及冥冥之中存在於我與拉市海之間的某種神秘聯繫中，我卻多次得以與那片綠緞子般的高原海子親近狎昵——我寫下這兩個字時，絲毫沒有猥褻、下流、不貞甚至邪惡的感覺，是的，沒有；恰恰相反，我眼前是像太陽升起時那樣的崇高、磅礴與輝煌，心裏同時也就有一種美妙無比的膩滑、柔軟與清涼。

人與人之間有「神交」一說，如此，爲什麼就不能讓我與一片高原海子有一種更接近「神交」一詞本質的交往與親近呢？想起「拉市」這個字眼，我就會想起它那藍色的湖水。拉市海清涼的水波一直在我心頭蕩漾，拉市海上朦朧的霧氣也一直在我眼前瀰漫。

它明明是一個湖，人們卻叫它「海」。是的，高原上的人總愛把湖叫做「海」，或是更親暱些，叫做「海子」，直截了當叫「湖」的，反而不多：大理蒼山腳下有洱海，靠近西藏的中甸有碧塔海、納帕海。最奇怪的是，人們對雲南高原上那個最大的湖——滇池，甚至連「海」、「海子」的名字都不給；乾脆只叫它「池」。這確實有些怪。

雲南本地人和一些資深學者常常解釋說，雲南人之所以把湖叫做「海」，是因爲他們世代居住在大山裏，對大海心嚮往之。他們以此證明雲南人的視線儘管被大山嚴嚴擋住了，但他們在精神、意識上的遠望能力，卻依然能越過地平線，一直抵達遠方。說實在的，對這種解釋我一直心存疑問。如果真是這樣，北京離海應該說是不遠吧，爲什麼也會有「中南海」、「北海」呢？

當我後來在拉市海一帶漫遊時，當我揹著簡單的行囊在拉市海附近的村子裏進進出出，或是騎著一輛破自行車，在拉市海四周的鄉村土路上顛簸行進時，那個問題一直在我的腦海裏浮現著，猶如我怎麼也無法從記憶中抹去數百年來，納西人在生與死之間的那番掙扎，那番苦鬥。因襲的文化，讓他們始終無法從遙遠的歷史之中大步走出！

一個民族的文化，就像一片海，包圍著其中的每一個人，深深地浸潤著每個人的靈魂。隨著歷史的變遷，那片大海雖然也會改變，甚至還會慢慢消退，但它一直地存在著。就連我，這個跟納西族毫不相干的人，一旦撲了進去，也就再難從那裏面掙出身來。

有一天，我突然覺得我好像找到了答案，準確地說，或許只是跟答案有關的某種瞬間感覺；後來，紛至沓來、接踵而至的新奇印象打斷了我對那個問題的思考，並且從此再也沒能恢復對那個問題進行思考的能力，於是那短暫的思考，那靈機一現似的契機，便只留下了一個武斷的、無頭無腦的結論，原本不值一提。但當我面對那片文化之海苦苦思索時，那個念頭卻一再浮現出來：或許，他們之所以把高原湖泊稱爲「海」或「海子」，無非是出於遠古甚至是洪荒時期他們的祖先對於海的記憶吧？或許很久很久以前，跟西藏一樣，雲南的這片山地本來就是一片海洋吧？麗江就更是如此。

海拔近六千米的玉龍雪山，其實是一座非常年輕的山，是在一次地質年代並不遙遠的造山運動中形成的。而在玉龍雪山的山腳下，在作爲納西人發祥地的白沙附近，更有一片寬闊的礫石地，上面滿佈著沙礫和石塊。由於土質貧瘠，那片土地至今也沒能得到有效的開發，它常常讓我想到，那裏原來是一片大海的海底。

拉市海當然也是如此。我相信，那裏很可能原來真是一片海。儘管後來，拉市海開始向它的中心部位退縮，拉市海四周於是開始有了人煙，出現了密密麻麻的村寨。但在人們的記憶中，那裏一直是一片海。我不知道，人類的集體的、種族的記憶，是不是也會融入人的血液，變成構成某種血質、某種民族個性的基本材料？我想那是可能的，不然就難以解釋這一民族與那一民族的差別了。

水是生命存在、人類繁衍的首要條件。有水的地方，常常就是人類的聚居之地。事實上，拉市海就給了納西人生存的條件。它充沛的水量，灌溉著周圍的成千上萬畝土地，海邊常有鷗、雁、鳧、鷺、鵜、鴨、鴛鴦等水禽；乘著獨木槽船划到它的深處，還可張網捕魚。甚至它那一片天光水色，還作爲麗江十二景之一的「碧海騰龍」，給了納西人白雲青山、清風明月的情致。靈魂受過湖水的洗禮，心胸也就大大地開放……那個老人的驚喜也好擔憂也罷，都是因爲水。拉市海如果沒有了水，或者水太少，四周的納西人也就無法生存。這個極爲簡單的道理，爲什麼我會忘了呢？

蒙田說：「生活樂趣的大小，是隨我們對生活的關心程度而定的。」①那個老人比我更爲關心拉市海，因爲他比我更關心他實實在在的生活。讀過幾天書的人，總以爲自己比工匠、農人更懂得也更熱愛生活，其實不然，我們常常只是在談論，而談論並不是生活，「生活」，就是一個又一個普普通通的日子。

一個來訪的義大利青年詩人羅伯特·戴迪爾跟我們座談時，朗誦過一首他寫的詩，那首詩有個尋常不過的名字《度日》，卻爲他贏得了義大利蒙德羅國際文學獎的處女詩作獎：

你不要遠去！
當晚上我們一起睡著時，
你不要因惡夢而遠去。

你只要邁出一步，也應該是
假裝邁出，
幻想會影響你的呼吸。
你應該去那個我也能去的地方，
你不要因惡夢而遠去。

詩是北京外國語學院的王煥寶先生當場即興翻譯的。王先生說，譯詩難，可能斟酌不夠，大體是這麼個意思吧。我卻不那麼想，即便真是那樣，我還是一下子就被它深深打動了，它在平靜的口吻中表達出來的人對日常生活的關注，看似尋常，其實又是多麼深邃動人！對此，我們實在是遺忘已久。

那一刻，就像有一支火把，一下子照亮了幾年來我在理解那個老人的那些尋常話語時所遭遇的混沌和幽暗。驟然間，我似乎又坐在那趟經過拉市開往麗江的車上，又看到了那片暗藍色的湖水，又聽到了那個不知名姓的老人那蒼老的，卻是滿懷驚喜的喊聲：「看哪，拉市海！」當然，也又一次聽見了老人後來的那聲嘆息：「拉市海的水，今年怎麼這麼少呢？」

❖ 老木麗春的尋常心

木麗春是個多少有些奇特的納西人。我在拉市海一帶的漫遊，正是在跟木麗春的艱難交談中稀里糊塗地開始的。

第三次到麗江後不久，我便專程去拜訪了麗江大名鼎鼎的木麗春。

木麗春比我年長，我一直叫他老木。那時，爲了寫一部我預想中的長篇小說，我很想從老木那裏掏出點什麼，請他爲我提供一些有價值的採訪線索。但我知道，要從老木那裏真正得到一點收穫恐怕很難。不是說他腹中空空無法提供——從五十年代跟牛相奎一起寫出敘事長詩《玉龍第三國》後的幾十年間，他寫過許多小說、散文，但他真正値得稱道的成就，還是他在納西民間文化，特別是東巴文化的研究上所取得的豐碩成果。

這樣一個納西人，肚子裏當然有的是「貨」。何況老木並不吝嗇。如今搞學術研究的人，對自己掌握的第一手資料，都自視精貴，秘不外宣。老木卻是個例外。就像個不懂行的生意人，他常常將他辛辛苦苦收集的原始資料拱手送給他人；許多朋友都勸他，在這類事情上不妨稍微「自私」一點，沉穩一點，別「他母親的」太傻太大方。也不知老木是沒聽懂還是存心，反正他照樣改不了他那慷慨大度的毛病，仍一意孤行，毫不在乎。如此，指望老木給我一點幫助，應該不成問題。

但我多少還是有些擔心。

前幾次去麗江時，我就跟老木有過接觸，後來還在我主持的一本刊物上刊發過老木的論文。老木的學術觀點總是新奇大膽得讓那些「主流派」、「學院派」的研究人員瞠目結舌，但說句老實話，寫論文他畢竟還算不上高手。他是一個生活在虛無縹緲的傳說和荒誕離奇的冥想之中的納西漢子，似乎極度缺乏通常意義上的研究人員必備的嚴謹作風和邏輯推理能力，因此，他也就沒有了一般研究人員的那種刻板和循規蹈矩，反倒有了一般人所沒有的，同時也跟他經常穿的那套中山裝不相稱的極其豐富的想像力。

這一切當然還是跟我的擔心無關。我真正擔心的是他那一口齜牙咧嘴的漢話。納西人講的漢話，我一般都能聽懂，但一聽到老木的那一口漢話，我就腦袋發暈、發脹。哪怕就是跟他面對面地交談，揣摩著他的眼神，看著他的手勢，我還是常常聽不懂他到底在說些什麼。頭幾次，爲了表示我對他的尊重，我只好不懂裝懂，但這次我決不能打腫臉充胖子了。關鍵之處，我堅決要他用筆寫出來，決不輕易讓他糊弄過去。

就在我跟老木的幾次艱難得讓我憤怒，讓我想拂袖而去的交談中，他一再建議我去一趟拉市和泰安。他說那是麗江的兩個區，一個是平壩區，一個是高寒山區，老百姓的日子過去非常苦，如今雖有變化，還是很窮。他說，因爲離縣城很遠，那裏至今還較多地保留著納西人的舊俗。他說那裏是歷史上納西人「情死」最多的地方，五十年代他和他的同伴牛相奎一起寫《玉龍第三國》時，就在那一帶採訪過。

我當然感謝他好心的建議，我答應說我一定要去，但又一直沒有去。事實上，那時我一直在追蹤一個我十分感興趣，後來成了我的長篇小說《情死》一書的主角的人物線索，我簡直脫不開身，深怕那條游絲般的線索稍縱即逝，從此就再也找不到頭緒。我是偶然聽說那個人物的，但我從一開始就意識到，儘管那人已經離開人世多年，卻至今依然是個十分敏感的人物，弄不好就會觸動許多人脆弱的神經。在沒有把事情弄清楚之前，我還是謹慎一些爲好，如此，我才沒有照老木建議的那樣，立即奔赴泰安和拉市。

我一直沒有單獨去拉市、泰安的另一個原因，是我擔心獨自出行會一無所獲——我不會說也不會聽納西話，而在麗江偏遠的山區，能聽、說漢話的人大概也寥寥無幾，我去也是白去。等找到一個合適的嚮導或是翻譯，我是一定要去的。那幾天，爲了充分利用我在麗江的有限的時間，我常常在白天採訪後，晚上就去找人聊天，其中當然也包括去老木那裏。

老木住在離麗江著名的黑龍潭公園不遠的麗江地區群眾藝術館的院子裏，穿過一道仿建的、金碧輝煌的牌坊式門樓，裏面是一溜木結構的二層樓房。撩起老木家那道破舊的門簾，坐在他家堂屋的矮方桌旁的舊沙發上，聽著老木的老婆上下樓梯時發出的吱呀聲，我對那座樓房常有一種不堪重負、似乎隨時就要倒塌的擔憂。

老木殷勤地給我斟了茶，夜裏的蒼蠅在茶杯上方那升騰的白色水霧裏穿梭般飛來繞去，我們就在那樣的氣氛裏討論種種與納西人的生死有關的問題，那讓我們的交談具有了一種顯而易見的日常性。

其間，老木的小孫子常常跑過來搗亂，一時要喝水，一時要撒尿，老木總是有求必應。我後來想起那情景時，總覺得那不像是在跟一個納西族文化人討論他們民族的文化，倒像是在跟他聊家常。看得出來，老木很喜歡他的孫子。我沒有任何理由剝奪一個祖父輩的人享受天倫之樂的權利。我只能耐著性子等老木從他深陷進去的那種濃烈親情中脫出身來，然後再繼續我們的談話。

老木給我看了許多他發表的或是還沒有發表的論文。我得承認我在讀那些論文時有些吃力：我對老木的思索習慣還有些陌生，而他在表達對一些複雜問題的看法時，造出的句子就像一團團纏成了死結的線，我怎麼也沒法理清。

但是，如果以爲老木已經尋常到沒稜沒角，那就錯了。

幾天後，當我又去老木那裏閒聊時，一聽說我還沒去拉市，老木差點就要大發雷霆了：「我還以爲你早就去過了呢！你這人到底是怎個啦？天天說要去調查『情死』，告訴你一定要去拉市、去泰安採訪，你又不去，你是不是在跟我開玩笑？」

奇怪的是，老木那番神色激動的話說得非常清楚，我幾乎一句也沒聽錯。我大吃一驚，隨後又鎮定下來。我還是說我是一定要去的，不過不是現在，要再過幾天。

老木有些憤怒地看了我一眼，然後就不說話了。我想，我大概在一個帶有本質意義的問題上得罪了老木：老木肯定以爲我壓根兒就沒拿他的話當回事，他的好心因而被我在無意之中怠慢了。

人是有尊嚴的，許多時候，尊嚴恰恰是人與人打交道時最應該注意的東西。但我真不是有意的。我尷尬地坐在那裏，對無法向他解釋而手足無措，坐立不安，一根接一根地抽煙。

沈默了好久，老木才說：「過兩天，我要去拉市我一個親戚家吃喜酒，你想不想去？想去就跟我一起去。」

我大喜過望！等待了許久的那個時刻終於到來了，我馬上說：「我當然去，我們一言為定！」

老木對我這次的反應如此之快似乎有些意外，愣了一陣，才跟我商量怎麼去，是走路還是借兩部單車騎車去？我問有多遠，他說有十來公里，他常常騎單車回家，他的「家」就在拉市。為了節省時間，我建議叫一輛三輪摩托去，老木想想說：「算了吧，你是不是錢多了？反正有班車，我們坐班車去。」

到約定的那天，我和老木在公共汽車站等了將近一個鐘頭也不見班車來，我們和幾個也在那裏等車的當地人都有些急了。最終，我們還是叫來了一輛「三輪摩托」，老木用納西話跟司機討價還價，司機堅持要二十元錢。我說二十就二十吧，再等，一上午就等過去了。老木似乎為他沒能砍下價來有些沮喪，說，太貴了！我說，算了，走吧！

臨上車時，老木突然叫那幾個跟我們一起等車的納西女人上車，我沒說什麼，以為那是他的熟人，直到開車後，我悄聲問他是不是認識她們，老木說不認得。那你怎麼會叫她們上車？我感到奇怪。老木說：「二十塊錢，太貴了，只拉我們兩個人太划不來！」

誰說不是呢？不過，反正二十塊錢車錢我是出定了。想到我能有幸幫老木做一次順水推舟的人情，倒也值得。

早上十點多鐘，我們坐的那輛三輪摩托在公路邊的拉市鄉政府門口停了下來。

到了，老木說。

我沒問老木到區政府去幹什麼——那之前老木曾說，你跟我走就是了。老木有時候是嚴厲的，特別是當他發覺你對他並不怎麼信任的時候。我早已決定把自己完全交給他。

區政府是一個很大的院子，幹部們正在吃早飯。我這才想起那是個星期天。老木的熟人和朋友們紛紛起身，讓我們跟他們一起吃，老木矜持地一一謝絕了，說是我們要去吃喜酒。

對於他的自得，幹部們好像並不怎麼以爲然，既不打聽是哪家辦喜事，也不向老木表示祝賀。他們看老木的眼神，就像看一件雖然華貴卻早已過時的古董，那讓我覺得那些人有點怪，也許幹部就是這個樣子吧，在他們眼裏，所有從事某種專業工作的人，不管是科技界的，企業界的，還是文藝界的，頂多是個所謂有「一技之長」的人，只有他們才是全才，是管理這些職業人員的人，因而才是這個世界的主人。

老木卻更加矜持起來，對隨後幾個邀請他跟他們一起吃飯的幹部，竟連正經的解釋也不作了，只以哼哼作答。老木的那種態度給了我很大的鼓舞。然後老木借了兩輛單車，我便和他一起騎車去參加他頭天跟我說的那個婚禮。直到那時我才明白，老木無非是要到區政府借兩輛單車。

❖ 現代「跑婚」者和她的婚禮

從拉市鄉政府到老木的親戚家到底有多遠我說不清。動身之前，站在公路邊往下看，眼前是一片密密麻麻的屋舍，一條土路從那片屋舍中間穿過，一直通向肉眼看不見的地方。在我的想像中，我們正在走向那個我一直想去的拉市海，那個水波盈盈的地方。事實上卻並非如此。

我和老木騎著單車，在那條坑坑窪窪的土路上一直往前走。天氣晴朗，原野上一片寧靜，路兩邊全是納西村寨的屋舍。一個個院子當中，聳立著一座座像天梯一樣的木架，寬約兩三米，高達四五米。老木告訴我，那是納西人的曬糧架。後來我在以藏族爲主的中甸一帶，也看到過這樣的曬糧架，只不過中甸一帶的曬糧架一般都不架在院子裏，而是架在空曠的田邊地頭，幾十上百個排在一起，襯著遠山、藍天、白雲，如同神秘的導彈發射基地，看上去十分壯觀。

那一帶正規的住房大都是用土坯磚砌築，外面以泥抹牆，迎著土路一邊的牆，以白色爲底，只在牆的中心部位塗上了十分漂亮的赭紅色。家家戶戶的門樓都修建打造得非常講究。整個看去，那些房子都顯得清雅亮麗，簡直就像是一個個新落成的村寨。偶爾會在那種房子的旁邊出現一間木楞房，用一根根稍加修整的原木橫著壘搭起來，不加任何塗飾；歷經風吹日曬，木頭的原色早已變成了飽經滄桑的醬褐色。

老木告訴我，納西人以前住的大多數都是那種房子，如今因木料短缺，加上木楞房低矮幽暗，冬不保暖，現在一般都只用來做牲口房了。

我們要去的那個村子叫豐樂村，納西話叫金燦村。但老木一直沒說主人阿厚培到底是他什麼親戚。走進那戶人家，就有人迎上來招呼老木，老木一一應答著，卻並不向人介紹我這個來自遠方的不速之客。趁他把我忘了的時候，我抓緊時間對院子作了一番「火力偵察」。

那是一個典型的納西人家的院子。寬敞的院子當中已擺滿桌子，總共有一二十張吧，每張桌子旁邊又擺一些更其矮小的凳子，桌子周圍零零散散地坐了些人，大概那就是擺酒席的地方了。

迎著大門的是正屋，三四道房門的兩邊，都貼著紅彤彤的對聯，一片紅亮，把整個院子都映得喜氣洋洋；中間的一道大門敞開著，花花綠綠地擺滿了各式各樣的東西，讓人眼花撩亂，不知道究竟是聘禮呢，還是嫁妝。我的一個發現，是那些東西都是些生活必需品：從被子到床單到衣服到臉盆，從牙膏到肥皂到針頭線腦，一律都普通得不能再普通。

一些穿戴得乾淨整齊的女人，正端著大大小小的盤子忙進忙出。從靠右邊角落的那道門裏，傳出來一陣陣肉香，我想，那邊就該是廚房了。那裏正在烹製喜宴的菜食，當然也在烹製著即將到來的喜悅與狂歡。笑聲、鍋鏟的碰擊聲和嗡嗡嗡的說話聲，不斷地從那裏傳出來，讓院子不再有一點點空隙。

我突然想到，有著「情死」習俗的納西人，其實是十分注重生命降臨、追求人生歡樂的；婚姻作爲人生的一件頭等大事，從來就是每個納西人生活中不可缺少的重要內容——人們在談論納西人的「情死」文化時，常常會在有意無意間忘了這一點，以爲納西人日常想到的只是「死」，那就大錯特錯了。

羅曼·羅蘭曾說：「凡是不能兼愛歡樂與痛苦的人，便是既不愛歡樂亦不愛痛苦。凡是能體味它們的，方能懂得人生底價值和離開人生時底甜蜜。」納西族就是個既懂得歡樂又懂得痛苦的民族。對生的憧憬，其實是對最普通的人間生活的憧憬。而情死者所嚮往的美麗天國裏的一切，不過是對俗世生活幸福美滿的一種強調和誇張。弄清了這一點，對「情死」就要好理解得多了。

院子右邊廂房的階沿上，一個中年男人正襟危坐，右手提一管毛筆，隔一會兒便在他面前的一張大紅紙上寫著什麼。我正要走過去看個究竟，老木在我耳邊小聲說，那是主人專門請來的收禮先生。老木說，那人是當地一所小學的老師，也是主人家的一個親戚。

我一邊聽著老木的解釋，一邊看著那位「收禮先生」。每個剛剛進屋的客人，都事先到他那裏「報到」，他收下客人帶來的禮物，同時記下他們的姓名和所送的禮物。他身後牆上貼著的那張大紅紙上，已寫滿了送禮人的姓名和所送禮物的名稱：那可能是十元或二十元錢，也可能是一段布料、一雙鞋，甚至一塊臘肉、一小筐雞蛋。多少不限，重要的是圖個喜慶；就是不送，主人也照樣要請全村每戶人家都來人喝喜酒。那些禮物，不過是親情和友愛的象徵——「快樂有人分享，也就分外快樂；一個人再怎麼幸福，沒有外人知道，心裏也不滿足。」這話是法國人莫里哀說的。

這時老木走過去，掏出二十元錢作爲禮物交給了那位收禮先生，收禮先生便正兒八經地在紅紙上寫下了「木麗春　二十元」。我跟過去，也拿出二十元錢交給那位收禮先生。老木回頭說，算了，你就不用送了。我說不行，這是禮節，我也想沾點喜氣。

一想到我的名字會因此而留在一個鄉村婚禮通紅通紅的禮單上，成爲一個剛剛誕生的小家庭的一份永久性的記錄，我就感到快樂。老木聽懂了我的意思後沒再阻攔我。當那位充當「收禮先生」的中學老師收下了那二十元錢，把我的名字恭恭敬敬地寫在那張紅紙上時，我看見他幾次抬起頭看我。

對他來說，這個村子裏的幾乎每個人，他都能憑聲音說出他們的名字，唯獨我是陌生的。即便這樣，我心裏仍然有種說不出來的激動。當然，若干年後，無論是那家主人還是那對即將結婚的年輕人，都不大可能將我留在那張大紅紙上的名字和我這個人聯繫起來，他們能記住的，只是他們自己那一刻的喜悅和快樂；但是，我樂意因此而捲進一對年輕人的歡樂，捲進一場人生的慶典。這在我掏出二十元錢時，還只是個意念，但很快就成了事實。

原來，那兩個年輕人竟然是「跑婚」後才成婚的！

我頭一次聽說的「跑婚」這個字眼，當然也是老木告訴我的。

那時，我們坐在那裏一邊喝茶一邊聊天。我問老木，什麼是「跑婚」？老木說，所謂「跑婚」，就是兩個戀愛相好的年輕男女，因爲一方或長相、或經濟條件不大好，或年齡上不般配，估計另一方的父母不會同意這門婚事時，而採取的一種「不宣而戰」、「先發制人」的行動。跑婚有兩種，一種是「跑」到一個很遠很遠的地方，再也不回來；一種是男方或是女方瞞著自己的父母，跑到女方或男方的家裏，先住上一段日子，造成事實後，再派人到對方家裏提親。那時生米煮成了熟飯，對方的父母不同意也只好同意了。這時，再商定舉行婚禮。有時，跑婚甚至是相愛的男女及其父母爲顧全臉面、避免某種尷尬，而共同商定的一種方式。比如，男方或女方因爲經濟拮据，無法大請賓客，或爲避免大操大辦，都可能採取這種方式。

老木說，新娘是他親戚的一個小女兒。大約三個月前，這個已到結婚年齡的姑娘突然不知去向。全家人急得要命，卻沒有女兒的消息。會不會是與什麼地方的小夥子相約去「情死」了？四處尋找，附近村子裏沒有哪個小夥子「失蹤」。一個月後，男方家裏才派人來說明情況。原來，那家小夥子家裏的經濟條件不大好，擔心姑娘家裏不同意這門婚事，而他未來的妻子又非常鍾情於他，兩個年輕人一商量，便精心策劃了這場「跑婚」事件。

想起在漫長的歷史歲月中，納西人曾經有過的「殉情」，當代年輕人的「跑婚」之舉，便頗有些意味深長了。時代畢竟不一樣了。歷史上，納西族中那些相愛的年輕人不可逾越的障礙，當代的戀人們似乎一抬腳便跨了過去。「跑婚」無疑是歷史上造成納西人大量「情死」的包辦婚姻和真正的自由戀愛、自由婚姻之間的一種過渡形式。如此說來，現代婚姻的自由度究竟有多大，還是一個值得研究的問題。

現代人的戀愛、婚姻觀念儘管比過去進步多了，卻或多或少地還要受到許多完全不屬於婚戀本身的因素的制約，比如財產、地位等等。納西年輕人的戀受，早已走出了在深山老林裏彈奏口弦和唱情歌的古老而又羞答答的方式，而開始採用參加舞會這類形式。許多年輕男女就那樣在「光天化日」之下相互結識，開始他們戀愛生活的第一步。然而，真正的結合，仍然要受到一些別的條件的制約。即使如此，他們的勇氣仍然比城市裏流行的婚戀方式要自由、大膽得多。

上述「跑婚」就是一例。它看重的仍然是愛情本身而非其他。在這一點上，如今都市裡的那些講究財產、地位和名份，以至把「愛」當做「拋棄型消費品」的「現代人」，恐怕應該感到汗顏了！

❖做客「納居塢」

土生土長的納西人對一個冒然闖進他們生活的外來者，總抱有一種默默的、不露聲色的警惕和戒備，那往往不是在言辭和行爲上，而是在心靈上。我想，這大概和納西族過去長期處在幾個強大民族的包圍之中有關。在沒弄清你的真實意圖之前，一個外來者或許也會得到你自以爲是你的朋友的幫助，但許久之後你會發現，你的納西朋友一直在跟你巧妙地周旋。如果你要抵達的是一座古堡，結果他讓你看到的只是古堡周圍的要塞；如果你想看的是太陽，他指給你看的或許就是月亮。

他並不騙人，絕不會說他讓你看的，已經就是古堡或是太陽。他甚至會告訴你，古堡還在那邊，太陽呢，還沒出來。在那種情形下，如果你還要問爲什麼我們花了這麼多時間還沒抵達目的地，那就太愚蠢了。根本就沒有什麼爲什麼，問題的關鍵只在他還沒弄懂你到底要幹什麼。一旦他明白你的真實意圖而他又樂意幫助你時，你得到的就是超越一般朋友之間的最大的幫助。

我與李嘉惠的認識和交往，卻完全沒有那種「磨合」的過程，一下子就進入了非常融洽的狀態，那當然跟李嘉惠的爲人師長有關。

那天參加完那個「跑婚」姑娘的婚禮吃完喜酒後，老木便把我帶到了位於拉市的麗江縣二中，把我交給了該校的語文老師李嘉惠。然後老木就走了，他甚至沒有告訴我他是回縣城呢，還是回他的也在拉市的家。我一下子就被拋棄在一個完全陌生的世界。

李嘉惠從麗江師範畢業後，一直在學校裏當老師，據說是個很不錯的老師。他喜歡寫作，曾在一些報刊上發表過詩文，並得過好幾次「徵文獎」。當我在那所中學他住的那間小屋子裏跟他聊天時，他拿出他的一些作品給我看。

我得承認他是個很有潛力的業餘作者，比起我在城裏認識的那些狂妄自大、酸溜溜的作者來，或許還更有天賦。他讓我再一次領略了納西人對文化的癡迷。想到我將請他帶著到拉市海附近漫遊，讀完了他的作品後，我說了我的感想，並像通常對待某些業餘作者那樣，鼓動他多寫多練，以後有什麼需要我幫助的，我會盡力。

李嘉惠當然聽懂了我的許諾，但他似乎沒有料到我會那樣說，他的臉突然漲得通紅。他說，您千萬不要……我不是那個意思，我只是寫著玩的，當語文老師嘛，不自己寫一點，怎麼教學生呢？

我突然感到了羞愧。在城裏，我那樣說了，很少會有人表示反對的。有些人心裏正是那樣想的，我不過是順其自然罷了。但李嘉惠顯然不是那樣的人。那以後我們每次見面，他都會拿他的作品給我欣賞，卻從來也沒有讓我「推薦」的意思。

那天傍晚五六點鐘，李嘉惠突然對我說，走，我們回家去。我說，你家遠嗎？他說不遠。他爲我借了一輛自行車，我們一起騎著車在暮色中出發了。後來我才明白，李嘉惠說的不遠，其實是將近十公里的路程，幾乎橫穿了整個拉市壩子。

在那片籠罩著整個拉市壩子的玫瑰色的落霞餘暉中，我們沿著一條鄉間土路，穿過一個又一個村子，向他家騎去。

天宇澄澈高遠，暮色漸濃。我突然覺得似乎是潛行在海底，成了這個高原壩子的一個組成部分。我的心與我所見到的一景一物都在一應一答之中。

田野裏的農人正在歸家，他們肩上泥土未淨的農具在夕陽下閃光。那明亮的光點是我。淡藍的炊煙在人家屋頂上裊裊升起。那瀰散在路邊、田野和整個拉市海上空的、燃燒草木和牛糞的粗獷的香味是我。一個女人在她的屋簷下呼喊她的孩子，喊聲充滿了的母性的柔情。那令人心動的喊聲是我。納西人院子裏那像火箭發射架一樣傲然聳立的曬糧架，正在暮色中慢慢隱去它們的身影。那傲然聳立的曬糧架也是我。拉市海傍晚那透明的、顫動的空氣，遠遠近近那色調越來越深、漸漸朦朧的山峰，都是我。

我們一直向他的家騎去。我心裏洋溢著某種優雅寧靜的甜蜜，一種彷彿是要回到自己家去的「歸家」的感覺。

李嘉惠的家在半山上的「納居塢」村，漢名南堯村三社。我們到達時，他家裏空無一人。那是我第一次深深地走進一個納西人的農家院。

就像許多納西人家一樣，那是個很寬敞的院子。門樓是剛剛修飾過的，簇新的門楣似乎還油漆未乾。走進大門，是一條不太長的甬道，走到頭往左拐，是個大院子，迎面是一座典型的納西族的三坊一照壁的房子。房子有兩層；再往裏走，是廚房，廚房前面又有一個小院子，像個小天井，裏面栽著兩三株核桃樹，濃蔭匝地。

一股不知從哪裡引來的清泉，在牆角那裏汩汩流淌，潺潺的水聲，給這個本來就充滿了農家氣息的院子平添了一份清涼。我在野外跑了一天，那一刻覺得舒服極了。院子裏的一切都收拾得乾乾淨淨，井井有條，完全沒有一般農家院子的那種雜亂和擁擠。這一切，或許都昭示著李嘉惠一定有個非常能幹的妻子吧？

我正那麼想著時，李嘉惠的一個女兒放學回來了，很驚訝地喊了他一聲「爸爸」。看來，李嘉惠並不是每天都回家的，我在他工作的學校裏那間屬於他的屋子裏待著時，見那裏有一張床，還有一些日常用品。那天他是特意請我到他家做客才回家的。李嘉惠不知對孩子說了句什麼，孩子便興奮萬狀地跑了出去。

從那時起，我就開始感到我作爲一個陌生人的到來，給那個家庭帶來的歡樂了。李嘉惠立即動手，要殺雞款待我。他把那群雞攆得滿院子到處亂飛，看家狗一時也汪汪汪地大叫起來，真可謂「雞飛狗叫」。看來，這個在學校裏頗有名氣的教書先生做起家務來，顯然還有些笨手笨腳。不過，他終於把那隻剛才還活蹦亂跳的雞給「結果」了。

正在那時，他的妻子回來了。興許是剛剛在地裏幹了活回來，一頂大大的草帽掛在她的脖子上，她滿臉紅潤，很靦腆地朝我笑笑。

她給我的頭一個印象是她活得非常健康。我說的健康並不僅僅是個醫學概念，不僅僅指一個人的身體狀況，更是一個精神概念，指的是一種無憂無慮的生活與精神狀態。事實上，在我們生活的這個世界上，不少人或多或少都是「有病」的；能健健康康活著的爲數不多，因爲真正健康地生活於世並不是一件容易的事。李嘉惠向她妻子介紹了我，她只是點了點頭。我問她是不是也是納西族？她有點不好意思。李嘉惠說，她是白族，叫張麗芬。但在我的印象中，她至今仍是一個納西女人。

那天在李嘉惠家裏，他的妻子從那時起，再也沒跟我說過什麼話。我那時想，張麗芬大概是個一心一意生活在小家庭那有限天地裏的家庭主婦，這種女人往往勤勉、能吃苦，體貼而又富於溫情，對自己家庭裏現有的一切都有一種微醺般的滿足感；她們對自己的丈夫充滿了崇敬和愛，在日常生活中，會盡一切可能去滿足丈夫的需要，丈夫能領回家來的客人，當然也是她的客人，但對她來說，這個客人的重要性並不在於客人本身，而在於那是丈夫的客人，她會盡力熱情款待，但從根本上說，那個客人的有無與去來，對她來說是無所謂的。客人一走，她也就把他忘了。

可後來我才發現，我又一次想錯了，就像我在麗江採訪期間經常出錯一樣。

幾年後，當我再一次去麗江，聽說李嘉惠已經調到麗江縣一中工作，便去找他——從幾年前我們相識後，我就再也沒有見過他。到了縣一中後東問西問，才打聽到他的住地。

就在去找的路上，我迎面碰到了一個女人，我覺得好像有點面熟，正猶豫間，她卻認出了我。那就是張麗芬。看來她並沒有忘記我這個突然闖進她家的陌生人。坐下後我才聽說，李嘉惠那段時間生病了，張麗芬在種地、做家務的同時，常常抽時間到城裏來看他。可她說她是「順便」來的，她揹了一筐菜到四方街賣，然後才來看她的男人。

聽她那樣說時，我在她臉上看見了一種含蓄的溫情。我突然想到，要是沒有張麗芬，李嘉惠的生活該是個什麼樣子？他家也有一點土地，需要耕種、收割；他也有孩子，需要照顧和管教。

沒有張麗芬，他能一心一意地教他的學生，成爲一個優秀教師嗎？能有時間寫他所鍾愛的詩文嗎？能放下家庭不顧，到遠離自己家的縣城來工作嗎？應該說，是張麗芬成全了李嘉惠，成全了他的事業，也成全了他的愛好，成全了他這個「文化人」。

從他妻子回來，李嘉惠就不必再去做他所不內行的家務了。他和我坐在院子裏聊天。不一會兒，李嘉惠的老父親回來了。我起身向他問好，老人笑笑，自己拉了個小凳子，就跟我們一起坐了下來。李嘉惠便跟我說起了他父親的故事。

老人叫李占勤，是李嘉惠的繼父，七十多歲了，解放前曾被拉壯丁，隨國民黨部隊在昆明一帶當過兵。雲南和平解放時，李占勤所在的那支部隊也參加了起義，然後成建制地編入了人民解放軍。不久，他就在戰鬥中受傷了，被送到雲南大學醫院去養傷——那時，如今的昆明醫學院還是雲南大學的一個系。可離家多年的老人對軍旅生涯實在已沒有什麼興趣了，他思念他的納西小山村，思念他的親人，於是他竟趁醫院對傷病員「管理」不嚴，任何手續也沒要，就偷偷跑回麗江，做了一個普普通通的農民。

若干年後，當許多當年跟他一起當兵又一起參加起義的人都成了「離休幹部」時，老人突然有些茫然。李嘉惠聽說後，曾去有關部門，問他父親還有沒有希望也成爲一名「離休幹部」，因爲老人畢竟也曾爲革命負過傷流過血。人家告訴他，那已不可能了。其實，我也知道那不可能了，李嘉惠笑著對我說，嚴格地說，他是個「逃兵」！

說到那裏，老人再次朝我笑了笑。說不準他的笑是什麼意思，是說人生不過如此呢，還是說你看你看，我是不是有點傻？隨後他站起身來，走了。只剩下我和李嘉惠坐在院子裏，繼續聊天。

那天晚上我就住在李嘉惠的家裏。平生第一次，我在一個納西人的家裏度過了一個夜晚。我就睡在他家的堂屋裏。那是一個寧靜的山村之夜。

勞累了一天的李嘉惠一家都睡了。我也很累了，卻很久都沒睡著，腦子裏似乎有許多念頭在翻騰，卻一無頭緒。我悄悄起身，輕輕拉開堂屋那厚厚的木門走出去，站在院子中間凝望那屬於納西人的暗藍的天空。天河斜垂，星光璀璨。我突然覺得我找到了我一直在尋訪的拉市海，我感到那時我就沉浸在拉市海的「海」底。

或許，拉市海並不是那一泓隨著季節漲落的湖水，而是整個拉市海四周的這片土地，這個空間，和充盈於這整個土地、整個空間的文化氛圍；夜裏清涼的空氣就是那片海水，而我頭頂那閃閃的星光，不過是陽光透過深不可測的海水，射進來的點點光斑。此刻，人世離我既十分遙遠又近在咫尺，遙遠的是我所熟悉的都市，近在咫尺的卻是這個剛剛才認識的納西族家庭，那為了渴飲親情之水而寧可當「逃兵」的老人，那飛跑而去找她媽媽的孩子，那「紅潤健康」溫柔體貼的主婦——這個納西族家庭所充盈著的家居氣氛，那種靠自己辛辛苦苦的勞作換來的寧靜的幸福，以及其中每個人在這個家庭中的怡然自得，都讓我感到動心。

月光如水。月光如夢。此刻他們都睡了，不敢說我已進入了他們的夢，但我深信，我就置身在他們酣暢的睡夢旁。我的身體和靈魂都浸泡在納西人自古以來創造的那種神奇的文化之海裏——那海裏不僅有「情死」那樣悲壯的習俗和故事，也有他們並不拒絕世俗的日常生活樂趣的澹泊。這兩者加在一起，才是一個完整的納西族的文化之海啊！

我是幸運的。我對納西文化的親近，實在是我跟它的一種緣份。而我跟木麗春的結識，跟李嘉惠的結識，和許多納西人的結識，同樣也是一種緣份。

❖ 話說納西「潘金妹」

納西女性或許稱得上是真正美麗的女性。

納西族如果真有什麼其他民族不具備的長處的話，首先得歸功於納西婦女。可以肯定地說，沒有納西女人，就沒有納西民族留傳至今的燦爛文化——不僅僅因爲納西婦女跟納西男性一樣，參與了納西文化的創建和發展，更因爲沒有納西婦女，沒有她們對於生活的貢獻，那些在創建和發展納西文化過程中作出過某些重要貢獻的納西族男士們，或許會一事無成。

納西族的男人和女人之間，存在著一種儘管不成條文卻是事實上的「分工」：女人從事的，是維持這個民族生存的基本生產活動，包括物質生產和人類自身的繁衍這兩個方面，從耕作、放牧、收割、持家到生兒育女，男人們則大多是在女人建立的這個基礎上從事著那種「形而上」的文化活動。

由於這種長時期的「分工」，納西的男人和女人似乎在形體、外貌和氣質上都有了很大程度的差別：納西女人似乎比納西男人一般都長得更爲挺直，更爲高大結實，也更爲漂亮。「用進廢退」，這大概就是默默無語的上天對於人世的一種回報。恰如許多納西族朋友所說，正是因爲納西婦女的勤苦耐勞，承擔了從生兒育女到耕種收割、養家糊口的繁重勞動，納西男人們才有可能坐在家裏讀經論道、吟詩作畫，才有可能出現一大批在別的民族中十分罕見的、近乎於專職的「文化工作者」。

麗江有民諺曰：娶個麗江婆，終身不用愁；娶個麗江婆，賽過一頭騾。除去這話裏對婦女的不尊重，它說的倒也是事實。

納西女性的美麗和她們的勤勞、智慧一樣，都是令人驚嘆的。那是一種健康的、自然的美，跟在城市裏住慣了的人眼裏的那種美完全不是一回事。一般說來，她們個子高挑，身材豐滿，臉色紅潤，即使是在陰天，她們的臉上也灑滿了陽光；她們彷彿是大自然用最好的材料精心創造的藝術品，而絕不是城市裏那種纖細瘦弱、矯揉造作，必須用各種昂貴的現代化妝品來裝扮自己的病態西施。

反過來說或許更準確一些，對於在城市裏住慣了的男士來說，納西女性的美在很大程度上如同麗江的自然風光一樣，有著不可抗拒的吸引力：粗獷中不乏細膩，豪爽中卻又充滿柔情。納西人叫姑娘是「潘金妹」。內地男士們到了麗江，不管已婚未婚，常常都會被「潘金妹」們那驚人的美麗所震懾，弄得神魂顛倒。

一九九三年五月，當我住在麗江地區招待所的時候，跟馮牧先生一起來的幾個北京畫家正好也住在那裏。他們第一次到麗江，對什麼都感到新鮮，常來找我聊天，我們很快就熟悉起來。

其中一個專攻藝術史的年輕人，幾天後便對賓館餐廳裏一個納西「潘金妹」如癡如醉，閃電般地陷入了一場事先完全沒有預料到的戀愛之中。我對此事原先並不知道，儘管覺得他在打量賓館的幾個女服務員時，目光有些異樣，但我馬上想到，作爲一個搞藝術的人，對人自身的美的追求，不過是他們對美的追求的一個部分而已，根本不值得大驚小怪。

終於有一天，我的這位剛剛結識幾天的北京朋友悄悄問我，你說，她是不是你見到過的最漂亮的姑娘？他指了指他所說的那個納西姑娘，說她姓和。我在那裏已經住了一段日子，招待所裏的幾個姑娘我都見過，說實在的，我倒不認爲他說的那個姑娘是最漂亮的。事實上，我見過的另一個「潘金妹」，就比他說的那個姑娘要漂亮得多，可惜那幾天那個「潘金妹」正好不在。

我把我的看法如實告訴了那個北京小夥子，不料他竟臉紅脖子粗地跟我爭執起來，說我太沒有眼光，缺少最起碼的鑒賞力。直到那時，我也沒想到事情比我想像的要嚴重得多。

第二天晚飯後沒事，我如約到他們的屋子裏聊天，進屋就看見那個姓和的姑娘坐在唯一的一隻沙發上，三個北京朋友則分坐在兩張床上。那個納西姑娘穿著經過改造的納西女裝，顯得十分鮮豔、漂亮。三個北京客人有一搭沒一搭地跟那個姑娘說話，從坐的位置到談話的內容都更像是「審問」，叫我感到很不自在。

過了一會兒，那位北京小夥子邀請那個納西姑娘照幾張相，姑娘非常大方地答應了。隨後，小夥子又邀請她一起出去走走，他們就一起出去了。剩下兩位年紀大一些的北京朋友連忙對我說，不行了，這傢伙完全著迷了，老兄你得趕快想點辦法！他們告訴我，那幾天，小夥子完全陷入了一種迷醉和誕妄，做夢也在呼喊那個納西姑娘的名字。我聽了說，那也沒什麼，如果他真喜歡她的話。

我告訴他們，在我去過的雲南瑞麗的一個傣族寨子裏，五十年代就出現過一個那樣的家庭，男的原在省城一個藝術團體工作，原是到邊疆採風的，卻一眼就看上了寨子裏的一個傣族姑娘，後來他們果真結婚了，至今仍然過得非常甜蜜。兩個畫家聽了直搖頭，說，老兄，這話你可千萬不能對他說！你要再鼓動他，他就要瘋了！

其實，那並不是我鼓動不鼓動的問題——如果他們真要相愛的話。問題只在，他是不是真的愛她？是不是準備承擔由此帶來的一切後果？比如，他能讓她到北京去工作嗎？或者，他願意放棄他在北京的工作，到麗江來跟她一起生活？或者作好了充分的準備，能夠忍受長期分居帶來的感情上的痛苦？特別是，他瞭解那些外柔內剛、激情似火的納西「潘金妹」嗎？懂得納西人的風俗嗎——比如「情死」？

幸好第二天我們就啓程前往靠近西藏的中甸，從而脫離了「短兵相接」的狀態。可一路上，那個北京小夥子滔滔不絕地向我傾訴他內心的激情，就如何才能獲得那個姑娘的愛徵求我的意見。

我說，這就要看你們的緣份了。我委婉地向他介紹了納西族的一些風俗，其中當然也提到了「情死」。小夥子聽了後，有好長一段時間沒跟我說話，一直悶悶不樂。

從中甸往回走時，他們一行人直接回昆明，我則還要到麗江再住些日子。分手時，那個北京小夥子讓我一定要爲他給那個姑娘帶個口信：他回到北京，不，回到昆明後就會給她寫信。我答應了。

我只能答應。

回到麗江見到那個納西「潘金妹」，我便告訴了她。她臉一紅，說，他真是這麼說的？我說是的。她說了聲謝謝你，轉身就走了。再見到我時，她好像總有些不好意思。

回到昆明後，我曾收到過北京小夥子的信，問我是不是把他的口信帶到了？信裏說，回京後他給她寫過好幾封信，都沒收到她的回信。

我不知道那場戀愛最後到底是個什麼結果，也不知道我的那些「介紹」究竟是給了小夥子鼓勵呢，還是讓他在仔細權衡後，不得不終止那場對他來說或許是並沒有當真的戀愛。我只知道，最初對那個姑娘的好感或許是真的，但那個「潘金妹」的決定或許也是對的。大自然裏的花所以美麗，就因為她那婀娜的身影、濃郁的芬芳、熱烈的色彩，都完完全全地屬於她所置身的大自然，我們還是「順其自然」，讓她在大自然裏開放吧，不要企圖把她移到小小的「花盆」裏，也別自以為是地妄加讚美，有時，即便是讚美，也可能對她造成傷害。

對此，我的納西朋友H就給我講過一個他自己的故事。

H小時候因家庭困難，十四歲初中畢業後無法繼續讀書，只好到麗江的鄰縣鶴慶等地「賣工」，其間，他認識了一位麗江納西姑娘L。

L長得很漂亮，也唱得一手好歌。交往多年，他們互有好感——實際上，是連他們自己也還不大懂的戀愛就那樣開始了。L的父母和姐姐也都很喜歡H。十七歲那年，H招工到省城工作，臨行前，L擔心H變心，便按納西族規矩，親手做了一雙布鞋送給他作為定情之物。年青的H懷揣著L的愛情到省城後，頭一件事，就是穿上那雙布鞋照了一張全身像寄回麗江。

不久，一件意想不到的事情發生了。

那一年，著名作家徐遲、方紀一同到麗江採訪，回去後，徐遲出版了詩集《豐富、美麗、神奇》，方紀則有散文集《不盡長江滾滾來》問世。與此同時，《人民畫報》一九五七年某期刊登了一幅巨大的照片，照片中的女主角即爲L，照片上方同時刊有方紀寫的一首詩《題一張納西姑娘的照片》，詩中對L的美麗、聰穎和她優美的歌聲，作了極爲真誠、抒情的讚美。

一個普普通通的納西族姑娘得到這樣的誇讚，不啻是天大的喜訊。消息傳開，人們奔相走告，麗江全城「轟動」，L的名字頓時家喻戶曉。

L本人當時是不是有些飄飄然？H說不大清楚，他記得的只是那以後，L好長時間沒給他寫信，而以前，L是常常有信給他的。

幾十年後，當H給我講起那段往事時，仍掩飾不住他內心的激動。他說，那時他就聽說L跟遠在北方的方紀先生不斷有書信往來。H說，那些往來的信件，大概都是鼓勵L的吧，或許也是爲了要給她找一條好的出路吧，因爲詩中就有這樣的句子：「是你們小隊栽完了秧？是妳將得到三千五百工分？還是妳準備參加文工隊，正在黃昏時鍛煉妳的歌聲？」

H的預感果然不錯，L不久就進入歌舞團當了演員，從全國各地寫來的信像雪片一樣地向她飛去，寫信的有工人、解放軍、幹部、大學生，當然也有她的同行。

一個年紀輕輕的納西「潘金妹」，哪裡經得住如此猛烈的攻勢？或許從那時起，L年輕的心開始動搖了。某年，L隨歌舞團到昆明參加全省少數民族文藝會演，給H寫了一封信，希望他能去看她的演出，並找個機會好好談談。誰都知道戀人之間的那種「談談」，從來都不是一件好事。

那是H在很長時間沒收到L的信後收到的一封信。或許他是一直在等著那封信的，但那封信真送到他手中時，他卻猶豫了。他反反覆覆地把信看了好幾遍，越看越生氣。他覺得L信裏的好多話，都像是在向他炫耀她如今的地位和成就。他想，難道當了演員，能到省城來演出，就值得如此炫耀麼？

也許是H多慮了，也許一個納西漢子就是以這樣的方式處理自己的事情的，反正，H想來想去，最後也沒有去看L的演出。他想看看他曾那麼愛戀的L，是不是真的在乎他去還是不去。L再沒來信。兩個年輕人多年的感情從此斷絕。

H後來得知，L終於出嫁了，據說是個很不錯的男人，可惜婚後不久丈夫病故，L成了寡婦。年輕的H當時認爲，他和L的那場戀愛，是被方紀的那幅照片和那首詩「破壞」了的。那當然是錯怪方紀先生了，因爲那肯定不是方紀先生的本意。但是，當時年輕氣盛的H居然寫了一封信給郭沫若，要求郭老爲他主持公道。但郭老沒有回信，此事也就罷了。

直到一九七六年，H帶著孩子回麗江探親。某天到黑龍潭公園玩，公園裏的石凳已坐滿了人。倒是在一個冷清的角落裏，有一張桌子邊只坐了一個女人，他便帶著孩子到那張桌子旁坐了。坐下後才發現，那個女人就是多年不見的L，不禁悲喜交集。他們簡單地說了幾句話，互相問了一下簡單的情況，然後各自歸去。

多年後飽受磨難的方紀先生當然不可能知道，他的一首讚美詩，是如何改變了一個納西「潘金妹」的生活，那也不是他的責任。L美麗的青春，最終並沒有釀出甜蜜的結果，責任當然也只能由她自己來負，但所有對美麗的納西「潘金妹」懷有好感甚至愛戀之情的人們，難道不應該由此而深思嗎？

❖ 聆聽母湖

瀘沽湖通常都沒有一點聲響，就像一個在太陽下沉思默想的老人正靜靜地回味往事。有時起了風，風貼著幽綠的湖水，以蓮花碎步輕盈地掠過，或是駕著豬槽船的人，以一對木槳輕拍湖水，湖面也起點波浪，卻細密又平和，依然不見響動。

這些年，偶爾湧去的遊人會帶去一陣俗世的喧嘩，那當然也不是瀘沽湖的聲音，無非像纏著老人講古的孩子的吵鬧。孩子對什麼都新奇，唧唧喳喳的，可愛卻不懂事。這一點瀘沽湖很清楚——幾千幾萬年了，她什麼都見過，只是不說罷了。

難怪摩梭人自己會把瀘沽湖叫做「母湖」。

我去的那天，瀘沽湖就那樣一片悄寂，悄寂得就像逝去的歷史，人站在湖邊的山上，彷彿是走進了歷史深處。我估計那種悄寂亙古至今並無多大改變，想到這一點，我不禁對她肅然起敬而又啞然無語。

面對鋪展於眼前的巨大時空，我能聽見的唯有自己的呼吸。

天有點陰，母湖四周屏風似的山裏雲霧沉沉——並不一味地白，而是隱隱透出些藍來，像夢，讓人想起太深的潭、無邊的海，還有那像潭和海一樣深闊的歷史。

湖面霧氣氤氳，萬物都被那份濕潤的柔情浸潤得柔軟了，彷彿連我腳下的岩石、身邊的樹，都可以像水一樣地任人捏揉，而冒然闖進來的人心，或許反而硬如頑石。遠遠望去，湖心的仙佛島林木葳蕤，如同浮在水面的一方草坪，顯得而又柔軟；其上雲煙飛動，仙佛寺翹然的簷角和四周簇擁的樹木枝梢便忽隱忽現，任最精明的觀者和最懶惰的看客都得睜大了眼睛，去想像傳說和故事裏的存在。

北邊，獅子山巍然屹立，像一個端莊恬靜的婦人——那是摩梭人傳說中的女山，每年的轉山節，摩梭男女都要去朝拜那座神山。而在女山的背後，就該是摩梭人居住得最集中的永寧了。

我極力想捕捉到一點什麼聲音——既然一個民族的歷史命運的悲喜劇都曾在湖邊上演，它總會留下一點什麼痕跡。但我終於沒有聽到。在立於半山遠眺瀘沽湖的半個多鐘頭裏，我一直沒有聽見瀘沽湖有任何響動——也許我過於愚笨，也許我離她實在太遠。

到瀘沽湖邊已是中午，瀘沽湖自然保護區的主任——一個高高壯壯的摩梭漢子，先招待我們吃了一頓用瀘沽湖水煮的魚——那是我至今吃過的最鮮美的佳餚之一，隨後便領我們乘船去仙佛島。在船上他一直沒說話，往島上爬時，他突然唱起歌來：

我本想用三首歌
讚美我的瀘沽湖，
千思萬想之後，

我還得留下一首歌
去讚美我的永寧獅子山……

他的嗓音寬厚低沉，調子也好聽。上了島，請他再唱，他又唱了，唱的卻是他心頭的憂傷：

除了我的母親，
我的身後，
不會再有人
那麼牽掛我；
山鷹展翅飛翔時，
沒人知道他的辛勞……

曲終人靜，瀘沽湖一派空濛。冥冥中，我似乎聽到一個聲音，如果它不是來自雲空，就定然來自湖底。儘管瀘沽湖依然平靜如初，但我相信，在她的深處，定然有一種看不見的激情在奔湧。

我早就聽說，摩梭人是個很快樂的民族，幾乎男男女女都能歌善舞，那麼，那個摩梭漢子歌聲裏的憂傷到底來自何處，又意味著什麼？

見我們肅立不語，定定地看他，那摩梭漢子說，我讓你們難過了嗎？對不起了，剛才我不該唱那首歌的。

其實他錯了，讚美並不是人類唯一的感情，而且當它化為歌聲時，沒準兒有時會流於浮泛。一個只會唱讚歌而不懂得憂傷的民族，大概經不起多大的風浪，也不能讓她的子嗣延續繁衍至今的。

那天下午，我們走進了母湖邊一家摩梭人的木楞房。我們跟款待我們的小夥子聊了起來。小夥子原來對外面的世界很清楚，說為送他的一個遠在英國的親人返回倫敦，他剛從省城昆明回來。那是位摩梭女士，三、四十年代離家，幾經輾轉才回到瀘沽湖。

她對那個小夥子說，她常在異鄉的夢中聽到祖母般的瀘沽湖的述說——關於一群女人的生生死死，關於一個民族的坎坎坷坷。現在她已是一個學者，回來聽說國內有些人到母湖一帶隨便走走看看就能編出無數荒謬絕倫、聳人聽聞的故事，既覺得不可思議，又十分氣憤。一個民族選擇某種生活方式，自有它的歷史合理性，妄加評說已屬無知，更別說胡編亂造的可悲可恨了。

那晚我們夜宿永寧——那是摩梭人聚居的地方，至今還保著某些母系婚姻、家庭的殘餘。是夜大雨，我們一直等到晚上一點，才等來了永寧區政府的幾個人為我們介紹摩梭人的「阿注婚姻」。原來，如今居住在雲南麗江的納西族，是一群從西北遷徙到金沙江畔的遊牧人，古時候就叫「麼些」，那就是如今的納西族和摩梭人共同的祖先。

明末清初，中原王朝在麗江一帶實行「改土歸流」，廢除了世襲了數十代的納西土司，設置了代表中原最高統治者的朝廷命官之後，中原的主流文化便開始大舉進佔麗江一帶。

那是一次史無前例的文化融合，就像任何一次不同民族的文化融合一樣，它顯得既合情合理又慘烈悲壯，既給納西人帶來了中原先進的農耕技術和中原文化，也頗帶強制性地讓納西人學習漢人那一套浸透了孔孟禮教的生活方式。比如婚姻，古納西崇尚的是自由選擇伴侶，而漢人奉行的卻是「父母之命、媒妁之言」，從那以後，納西年輕人婚前儘管可以自由地與異性交往，但要結婚就由不得他們自己了。於是，在納西的東巴經古籍中有大量記載的「情死」現象便出現了，甚至出現了好幾部記載「情死」故事的民間敘事詩，如著名的《遊悲》、《魯般魯饒》等等。

但歷史總是有疏忽和遺漏的，遠在瀘沽湖一帶的「麼些」，即如今的摩梭人，似乎一直處在化外之境，便一直保留著「麼些」古俗，實行的依然是如今被稱作「阿注婚姻」的「走婚制」。

雷電交加，大雨滂沱。那是八月，正值雨季。

聽著永寧區政府幾個人的介紹，我心裏似乎也有一場歷史的風雨轟然走過。「走婚」絕不是某些人想當然描寫的那種「亂交」胡來。按照當地人的介紹，實行「走婚」，在很大程度上是摩梭人的家庭以母親爲最高主宰使然，它是一定的經濟發展程度所決定的。而具體到一個摩梭女子究竟要選一個什麼樣的「阿注」，也不像人們想像的那樣隨便，仍然要以男女雙方的情感爲基礎，並不能今天張三而明天又換了李四。

按照那種方式組成的摩梭家庭，不僅更加符合人性，在情感的牢固程度上，也遠遠甚於那些勉強住在一起的貌合神離的飲食男女。據介紹，摩梭人的道德水準別說比當今的都市人要高出許多，就是跟文化發達國家相比，也絕不落後。任何一種生活方式的產生都有其深刻的歷史原因，它的解體和消亡自然也要等待歷史自身的覺悟。而在本世紀六十年代中期，那裏竟然上演過一場強令摩梭人按照漢人的方式建立家庭的鬧劇和悲劇……

那晚我躺在永寧區糧管所那間簡陋的、木頭房子的小旅館裏，好久都沒睡著。屋外的那場風雨已然停歇，而簷口滴瀝的殘雨卻還在我的心頭叮咚有聲。我想，下午聽說的那位從倫敦回來的摩梭女士，說的就是她的母族的生活吧？她的聲音或許就是瀘沽湖的聲音。人，是不是只有當他遠離自己的家鄉時，才更能理解那生他養他的土地？

夜很靜，瀘沽湖已頗有些遠了，又似乎就在枕邊，讓我一夜聆聽。聆聽母湖如聽天籟，無聲卻讓人心超渡。

黎明驚起，再過母湖，母湖依然沉靜。這回，我像是真的聽到了什麼——或許每個民族、每個人心中，都有一片「母湖」在等待他人的聆聽吧？我不敢說我已全然聽懂，但我願意努力去聽懂，聽懂歷史，聽懂生活。

❖ 女神與女人

在麗江，我可以躲開風，躲開雨，但不管我走在城鎮還是村寨，卻無法躲開對納西女性地位的思考：她們到底是神，還是人？

納西族曾經歷過一個相當長的母系社會時期，一直有著重母系和尊女性的古風。「在眾多比較古老的東巴經和歷史記載以及語言、民俗中，可以明顯地看出納西婦女在古代相當長的時期是有比較高的社會地位的，她們在宗教、戰爭和社會生產生活中都扮演著十分重要的社會角色。」②這種角色常常近乎神明。

在納西族最爲重大的節日「祭天」中，祭的正好就是神話中的納西女始祖襯紅褒白的女系遠祖——天神遮勞阿普和地神襯恒阿仔夫婦。

在納西族的創世神話《崇般圖》中，納西男始祖崇仁利恩在從天上下凡的襯紅褒白的幫助下，才戰勝了天神的種種刁難。同樣是襯紅褒白，從天上爲人間帶來了穀種、牲畜和衣飾。納西族所崇拜的，很多都是女神，因爲傳說中，發明各種生產工具的是女神，帶來五穀六畜的是女神，教人種莊稼、養牲畜、取火種的是女神，當人類被九個太陽十個月亮折磨得在大地上無法生存，降下神水爲人類解除危難的是女神，爲人類帶來三百六十種卜書的還是女神。

納西族有很多歌頌女英雄的神話傳說，這些女英雄大多是納西人的遠祖，也是古代戰爭中的英雄。即便是在宗教中，納西婦女也起著重要的作用。納西族最早的巫師「帕」是女性，納西遠祖、白部落王美利董主的巫師叫「美帕科路」，是個女巫；黑部落王美利術主也有一個叫「美帕丁那」的女巫；在部落戰爭中，她們都起著參謀和軍師的作用。在納西族的遠祖古羌的歷史中，還有如《唐書》記載的「女國」和「東女國」，那甚至就是世代以女子爲王的女性中心社會。③

納西族婦女地位後來的一落千丈，由「女神」墜落成「女奴」，是在「改土歸流」後，納西族漸漸進入封建社會，出現了十分嚴重的重男輕女的現象以後的事。但在實際生活中，納西婦女扮演的仍然是極爲重要的角色。她們不僅主持家務，不少人甚至直接從事生產，並到集市上經商，成爲支撐整個家庭經濟的台柱。如今，只在屬於麗江地區寧蒗縣永寧的納西族摩梭人中，還仍然保留著某些母系制社會的形態，女性不僅在婚戀上有著相當大的自由，在家庭、社會中也都有著舉足輕重的作用。

我最近一次到瀘沽湖畔去拜訪摩梭人的家庭，是在一九九五年七月。那次，我就住在瀘沽湖邊的一家名叫「摩梭園」的家庭旅館。

那是一個很大的院子，臨湖有一幢三層樓的房子，外表完全照摩梭人的「木楞屋」形式建造，裏面至少有三十餘個房間，提供給遊人相當舒適的休息。而這個頗具規模也生意興旺的家庭式旅館，主人卻是一個三十來歲的摩梭女郎，不久前，她才剛剛從她的六十多歲的祖母手裏接過了旅館的經營權。

那位老祖母一直主持著那個大家庭的所有家務，直到兩年前，在她的身體實在不能支撐時，才把「權力」移交給她的孫女，但精神好時，她照樣幫她孫女做些力所能及的事。

在那樣的家庭裏，男人似乎永遠都是無所事事的，他們給人的印象，就像一個影子或遊魂。那兩天，我常常看見院子裏的屋簷下坐著個老年男人，不管「摩梭園」來了多少客人，也不管年輕的女主人和她的女幫手們（那也是一群姑娘）如何忙得不可開交，他都四平八穩地坐在院子裏一袋接一袋地抽煙，抽煙是他唯一的「工作」。他身材瘦小，神情漠然，目光癡呆，似乎不管天塌地陷，周圍的一切都與他無關。作為一個男人，他的那副「萎瑣」模樣讓我非常吃驚。後來我才知道，他是那個年輕女主人的「舅舅」。

我甚至感到，納西男人的儒雅風流，納西文化的豐富深厚，都建立在納西婦女的勤勞智慧和忍辱負重之上。

顧彼得在談到納西婦女的這種作用時曾說：

「她們學會各種複雜的商業事務，成為經商者，土地和交換的經紀人，店主和商販。她們縱容她們的丈夫變得懶散，閒逛遊蕩，看護小孩。是婦女們控制著做生意所得的利潤。她們的丈夫和兒子必須向她們乞求錢物，即使是買香煙的一點點錢也要經過主婦的手。婦女們誘惑男人，用她們所控制的錢把男子牢牢握住，姑娘們給她們的愛侶衣服、香煙等禮物，花錢為他們買吃的和喝的。在麗江，如果沒有婦女的參與和協助，那是不會買到什麼東西的。男人一點也不知道他們的家所開的店裏貨物的詳情，不知道應該賣什麼價，如果有人想租房或買田地，那他必須去找那些知道行情的婦女經紀人。房屋和土地的主人如果沒有這些婦女以內行人的身分給他提建議，他們是不會直接與買主和房客談生意的。如果你想換錢，你必須去找那些有著玫瑰紅面頰的姑娘——『潘金妹』。」④

洛克也對納西婦女讚不絕口：「納西婦女雙頰紅潤，健壯而有男子氣，有像騾馬一樣的力氣。她們的平均身高和穿著都比納西男子強。家庭的一切事務都由她們辦理。當男人們看顧小孩，抽著長煙袋時，她們買貨、賣貨、釀酒、織布、縫衣服，她們比男人更敢作敢為，更活潑。會在路上攔截男人，攔住他們的路。她們同男子一樣，富於幽默感。」⑤

納西族女作家趙銀棠寫道：「……就在這樣變動極大的形勢之下（指抗日戰爭時期），麗江婦女中湧現出一大批神通廣大，發財致富的女商販。她們雖然隻字不識，但敢闖敢幹，左右逢源。有的簡直成為麗江金融界的操縱者。發放貸款，重利盤剝的人找她們；買空賣空，投機取巧的人找她們；特色經營，尋找門徑的大商販也找她們。」⑥

然而，進入近代以後，如此能幹、如此聰慧也如此美麗的納西女性，實際上卻生活在苦難的深淵，一如女奴，命運悲慘。對於情死，她們往往表現出更大的熱情。

法國著名人類學家杜爾凱姆在其所著《自殺論》中，用來自不同國家的大量統計數字說明，女性的自殺率遠遠低於男性。他指出：「自殺主要是男性現象。」「在世界上所有的國家中，女人的自殺比男人少。」「人們知道，女性自殺是十分罕見的，與男性相比數目很少。」⑦

這位法國先生多少有些孤陋寡聞了，殊不知納西族的情形與他的論斷正好相反：女子情死的人數遠遠超過了男子。壓迫愈重，反抗愈烈。

在我所聽到的那些殉情故事中，從傳說中的《魯般魯饒》到現實生活中的情死實例，不僅女性的情死人數遠比男性要多，女方比男方往往顯得更爲主動、更爲堅定也更爲勇敢。她們比男性似乎更熱衷於情死，也對那據說就在玉龍雪山中的「玉龍第三國」更爲深信不疑。

洛克也指出過這一點：「未婚女子殉情的意向比男子更強，因爲女子的生活是非常苦的。她結婚後，就成了一個幹苦役的人，她必須生養孩子，像奴隸一樣地幹活。因此，年輕的姑娘們樂意在她們的生活還處於甜蜜時期就結束青春的生命。在她們尙未結婚時，她們還有著人生的歡樂，她們相信，在歡樂的人生時期死掉，這種歡樂便將永遠地伴隨著她們和她們的情侶。」⑧

而在納西族民間流傳的第一個情死者，是那個叫做達拉瓦索米的女人，東巴經《魯般魯饒》記載的第一個情死者開美久命金同樣也是女人。在東巴經中，不僅作爲情死者之王的愛神尤祖阿主是女性，就連東西南北中這五方的情死鬼首領和與情死密切相關的七個風鬼（風流鬼），也都是女性。

楊福泉在《神秘的殉情》中，更是列舉了現實生活中許多有關納西女子在情死中更為堅定的事例：

「據一些目擊殉情者的人講，從死者自殺的方式看，有不少是男子先死，然後女子再自殺。因為女子擔心男子臨死動搖而放棄一起死的念頭，因此設法先叫男子死，然後自己再死。如白沙鄉有一對殉情男女，當人們發現他們的屍體時，見男子高吊在樹上，女子則靠在樹上，面有笑容。男子臉上有火燎起的泡，明顯可以看出是男子先死，女子用煙火試探他是否已死，然後才自己從容滿意地自殺而去。」

「拉市美泉村有一對青年男女約好一起殉情，但這消息被男方的姐姐事先知道了，於是，她慌忙叫家裏人看守著弟弟，她則跑到女方家去告訴她父母，囑他們好好看好女兒。但這姑娘卻想法逃走了。她在野外悄然等到兩人約好的時間，見情人未到，心知他被看住了，於是，她自己便投湖而死，單獨殉情。」

「大東鄉某村一對情侶相好數年，但兩人從小就已被父母作主與別人訂了婚。那男子的婚期早於女子，於是，兩人約定在男子娶親之前一起去殉情。但他倆的計畫被家裏人察覺，那男子在臨近婚期時被家裏人嚴密看守，無法脫身。女子在約定的會面地點久等不至後，來到戀人家房屋後，在一棵樹上自縊而死。」

「魯甸鄉有五個不滿於包辦婚姻的未婚年輕女子，一起用繩索拴在一起投金沙江自盡。」

「大具鄉有三個不甘屈從於包辦婚姻的青年女子一起自殺。這三個女子都是姨表姐妹，一個從小就被許給舅舅之子，一個被許給一富有而年齡比她大得多的喪偶男子。」

「大東鄉遼科村有四個女子一起殉情。大東鄉竹林村有一男三女一起殉情，其中兩個女子屬於隨自己的知己女友一起自盡。」

「在拉市、泰安、龍山等鄉，也多次發生過這種數名女子單獨或同一名男子一起自盡的事。其中很多屬於上述殉友情式的自殺。在五十年代末六十年代初，極左政策和自然災害並行的困難時期，拉市、泰安等地還發生過幾起兩個女子與一個男子一起殉情的悲劇。」⑨

即便是那些沒有情死的女子，命運也不會好多少。一對夫妻，女人如果與別的男人情死了，男人可以再娶；而當男人與別的女人情死後，那個男人的妻子常常會受到或明或暗的指責，不管這個遭到遺棄的女人在與她男人的情感生活中是不是真有過錯，她都得承擔由於男人情死造成的嚴重後果。同樣，不管她最後選擇的是繼續活下去還是同樣一死了之，她後半生的日子都會變得相當艱難。也就是說，真正要承擔情死後的嚴重後果的，還是女人。

我的納西族朋友和強曾對我講過一個發生在他身邊的故事。六十年代，就在拉市海西邊的打漁村，他的姨父和鄰村的一個女子，就在自家院子背後的菜園子裏上吊情死。那時，他剛剛出嫁不久的姨媽梁益女已身懷有孕，毫無疑問，梁益女在那場「情死」事件中完全是無辜的，是「受害」者，別說丈夫的移情別戀、另圖他歡對她是一個沉重打擊，即便按照她當時的經濟狀況，她也完全可以重新嫁人，組建一個新的家庭，她沒有必要爲那個已經「背叛」她的男人繼續承擔家庭的重負。就連她的公公、婆婆，都勸她離開那個家另尋活路。可爲了腹中那可憐的孩子，她一直沒有再嫁，她堅持以一個女人柔弱的肩頭支撐著那個家，守護著那個家，把孩子養大，也養了公公、婆婆幾十年。

她的品性後來自然得到了鄰里鄉親的誇讚，但作爲一個女人，在那麼長的時間裏獨自支撐一個家庭，除了要付出艱辛的勞動，更爲可怕的是，她完全犧牲了一個女人正常的情感需要。想一想，這簡直近乎於殘忍！

更多的女人，在丈夫與別的女人情死之後，會陷入深深的內疚與自責之中；在別人甚或她們自己看來，男人之所以會與別的女人一起去情死，或多或少都與自己有關。也就是說，在許多人眼裏，男人的情死很可能是由於作爲妻子的她造成的，那可能是她的不貞，也可能是她的不體貼，甚至還可能是因爲她的不能幹。

在我採訪到的另一起發生於解放初期的情死個例中，由於夫妻感情不和，有相當地位的丈夫與他所愛的另一個女人一起到玉龍雪山「情死」之後，他的原配妻子因爲想不通男人爲什麼棄她而去，在四處尋找男人的屍體不見後也上吊身亡——有人說她覺得自己繼續活在這個世界上已毫無意義，也有人說她是爲了他已經「情死」的丈夫才去「情死」的，她依然對他懷有感情。

事實上，她也是個受害者，包辦婚姻造成的夫妻感情不和並不是她的責任。在如何對待這個已經感情破裂的家庭方面，那個做丈夫的男人似乎要容易得多，他可以撒手人寰，一走了之，他的死卻使她陷入了比他更爲艱難的處境：既要承擔丈夫死後的輿論壓力，又要面對供養老人和幾個尚未成年孩子的生活重擔。她最終選擇了以「死」表明心跡這樣一條路。

至於那些相約與人情死卻最終沒能死成的女人，遭遇就更慘。

納西民間故事《情死未遂的女人》說：「納西有俗：情死未遂的女人，被人們追了回來，人們都當她是愛神不收留的女人，是她瀆神造下的惡果。村上人拿了細麻繩，套著情死女人的脖頸，吆喝著把她牽回村。路上，凡是遇到了橋樑，情死未遂的女人不能從橋上走過來，她得涉水鑽橋洞，以示除穢氣。沿途遇到了男人，就得呼喊：『老虎見你怕三分的漢子，這個女人嫁給你做媳婦吧。』若是對方是個光棍漢，答應要娶這個情死未遂的女人，人們就把繩索交給對方，把她領走。」

故事中那個情死未遂的女人，在和一個男人去情死時，男方很快就吊死了，她勒在脖子上的繩子卻斷了。她發現男的死了自己沒死就慌了，拎起泡著草烏的毒酒瓶子，一咕嚕把毒藥酒全都喝了下去，但剛落肚的毒藥酒又吐了出來，她還是沒死成。她知道，男方變了野鬼，自己卻厚著臉皮活在人間，這是對愛情的背叛，活著也徒有一具軀殼，比煎熬在油鍋裏還要難過痛苦。她慌慌忙忙地走到大江邊跳水求死，卻被追趕她的人們從江水裏撈了上來，又沒死成。在被押回村子的路上，碰到了一個瘸腿的光棍漢子，便哭著求他讓她給他做媳婦。

「情死未遂的女人，自認為是自己命該如此，一切不順心的事情，一摞地掛到愛神的身上去了。從此，她也收回了野性狂蕩的心，變成了瘸腳漢的賢妻良母，再苦再累，她都把債掛到命運上去了。」⑩

現實生活中，那些情死未遂的女人，比起故事中的那個女人來，命運還要悲慘得多。我在拉市一帶就聽到過好幾個情死未遂的女人被迫遠走他鄉，以躲避可能降臨到自己頭上的慘禍。

她們往往癡情地牽掛著那已經死去的情人，在她們看來，死去的情人的靈魂是孤獨的，一定在惦記著他的情人，因為他獨自一人，是無法進入愛神尤祖阿主掌管的天國的，他的靈魂將在荒谷野山孤獨地遊蕩，變成人們詛咒和吐口水的野鬼。她必須想法去死。實在不能去死，又不願意嫁給一個陌路相逢的男人，她就只有遠走他鄉，到一個沒有親人、沒有愛情的地方去，過那種隱姓埋名、沒有情愛的孤苦生活。與四周的山區相比，拉市一帶的土地好，氣候也不錯，但那些情死未遂的女人，無論如何也要想法逃離自己的家鄉。

有時我想，以前的納西女人到底是什麼？是神？還是人？社會在把她們當做勞動力時，她們好像是「神」，她們被要求像傳說中的女神一樣具有超人的力量，有無窮無盡的智慧，甚至不需要人間世俗的情愛、憐愛和溫柔；而在她們真正希望得到「神」的禮遇和尊重時，她們又回落成了普普通通的、比男人還要低下的「人」。說到底，那時她們既不是「神」也不是「人」，只是一群默默無聞的女奴。

❖ 無盡「舊話」趙銀棠

女性充滿直覺的心靈永遠是人世間最敏感的心靈。在麗江，一些接受了現代新文化、新思想的納西婦女，早就意識到了納西婦女的悲慘遭遇。她們並不安於自己的這種地位，極力要從這種傳統的社會角色中解脫出來，成爲一種新型女性。納西族女作家趙銀棠，就是其中最具代表性的一個。

一九八五年初，我得到一本名叫《玉龍舊話新編》的書，由雲南人民出版社於一九八四年八月出版。

作者趙銀棠的名字我很陌生，卻聽說是位歷盡坎坷的納西族著名女作家，解放前夕，在她父親的一位藏族學生資助下，由著名歷史學家方國瑜先生代爲付印成書，出版了《玉龍舊話》一書；後因種種原因，直到一九七六年後才重新拿起筆來，《玉龍舊話新編》就是《玉龍舊話》的新編本。

記得當時信手翻去，就在該書的第二三二頁，在我留有閱讀記號的地方，是她早在一九四三年就根據納西族著名民間敘事長詩《遊悲》，以五言古詩翻譯整理的長詩《情死》——那可能是我最早接觸到「情死」這個字眼吧。讀之，便覺句韻鏗鏘，古意濃烈，字字句句，似都融進了她本人的一番真情；較之我後來接觸到的以現代文翻譯整理的《遊悲》，趙作更爲古樸，更爲撼人心弦，回味也更爲深長，差可與中國古代最長的敘事詩《孔雀東南飛》媲美，卻更爲精練簡捷：

「阿母養女兒，女兒日夜長。鐮鋤不離手，女苦何敢辭。針黹嫌粗拙，言動輒猜疑。早出防其早，暮歸詈其遲。炊爨戒勿怠，禮貌愁未知。阿母爲擇配，遣嫁今有期。郎家在『蓁』地，『蓁』地隔叢茨。『蓁』鄉小如掌，『蓁』山小如錐。『蓁』馬牧不飽，『蓁』松無高枝。女行知不遠，不行安所知？低哭意茫然，淚盡空含悲！寂寂望流水，流水長澌澌。有男生世間，不幸爲中郎。長郎早壯大，小郎尙嬌藏。阿父惡中郎，逐郎居荒莊。荒莊荒無情，羊群與徜徉。空谷少知音，春風吹悲涼。倚樹常嘆息，綠葉將凋黃。月明孤弄影，簌簌泣幽篁。遠舉無可適，釜中乏稻粱。荒莊不願歸，山下自彷徨！有緣兩相會，兒女共商量：同生必見迫，同死願易償。雪山溶翠峰，溶翠有三峰。一峰多青石，石多無白楊。一峰石太稀，綠蔭徒遮陽。偕入第三峰，奧境登雲堂。柏枝碧羅帳，雪石水晶床。夏月無蚊蠅，深宵月透光。用石叩天門，愛神問端詳。世途怨險巇，輸心訴衷腸。雙雙拜愛神，愛神溫且良。勒石題姓名，萬苦從此忘。」

——如今再讀，不禁有「一詩吟罷淚千行」之感。

那時，便聽說趙銀棠先生就住在離我工作單位不遠的地方，可惜一直無緣前去拜訪。直到一九九三年我到麗江，聽說她正好回到了家鄉，便兩次前往她在大研鎮的老家看望她。

頭一次我是和牛相奎一起去的。牛相奎平時沈默寡言，那天走在路上，卻主動告訴我他是趙銀棠的學生。讓我吃驚的是，後來我碰到的許多納西文化人，都說他們是她的學生。

也許他們真是她的學生，因爲她曾經當過老師；但我相信，許多人未必真的聽過她的課，他們只是出於對她的仰慕，而自稱是她的學生，甚或是出於納西人遠古有過的母系社會傳統，而對一個德高望重的女性的不自覺的愛戀。

我見到趙銀棠時，老人已九十高齡，正坐在自家院子走廊裏一把藤圈椅上曬太陽。

那是一個典型而又寬敞的納西人家的院子，空闊寧靜，院子裏花木葳蕤，讓人頓生蒼茫古意。站在院子中間，可見四周毗鄰的屋宇，那一堵堵陡直的老牆，早已風雨剝蝕，斑斑駁駁。院子靜穆無聲，我卻似乎能聽見那些高牆、那些花木，在敘說著無數古老殘破的故事。

大半個世紀之前，趙銀棠作爲一個普普通通的女人，嫁到了這戶人家，就在這個院子裏，開始了她作爲一個男人的妻子和家庭主婦的辛勞的生活：生兒育女，操持繁重的家務；同時又開始了她作爲一個納西女作家的生活。

就是她，在世紀之初納西女性還不能享有受教育的權利時，在她已經嫁爲人妻、繼而又充作人母之後，衝破種種阻攔，堅持到學校讀書，從而接受了「五四」新文化運動的影響，把她長期被鎖閉在閨閣、灶房的目光，投向了納西人，特別是納西婦女的最尋常的生活。她數十年筆耕不已，終於成爲納西族歷史上第一個受人敬重的女作家。

那天，我以一個晚輩的身分向她問候，她不斷地朝我慈祥地微笑，說話已不大連貫。面對著這位九十高齡的文化老人，怎能不想起她那追求心靈的自由、追求光明的一生呢！那滿頭銀髮，一如春夏之間玉龍山上的千古白雪，不由得不讓人肅然起敬。

早在一九四二年初春，又一次面臨著失業威脅，「憤世嫉俗，憂慮不已」的趙銀棠決意要投奔延安。

她和一個送家眷去貴陽的鄉親結伴而行，擬先去貴陽，再去重慶，最後去延安。二月出發，到重慶已是五月。

在重慶，她先給郭沫若寫了一封信，後經郭沫若和于立群介紹，在曾家岩周公館見到了當時也在重慶的鄧穎超。鄧穎超向這位「來自極邊遠的少數民族婦女講清當前的一些形勢，並指出交通的特殊困難」，當即送給她「一些標誌著根據地生活的照片及印刷品」；這樣，趙銀棠「知道延安是不容易急促前往了，也就沒有堅持一定要去」，臨離開重慶之前，郭沫若書贈她一首《登釣魚城懷古》，趙銀棠一直保存在身邊。

當我後來和納西族青年學者楊福泉談起趙銀棠的這樁「舊事」時，楊福泉說，不少人對她當年想去延安一事難於理解，不明白她身在偏僻的麗江，如何會得知延安，且心嚮往之。

其實，只要稍稍知道一點納西族婦女當時的處境，就完全可以理解了。正像許多投奔延安的年輕人一樣，在趙銀棠心中，或許根本不懂得「革命」究竟是怎麼回事，但作為一個深知納西婦女悲慘處境的納西文化婦女，趙銀棠一定樸素地懂得「自由」的彌足珍貴。或許在她心裏，延安正像納西人心目中的「玉龍第三國」一樣，有著人間從沒有過的自由、幸福和光明吧。儘管最後她沒有去成延安，但她在精神上已經到達了那片「樂土」。

幾十年過去，趙銀棠正是用她的筆記錄了她的那種精神歷程。如今人雖老暮，卻心靈愈新。就在她的身後，在那間堂屋裏，掛滿了她前些年寫下的多幅詩詞作品。那些美妙的詩句，傾訴著一個納西老人對於生活的熱愛和掛牽。想起《玉龍舊話新編》裏由她親自翻譯整理的殉情故事《魯般魯饒》、《遊悲》，想起她近年寫下的十來篇《舊社會的麗江納西族婦女》，我知道，她心裏裝滿了舊日納西婦女辛酸的淚水，我很想跟她聊聊有關納西婦女和納西人「情死」的事情，可惜老人已無法跟我連貫地交談。但我記得她曾在《舊社會的麗江納西族婦女》一文的開頭寫道：

「由於麗江納西族的婦女，長期生活在玉龍大雪山下，耐寒耐苦，又是從來沒有纏足，身體健康，勇敢勤勞，她們的地位雖然很低，而她們卻曾建立過不少驚人的勞苦業績。追溯以往，砥礪未來，擬把有些不能已於言的事實略加寫記，以資紀念本民族千千萬萬的勞動婦女。」

她寫道：「幾個女友同人之間，除了朗誦一些古代詩歌，談些『紅顏薄命』之外，很少具體談及各自的婚姻問題（因為各人的婚姻都由父母包辦，已訂婚），也曾一同幻想過：女扮男裝，飄流去外地，或者是逃奔到西藏高原的女喇嘛寺裏，避世修行，有時，也曾莫可如何地談論過：一齊登上玉龍雪山的懸崖峭壁間縱身飛跳。一同葬身雲雪之間。」⑪

知識女性尙且如此，一般勞動婦女那時的處境，就可想而知了。她的那些記敘，對於我們今天瞭解當年納西婦女的生活，已是一份不可多得的資料。

我第二次去看她，是在十多天後，領著中國作家協會副主席馮牧先生去的。

那天，院子大門緊鎖，走到那裏時我們幾乎沒有認出來。怎麼會一個人都沒有呢？我不相信趙銀棠會突然離開麗江又去了昆明，因爲上次我就聽說她要在麗江住很長一段日子。正在我們就要失望地離去時，她家裏的人回來了，說是臨時出去辦點事，怕有什麼人闖進去，而趙先生又無法起來開門和應對，才把趙先生一個人鎖在家裏。

馮牧早年在雲南工作時，就已知道趙銀棠。他對這位納西族女作家十分尊敬。那天，也是七十高齡的馮牧，恭恭敬敬地坐在趙銀棠的對面問寒問暖，懷著極大的尊敬，與趙銀棠作了長時間的交談。

馮牧可能是與趙銀棠作過交談的中國作家協會的一位最高層的領導人，馮牧對趙銀棠的尊敬和理解，固然與他曾在雲南工作過有關，但最根本的還是他對納西族，特別是納西族婦女有著深深的理解，懂得這位納西族女作家在納西族中的影響，懂得她和她的作品對納西族的意義。

一九九五年，開納西婦女文學創作先河的趙銀棠先生，就在那個空闊、古老的院子裏，在她的家中，走完了她不凡的一生。她的去世，不僅讓她數不清的學生飲淚而泣，也讓整個麗江的文化界和所有認識她的人爲之哀痛不已。

聞訊後，我不僅想起，相比之下，當代中國文壇的一些人，甚至都不知道這位歷經坎坷的納西族女作家趙銀棠的名字，他們關注的，是某些正在走紅的所謂「女作家」，是她們那些以展示自己的隱私爲能事、標榜自己有多少多少個情人，並在她們的書籍扉頁裏公然刊登暴露自己女性胴體照片的所謂「作品」，他們甚至煞有介事地給這些所謂的女作家出「文集」，包裝、宣傳，無所不用其極。

當代文藝界、出版界對女性作品的畸形關注，說到底，無非是一種商業行爲，出版商們所鍾情的，顯然並不是女性「作品」，而是某些女性「作品」可能給他們帶來的商業利益。在這個意義上，那些叫嚷「男女平等」叫得比誰都還響的新潮「女作家」們，其實正在把自己重新淪爲「商品」。或許她們中有的人是無意識的，但有的人內心卻是十分清楚的。一位標榜自己是「先鋒」而至今待字「閨」中的「女作家」就說，誰能幫我找個「大戶」？只要是「大戶」，只要他有錢，我就嫁！

真不知道，她們是不是還有心靈？

一九八三年，趙銀棠在《玉龍舊話新編》的「後記」中寫道：「年歲大了，什麼也難說得清楚，只好一邊流著熱淚，一邊向著蒼蒼的晴空感謝：心靈永遠不死，真理永遠不滅，……，我願借真理的火光，燃照著自己的心靈世界。」

想到納西族婦女爲了愛情而寧願情死的慘烈故事，想到出生於本世紀之初的一批像趙銀棠這樣的女作家們一生爲之奮爭的女性獨立，當今某些女作家們對自己進行的堂而皇之的「文化賤賣」，實在醜惡得讓人震驚！

❖「綠紗巾」和曬糧架

茫茫拉市壩，曾是年輕的納西男女盛行「情死」的「海」。

在拉市海附近的村村寨寨，只要你願意去打聽，幾乎人人都能給你講述幾個情死的故事。他們甚至能隨手指給你看一棵普普通通的樹，說那就是傳說中的「情死樹」，上面縈集著無數「情死」者的魂魄。有了那些故事，看似一覽無餘的拉市壩便平添了一道如紗似霧的神秘和詭譎，讓人總覺得看它不透。

——和強說起他知道的那個情死事件時，正是那樣一種心情。我想。

和強就是拉市人。

山裏的孩子懂事早。「文革」開始時，和強才十多歲，卻已經初識人間悲苦。

那天，他跟往常一樣出去放牛，一路牛鈴叮噹，敲醒了村後那條沉睡了整整一夜的彎彎小路。如果沒有什麼意外，那將是一個平常不過的日子。而對一個十來歲的放牛娃來說，生活哪會有什麼意外呢？

轉過幾道彎，前面就是吉餘行政村余樂村五隊了。記得每次路過那裏，他都能看見一棵高高的核桃樹。那天也一樣，那棵核桃樹靜靜地站立著，淡淡的樹影，彷彿就要融合在那片清晨的白霧裏。

走得更近了些，他突然看見核桃樹上掛著兩個人，一男一女。和強心頭馬上閃過了那兩個字：情死。就在那一刻，那棵他非常熟悉的核桃樹突然變得讓他無法辨認了，就像一個怪物。牛鈴聲漸漸遠去，他卻站在那裏，再也挪不開腳步。

他感到緊張、恐怖，既害怕又忍不住要朝那棵樹看。原來那兩個人他都認識，他甚至還知道他們的名字：男的叫李飛，四十多歲，早就結婚有了家，女的叫燕南美，也是結過婚的，她就是那個村子的人。那分屬兩個家庭的一男一女一起吊死在那棵核桃樹上的情景，從此就深深地刻在了和強的記憶裏——清晨，在乳白的霧氣還沒完全消散的山崗上，和強看見的似乎是一幅清淡脫俗的圖畫：兩個人並排掛在那棵樹上，一條綠色的紗巾，從一個人的脖子上搭到另一個人的脖子上，紗巾的兩個角被晨風輕輕吹拂著，看上去就像一片綠色的雲。

很明顯，那對已各自有了家庭的男女，純屬因「婚外戀」才走上了「情死」之路。和強沒有說到那片「綠色的雲」究竟給了他什麼樣的感覺，他語調平淡，但從他特別強調那一男一女都是結過婚的，我猜想，那個場景帶給他的，必是一種非常奇特非常怪異的感覺。世界上當然沒有所謂「綠色的雲」，那片所謂的「綠色的雲」，無意中透出了他親眼目睹的那個情死事件在他心目中的「地位」：既美麗而又新奇，還有著某種難以理解之處。那時他畢竟還是一個十來歲的孩子，又是頭一次面對「情死」，他幼小的心靈對這件事的反應，是既新鮮而又模糊不清。

是因爲美麗而崇尙嗎？不好說，或許有那麼一點。是因爲恐懼而想擺脫嗎？也不好說，或許也有一點。不管怎麼說，從他多年後跟我談起那件事時的清晰程度和平淡語調來看，那件事給他留下的印象顯然是複雜的。或許從那以後，那片「綠色的雲」就再也沒有飛離過和強心靈的天空，只要一聽說情死，他就會想起那片「綠色的雲」，而只要一想起那片「綠色的雲」，他就會想起情死。

「綠雲事件」正好從一個方面說明了現代「情死」的複雜性。發生在現代的許多「情死」事件，大多帶有這種「婚外戀」的性質。毫無疑問，「婚外戀」是不受法律保護的，但對「婚外戀」一概否定恐怕也並不公道。在我聽到的情死事件中，不少就發生在已婚的男女之間，至少一方是有法律婚姻的，或者婚前他們就是情人，或者原來並不認識，卻因爲某種無法抗拒的原因，婚後又對既存的婚姻感到不滿意，這才有了既成婚姻之外的戀人和戀情。

他們的最後走上「情死」之路，往往帶有對這個世界的不可理喻和無可奈何：既無力從那種婚外情中脫身，也不存著繼續保持那種感情又能在世上立足的希望，只能一死了之。對這樣的「情死」，人們從內心裏是同情的，儘管很少有人站出來爲他們說幾句公道話。

納西人對「情死」總是懷有一種複雜的感情，他們通常並不願意向人說起他所知道的「情死」事件，特別是當「情死者」是他們親人的時候。

我在拉市海的那幾天裏，曾應邀到另一個納西朋友家裏做客。我是吃過晚飯後去的，當晚就在那位朋友家裏住。

那天晚上，他先是領我看了他那座收拾得非常乾淨的院子，然後就坐在他家的堂屋裏跟我聊天。桌上擺滿了他家自己做的各種風味小吃，蜜餞哪，炒豆、炒花生哪，我們東拉西扯地說了很多話，但一旦涉及「情死」，他就閉口不談了。我想，他肯定知道我到他們那裏是幹什麼的。或許開頭他也想跟我聊聊那些事，但不知出於什麼顧慮，終於沒談。

第二天，一個知道我去了他家的朋友問我，昨天你聽到了什麼新故事嗎？我說沒有，我說那位朋友好像不大願意談這方面的事。他感到很驚訝。他說，我們都以爲他請你去，就是要跟你談呢！我問爲什麼，他說，那個朋友的哥哥就是婚後跟一個女人情死的！

這種心情，或許跟發生在現代的、帶有婚外戀性質的「情死」，其中確有一些並不那麼美妙的、違反人之爲人的基本道德的個例有關，這樣的情死受到人們的非議和鄙視也就不足爲怪了，特別是當某些「道德敗壞」的人存心利用「情死」來滿足自己的欲望，達到自己玩弄女性的目的時，「情死」原始意義上的那種美麗、那種精神上的崇高，便蕩然無存了。

嚴格地說，這樣的「情死」已經不是真正的「情死」，恰恰是對「情死」的否定，因爲它的基礎並不是純真的愛情，而是情欲。

我在拉市一帶採訪期間，聽到過好幾起這樣的「情死」，某些專事獵獲少女的「色狼」，也借尋找「情死」伴侶爲名，在一些地方暗暗進行他們可恥的獵豔活動。人們談論起那些並非與他們的家族有關的這類情死事件時，明顯地流露出一種不屑與憤懣。如果恰好那樣的「情死」主角是與自己家族有關的人，他們就更是不願細說了。

跟和強對那條「綠紗巾」的複雜感情一樣，我對納西人的「曬糧架」也有同樣的感覺。納西人幾乎家家院子裏都有一個曬糧架，那構成了納西人家的一道獨特景觀。據說，許多由東巴主持的法事，常常就在曬糧架下進行。而李嘉惠跟我講的那起集體「情死」事件，正好也發生在曬糧架下。

六十年代初，在離拉市不遠的吉子地區，爲興修水利，曾有一部分納西人從山區「移民」到了拉市一帶的村子。李嘉惠說，一九六二年春的一個早晨，人們發現一個村子的曬糧架上，齊刷刷地掛著六對青年男女。人們發現那些情死者時，他們的身體已經僵硬，六對年輕情侶全都穿著他們那時能有的最好、最乾淨的衣服。

那是一次悲壯的集體情死，如此多的人選擇了一個如此靠近村子和人群的地方，同時結束他們年輕的生命，這讓即便對情死並不陌生的拉市人也感到十分震驚。

按照通常情況，情死者一般都會選擇一個人們不容易發現的地方，但那六對情侶偏偏就在人們的眼皮子下面「騎鶴西歸」。人們議論紛紛，卻對那些年輕人爲什麼那樣做無法解釋。直到三十年後李嘉惠與我一起談論那件事時，他也無法理解。他能說的，只是聽說他們從山上搬遷下來後都心情不好，一是故土難離，更重要的是，原來他們都已各自有了心愛的人，「移民」當然無法考慮到他們的感情，不少情侶就被拆散了。或許在他們看來，從此將天各一方，難得相見，或許爲此他們時時都在忍受與心愛的人分離的痛苦。那他們可以結婚呀！

聽到那裏我說，結婚後，他們不就可以生活在一起了嗎？是呵，李嘉惠說，如果是我們，當然會這樣去考慮問題，但那些年輕人畢竟不是生活在九十年代，即便是現在，那也很難，因爲拉市壩比高寒山區要富足得多，經濟上的差別一定讓他們很絕望，絕望到讓他們覺得那是他們無法逾越的障礙，要不，他們爲什麼寧可去情死，也不想辦法結婚呢？

發生在曬糧架上的那次集體情死事件讓我十分震驚！很難設想，如果某天早晨我突然在一座曬糧架前看到那幅慘景，看到十多個年輕人將自己直挺挺地掛在那裏，會是一種什麼心情！

我知道，那正是三年「自然災害」時期，人們考慮自己的生活出路當是情理中事；但對他們僅僅因爲被分隔開就簡單地結束自己的生命，我仍有些迷惑不解。

如此看來，作爲納西族歷史上一種古老風習，「情死」在某些納西人心裏已成了一種具有巨大慣性的習俗，發展到後來，某些具體的情死事件的確已偏離了「情死」的初衷，從最初那種震撼人心的精神嚮往，從神秘的美麗與勇敢變得有些愚昧和盲目了。無怪乎到了近代，納西族的一些有識之士，對本民族曾經有過的大規模的情死現象，無不感到憂心忡忡：一種風習，一種信仰，一旦離開了它最初的本意，就會發生變異，成爲盲目、愚昧的代名詞。

從那以後，我一看到「曬糧架」，就會無端地想起那些掛在曬糧架上的情死者。跟「綠色的雲」留在和強心裏的複雜印象一樣，曬糧架留給我的印象也相當複雜。如果最初我對納西人幾乎家家都有的曬糧架還有著一種神秘的、頗富詩意的理解，那麼後來，當我在通往中甸的路上，看見如同「卡秋莎」陣地一樣成排成片的曬糧架時，簡直就有些不寒而慄了。

我再次想起了李嘉惠講的那個集體情死事件，它與「情死」產生初期的情形已相去甚遠，那美麗的內核已被掏去，只剩下一個空洞的、形式的外殼——它已經不是「情死」，而是一種純粹意義上的自殺了。

❖ 自殺與歷史

在人類歷史上，無論古今中外，自殺幾乎是所有人類社會都普遍存在的一種現象。納西族的「情死」當然也是一種自殺，然而，由於它是在營造了「玉龍第三國」這一帶有神話色彩的未來世界，並在崇尚自然的東巴文化背景下發生的，便變得有些朦朧迷離，顯得美麗而神秘了。

一般的自殺者，死前無疑不會有納西情死者那種美麗而又神秘的嚮往，有的只是生命結束之前的痛苦。那樣的死，給人的除了痛苦，便無其他。我親眼目睹第一個自殺場景和第一個自殺者時，就是這樣的感覺。

那是五十年代初我還在家鄉上小學的時候，大概八、九歲吧，別說對自殺，甚至對死亡都還沒有一絲一毫的概念。

我家住的地方，是一個很大的、有著三重「天井」的老院子，從前門進去，穿過整個院子，再從後門出去，就到了另一條小街。院子裏住了大約十多戶人家，大多爲城市平民，三教九流，什麼樣的人都有。現在回想起來，我對社會的許多「認識」，正是從那個院子開始的。

我家住在第二道天井旁的兩間小屋裏，不管是從前門還是從後門出去，都要穿過另外一個天井。那天早晨，我照例很早就起來去上學。天剛剛有點亮，熹微、灰白的晨光從天井的上空投射下來，正好讓我能夠看清天井裏的一切，卻又不太分明。

在穿過靠大門那邊的第一個天井時，我看見緊靠天井的地方躺著一個人，仔細看了看，才看清那是個男人。我對那個男人沒有什麼印象，因爲那時我們家搬到那裏的時間並不長。他的身子是匍匐向下的，脖子下似乎有個什麼東西，他的兩隻手扶著那個東西，腦袋正在那件東西上來來回回地晃動。

我覺得非常奇怪。我從來沒有看見過一個人用那樣的姿勢「趴」著睡覺。那人的身體似乎有些痛苦，他的兩隻腳正在光滑的青石板上漫無目的地亂踢亂蹬。同時，他的脖子下面好像有什麼東西流了出來，是紅的。我想到了血。但以我當時的年齡，我無法相信那會是血，也無法理解我所看到的那個場景的實質。

從他的喉嚨裏發出來一聲聲極爲奇怪的、咕咕噥噥的聲音，喑啞，低沉，像是被什麼東西死死地壓住了喉嚨和胸口。那聲音讓我非常害怕。我覺得有一股逼人的、陰森森的寒氣從我的腳下升起，在那個天井裏瀰漫，讓我全部身心都陷在一種無名的恐怖之中。

我的好奇心被激發到了極致，我很想繼續看下去，弄清那到底是怎麼一回事。但我沒敢再看下去，再耽擱的話，那天早晨我非遲到不可。但那天上午在學校裏，我一直心神不寧。我感到我們那個院子裏肯定要出什麼事情了，到底是什麼事情我說不清，但那件事肯定跟我早上看到的那個男人和那灘鮮紅的血有關。

中午放學回來時，我看見早晨我路過的那個天井裏有許多人一聲不吭地走來走去。回到家，我問母親天井裏出了什麼事。母親說，有個人死了，是自殺死的。

自殺？我問，什麼叫自殺？母親說，自殺……就是……有的人不想活了，自己把自己弄死了。我又說，他們爲什麼不想活了呢？母親看著我說，等你長大了，就知道了。我說，我看見他自殺的。母親大吃一驚：你怎麼會看見？我跟母親講了早晨我看到的情景……母親後來說，天大的事，也犯不著去死呵！

多少年後，當我再次跟母親說起那件事時，才知道那個男人據說是因犯了什麼錯誤，無法向他的領導解釋清楚而自殺的。那正是在全國範圍內開展「三反」、「五反」運動的時候。

對我來說，那個男人自殺的原因並不重要，重要的是那是我親眼看到的第一個自殺事件。它留給我的印象，就是母親說的那句話：人犯不著自己把自己弄死。也就是說，不管自殺者的原因如何，人們對自殺這種行爲一般都持一種不贊同的態度，認爲那無論於己於人，都是一種殘忍的、不道德的行爲。而這正是社會對自殺的普遍的看法。

加拿大學者布西豐正在其所著《自殺與文化》一書裏指出，國內外不少學者的研究表明，自殺是一種以本人的意志加速自身死亡的行爲，是人對固有壽命的一種反抗，它證明了其人的絕望和苦惱。人們都渴望延長自己的生命，求生是人的本能，但自殺者卻主動採取戕害自己的行爲，爲自己的人生打上了休止符。

其實，人類早期對自殺現象是十分寬容的。布西豐正指出，在古代埃及人的古老記錄和文獻中，已經可以看到有關對自殺的是非、贊同與否的記述。古希臘也保存著在某種條件下應允許自殺，認爲自殺是一種符合自然秩序的行爲這樣的記錄，而且認爲，作爲社會的人，在被羞辱得無地自容的時候；當自己以及家庭的名譽被損壞的時候；或者受到無法挽回的失戀打擊的時候；或者，當最熱愛的人不幸死去的時候；爲了自己國家的危急存亡，或者爲了捍衛自己的最高理想有必要去死的時候，自殺是不得已的，是應該被允許的。

古埃及的克里奧佩脫拉女王統治時期，亞歷山大城作爲當時世界文化中心之一而馳名於世。據說那裏有傳授最佳自殺方法的特別學校。羅馬帝國時代也有公然提倡自殺的宗教團體。當時羅馬帝國統治下的法國南部的馬賽市議會的上院，甚至推出了可以由於「某種正當」理由向企圖自殺的人無償提供適當的毒藥的決議案。其所謂「某種正當」的理由指：一、作爲英雄行爲的自殺；二、苦於不治之症或年老體衰；三、爲了擺脫不可洗刷的恥辱；四、被宣判死刑者選擇自裁來代替執行死刑等等。

有趣的是，曾產生了羅馬帝國時代有名的政治家塞涅卡的哲學流派斯托亞學派，也提倡一種與日本人的意識和感受相似的自殺觀。按照這種觀點，死亡的根本問題不是「年輕時死」還是「老後死」的時間問題。而在於「怎樣去死」，也就是說，是一個「死得勇敢」還是「死得很不體面」的問題。對於斯托亞學派來說，重要的是：死應該是勇敢的，爲此不惜採取自殺的方法。

進入中世紀後，在西方，對待自殺現象的寬容態度被羅馬教會完全否定了。或許在教會看來，自殺就是對上帝、對宗教教義的一種背叛吧。羅馬帝國末期的基督教神學家奧古斯丁（三五四～四三〇）的神學，不論自殺者的理由如何，都對自殺一概否定。縱觀新舊約全書，雖不見禁止自殺的記述，可奧古斯丁的影響卻強大而且深遠。

天主教會完全將否定自殺的神學原樣照搬至今，以至在英語、法語中，Suicide（自殺）一詞，就是「殺害自己的殺人行爲」；在德語和日語中情形也是如此，自殺就是對自己的殺人行爲這一觀念根深蒂固，流傳至今。

直到文藝復興時期，才有荷蘭學者伊拉斯謨和著名的《烏托邦》一書的作者、英國人湯瑪斯・莫爾等，樹起了反對羅馬教會傳統教義的叛旗，主張自殺肯定論；認爲人應該基於個人的自由意志，徹底地把握自己的生與死。他們的這種近代思想對於當時的輿論來說，無疑是具有革命性的。人們常說文藝復興是二十世紀的先聲，從他們的「自殺肯定論」中，我們同樣可以感覺到這種向傳統思想和教條挑戰的近代化氣息。

與所有的教會相反，歷來的作家、藝術家都對人類的自殺現象給予極大的關注。英國最偉大的劇作家莎士比亞，曾在他的八部悲劇中列舉了十四種自殺的情況，其中最著名的羅密歐與茱麗葉的故事，如今在世界上幾乎已家喻戶曉，成了人類愛情悲劇的代名詞。莎士比亞甚至說過這樣的話：「樹根枯萎了，枝條爲何還要生長？樹漿流乾了，樹葉爲何還不枯萎？要繼續活一天，不妨就哀號一天；不想再活了，就該馬上去死。」因而，說莎士比亞是個「自殺的劇作家」，大概也不爲過。

與莎士比亞同時代的英國人約翰・當也主張，「如果全知全能的神力那般偉大，那麼當然一定會寬恕自殺之罪」。他認爲，以前對待自殺的觀念有修正的必要。這樣，以文藝復興爲契機，教會的傳統思想逐漸削弱。

隨著十六世紀的宗教改革，歐洲的基督教分裂爲天主教和新教。天主教的影響在北歐越來越弱，而被近代歐洲的自由主義和個人主義所證實的新教得以蓬勃發展，並且與正在興起的近代資本主義精神相結合，給予近代思想以巨大影響。於是，在新教諸國，將自殺視爲戒律的思想才逐漸衰弱。

到了十七世紀，近代科學驚人的發達從根本上改變了歐洲的思想和觀念，合理精神成爲歐洲思想的代名詞。針對有關自殺的觀念，合理思想的浪潮也洶湧而至。十八世紀的啓蒙時期，在眾多文學作品和哲學著作中，肯定自殺的論文和記述也異常地多了起來。比如，著名的法國作家巴爾扎克的小說中，有二十一個自殺者登場，陀斯妥耶夫斯基的小說中也出現了十三個自殺的事例。

十八世紀末爆發法國大革命（一七八九年）以後，在歐洲各國逐漸開始從各自法令中廢除「自殺禁止法」。這樣，到了十九世紀中葉，依然實行著自殺禁止法的就只剩下英國了。然而，即使是英國，也終於在一九六一年以自殺不是宗教問題，而是醫學上的問題爲由，正式廢除了自殺禁止法。

時至二十一世紀的今天，富有諷刺意味的是，有關自殺的進步的、起主導作用的思想和運動，卻在英國蓬勃發展起來，終於在一九八〇年發展成爲EXIT（擺脫人生的『出口』，即指包括自殺在內的安樂死）社會運動。這個運動主張「自殺的是與非的定論，最終應服從個人的自由意志」，並向希望自殺者提供一本被他們叫作《最安樂的自殺方法》的小冊子。一九八一年，法國也出版發行了《自殺的方法》一書。⑫

至此，西方已形成了一套完整的現代「自殺觀」。

中國的近鄰日本，是個有著自殺傳統的國家。在一本記載奈良時代各郡鄉的地名、傳說，名爲《播磨風火記》的書裏，就有了有關最早的剖腹自殺的記載。書中記載的日本第一個剖腹自殺者竟然是個女神。這位女神憤慨於自己的丈夫男神愛上了別的女神，就在如今的琵琶湖畔剖腹，扒出自己的內臟投入琵琶湖中，悲壯而死。

到了武士掌權的鎌倉時代，反映武家興起的軍記文學盛行，有關武士剖腹的故事也就多了起來。到了後來的德川時代，隨著天下太平局面的持續，剖腹被暫時禁止，武士的自殺隨之銳減，但庶民的自殺卻常常出現在情死或全家自殺的戲曲和歌舞伎之中。

接著，在近代大正時期，舊制一高的哲學少年藤村操，在留下了「萬事之真相只一言便知，曰不可解」這句著名的具有岩頭之感的絕命詩之後，投身華嚴瀑布的自殺之事廣爲流傳，他的富有哲學意味的自殺給當時的學生和知識份子以極大的衝擊，形成了將自殺極端浪漫化的浪潮，很多學生甚至模仿藤村操紛紛自殺。

第二次世界大戰中的太平洋戰爭使日本人的自殺達到了頂峰。隨著太平洋戰局的惡化，日本軍隊組成了「神風特別攻擊隊」，致使眾多青少年喪生。從此，「神風」這個日語辭彙便成了全世界無人不知的自殺的代名詞。此外，在太平洋諸島，氣急敗壞的集體自殺接連不斷，更使人們形成了「自殺國日本」的印象。

戰後，在和平環境中東山再起、一躍而成爲高度經濟增長國的日本，由於一九七〇年著名作家三島由紀夫的剖腹事件，再次使歐美新聞界震盪，「剖腹日本」的名字也由此而轟動了世界。⑬

——我在閱讀加拿大學者布西豐正的《自殺與文化》一書時，吃驚地發現，日本也有著被叫做「情死」的自殺。

日本的情死指包括異性或同性情人的兩人以上的自殺，也是古已有之。早在設計了嚴格的等級制度和人際規約的德川時代，就有很多與義理相關的作爲「情死」的一同自殺。當時的劇作家近松門左衛門（一六二三～一七二四）的近一百六十部戲曲，大致可分爲歷史浪漫主義劇作和與義理人情有關的悲劇。其中多數悲劇是描寫一同自殺的，登場的有武士、商人、已婚女子、盜賊、花魁等各個階層的人物，內容多爲在義理人情與嚴厲的社會準則間進退兩難而自殺一死的故事。

在這裏，可以看到日本與歐美的自殺原因差異的原型。即：歐美的自殺，最根本的原因在於「自我崩潰」，但日本則多是以「集團保存」作爲目的而犧牲自己。近松門左衛門的戲曲很好地描寫了這種日本型的兩難處境，其中《曾根崎情死》（一七〇三年）、《情死天網島》（一七二〇年）等，甚至被翻譯成了多種文字的一同自殺的故事。

到了現代，在按說幾乎完全從封建社會的準則和習慣中解放出來了的戰後日本，情死仍然沒有絕跡。原因據說是因爲戰後的日本自由主義盛行。在富士山麓的深山中，將今生今世不能結合的愛情帶到來世去的情死現象至今不絕。幾年前，甚至由員警和自衛隊組成搜索隊，進富士山麓搜索、收容情死者的屍體。當搜索者看見身著結婚禮服，去另一世界實現今生今世不能實現的愛的男女情死者們的屍體時，常常免不了要爲他們灑下一掬同情之淚。⑭

在本書的寫作中，一位朋友告訴我，他看到過一則資料記載，清朝最後一個皇帝溥儀的弟弟愛新覺羅・溥傑的女兒，就是在櫻花盛開時節，與一個日本男青年一起在富士山下情死的。

日本人的「情死」看來與納西人的「情死」十分相近。日本的搜索隊在富士山麓搜索情死者屍體的描述，也一再讓我想起納西村寨裏有人情死後，他們的親人與鄉里到處尋找他們屍體的情景。

情死者常常會把自己的最後一段日子安排在人跡罕至的深山林莽之中，致使他們的親人尋找起他們來，總要花費許多的時光。但一般說來，一村一寨的人們大體上都知道，哪個山崗，哪片森林，是年輕的情侶們常去的地方。

情死者們在選擇自己的死亡之地時，一般也會考慮那個地方。只有個別的情死者，會去到那些人們絕無可能想到的地方，因而也無法找回他們的屍體。或許他們認爲，生前他們的生活已被他們周圍的人們打擾得太多太多了，希望死後能擁有一份生前渴望的寧靜和安謐。但更大的可能則是，他們不希望在他們死前被人們發現，因爲意欲情死而又被人發現而找回來，是一件十分丟人的事。

然而，在我們談到過的發生在拉市的那次集體情死事件中，情死者們卻似乎沒有考慮過這個問題，將自己的歸宿之地選在了村子附近，一個人們一眼就可能發現的地方。或許他們覺得，他們已沒有時間去選擇一個更爲隱蔽也更爲安靜的地方，或者他們是存心要這樣做，以引起人們的震驚或同情。

不管是出於什麼考慮，事實上，他們的確達到了自己的目的。拉市海附近發生在六十年代初的這一集體情死事件，在當地引起的震動是巨大的，以至年輕的李嘉惠也對那事至今記憶猶新。

布西豐正的《自殺與文化》一書的一個巨大疏漏，是對古老中國的自殺情況完全沒有涉及，更談不上對納西人古已有之的情死現象及其與日本的「情死」作出比較性的研究了。

納西人與日本人這兩個不同民族的「情死」。看上去有著驚人的相像之處：它們都是爲「情」而死，都是兩個人以上的、爲了實現他們共同的世俗婚姻而不能後所採取的自殺行爲。至今爲止，我還沒看到過有關納西人與日本人的兩種「情死」的對比研究。而在我看來，納西人的情死，與日本人的情死，還是有很大區別的。

納西人所謂「情死」中的「情」，到底指的是什麼？一般以爲它指的就是愛情。「情」當然主要是指愛情，但又不儘然。也就是說，並不是每一樁具體的「情死」，都是因爲婚戀失敗，有時候，也會因爲別的一些原因而造成「情死」。事實上，納西族所謂「情死」中的「情」有著極爲廣泛的含義，它可能是親情，還可能是友情。

我在與木麗春討論「情死」時，他一再強調「情死」一語中的「情」字，不僅僅是男女之間的愛情，而是具有相當廣泛的包容性和複雜性。木麗春並據此認爲，把「情死」與「殉情」混爲一談是一個絕大的錯誤。他對那些把所有的「情死」個例都簡單地歸結爲是爲愛情而死的學人感到不可理解，斷定他們根本就沒有弄明白納西人的「情死」真諦。起初我對木麗春的話還有些半信半疑，以爲他或許是在故弄玄虛。但在拉市一帶的所見所聞，則徹底改變了我對這件事的看法。

李嘉惠就給我講過一個出於親情而兄妹一起情死的故事。那事發生在他家附近的燦樂村。燦樂村曾經有過一家也姓李的兄妹，兄妹兩人從小一起長大，血緣之情甚篤。轉眼就到了男大當婚、女大當嫁的時候。哥哥與一女子結婚後才發現，妻子是個癲癇患者，每隔一段時間就會發一次病。每次發病，妻子都是人事不省，口吐白沫，手腳抽搐。那時，納西人認爲癲癇病是會傳染的，爲了躲避這可怕的病，這一對年輕夫妻的親朋好友，從此都不敢到他家來玩了。偏偏這位已經做了丈夫的哥哥是個極愛熱鬧的人，悲劇也就此發生了。

他爲妻子的病、爲自己的不幸的婚姻苦惱，也爲自己、爲這個小家庭的孤單而失落傷心；思來想去，他覺得人活在世上簡直沒有什麼意思，遂萌生尋死之心。一直非常關心哥哥的妹妹，起初每逢嫂子發病，都會過來盡力照料。她一次又一次聽見了哥哥沉重的嘆息，漸漸便得知了哥哥的心事，對哥哥的處境十分同情。哥哥並不隱瞞他想死的念頭，並把自己的想法告訴了妹妹。妹妹不忍心讓哥哥獨自一人去死，提出要陪哥哥一起去死。果然，幾天後，兄妹二人便一起「情死」了。

這就清楚地表明，納西族的「情死」，並不都是出於相愛的男女爲尋找理想之國而死。即便是納西族青年男女出於戀情的「情死」，有時也會包括其他的情感因素。不少時候，一對相愛的青年男女相約去情死時，男、女一方往往會有他或她平時最親密的朋友自告奮勇地陪他或她一起走向「玉龍第三國」。於是在一些情死現場，人們常常會發現除一對情侶之外，還有陪同情死的「第三者」甚至「第四者」。

納西族是個十分重「義」的民族。陪同情死的人，本身並沒有走到必須情死的那一步，但爲了他或她的朋友，他或她寧願犧牲自己，也不願讓他或她的朋友到了「玉龍第三國」感到孤獨和寂寞。

其次，納西人的情死，顯然要比日本人的情死有著更爲完整的理論體系，其中最爲引人注目的，就是關於「玉龍第三國」這一理想國的構建。日本是深受佛教影響的國度，而佛教正是用「死」來解脫虛幻塵世的。在佛教裏，將「死」稱爲「往生」，意思是「離開塵世，到那個世界再生」。這種生命的「輪迴說」，意味著人生是新生和死亡不斷地像車輪回轉一般地沒有窮盡，軀體消亡，靈魂輾轉接受他生，於是再次轉回迷茫的凡俗世界。

按照佛教的理論，死並非是不可挽回的、只有一次的決定性的東西，在有可能再次生還的輪迴法則下，人生是可以經歷數次的。這就是說，佛教是「始於死」的宗教。日本情死者的理想，正是建立在佛教關於來世的基礎上的。納西人則不同。納西人的「玉龍第三國」，並非一個可以實現「輪迴」的所在。所有的情死者都將永遠年輕地、幸福地生活在那裏，他們並不準備返回人世。如此看來，納西人的「情死」對塵世的棄絕，無疑要比日本式的「情死」堅決得多了。

❖ 感覺道路

行路早就是我們生活的一部分。可住慣了城市的人，出門不是坐車就是騎車，對道路的感覺早已退化，即便還有，也變得非常粗糙。我們已很難體會一條道路對於人生的意義，對於生命的價值。路成了某種現成的東西，一切司空見慣，我們幾乎從來也不去思考它，體會它，更說不上能用生命去與它作一種深刻的交談。可事實上，我們從來沒有也不可須臾離開我們腳下的任何一條道路。

我在拉市一帶漫遊時，有過一次讓我筋疲力盡的長途跋涉，那是爲了去一個叫吉子村的地方作一次讓我驚心動魄的採訪。除了曾經說到的去寶山石頭城之外，去吉子村那次，便是我對當代道路和當代苦難的一次最切身的感受。跟當今住在城市的人們對道路的麻木一樣，我們對真正意義上的苦難也同樣陌生，而苦難卻是許多身居窮鄉僻壤的人們的家常便飯。

我和李嘉惠騎著自行車，從他們的學校出發後，先沿著公路走。李嘉惠把車騎得飛快，爲了跟上他，我一開始就花費了太多的體力。那正是五月，雨季還沒有到來。高原麗江的早晨，空氣清新涼爽，幾乎讓人懷疑那已是秋高氣爽的秋天。太陽正在升起，天空越來越明亮，公路兩邊的土地、山峰都在急劇地變幻著色彩，彷彿我們是穿行在一條陳列著各種不同流派、不同風格畫作的畫廊裏。

那當然只是一種虛幻，很快，天氣就變得燠熱起來。太陽一直寸步不離地死死地盯在我們的頭頂和脊背上。公路上，黑乎乎的柏油路面已近融溶，然而，當車輪輾過，腳下的道路發出那種暗啞的、黏連的、「滋滋滋」的聲音時，我卻彷彿是聽到了一些看不見的人的竊竊私語。那會是誰呢？

在烈日的炙烤下，土地、村舍、山嶺、樹木，總之，世上萬物似乎都在冒煙。飄忽不定的蜃氣把周遭的一切都變得朦朦朧朧，怪模怪樣，搖晃不定。幾乎世界上所有的氣味都冒了出來，在我們身邊急速地迴旋：從遠處飄來的拉市海的腥氣，人家院子裡通宵漚製草木灰肥料的熱氣，從畜圈裏漫溢出來的牲口的騷臭氣，當然，也有從放在路邊人家窗臺下的花盆裏飄過來的花香。我突然明白了，那就是道路的語言，每一種氣味都是它的一串話語，向我述說著不同的時光，也告訴我它正在把我帶進什麼樣的生活。

李嘉惠對那一切當然早就熟悉，我猜想，那時他很難理解我走在那條道路上時的心情：在城裏，坐在小汽車或是公共汽車裏或是騎在自行車上，都無法直接置身在與道路的交流之中。只有在這時，在一條充滿了各種生命氣息的道路上，你才會懂得跟一條道路打交道是多麼有趣。

他只是不斷地問我怎麼樣，騎得動嗎？我說沒問題。事後我想，我是對自己估計過高了，或者說我把道路估計得太低了。小時候我的確幹過不少體力活，大學畢業又幹過一兩年的體力勞動；我走過河灘路，走過鐵路，也走過山間小路，但那畢竟都是過去的事情了。多年來我一直沒有更多的活動，我已經跟道路疏遠，我的身體有一段時間也變得非常糟糕。儘管那段不時就有上坡下坡的十來公里路比起後來的徒步跋涉來，簡直就不算一回事，但我還是騎得氣喘噓噓。

柏油公路終於走完了，我們轉向了通向泰安山區的土路。按照計畫，我和李嘉惠離開公路後，要把車存放在李嘉惠認識的朋友家裏，然後輕身上山。偏偏他認識的那幾家人都大門緊鎖，悄無聲息。看得出李嘉惠犯難了。

我說，隨便找個人家，把車存下吧！他沒說話，把車放在一個他不認識的人那裏，他顯然不放心。我問他還有多遠的路。他指了指遠處的一座山說，就在那裏。我以一個城裏人的眼光看了看，覺得那好像並不是太遠。事實後來證明，我對山路遠近的判斷是極其錯誤的，經不住檢驗的。既然這樣。我說，我們就推著車走吧。李嘉惠點了點頭。

我們開始推著自行車上路。除了開頭還有一小段土路能勉強騎行外，很快我們就只能推著車走了。一步一步，我們艱難地往上爬。路越來越窄，也越來越陡，我得使出全身力氣才能把車推上去。我意識到，腳下的路正在使出各種手段對付我。我甚至覺得，我們好像不是越走越近，而是越走越遠了。

事後我才想到，對一個從沒走過某條路的人來說，一條本來並不遠但十分陌生的路，會變得加倍的漫長；而一個習慣了走山路的人對路的概念，跟平時很少走山路的人也大不一樣。我走得汗流浹背。有時候前面是一道陡坎，車剛剛被我推上去，等我自己要上去時，路又把車推了下來；那時我突然想起了那個不斷地把石頭推上山，而石頭又滾了下來，因而永遠也無法解脫的西西弗斯。我不得不重新走下來，再次把車推上去，然後讓李嘉惠連拉帶拽地把我弄上去。李嘉惠墩實的身影一直在我的前面，遠遠地望著他，我真的感到慚愧。

翻過了一個又一個山頭，我總算看見了李嘉惠指給我看的那個村子。而從我看見那個村子到我們真正走進那個村子，我們至少又花了半個多鐘頭。那已經完全不是路了，事實上，我們是在村寨屋舍的狹窄縫隙間穿行。

彷彿是離天更近了一些，太陽也更加燙人。那些「小路」上足有幾寸厚的黃灰，還花花綠綠點綴著一灘灘牛屎馬糞，腳一下去便塵土飛揚。一條條看家狗在我們前後拼命狂吠，企圖擋住我們的去路，牠們宏亮的吠聲跟牠們瘦弱的身軀完全不相稱。就像在任何與世隔絕的窮鄉僻壤一樣，一個陌生人的到來，都會引來當地全體人吃驚的、不信任的目光。他們的身影和他們的目光成了我們的又一條路。

我們從人群中穿過。狂怒的狗吠招惹來無數孩子從四面八方跑來看稀奇，他們衣衫襤褸，高聳著光溜溜的肚子。我想，我們大概成了他們眼中的怪物，至少，我的狼狽不堪，會讓他們覺得非常滑稽可笑。但我想對我身後的那條路說，我勝利了，它也勝利了——中午十二點，我們終於走進了我們要去的那戶人家。而那正是我們身後的那條路把我們領去的。

❖ 一個「情死」未果者的漫長歲月

李嘉惠告訴過我，說老木那天帶我去時說過，要他帶我去泰安鄉吉子村看看。泰安鄉屬於半山區和山區之間的過渡地帶，那裏地處偏遠，老百姓的生活很苦，解放前是麗江附近情死最多的地方。李嘉惠說他認識現在住在吉子村的一個退休老師，而那個老師的岳父，就是五十年代木麗春和牛相奎一起創作長詩《玉龍第三國》時，曾經採訪過的那個老人。但他並不認識木麗春告訴他的那位老人。作爲同行，李嘉惠和那位老師也只有一面之交，不過是相互知道名字罷了。

我們到達時，他們剛剛吃過午飯，老人卻獨自到別處遊蕩去了——據說老人近來特別喜歡獨自外出，喜歡一個人到那些人跡罕至的山野叢林去打發他所剩不多的時光。那位老師聽說我們一早出來還沒吃飯，連忙叫他妻子給我們做飯。我們就在他家的灶房坐下來聊天。

那是一間寬大的灶房，就在住房的旁邊。長年的煙燻火燎，灶房的四壁和僅有的幾件木傢俱都成了黝黑色；陽光從牆縫裏射進來，在那間幽黑的屋子裏顯得格外的耀眼；一串串、一吊吊屋塵像蛇一樣的從人字形的屋頂肆無忌憚地垂落下來，探頭探腦地俯視著。它們在那間屋子裏形成了一種奇特的、叫人心悸的景觀，如果不是火塘裏紅紅的火苗把屋子的一角映得通紅的話，我相信我是很難在那間屋子裏長坐的。而也正是那個火塘，讓整個屋子裏煙霧瀰漫，熏得我簡直不敢長時間地睜開眼。

跟李嘉惠相比，和老師看上去幾乎不像一個老師：他頭髮花白，枯乾得像一蓬割下多時的山草；他眼瞼紅腫，雙眼因多年的眼疾已幾近失明；他的腰佝僂著，像個承受不起生活重擔的老農……但後來我在他家的正屋裏，在該供奉列祖列宗的位置上，卻看到了縣、鄉、學校發給他的獎狀。那些陳舊得像破紙片一樣的獎狀，正是他曾經有過輝煌人生的證明。我想，在他和他的妻子間，必定有一個或催人淚下或平淡無奇的情感故事，然而，面對他那總是沈鬱的臉色，我無法開口發問。

我發現我一直沒見到那位和祥老人。

李嘉惠問了和老師後告訴我，老人到外面放牛去了。

老人家還能放牛？我問。

除了眼睛，和老師說，他身體還好。

放牛是要到野外去的，眼睛不好，怎麼走山路呢？不過我沒把這話說出來。我只是說，老人家什麼時候才能回來呢？

總要到吃晚飯的時候去了，和老師說。

我們當然不能等到那個時候。況且，看樣子這裏也沒有我們睡的地方。於是我說，能早一點把老人家找回來嗎？

先吃飯吧，和老師說，我叫個人去喊他回來。

午飯做好了。是一鍋雞蛋湯，一碗鹹菜，一碗豬膘肉。

鹹菜是從一個巨大的小口陶罐裏掏出來的，當女主人挽起袖子掏鹹菜時，我看見她的一條手臂幾乎全都伸了進去。豬膘肉也是從掛在牆上的一塊巨大的、黑乎乎的醃肉上現割下來的，然後切成半個巴掌大，在鍋裏一炒，頓時變得晶亮透明了，現在就浸泡在一片同樣透明的油裏。唯有用羅鍋悶出的米飯有一股香噴噴的味道。

李嘉惠告訴我，不要小看了這幾樣菜，這已是一個山區納西族家庭對一個冒然而來的遠方客人的最好的招待了。那份情意我當然能夠理解，但那已經開始發臭的鹹菜，那純粹就是一片豬油的豬膘肉，我的確難以下嚥。我只是就著那碗雞蛋湯，吃了兩大碗飯。儘管我得承認那天的那頓午飯我吃得很艱難，但它的確非常香甜，因為我實在是餓壞了。

和祥老人直到我們吃完飯後才回來。老人已腰躬背駝，但那身板仍讓人一眼就能看出，年輕時他是個魁梧的大個子，加上他雖然已滿佈皺紋卻依然方方正正的臉膛，想來他年輕時必定是個招惹姑娘們喜歡的主兒。老人已八十高齡，雙目完全失明（**我又想起了那瀰漫在整個灶屋裏的讓人睜不開眼的煙霧**），老伴也早就不在人世。我不知道憑著那樣一雙眼睛，他怎麼能夠到山上去放牛？

如果不是對吉子村的地形地貌已諳熟於心，如果他不是把吉子村附近的每條小路都走過無數遍，他又怎麼能夠獨自在那片起伏的山嶺間，憑著心靈而不是憑著眼睛，找到回家的路？是的，對於一個人來說，外貌是會改變的，四肢也可能殘缺，但只要心靈還在，他就依然是一個完整、健全的人。真正的殘廢，是那些手腳健全但心已蒼老的人。

五十年代，木麗春在寫他們的《玉龍第三國》時，曾向老人請教過許多有關納西人情死的問題。我聽說和祥老人能唱許多有關納西人情死的歌，但我有興趣的是他所知道的吉子村的情死個例，以及他本人在漫長的人生中是否有過情死的經歷。

老人開始不大願意觸及這個敏感的話題，直到我們說是木麗春介紹我們來找他時，他才開口。他問了問有關木麗春的情況。我們告訴他，木麗春現在情況不錯，他正在寫一本新的書，還是寫納西人的。老人聽了，沒有點頭，也沒有什麼特別的表示，但我清楚地看見，他臉上的皺紋一度比剛才舒展多了。

多少年過去，他居然還記得那個當年還不到二十歲的木麗春，如此說來，當年木麗春對他的那次採訪，在他心中一定留下了非常深刻的印象，而這位老人也一定是個情感豐富的人。剛才在灶屋裏，說起早年木麗春他們的採訪，和老師說，「文革」中，《玉龍第三國》那本書曾為木麗春他們帶來了災難，老人也因此受到了一些牽連。雖說在吉子村這樣偏僻的山村裏，那場浩劫並不像城裏那麼兇猛、那麼認真，但老人也多少受到了一些精神上的折磨。在很長一段日子裏，老人常常獨自坐在火塘邊，一聲不響地想他的心事。

我和李嘉惠在那間堂屋裏面對面坐著，交談了將近三個小時。我不懂納西話，交談必須通過李嘉惠的翻譯，談話因而進行得艱難緩慢，還常常被一些必要的閒話打斷。即便如此，我還是從老人的話裏，大體知道了他年輕時的一些故事。

老人從小雙親亡故，成了孤兒。靠著自己，他慢慢長成了一個身強體壯的小夥子。到了該談情說愛的年齡，他發愁了：孑然一身，沒有父母和親人，沒有錢財，哪個姑娘願意嫁給他呢？沒料到，一個年輕的、無羈無絆的單身男人，卻成了姑娘們追逐的對象。

麗江是「改土歸流」後才全面推行封建禮教的。在那之前，一直有著性愛自由的古風。東巴經的古代作品中常有「好男兒走遍九個村寨，結情侶到九個地方」的說法，也記載了許多這樣的實例：《崇般圖》中，納西族始祖崇仁利恩與天女襯紅褒白結合後，還與女妖猛恩同居生下了三個孩子；襯紅褒白也與余若勞使同居生子。女英雄俄英都奴命曾先後與多個男子同居生兒育女。東巴教祖師丁巴世羅自稱曾與九十九個女子同居做愛。東巴經《用黑山羊除穢》中說，白部落之主美利董主之妻茨金姆去神湖邊打水時，曾與黑部落之主美利術主發生性關係，另一部經書中則說，她曾與美利術主偶居。白部落的公主也曾與黑部落的公子同居三夜。地神之子餘立刷補的妻子在丈夫出去打獵時曾與人私通。

如此種種，雖是神話，卻毫無疑問是納西先民性愛觀念的反映。那時的女性也沒有後來那樣的「貞節觀」，東巴經中常常出現部落首領在戰爭中施行「美人計」的故事。

現實生活中，家長對子女婚前的自由戀愛從來不加干涉。在一些地方，如白地的納西族，還設有公房，專供男女青年交往娛樂，有情者便可在那裏共度終宵。在有些地方，女子偶婚後，還有「不落夫家」之俗，「有娠方歸」。這種古風一直保存在永寧、鹽源、木里俄亞等地的納西社會中，在麗江一些較偏僻的地區也有不同程度的保留。⑮

和祥老人正好生活在那樣的地區。婚前，他與多個女子有過感情交往。生活似乎對他格外鍾情，他終於和同村一個姑娘相戀並成婚了。從小受盡了孤苦的他決意好好過日子，可那時泰安一帶生活貧苦，情死風習很盛。年輕的男女從開始相好起，就明白他們自己的感情與等待著他們的婚姻完全不會是一回事，他們從一開始就在準備著以死去殉他們的愛情。青年男女談戀愛的過程，實際上就是商量去情死的過程。

應該說，和祥的婚姻一開始還是幸運的，他終於和自己喜歡的姑娘結了婚。但村子裏更多的年輕男女卻沒有這麼幸運，等待他們的依然是許多年輕人走過的那條死亡之路。當和祥結婚並且已經有了孩子後，許多他曾交往過的、還沒出嫁的姑娘仍然鍾情於他。和祥有時也答應跟那些喜歡他的姑娘去深山密林裏幽會。那些在婚姻上沒有出路而又舊情難捨的姑娘，在某些時候提出跟他一起去「情死」，就十分自然了。而在麗江，婚後又與婚前相戀過的情人一起殉情的，也大有人在。⑯

我們無法因和祥老人年輕時的此類「風流韻事」而責怪他，更不能對他的婚外戀情作出諸如道德評價之類的評判。正如木麗春在他的《東巴文化探秘》一書中詳細加以解釋的那樣：

「納西青年男女婚前戀愛自由的遺風，是氏族外群婚制在一夫一妻制婚姻形態中的積澱。在這一婚前戀愛自由的氛圍裏，青年男女情人多者，寓其能幹，情人少者，寓其無能，但這種婚前戀愛的對偶，在婚配擇偶全由父母包辦的條件下，結果相愛者往往不能成爲夫妻。青年男女明知自己所愛的人，最終成不了眷屬，但他們還熱衷於進行毫無希望的戀愛，這是一種什麼樣的心態呢？他們在比封建婚姻文化有過之而無不及的婚姻法規面前，寄託於情死後雙雙魂歸情死樂土的狂熱希望上，過婚前戀愛自由的生活。」

如此，和祥在很長的一段時間裏，一直處在到底跟不跟他的情人一起去情死的兩難之中。有三四個原來與他相識，卻一直沒有結婚的姑娘依然鍾情於他，希望跟他一起去情死，他都沒答應。

有一次，他終於答應了一個姑娘，她因爲不願意嫁給父母爲她選定的丈夫，再也不想活下去。他跟那個姑娘一起上路了，情死地就選在離村子不算太遠的一片樹林裏，平時那裏一般很少有人去。站在那片樹林裏，可以看到遠處白雪覆蓋的玉龍雪山。

年輕的和祥邊走邊想，似乎除了跟那個姑娘一起情死，他沒有任何別的辦法，能解除那個姑娘心中的痛苦。然而，妻子呢，孩子呢？他們怎麼辦？半路上，和祥還是決定不再往前走了，他勸說她，阻攔她，用淚水，用擁抱，用親吻，用他的整個身心……姑娘動搖了，最終也含淚放棄了她的情死計畫。而幾個月後，那個姑娘依然跟一個鄰村小夥子一起，就在他們原來選定的那片樹林裏殉情身亡。

逝者長已矣，生者獨淒淒。和祥作爲生者，在死者激起的連天波濤和巨大迴響中，常常和淚而眠，獨自品嘗著人生決絕的孤獨、悲哀與痛苦，比死者更深，也更長久，幾乎用去了他整整的一生……

我問老人：在邀約你去情死的姑娘中，有沒有女方死了，你獨自跑回來的？

斷然地，老人說沒有。他說，要是那樣做了，一旦被姑娘的親人發現，是要抵命的，弄不好還要打「冤家」。即便最終還能活下來，也會被世人瞧不起。那樣活著，還有什麼意思呢？

你為什麼不願意去情死呢？我問。

和祥老人沈默了許久，才又開口說話。

和祥的婚後生活雖然說不上特別和睦、幸福，倒也相敬相愛，有許多讓他留戀讓他難以忘懷之處。他說他妻子確實對他很好。自己去情死便對不住她。他也捨不得他的孩子，不願意他們跟自己一樣成為孤兒。他從小孤苦伶仃，深知一個孤兒過的是什麼日子。他千百次地想過，一旦自己真的情死，孩子就完了。只要想到這些，他剛剛萌生出的情死念頭，就會大打折扣。

我問老人：對那些約你去情死，後來又跟別的小夥子去情死的姑娘，你會想念她們麼？

怎麼會不想呢？他說他總是夢見她們。有時，他獨自走在山上，好像還能聽見她們說話唱歌彈奏口弦的聲音……他說，我眼睛是不好了，看不見她們了，耳朵倒還好，我能聽……

然後，和祥老人不說話了。他的頭轉向門外，在聽，也在看——他的眼睛已經不行了，但他心中必定還有一雙眼睛。呆呆地，他一動不動，再一次陷入了對往昔的追想和回憶。

有回憶的人，是幸福的，也是痛苦的。

我突然明白了，和祥老人為什麼到了這麼大的年紀，還要去放牛。也許放牛是名，尋找逝去的回憶才是真吧！走在那些他從小就熟悉的，他和許多鍾情於他的姑娘一起走過，撒滿了他們的歡樂和笑聲的山間小道上，走在那條他曾和那個姑娘一起走過的，通向那片小樹林，然後他又返回來的山路上，他當然會想起一個個曾對他情真意切的姑娘。

青春的記憶是一個人最燦爛也最難忘的記憶。然而歲月無情，人生倏忽，一個個人面如花的姑娘如今都已不在人世，唯獨他自己還活在這個世界上。對他來說，當年作出不去情死的決定是不容易的，而如今依然活著，或許就更不容易。又何止是在山野幽林呢？即便是坐在自家火塘邊，凝望著那飄飄忽忽的火苗，他也會回想起他和她們燃起過的篝火，回想起自己那苦甜參半的青春，回想起跟那些姑娘在一起時的愉悅和快樂，那一次又一次生命的狂歡，也回想起他不願意跟她們一起情死時她們那痛苦和失望的神情。漫長的歲月對他既是一種擁有，也是一種折磨——不管有幸無幸，既然當年他作出了那樣的決定，事情就只能是這樣。

我無數次地想過，和祥老人後悔過嗎？想追尋那些情人的足跡去情死過嗎？不知道，也不必知道。讓一個老人把他一生中的所有秘密都坦陳於世是殘忍的，讓他保留一片只有他自己和那些他還在想念的納西姑娘才能走進去的情感世界吧，無論那裏是陽光燦爛，還是不時也有淒風冷雨，也無論他在那裏是縱情狂歡，還是落寞無言，那都是這個年過八旬的老人心裏最隱秘也是最神聖的一角，是一個至今仍一無所有的人一生中一筆最寶貴的財富。

◎註　釋

①〔法〕蒙田《蒙田隨筆》第二四六頁，湖南人民出版社一九八七年版。

②③參見楊福泉《神秘的殉情》第七十七頁，七十八頁。

④顧彼得《被遺忘的王國》第一二六頁。

⑤轉引自楊福泉《神秘的殉情》第八十三頁。

⑥⑪趙銀棠《舊社會的麗江納西族婦女》，見《玉龍山》一九八五年第二期，第三期。

⑦〔法〕杜爾凱姆《自殺論》第十九頁，一二二頁，五十頁，浙江人民出版社一九五八年版。

⑧轉引自楊福泉《神秘的殉情》第一七五頁。

⑨楊福泉《神秘的殉情》第七十四頁，七十五頁。

⑩《納西族民間故事集成卷》第一輯，第一八一頁。

⑫⑬⑭參見〔加拿大〕布西豐正《自殺與文化》第一至六頁，第一一三頁，第一二四頁，文化藝術出版社一九九二年版。

⑮參見楊福泉《神秘的殉情》第二章第二節，第六十六頁。

⑯木麗春《東巴文化揭秘》第一八八頁，雲南人民出版社一九九五年版。

第五輯

古城

○

上帝憑著他的智慧，

在窒息一條生命的同時，

總使另一條生命得以延續。

（匈牙利）米克沙特・卡爾曼：《聖彼得的傘》

四方街：虛虛實實總關情——想念屋脊和屋脊下的家園——斜雨輕風中的麗江古城。小鎮集市；一個把雞抱在懷裏遲遲不肯賣出的納西女人——街道的品味和城市的風韻——四方街的千古文化夢，以及一個退休後開始寫作的納西作家的啟示——樂與藥：「樂猶藥也，能活人，亦能釘人，奏賞之者，不可不慎。」——納西古樂的生命標本：「藝術總監」和毅庵——神秘的波伯：楊曾烈細說外來的納西樂器「波伯」——「音樂狂人」宣科口出「狂言」：中國在哪裡？中國在麗江！——四方街外的四方街和生活在麗江之外的麗江人：納西「文俠」和中孚與普普通通的納西人——「儒者」周善甫心目中的「大道之行」——「現代東巴」戈阿干的大聲疾呼：搶救東巴——與納西族青年學者楊福泉一起在世紀晚霞裏回望家園。

❖ 虛虛實實「四方街」

大千世界總是虛虛實實、有虛有實的，一個好的所在，就跟一件好的藝術品一樣，常常都是一個有虛有實、虛實相間的世界。

四方街正是這樣一個世界。

狹義的四方街只是一塊長方形的空地，並不大，比一個正規的籃球場也大不了多少，卻一如麗江古城的中心廣場，處處透露出麗江這高原古城的萬般威儀。一個偉人，在讓你探知他內心世界的博大精深之前，最先給你的，往往只是一片虛懷若谷般的空闊。四方街正是麗江古城的那種「虛懷」和空闊。

站在四方街中間，可見幾條仄狹的石板路，成輻射狀地從那裏遊進古城深處，幾乎每條路都沿著玉河清澈見底的支汊蜿蜒而去，一路潺潺有聲，然後消失在你目力不及的、密密麻麻的屋宇之中。低頭看腳下的小街，一律用奇特的五花石鋪成，就像如今那些星級飯店的溜滑閃亮的前廳。那石爲麗江特有，據說皆從玉龍雪山深處採來，色呈五彩，斑斕如霞，歷經世人世事朝朝代代的磨洗，如今早都如同銅鏡，光可鑒人了。

事實上，四方街每天都要幾經虛實變換。當太陽剛剛君臨四方街。它的四周甚至中間便已擺滿了攤位，小商小販像從地下冒出來一般，在一片燦爛的陽光中開始了他們一天的生意。那裏，出售各式各樣的土特產、銅器（麗江的銅器遠近聞名）、馬具、農具和各種日常生活用品，甚至還有人們見所未見的、據說出自木土司家族的字畫、古董，以及納西人特有的樂器——口弦。以前，在深山密林裏談戀愛的納西年輕人大多很少說話，卻要用吹奏口弦來表達自己對對方的愛慕、思戀與憂傷。

到了中午，太陽把四方街烤得一派熱烈，它的繁華和喧鬧也在這時達到極點，人群熙攘，往來穿梭，有如一個民族服飾展覽會。康巴人、普米人、白族女人、彝族漢子，各自以他們鮮豔的服裝，在這裏招搖過市，各種口音混雜在一起。生意十分紅火，最有經驗的生意人和初次進城的山裏買主，都會一無例外地在這裏得到滿足。

一到晚上。四方街便再一次變得空闊悄寂了。如水月光瀉得滿天滿地。市聲早已被小心地收藏起來，由賣家或買主各自帶回自家的小屋，去釀製親人間的款款笑語和夢的香甜。那時的四方街，襯托著四周那由昏黃的路燈顯現出來的森然的屋影、如飛的簷角，便如瑤池玉宇，潔淨如洗，恍然人間仙境，讓人想入非非了……

人們通常說的四方街，不僅指那一小方空地，倒是泛指整個麗江古城。在某種意義上，四方街早就成了麗江古城，或說是它的核心大研鎮的代名詞。甚至可以毫不誇張地說，四方街正是麗江古城——大研鎮的心臟。

每次去到麗江，我第一個要去的，當然就是四方街。

穿過四方街，沿著在外地人看來如同胡同、小巷一般狹窄的小街，就進入大研鎮了。麗江古城並不大，只是小街小巷密密麻麻，糾纏繞結，以至我第一次獨自一人在古城裏遊蕩時，竟然迷了路。我在那些看上去幾乎一模一樣的小街小巷裏轉來轉去轉了幾個圈，就是無法從迷宮般的古城裏走出來。應該說，那是一次讓我感到十分愉快的迷路，我絲毫也不為迷路著急。我想，我不會是四方街的第一個迷路者，當然也不會是最後一個。

後來，我經常看到那些來自異國他鄉的老外們，手捧一本英文或是法文版的導遊手冊，在古城的街巷裏邊走邊看，指指點點，尋找著印證書本上所介紹的一切的現實特徵，或者用他們那令人忍俊不禁的中國話，向古城的居民甚至向我問路，那傻乎乎的模樣，那急不可耐的神情，看上去跟一個初到紐約或是巴黎的中國人絕無二致。那時，我會突然間變得和藹、耐心、大度起來，不厭其煩地給他們指路。我悄悄地體會著一種相逢在麗江古城的快樂，享受著一個臨時主人的自豪，彷彿他們能跟我一樣，甚至比我更為欣賞這個古城，我就必須給他們一點小小的報答。

四方街是奇妙的。最富於想像力的人也難以想像，在玉龍雪山之下，在麗江這樣一個遠離大都市和主流文化的偏僻之隅，會出現一個像大研鎮這樣雋永、秀麗而又韻味十足的古城。走在它的小街上，我總覺得那就像一個夢，一個十分遙遠十分古典又十分清晰的夢。

據稱，「大研鎮」又名「大硯鎮」。站在古城後面的獅子山上鳥瞰全城，坐落於遠近山峰間的古鎮，四圍隆起，中間低平，確如一方巨大的石硯，又有玉河水自西而來汩汩注入，便可研墨於硯，揮毫於天，記銘於史，撰寫真與美、情與愛、生與死的不朽詩篇。作為昔日木氏王朝的「皇家林園」，獅子山古柏森森，皆是樹齡六、七百年的明代古柏；林間朝有白嵐，暮起紫煙，氤氳環繞，倒是頗有一番帝王之象。

俯首眺望，玉河環山腳蜿蜒而流，古城民居、大小街巷和作為木氏王朝宮闕的木土司府歷歷在目，便讓人想起故宮，想起同樣與故宮相對的景山。那時，我便體會出了納西人將古城命名為「大硯」的那一片良苦用心。不過，細細想來，顯然這又是一個依據儒漢文化敲定的名字，這名字無疑又是一個夢。至於托起古城的這片土地原來的納西名字「阿營暢」，如今反倒沒有幾個人知道了。

一有閒暇，我就喜歡在四方街空寂的小街小巷裏悠閒地漫步。

我說的是真正意義上的漫步：漫不經心，無所事事，走走停停，毫無目的；既不是要去拜訪某個小城名人，也不是要去探訪古色古香的納西小院；倘定要說有什麼目的，也無非是要感受感受那些頎長深邃的街巷本身。

當然，我也曾在那裏匆匆而行。其時，與被訪人預先約好的時間，為了採訪順利而作的思考，常常讓我無暇品味四方街街巷的奇妙。藝術永遠跟適度的閒暇和某種虛實有致相關。在四方街，唯沒有任何目的的漫步，才是對小鎮最接近藝術欣賞的享受。那時，我純粹是為了在那樣的小街小巷裏走走看看，以滿足我某種隱秘的需要——心靈的和身體的，是為了讓我勞累的雙腳，疲憊的眼睛，現代人過於緊張的心智得到一點休息。那樣的漫步真是輕鬆極了。一路走去，我會忘了塵世，拋卻心裏和肩頭的重負和壓力，恍恍惚惚地去做一個夢中人。

四方街正是我身在其中的那個夢，有著夢的幽靜，夢的神奇和夢的美麗。

與空間的虛實有致相應的，正是四方街在聽覺上造成的動靜有度。這個號稱「東方威尼斯」的小城所擁有的，是那種滋實圓潤、貼近人心的寧靜，與荒郊野外那種死一般的沉寂完全是兩碼事。

那樣的寧靜無處不在。

不管我在小街小巷裏怎樣穿行，最終，我都要來到古城著名的大石橋上。那是一座古老的橋，橋拱的石縫間已長滿了花花草草，那景致實實在在，卻又讓人有虛幻之感。立於橋上，可見在幾株臨岸婆娑拂動的樹蔭下，有妙齡女子在水邊石階上涮洗衣物，玉河水在她手下蕩開道道美麗的漣漪，倒影時而清晰，時而朦朧豐腴潔白的臂膀與她手中或藍或紅的衣物相互映襯，光影便在清冽的水中像玉一樣閃爍；讓人弄不清她洗的到底是衣物，還是那如練的溪水。但無論如何，我就是聽不到聲音，一如夢境。

有時，我會靜靜地在大石橋上一待就是個把時辰，次數多了，竟致招來了路人詫異的目光，他們好像在說，看這個人，他是幹什麼的呢？怎麼一坐就是這麼長時間？實在被他們看得不好意思了，我才起身，再去別處走走。

別處也一樣。走在四方街那些狹窄而又繁華的商業街上，你看見一雙雙腳在五花石路面上悠緩地移動，看見人們在忙忙碌碌地做生意，還能不時看見幾個老外揹著照相機在街上尋找鏡頭，但你還是聽不到城市固有的嘈雜和喧嘩。於是你感到，生活在這裏正有條不紊地進行，那樣的寧靜是一種鮮活的，讓人感到生意盎然的、充滿了生機的寧靜。

這就是四方街。這就是爲什麼許多人在去了一次後，還想去第二次、第三次的原因所在。

如今走在四方街的小街上。常常會看到幾個老外坐在某個簡陋而又舒適的小茶館裏悠閒地喝茶聊天。原先我以爲他們是隨某個旅遊團來作短期觀光的遊客，看到了那個小茶館，就進去坐坐，享受一下東方式的浪漫情調。後來才知道，事情並非那樣，不少人是在自己的國家工作大半年後，掙下一筆足夠他在中國花銷半年的錢，就到麗江來，找到某個位於四方街深處的家庭式旅館住下，開始他們夢寐以求的「麗江度假」。

我在麗江碰到的第一個外國人，是個從美國俄亥俄州來的年輕人，他就住在離大研鎮納西古樂會不遠的一個納西人家裏。他會說幾句不太地道的中國話。他說他已是第二次來麗江了。當我問他爲什麼喜歡麗江時，他說。你不知道嗎，這裏是東方的威尼斯！

其實，說四方街是「東方的威尼斯」並不準確。我對「東方的什麼什麼」一向不以爲然：麗江就是麗江，四方街就是四方街，何須套用西方的什麼標準？我頭一次走在古城裏就發覺，麗江古城並不是什麼「威尼斯」：如果威尼斯是浮在水上的島，麗江古城則是嵌在山裏的玉；威尼斯的水是從「外面」灌進來的，被分隔的是街區，四方街的水卻是它自身「漾」出來的——最美的玉總是「水波」蕩漾的，它反倒被街巷分隔；聯接威尼斯街區的是船，溝通四方街「水網」的卻是大大小小的橋，正是它們組成了四方街獨特的風景。當我後來在離縣城不遠的象山腳下找到玉河的源頭時，發現它果然就是從地底冒出來的：那是幾眼毫無聲息的泉眼，亮晶晶的水泡像價值連城的珠玉，一年到頭都在那裏浮沉翻滾。

也有人把四方街比作江南小鎮。事實上，即便典型的江南小鎮，也沒有四方街那樣的景觀：水隨街走，街依水築，整個小鎮就是一個真正的水網。在這裏，很難看到江南小鎮那過分擁擠而又人工味兒十足的小巧精緻，四方街給人的感覺要灑脫隨意得多。它是自然天成的，無須刻意地營造。清亮亮的水，或在門前，或在屋後，或繞牆而行，或穿堂而過，幾乎每家每戶都有潺潺水聲，都能感覺到水的清涼、水的滋潤，和水的流動。你覺得它是天生如此，如果不是那樣，就反倒讓人覺著奇怪了。

作為遠古時期遊牧民族的後裔，納西人早已習慣了烈日、長風和大漠，那讓他們的民族性格具有了剛毅、勇猛、不懼艱險的特質，玉河豐沛的水源又給這個民族增添了水一般繾綣、纏綿的柔情。或許正是納西人身上所具有的這種剛柔兼濟、陰陽並存的秉賦，使他們在長期的歷史過程中，始終能在漢、藏、彝、白等幾個強大民族的夾擊和包圍下，獨立自主地生存於世。難怪麗江的納西人對黑龍潭，對從黑龍潭流出的玉河，對在他們家門口流淌的股股清流，總是懷有一種特殊的、難以言說的情感。即便是久居外地的麗江納西人，一提起家鄉，一提起麗江古城，眼睛就濕潤了，彷彿那些小小的溪流，一直都在他們的心中流淌，一到那時，便從他們的眼睛的泉眼中汩汩地湧了出來。

甚至，我明知整個玉河來自象山腳下的黑龍潭，卻更願意依照想像，把它真正的源頭與玉龍雪山聯在一起。據說在整個玉龍雪山下面，就有一個龐大的、肉眼看不見的地下水系。如此，夏日雪山上終年的積雪融化後，就不會「滲透」到縣城附近麼？要不，黑龍潭附近的泉眼，又靠什麼來補給呢？聯繫到納西人對玉龍雪山世世代代的敬仰和崇拜，那麼，納西人對四方街水道的鍾愛就不是沒有道理的了。與其說那是為了生活方便，倒不如說那是他們要把自己與神明般的玉龍雪山緊緊連在一起的努力：出門就看到水，想到水，因而就想到雪，想到雪山，想到他們心中的神明，想到他們的祖先何以會選擇這樣一塊土地留給自己的子子孫孫，想起祖先對民族繁衍、昌盛所抱的希望和夢想……

四方街總是給人以虛幻之感、遙遠之思，就像一個夢。午後，四方街似乎在打著瞌睡。從四方街穿過，就像是從一個夢中走過。

最好是天氣晴好，有一顆辣辣的太陽懸在頭頂，陽光金晃晃的，從街兩邊幾欲合攏的屋簷的縫隙間穿過來，層層疊疊地灑在窄窄的石板路上，就像天神在用霜黃透明的宣紙，裱襯著一件上古流傳下來的史籍字畫。騎樓，花窗，門廊，隔扇，磚雕，短牆，不時地，會有一片蔥蘢的綠樹或是幾枝嫣紅的花朵從牆裏斜伸出來，灑你一頭綠蔭和花香；明晃晃的街面與屋簷下那被拉成了菱形的陰翳相映襯，黑黑白白，各自更爲分明，像極了三、四十年代的版畫。屋脊瓦楞上，那些不知長了多少年的草棵，大多蔫蔫的，打不起精神。斑駁脫落的土牆，被風吹雨淋得森黑的木樓，都沉浸在一片迷蒙而又溫暖的睡意之中。

屋簷下的臺階上常常堆滿了柴垛，不知是要顯示他們的富足呢，還是爲了充分利用那點空隙？柴垛堆放得整整齊齊、滿滿蕩蕩，只在大門口留下一個窄窄的通道。空氣中飄著它們從深山密林裏帶來的芬芳，夾雜著艾蒿淡淡的苦澀。那一切都讓人想到，納西人從古至今都與他們身處其間的那片大自然密不可分。

偶爾，柴垛旁會有披著七星羊皮衣的老大媽相圍而坐，悠閒地烤著太陽，打著瞌睡。陽光在她們的額頭上層層鋪展，似乎連她們臉上的皺紋裏，都積滿了歷史金黃的飛屑，一眨眼便會舞動飛散。她們看上去睡得很熟很深。然而有時，當我從她們身邊路過，哪怕我盡可能放輕了腳步，她們還是會倏然驚醒。睜開眼睛，她們便用納西話低聲說起話來，讓人想到她們可能壓根兒就沒有睡著，即便睡著過，醒來也不過是從一個夢進入另一個夢而已，睡夢中的事和眼前的事雖然隔了幾十上百年，依然沒有斷了聯繫，完全可以接著先前夢中的話題，繼續她們那永遠也談不完的話。

她們到底在說些什麼呢？我自然是聽不懂的，卻似乎又多少聽出了一點什麼。作為一種既清晰又遙遠的背景，她們身後的那些木質的門窗，門窗上細細的雕花，那些繁複、勻稱而又美妙的圖案，似乎都在敘說著某些發生在閨閣內外的，有關人的生生死死的故事。自從多少年前她們走進了那個故事，就再也沒走出來過。

沿著小街的短牆獨自而行，偶爾會碰到一扇虛掩著的大門，我會「吱呀」一聲，貿然地推開木門闖了進去。在意識深處，我想闖進去的當然不只是木門後的那座院子，而是被木門和短牆關著的某個夢境。那時，踩著濃濃的綠蔭或是幾片枯黃的落葉，我會有一種馬上就要出亂子、就要陷進去的感覺。

通常，一直到我出現在正屋前面的臺階前時，主人才會迎了出來。我當然並不認識，他卻毫不驚訝，他會很客氣地說，哦，請進來坐。如果我說，你的院子很漂亮，我想進來看看，主人便會謙遜地說，不行了，比以前差遠了——那種對於「現實」的輕鬆的否定，對我便是更大的誘惑。既然那些花草、那種潔淨、那份恬適都「不行了」，以前又是什麼樣子呢？

主人搬出小凳，請我就在院子裏坐坐，甚至奉上一杯雪茶讓我品嘗。於是我有一搭無一搭地跟主人閒聊著，眼睛卻忍不住要東張西望，總想透過那種院子大體相同的三坊一照壁的佈局，一直看到院子的過去。那屋子無論是新是舊，都顯出一種在城市裏久違了的清冷的高潔和古雅：那堂屋前磨得發亮的、閃著冷冷青光的石階，那被時光鍍成了熏黃色的木屋。那就是四方街，也是整個麗江給人的感覺。有一次，當我讀到日本作家齋藤綠雨的一句話時，我簡直以爲他是在說四方街，他說：「風雅乃清冷之物。」

後來，當我不時在遠離四方街的地方想起麗江古城時，我眼前出現的不只是高低錯落的院落屋群，也不僅僅是那些小街，小街邊的木樓，更多的，倒是那些當街而坐的老人額頭上深深淺淺的皺紋，她們身後那些雕花的格窗、門廊上的圖案，銅銹斑斑的門環，早已磨得凹陷下去的石門檻——它們給了我一種細部的真實和美，就像優秀文學作品裏的精彩細節一樣。

與那些「細節」相對，我常常會有與過往的時光迎面相撞的驚喜，那驚喜既是對現代人處境的某種虛化，又是對現代人的困厄的某種強調。在一切都可以複製的現代，同樣的房子和街景，在專爲拍攝影視作品搭建的外景地，早就可以做到以假亂真的地步；不能仿製的，只有那些細部的真實，以及那種真實所包含的意韻，所帶來的微妙而又深邃的情感。

當然，我還會想起那些我聽不懂的、溫馨的低語和呢喃，它們依然縈響在我的耳邊；有時我想，或許它們一直就漂浮在那些窄窄的小巷裏吧，連同四方街那古老的歷史的塵埃，和穿越整個四方街的玉河那潺潺的水聲，以及納西土司木天王那威赫一時的權勢……

聽說，爲把以四方街爲中心的麗江古城命名爲世界文化遺產，麗江已向聯合國提出了申報，聯合國將派員來四方街實地考察。當高鼻藍眼的聯合國官員來到四方街，走在古城的小街上時，會是什麼感覺呢？會聽見納西老太太們的呢喃嗎？會覺得走在夢中嗎？會像日本作家三島由紀夫感嘆的那樣，說「我在人生裏遇到的第一個難題就是美」嗎？

義大利人給美下的定義說，美即是「少中見多」。四方街是個實實在在的夢，一個關於生命的夢，一個關於人性的夢，一個關於人，關於納西人和大自然的夢……夢，總是既虛幻又真實的：虛虛實實的過去，虛虛實實的現在，以及虛虛實實的未來。

❖ 想念屋脊

事情是從那天走過一條老街時開始的。

那條曾經繁華一時的小街正在拆遷，無數百年老屋或已被推倒，或牆已盡悉拆去，只剩下空蕩蕩的屋架。純粹是出於偶然，我朝那瘦骨嶙峋的屋架多看了幾眼。儘管一幢幢原先看上去像模像樣的屋子；內裏是如此不雅，到處是丟棄的雜物、紙屑，到處是灰塵、蛛網，彷彿是劫後遺址，一片狼藉；又像一個被強行剝去了衣衫的赤身裸體的老人，露出歷經滄桑的生命那一點最後的尷尬；儘管作爲屋脊的那根木樑，有的已被長年的煙燻火燎弄得黝黑斑駁，有的則被花里胡哨的畫報和舊紙糊得面目全非，然而作爲屋脊，作爲一幢房屋的最高也是最爲粗壯的支撐，依然有著它作爲森林中一棵大樹的丰姿，多少年過去，卻挺直如故，讓人不免有些肅然起敬。

——這才想到，我已很久沒見過屋脊了。

屋脊，所謂大樑是也，乃舊時屋上之長材，所有的椽子、瓦，都靠了它才能固定；很難設想，沒有屋脊，會有一幢像樣的房屋。舊時房屋，屋頂有兩個斜屋面相交而隆起的一條線，側看如山，所以又叫屋山。而屋山上那根最粗的樑，就是屋脊。舊時蓋房子是格外講究屋脊的，屋脊不獨是一幢房屋的支柱，也讓人想到家園，想到安居樂業，想到主人的希望和寄託；事先要精心挑選最好的木料，上樑那天須是黃道吉日，要敲鑼打鼓放鞭炮，要從屋脊上往下撒包子饅頭；做屋脊的那根木料上還要貼上大紅喜字，甚至畫上一些驅邪的符咒，或是選一隻肥壯的公雞站在屋脊上。

回想起來，我們對家的概念，一直和屋脊有關。面對故宮重重大殿，那一道道橫陳於藍天之下、兩頭翹然如翼的屋脊，觀者便也有振翅欲飛的感覺，讓人感到格外開闊。也不只是皇家建築，普通人家的屋子也一樣。在滇西北離著名的玉龍雪山不遠的麗江，登上縣城旁的獅子山，下面就是大研鎮。從獅子山上看去，能見到的全是小鎮橫七豎八的屋脊。屋脊是平常的，可當那麼多屋脊彙集在一起，在你眼前波浪般起伏時，它湧來的就不僅是壯觀，也是深邃的歷史和人生。

人類的文明，幾乎都是在一道道屋脊下生長出來的；而家的歡樂、生的喜悅，也都在一道道屋脊下誕生。屋脊，屋脊下飄灑的雨簾，屋脊上透出的炊煙和燈光，滋潤了多少詩人的生花妙筆，又催動了多少征人的駿馬狂奔？屋脊，總讓人有一種無名的親切感和歸宿感。走遍天涯海角，我們最終還是想回到一道熟悉的屋脊下，因爲那裏有我們的家和「根」。當我們驕傲地把青藏高原稱作「世界屋脊」時，其間溢於言表的，正是一種對於「高度」的敬仰，一種對於「家」的依戀。

據說，人類除了要有一個遮風擋雨的居所，還要有一處「精神家園」。假如把供奉靈魂的精神家園比作一幢幢「房屋」，我想它該是一座穹宇高聳、金碧輝煌的殿堂，自然得有一根甚至數根歷經風雨而依然挺直的屋脊，能經得住思潮的風浪，價值觀的起落，道德升降的撼動。那樣的屋脊自然不是錢能買得來的，挑選一根建造「精神家園」的屋脊，決不像買一根粗大的樹木那麼容易，須得自己以血性去鍛造。

眼下，那樣的「精神家園」依然是有的，儘管或許有人已將那樣金碧輝煌的「精神家園」變賣了，有的已賣光當盡，有的還剩有一個小窩棚。如果那根精神的「屋脊」是根朽木，無力承受世紀末的風風雨雨，就會導致「精神家園」的坍塌。那樣，哪怕我們的肉體都住著星級賓館一樣的私宅，精神卻無家可歸。到處流浪，仍是一件很糟糕的事。

從那天起，我便開始留心起現代的鋼筋混凝土建築來，不知從什麼時候開始，許多屋子都見不到屋脊了。三五層的平民住房，幾十上百米的高樓大廈，多是平頂，再也沒有那種兩面坡夾一道屋脊的老式房子了。就在那條正在拆遷的街上，據說日後要蓋的，也都是摩天或半摩天的大樓。

沒有屋脊的現代建築，固然也有它的魅力，但住在那種房子裏，難免讓人產生不像是個家的感覺。舊時房子，隔著屋脊，上面就是天空；現在呢，你的樓上是另一家人。再想下去就更糟，你的腦袋很可能正好在人家的痰盂、尿盆之類的東西下面。想到此，便覺你在家做的事無論多麼美妙，都有些煞風景。

按說，若把屋脊比作人的脊梁，那麼，人類的祖先，那還沒能直立起來的猿人的脊梁，就像那些老式屋子的屋脊，是與地面平行的；現在的高樓大夏、摩天大樓，則是站立起來了的「現代人」。脊梁不是沒有了，而是豎立起來了。一些新建築還有一個直指雲霄的尖頂——那多少就像是一個人，挺直了脊梁，把頭高仰在天外。如此說來，隨著人的脊椎的直立，屋脊也從一條地面的平行線變成一條垂線了。但現代人的脊柱，是不是也由「平臥」而「直立」了呢?那就難說。

但不管是穹宇如天還是低矮覆地，既然是一幢房屋，就必須有一道屋脊的。於是便更爲強烈地想念起屋脊來，簡直有些無可救藥……

❖ 斜雨輕風潤古城

麗江古城，小雨飄飛。是那種絲絲縷縷、飄飄灑灑、欲斷不斷的小雨。是那種「隨風潛入夜，潤物細無聲」的杜甫的小雨。

傘，是不消帶的——難得能一無遮掩地與高天使者作肌膚相親的交談，便信步走去，一任飄飛的雨絲拂在臉上，鑽進脖頸，讓它觸摸我，浸潤我，化解我……

有細雨作伴走古城，是大幸運。

雨的奇妙我早就瞭然。任是平時多麼枯乾無趣的風景，遇雨便滋潤、舒展開來，一似沉睡的精靈驟然甦醒，頓時便有了靈性，有了韻味;雨絲、雨霧如紗簾初降，將風景中的瑕疵盡皆隱去，透出在豔陽高照時難以想像的迷濛與浪漫。更兼那淅瀝的雨聲，彷彿平時守口如瓶、難得與你說話的朋友終於開口，要將他的全部秘密，悄悄向你訴說。何況這原本就叫「大硯」的古城，連日晴天，「硯」中的殘墨，料想早已枯結成塊了吧，有了雨水，便化作洇洇濃濃的一片，將雨中的古城，寫成了一幅煙雨蒼茫的水墨畫。調子是淺灰色的，稀薄、透明的淺灰。早就聞知淺灰色的漂亮與寧靜，原先將信將疑，此刻卻信了。這樣一路走去，任誰都會像我一樣，走成一個「畫」中人吧。

走著走著，輕風依舊，斜雨依舊，夏日的陽光卻從雨雲的縫中悄悄探出頭來，潑灑得我一頭一身。抬頭，見陽光如縷，穿透絲巾般的雨霧，就像枝枝蘸滿了彩墨的畫筆，紅一塊紫一片的，在那些爺爺奶奶般的老屋上恣肆地揮灑、塗抹，頓時屋脊更亮，簷角卻更暗，雕花窗櫺如同濃眉下傳情的眸子忽閃忽閃，斑駁的老牆則將濕漉漉的背脊裸出，展示它無盡的滄桑。古城變得斑斕絢麗卻更爲低迴淒迷，它全部的古典和雋永、蒼老與深邃，便在那一刻淋漓地顯現出來，讓人慨嘆，讓人深思，讓人不由得想揮毫賦詩，一首平平仄仄的抒情詩，卻怎麼也找不到一個詞兒，能傳達那份蒼勁與古遠……窄窄的街巷裏幾無行人。雨聲滴滴答答，細密勻淨，像一首輕柔萬般的無伴奏女聲小組唱，嘈嘈切切，忽遠忽近，如絲如弦，惹人遐思。捨此，便只能聽見自己悄然的腳步了。

雨稍稍大一些時，綿密的雨腳，便在早已沖洗得乾乾淨淨的青石板路上，打出斑斑點點的水窪，個個晶亮剔透。小街兩邊，那深深擠進窄如一線的天空中的簷口也開始滴水了，一排排一串串的，在每家每戶的門口，都掛上了一襲亮晶晶的珠簾。風過處，雨簾飄動，人家的屋簷下，那不知何時貼上去的褪了色的大紅對聯，那乾成金黃色的柴垛，被細雨柔柔地一潤，驟然間便更濃更深，紅的更紅，金的更金了。長長的小街，猶如一面長長的鏡子，天光映照，四方街的萬物便都倒影其間，幽深閃爍，變幻無窮，空間倏忽便擴大了一倍。細細體味，似乎也並非幻覺，說不定那才是四方街的本真吧。

而眼前一直沒人。再往前走，在一扇半開的木門旁，掛著一個胖乎乎的小腦袋，稚氣的臉上有明朗的笑。是笑我嗎？我也對她笑了笑。於是她把門開得更大些，露出了她的一身紅衫。在雨中，那樣的紅就像有時在我們心中燃燒的信念的火苗。甚或她就是那幅淺灰色水彩畫的點睛之筆，是按在宣紙上的一枚紅印章，鮮亮，飽滿，濕漉漉的還沒乾呢。

關門口到了，沿街集市上賣菜的小商販們，都遠遠地貼在人家的屋簷下避雨去了，卻早用半透明的塑膠布蓋住了自己的貨品，五顏六色的塑膠布，在雨點的敲打下，便也發出同樣五顏六色的聲音，暗啞卻動人；綠白相間的白菜，紅紅潤潤的蘿蔔，淡黃淡黃的茭瓜，都讓人想到世俗日子淡而清甜的滋味。幾個中年婦女正抓緊時間交頭接耳，講著女人間才能講的故事。一個年輕的納西女子，背上揹著娃娃的，正借著一點時有時無的天光，用心地納著鞋底。那是爲誰做的呢？針腳密密的，每扎一針，都要將針在她烏亮的髮際間輕抹一下。

頭一回去四方街時，曾在那裏見過一個年輕的納西女子，一身農家打扮，卻收拾得乾淨清爽，當街站著，雙手將一隻體態豐滿、羽毛光亮的母雞摟在胸前，看樣子是要賣的。她那雙微微棕黃的、夢幻般的眼睛，彷彿還沒從某個美麗的夢中醒來。不時地，她朝那隻雞呶呶嘴，嘀咕著什麼，像是在跟雞說話。偶爾她會抬起頭來，朝她面前來來往往的人群瞥上一眼，目光依然是散漫的，恍若夢中，然後她會再次收回目光，看著她懷裏的雞，甚至騰出一隻手來，愛憐地爲牠梳理著羽毛。

世上，那樣賣雞的也真是少見。好像那並不是一隻雞，倒是她的寶貝娃娃，要不，誰會那樣親暱地把雞抱在懷裏呢？我站得稍近些，靜靜地看著她。好幾個買主走上前去，像是要買她的雞，她看看那些買主，只是搖頭。奇怪，我想，莫非他們出價都不夠高嗎？

過了許久，又一個買主走到她跟前，她又是一番上上下下的打量，竟很快成交了。我為她鬆了一口氣，走過去問她，先前為什麼都不賣呢？是出價不公嗎？她搖搖頭。那是為什麼？她笑笑，不答，等我再問時才說，那些人我都看不順眼。

我吃了一驚：這算什麼理由？嫁姑娘嗎？這樣做生意，倘是幾十幾百隻雞，那該怎麼辦？也要一個個地看買主是不是順眼？見我奇怪，她說，雞是我親手養大的，原不為賣錢，沒辦法了才賣的……

這麼說，她是要為她的那隻雞尋個好人家吧，儘管那不過是一隻雞，可那也是一條命，難怪她對牠有那麼一種難分難捨的感情。納西人歷史上曾有過盛極一時的「殉情」風習，為了自由與愛情，他們甚至寧可去死，可他們對生活的眷戀，對生命的珍惜，卻絕不比哪個民族少呵！於是我明白了，為何雨中那座幾無人跡的城池，會讓人對它有一種失魂落魄般的迷戀。

麗江古城正在申請成為「世界文化遺產」。據我所知，世界上許多所謂「文化遺產」，不是人去樓空的「古堡」，就是昔日王公貴族的別墅，唯有麗江，既不是「古董」、「遺跡」，也不是什麼「活化石」；作為一群現代納西人共同生活的「現在時」聚居地，作為一個依然飽含著生命力的社區和文化載體，古城不只是一片古代建築，而是一個被納西文化浸潤透了的所在，就像眼前它被這場飄飄灑灑的小雨浸潤透了一樣。如此，它才「橫看成嶺側成峰」，幾乎每幢老屋都是景點，每條小巷都是歷史的通道，處處讓人留連吧。

要說是「遺產」，它也是從歷史深處走來，且沿著歷史之路繼續走去的、鮮活的「遺產」。保護它，便超出了保存歷史遺跡的意義，而是對一種獨特的生存方式，對文化的差異和個性的承認和尊重了。

雨還在下著，飄飄灑灑，似有若無，依然是淺灰色的，而天空，卻更加明亮了，玉龍雪山在遠處閃光。

❖ 街道的品味

讀董橋，一句話跳到眼前：「亂世文化恰如街燈柱子，雖說照亮了幾個夜行人的歸途，到底禁不住貴婦牽著的狗在柱子上撒尿。」①也許香港著名的維多利亞大道的街燈很漂亮，可街燈柱子算什麼呢？街道本身的遭遇恐怕還要更嚴重些吧？有意無意間，董橋先生的話，竟有些避重就輕了。

一個人，最傳神的是他的眼眉，街道正是城市的眼眉，那些作爲城市象徵的街道尤其如此，建築倒在其次。清幽僻靜的林蔭小道像少女的柳葉眉，似風裁出，可愛亦可親；霓虹閃爍的商業街是商女重描的治眉，恰如臥於紅花綠葉間的毒毛蟲，嬌豔卻蜇人；昔日衙門林立、守衛森嚴的大街，則是權貴的劍眉，僵硬如同權杖，遠遠覷一眼尚可，太久的留連便會招來盤查；而像北京琉璃廠那樣散發著書墨淡香的小街小巷，便是讀書人靈秀的眉宇了，漸行漸深，幾可直通歷史與文化的大觀園。

一個城市究以哪條街著稱，全靠自己的選擇和造化。許多城市，我們終其一生也無以抵達，卻早已聽說過它的某條著名的街道。如是，紐約的華爾街，巴黎的香榭麗舍大道，倫敦唐寧街，東京銀座，北京王府井，上海南京路，才分別成了那座城市的象徵。想起來這近乎有些無奈，彷彿就是一種宿命。

回頭想想，對我住了二十多年的這座歷史文化名城，究竟該以哪條街爲它的驕傲，我卻一直說不清。就說我家門口的那條小街吧，來回走了十來年，對它似乎早就瞭然於心，直到某天黃昏，才頓悟似地聽到了它的呼吸，感受到了它的悲喜——人的遲鈍和愚笨也真可想而知了。

這是一條依湖而築的小街，一個美麗的回環。我常走的這一小段，南臨一個公園，一片幽綠的圓湖，北有一座聳立在一座無名小山上的綠樹掩映的大學；小街如一條公切線，從兩圓之間穿過，頎長瘦弱；不知怎的，小街偶爾也讓我想起來戴望舒筆下的《雨巷》，儘管它遠沒有那樣美麗的意境。

直到幾年前，時間對它的改變仍是微乎其微，依然是窄窄的街面，錯車須相當小心；街邊依然是敝舊的、不知建於哪朝哪代的木質兩層樓房和木門常常半掩的院子，冒然看去就像老人灰黃缺損的牙床；夜來，黝黑的寂靜濃稠如泥，除了偶爾馳過的汽車便一無響動；早晨，依然有拖著鞋去倒尿盆上茅房的女人穿街而過，蓬鬆的髮辮在清晨的空氣中灑下陣陣隔夜的脂粉氣息和床鋪味道，慵懶，陳舊，常讓我以爲誤入了時間隧道，走到了存放歷史的地方。

人在城裏住久了，最大的壞處是一切都功利實用起來，失卻感官，只求達到目的，不問過程。比如街道，作爲供我們行走的路，作爲我們到達某個商店、某個劇場、某座友宅的通道，我們只是走走而已，至於街道本身，反倒最易被我們忽略。如此，在一條街上走馬觀花地溜躂一趟，跟真正走進一條街的深處，實在就是兩回事了。象徵著權力的街道，內裏未必都像其外表那麼聖潔、莊嚴，霓虹閃爍的商業街，也未必真那麼繁華、興旺。而我竟在某個黃昏，穿過了小街清冷衰敗的表象，冒然地進入了它的深深的歷史。

細細一想，對這座城市，這條環湖小街，簡直就是一個墨跡未乾的文化圈點。據說早先這一帶是一片水域，跟八百里滇池是相通的；如今聳峙在小街邊上那小山上的大學，舊時卻是一座府學堂。乘船而來的趕考學子就在這裏棄舟登岸，一步步踏上府學堂高高的石階——那是許多人命運的起點或終點。天地滄桑，湖水遠退，日後這裏就有了一條名曰「青雲」的小街。

稍遠一點，那切線似的小街一端被折彎了，在它的延長線上，一頭在一條叫先生坡的小巷裏，躺著聞一多先生或工整或唯美的詩歌，和他那些在暗夜裏錚錚作響的演講，另一頭的大興坡腳，則用一塊石碑把李公朴先生的故事變成了立體的表述。小街若有靈性，半個世紀過去，前輩人灑下的精血，也早該孕出了血色的人性之花吧？

有時，當我在小街上踽踽而行，聽著從大學傳出的銅質鐘聲，腳下一股潮熱便會猛然湧向內心，以爲會迎面碰上或在無意間推開一扇斑駁衰朽的院門時，突然撞見某個心儀已久的人物：沈從文在這裏走過，楊振寧在這裏走過，錢鍾書在這裏走過，汪曾棋也在這裏走過……那時他們作爲西南聯大的師生，曾在這裏度過了許多時光。在民族危亡的四十年代，這個偏遠小城卻迎來了它輝煌的一瞬，歷史的荒誕，叫人真不知該哭該笑，或又哭又笑。輪到我們從這街上走過時，似乎還能踩到他們或匆匆或悠然的腳印，踩到歷史的文化遺墨。

近年，小街兩邊正大興土木，一律方方正正的鋼筋混凝土大樓。那座大學乳黃色的圍牆邊，幾家小飯館的生意夜夜紅火，食客的小轎車停滿了街心，猜拳行令聲不絕於耳。有時家裏來個客人，請他們去那些小飯館吃頓便飯，倒也方便。然我無法在飯桌旁向朋友講述這條街的歷史。料想若干年後，小街將不復辨認。楊振寧先生已很久沒來過，或許他太忙，但傳媒倒常常有他在國內露面的報導。汪曾祺先生前兩年到西南聯大舊址尋過當年的教室，一溜土坯房仍在，卻已殘破得如一個舊夢；老人籲請修繕保護，人家不定當他是個瘋子吧。

文化是一種蘊積。城市的品味通常是由這城市的某條或某幾條有歷史文化感的街道確立起來的，而選擇和確立一種品味需要眼力。那天傍晚，一個女大學生在小街上那所大學門口照相，大概是想拍下校門口那塊威嚴的白底紅字的牌子吧，不知她是不是能避開乳黃色圍牆上江湖遊醫們那密密麻麻的、宣稱「專治性病，一次斷根」的廣告？

——那正是那條小街柱子上的街燈，以及中國大大小小的城市裏的街燈，該亮未亮的時候……

❖ 四方街的千古文化夢

無論晨昏，也無論陰晴，幾乎不管是什麼時候，當我在麗江古城那些深深的街巷裏漫步，總覺著有一股無名的氤氳瀰漫其間，迎面撲來。一次又一次，我在古城裏沉得越深，那股無名的氤氳便越濃。那不是霧靄，也不是煙嵐，看不見，也摸不著，卻輕撫著我的肌膚，飄進我的靈魂，讓人時時處處都能感覺到它的存在。

那到底是什麼呢？

一九九五年春，當我把我的長篇小說書稿《情死》送到北京後，作家出版社的朱珩青先生有一天突然打電話問我，麗江那麼偏僻的地方，真有你書中寫的那麼深厚的文化嗎？她說，我的一些同事對此表示懷疑，他們說，這絕對不可能！我告訴她，我敢保證，我一點兒也沒誇張。我說，對此我無法用三言兩語說清楚，等妳有機會到麗江看一看後，妳會明白的。

——那時我才恍然大悟，原來瀰漫在麗江古城上空的那股氤氳之氣，正是古城麗江的那股濃烈的儒文化氣息。

在那之前，走在四方街上我有時會感到奇怪，一個如此美麗的地方，怎麼會生長出像東巴文化那樣奇特的文化，又怎麼會孕育出像「情死」那樣慘烈悲壯的習俗？麗江古城的脈脈含情，它的溫文爾雅，它的寧靜落寞，甚至它的自給自足、與世無爭，都明確無誤地告訴人們，這是一個與「死亡」無關的地方。

我在對它的最初幾次探訪中，得到的正是這樣一種印象。而在麗江縣城的四周，在那些遠離納西政治文化中心的山寨裏，人們卻在生與死的邊緣苦苦掙扎，以便在生與死之間尋求一個平衡點；事實上，那些久住四方街的文化人，以及大研鎮裏的那些普通居民，他們幾乎都不願意跟我討論有關「情死」的任何話題。

當我向一位納西族的飽學之士討教時，他說他對「情死」幾乎一無所知。我覺得奇怪：雖說這位先生很早就離開麗江外出求學，但他畢竟也在麗江古城長大，那段時間，正是麗江一帶「情死」盛行的年代呵！他說他當然聽說過「情死」二字，但在他心中，那只是一個空洞的概念，他既無法列舉四方街裏有過的「情死」個例，也沒聽說過家族和親朋好友中有過人去「情死」。

然而，四方街作為納西人昔日的「首都」，難道真的與「情死」無關嗎？

後來我才明白，事情並非如此。一個已被儒漢文化薰陶得淋漓盡致的小鎮，是羞於向外人透露真情的。在這裏，也跟世界上的其他地方一樣，自殺這種以外力造成的非正常死亡，一向都被視為對自己的「謀殺」，雖說他們從來都沒有用過「謀殺」這個可怕的字眼，但並不等於他們對「情死」持有某種寬容與同情。

他們認為「情死」是愚昧的、不道德的，至少是不光彩的，是對家族榮譽的一種不可饒恕的玷污。然而，對「情死」的這種看法，並不能阻止「情死」在這個溫情的小鎮裏照樣發生，雖說在古城裏，「情死」的發生比那些遠離縣城的山區要少得多；可一旦發生，其慘烈程度甚至比山區也有過之而無不及。

當我越來越深入地走進四方街，走進這個小鎮的生活時，我不僅發現了「情死」，聽到了一個又一個「情死」故事，而且還明白了「情死」產生的真實緣由。

真實的四方街，骨子裏的四方街，並不像它的外表那樣，只有一片脈脈溫情，它的內裏充滿了歷史遺留給它的矛盾。正是在儒文化和納西本土文化的嚴重對立與衝突下，納西人才開始了他們可歌可泣的尋求。在麗江古城，外來的儒文化很快就占了上風，而在遠離縣城的山區，在王權不達的窮鄉僻壤，占主導地位的依然是納西民族固有的信念。城鎮和鄉村同樣都在尋求，尋求的結果卻大不一樣。有人找到了對儒文化的迷醉，有人找到的，卻是美麗、虛幻卻自由自在的「玉龍第三國」。

「情死」在縣城和離縣城較遠之處的不同表現，早就引起了納西學研究者的注意。美籍學者趙省華在其《殉情、儀式和兩性角色轉變》一文中指出：

「有些研究者認為納西族的自殺是由下列原因引發的，如漢人的政策，納西祭司的慫恿鼓動，或者是基於婦女想要擺脫受沉重的勞務重壓的生活。我則認為納西人的自殺是本土文化的『劇本』和漢文化的『劇本』的衝突而引起的。這一衝突在當一個年輕人即將步入成年身分和性活動的門檻時就產生了。」「漢族介入以前，麗江納西族與摩梭人一樣，少年在長到十三歲時便被認為已步入成年，他們從此獲得了世系群成員的完整身分，被鼓勵自己選擇性愛伴侶。摩梭人大多數的性關係都建立在個人自己選擇和浪漫的愛情上。」②

由於漢族官員進行變革，納西族傳統的範疇被重新改組，只有在父母控制婚姻的制度中，成年身分才能達到，性活動才被認爲是合法的。他們在嚴酷的事實面前，從此陷入了一種悲劇性的地位。

趙省華寫道：「我以爲牧羊人可能更傾向於秘密私通和殉情，因爲他們無力支付婚姻聘金，很少有希望得到妻子。牧羊人是那些生活拮据而不穩定的農夫的子弟，而且，納西傳統價值觀可能在牧羊人中比城市居民要強得多。城裏人在漢式學校裏讀書，受儒家價值觀的影響。住在麗江城區的納西青年男子能講漢語，他們可能更多地從事長途貿易。如果這樣，那麼，住在城區的納西男子可能比農村青年男子更富裕，因此誘發自殺的因素也相對地少。」③

洛克也曾經指出：「自殺更多地發生在牧羊的年輕男子或農村青年中。」④

楊福泉則說：「麗江縣城受漢文化影響最深，但從清末至一九四九年的情況看，殉情的人並不多，這其中的原因是縣城中的居民大多是明末至清代從漢地遷來的移民。他們的文化傳統原是漢式的，從小對漢文化耳濡目染，薰陶出綱常倫理的禮教觀念。雖然在生活習俗方面亦多受到納西族的影響，但縣城在『改土歸流』後，一直是漢文化教育的中心，納西族傳統習俗未滲透到城裏人的心理深層，因此不存在如其他納西族地區一樣的傳統文化與清代輸入的漢文化的衝突，因而也就未導致普遍的殉情事件。」⑤

這從另一個角度證明，漢文化在四方街比鄉村要強大得多。包括婚戀方式在內的儒文化在麗江縣城裏的盛行，與其說讓他們懂得了生命的價值，不如說是讓接受了儒文化的納西人再也沒有勇氣去與強大的儒文化系統進行認真的較量。他們沉醉在營造一個可與內地媲美的納西式儒文化景觀的夢想之中。這就是四方街始終籠罩在一片與內地文化景觀大同小異的氛圍之中的重要原因。事實上，走在四方街上，你不僅能發現一片有形有色的夢一般的風景，還能「看」到另外一個夢，一個同樣屬於納西人才有的夢，那便是納西人的千古「文化之夢」。

四方街之所以受到人們的青睞，或許正是由於它的那份寂靜和安詳，由於它至今還保留著在中原內地已經絕跡或很少看到的古雅建築和恬適情調。和遠離縣城的納西村寨相比，儘管四方街總體的建築格局和建築風格多少還保留有一些納西族本身的特徵，但作爲一種建築思想，它的追求明顯地受到了明清時期漢文化和內地建築風格的影響。

從明代開始，隨著漢文化在短時期內的迅猛進入，納西人就在有意地模仿內地的生活，其中自然包括建築風格和生活方式。儒雅的漢文化，慢慢地浸淫著這個遠離內地和主流文化的偏遠小城，甚而成了盤踞在這個偏遠小鎭的文化「精靈」。「木天王」在去京都朝拜了明天子之後，回來就開始仿照北京紫禁城皇家建築的格局，建造木家自己的宮廷大院。

據說最初的「木氏宮殿」規模相當可觀，設有金水橋、三大殿，獅子山作爲「御苑」，規模宏大，殿宇壯麗；這一建築群多數毀於清代兵火，重修後雖無原來的壯觀，但依然能看出那是一次大規模模仿的遺跡，有「宮室之麗，擬於王者」之謂。儘管它的規模遠不如漢家宮廷那樣龐大，不過區區一個「縮微景觀」，但它所顯示的納西人執意要把自己的家園改造得具有大國風度的意願和決心，卻是再清楚不過了。

納西人的院子，實際上就是漢家四合院的再版。在四方街，隨意走進一個納西人家的院子，都能強烈地感受到儒文化的影響。門廊、正堂，大多掛有對聯，那些對聯透露出來的優雅、古樸和閒適，即使在現在的內地，也屬「鳳毛麟角」，只在某些文化人家裏才能感到。飲酒賦詩，聯句猜謎，醉心書畫，聆聽雅樂，正是許多納西文化人一生追求的最高境界。由此也就不難理解，爲什麼納西族出了那麼多在整個雲南省也可算得是佼佼者的文人，他們之中，有著名歷史學家方國瑜，著名畫家周霖，有著名的納西族女作家趙銀棠，有早期從事革命活動，後來曾擔任過雲南地下黨省工委書記，現在卻是雲南省書法家協會主席的書法家李群傑，有著名學者周善甫……而在當今的中國科學院、雲南省社會科學院，更是有一大批納西族學者。

我在久久的思考之後，終於察覺了其中的奧秘；那是一個世世代代的夢，文化之夢。納西族的上層人士以及那些優秀的納西人畢生所追求的，便是要在一個偏遠的小城裏，建造一個絕不亞於漢民族的文化殿堂。有志者總是發憤讀書，甚而要到內地求學，有的還遠涉重洋，長年苦讀，盼望學成歸來，以報效社稷。他們大多醉心於人文科學和文化藝術，即使是學理工的，也都十分注意自己的文化、藝術修養。有的在內地輾轉了一生，在三教九流都幹過之後，最終還是會皈依他們所鍾愛的儒雅文化。

當我在小城深處，在四方街的一座外表看上去非常破舊的小樓裏，拜訪年過七旬的納西族作家王丕震時，我的這一猜想再次得到了印證。

王老先生解放前行過伍，這段經歷使他在解放後受了不少折磨，一九五一年他考入四川大學畜牧獸醫系，畢業後分配到玉溪農校任教，一九五八年因錯案入獄。七十年代末，他在歷經多年的苦難後終於得以平反，恢復名譽，那時他已是一個六十多歲的老人。

退休回鄉後，他覺得無事可幹，於是想到了養雞。當我坐在他的那棟小樓裏與他聊天時，他說，麗江雖然家家戶戶都養雞，但真要辦一個養雞場，卻很難成功，據說麗江不適於大規模地養雞。他想試試看，於是將他不多的一點積蓄全部拿了出來，租了一塊地，辦起了養雞場。

在這裏，我們看到了內地曾經有過的「實業救國」那幅藍圖。或許王丕震先生當時並沒有如此明確的「實業救國」概念，但長時期以來，中原、內地的漢文化傳統對他的潛移默化卻是明顯的。從此，他吃住都在養雞場。有時閒來無事，就拿出紙筆寫寫畫畫，以練字消磨時間。

有一天他突然想到，既然可以寫字，何不就寫成故事呢？就是這一看似簡單的動機，讓他開始了長篇歷史小說的寫作，也在他本人都沒有覺察的情況下，透露出了他對於文化的鍾情。他最先完成的是長篇歷史小說《則天女皇》，初稿寫成後寄出去，很快就有了回音，出版社將原稿寄回來，讓他作些修改後迅即寄回立即出版。王老先生以最快的速度將作品修改完畢後寄出去，卻一直沒有消息。當出版社來信催問書稿，說至今也沒收到他的修改稿時，他才明白稿子寄丟了，硬是憑著記憶將二三十萬字的書稿重寫了一遍，再次寄出去。

書不久就出版了。王老先生於是一發而不可收。當我與他聊天時，他已寫作出版了近二十部長篇歷史小說。後來又與臺灣某出版社簽訂合約，「大規模」寫作長篇歷史小說。計畫中的一百部，如今已寫了幾十部。

我想強調的不只是一個作家的成功，儘管對於一個大器晚成的作家而言，王丕震先生的成功是顯而易見的。我想說的是，對一個長期處在逆境之中且從未從事過文學創作的人來說，爲什麼想寫小說就能寫、能出？沒有文學、歷史、文字方面的深厚功底，以他年過六旬的老邁之軀，是完全不可能的。納西人對文史的鍾愛，文化修養之深厚，由此不是可見一斑麼？

儘管已經出版了二十多部長篇歷史小說，王老先生卻至今與「正統」的文學界沒有什麼聯繫，既不請人為他做廣告宣傳，也不請「評論家」們著文「提攜」。一九九五年七月的一個沒有月亮的晚上，當我陪作家出版社的朱珩青先生一行去拜訪他時，他因過於勞累已覺身體不適，他兒子把王老先生的幾十本著作搬了出來，給我們欣賞。

看著那一大堆書，我們幾乎同時想到，這麼多的書，帶給王老先生的必是豐厚的稿酬。可那屋裏的陳設，顯然不能算是奢侈，就連當今許多人家都有的電器之類也沒有。一問，王老先生的兒子說，他父親在臺灣出的那些書，一本至少二、三十萬字，才兩、三千元人民幣的稿費。這個數字，甚至還沒達到國家統一的稿費標準。我們當即提出，應該請中國作家協會作家權益保障委員會出面，為他爭回應有的報酬。王老先生聽了淡然地說，算了，能把那些書都出出來，我就心滿意足了。這種極為古典的人生觀和價值觀，讓人不由想起了魏晉名士的瀟灑和曠達。

王丕震和許多納西人的「文化夢」，正是整個納西人的千古文化之夢。如果我沒有理解錯的話，可以說他們已經成功了。如果納西文化是一條小溪，這條小溪已經匯入了中華民族文化的浩瀚之海；中華民族文化正是因為匯納了無數條這樣的「小溪」，才變得無限豐富和博大精深的。沒有許多少數民族作出的這種貢獻，也就沒有中華民族文化的巨大包容性和強大凝聚力；同時，正因為納西族善於吸納各個民族的先進文化，才發展壯大至今；偏頗只在納西族自身不少優秀文化的喪失或被冷落。一旦真沒有了各個民族各具特色的民族文化，又何來中華民族文化的豐富、博大呢？

在相當長的一段時間裏，納西人的文化夢中幾乎並不包括納西族自己的文化，更別說散落在遠山僻野的種種生活習俗了。王丕震先生創作出版了幾十部歷史小說，三皇五帝、名士淑女應有盡有，唯獨沒有一部是涉及納西族生活的——是不熟悉，還是不屑於爲之？我不知道，未敢妄評，因爲那不是他個人的過錯，個人的精力總是有限的，問題在於那是醉心於儒文化的老一代納西知識份子的總體傾向。

當今世界上久盛不衰的納西族「東巴文化熱」，最早並不出於納西學者本身的張揚。如今，世界上保存東巴經最多的，也不是國內，而是在一些很早就開始進行東巴文化研究的西方國家。在漫長的歷史中，東巴和東巴文化是被人瞧不起的，被視爲是跟乩童、巫婆等一樣的裝神弄鬼者。許多東巴小時候學習東巴文都只能悄悄進行，一旦被正規學校的老師發現，譏笑、挖苦、警告就接踵而來：再學那種東西，就從學校裏滾出去！

如前所述，儘管在本世紀的上半葉，納西族也已經有人開始了對納西文化的研究，但對納西文化的系統的收集、整理和研究，還是最近幾年的事，納西文化人中的一些有識之士，才開始真正將自己的精力投入對自己母族文化的研究。

——這或許晚了一些，但他們總算從一個色彩單一的「他人之夢」裏走出來，走進了一個屬於自己也屬於中華民族的，更爲燦爛、更爲豐富也更爲磅礴的夢。

❖ 樂與藥

音樂或許是自有人類以來最古老的藝術之一。音樂是什麼?一百個人至少會有一百種回答。納西人也有他們自己的回答。

納西學者周善甫先生曾寫過一篇文章,名爲《樂藥論》,其中有句云:「樂猶藥也,能活人,亦能釘人,奏賞之者,不可不慎。」⑥這不能不說是論樂文中少見的真知灼見。讀《樂藥論》時,從中我多少讀出了一點含而不露的「警世」之意。今日域中,西洋古典音樂有之,民間音樂有之,也有諸如卡拉OK之類的流行樂,至於搖滾、「另類」音樂,也相繼上市。那些「能活人,亦能釘人」的像「藥」一樣的音樂,所指到底爲何?

在我看來,《樂藥論》褒揚的,正是麗江納西古樂。

但納西音樂絕不只是麗江納西古樂。納西族在其悠長連綿的歷史發展和社會生活中,文化的精粗雅俗之分幾乎無處不在,納西音樂至少也可分爲民間的、宗教的和文人的三種,第一種以納西族傳統的「骨泣」和口弦音樂爲代表,甚至還包括作爲納西族喪葬音樂的白沙細樂,是納西音樂中最世俗也最普及的音樂;第二種是納西族的東巴音樂,又可分爲聲樂和器樂兩種,其中東巴聲樂指東巴誦經時的哼唱念詠,唱曲達二、三十種,皆以納西族民歌曲調爲基礎,氣旺波長,嘹亮高亢，起伏跌宕，深遠蒼勁，宛如聽人長嘯於空闊高遠的星月之下、神奇深邃的林莽峽谷之中，加之所詠皆納西族的神話、史詩，或清越昂揚，或悲婉哀怨，讓人忽而神凝意靜，忽而心馳神飛，浪漫而又極具藝術感染力；第三種無疑就是當今十分走紅的納西古樂了。

酷愛藝術的納西族，日常生活中無不充滿了音樂與詩歌。這與納西族遠祖有過一段相當長時期的遊牧生活不無關係。藝術從來就是人類的生命與自然相融合的產物。納西族的祖先在與大自然的長期相處中，受自然萬物的薰陶，無疑會將自己的情感訴諸音樂與詩歌。而世界上像納西人那樣，生不離音樂，死，亦少不了音樂陪伴者，卻並不多見。以「情死」為例，其過程幾乎自始至終就是一部撼人心魄的詩篇和音樂劇。

恰如楊福泉指出的：「納西族的殉情是在歌與詩中完成的人生悲劇。詩歌與音樂自始至終與殉情的整個過程相伴隨。久而久之，一種在民間流傳很廣的吟唱調『骨泣』和民間樂器口弦，就成為與殉情密切相關的兩種音樂形式。」⑦

——這與周善甫先生的斷語又有些不同了，它所推崇的並非納西古樂，而是納西族道道地地的民間音樂：「骨泣」和口弦彈唱。

楊福泉說：「『骨泣』是納西語，『骨』意為痛，痛苦，悲傷，『泣』意為歌吟，特別指吟唱心中的痛苦悲傷。因此，『骨泣』有悲痛吟唱，吟訴悲苦，長歌當哭之意。『骨泣』調旋律憂怨，聲調淒哀，顫音和裝飾音特別多，節奏比較自由。聽『骨泣』調，即使不懂所唱歌詞內容，也會很快使人感受到一種幽幽深沉地在嘆息、哭訴人間悲苦的印象。它是一種詠嘆和訴說式的歌調，攝人心魄。歌者可按吟唱過程中自己內心情感心緒的發展，將歌吟的聲音拖長和縮短。把吟唱的聲音拖長時，聲音蒼涼而淒切，如悲風長鳴，暗泉嗚咽。」它「極易觸動人們悲哀情緒的心弦」，因而「爲眾多青年男女所鍾愛，成爲傳達心聲的主要歌調，成爲殉情者之間的一種音樂媒介。許多年輕的男女就在『骨泣』的歌聲中相識，也用這種淒切憂傷的歌調傾訴心中的痛苦哀怨，甚至就在『骨泣』的歌聲中相約而殉情。」⑧

納西族的口弦是殉情悲劇的另一種音樂媒介。隨著社會的進步和情死的減少甚至絕跡，我在漫遊麗江期間，幾乎從沒聽到過真正的口弦聲。倒是有一天，我在四方街一家賣工藝品的小店裏，偶然見到了這種用竹子做成的樂器。納西人俗稱口弦爲「閣閣」，長約十三公分，寬約半公分，中間挖一道槽，刻一片簧；由於它製作簡單，小巧玲瓏，正好適合那些到山野幽會的年輕男女攜帶。

我估計，吹奏它是一種難度很大的技藝。那天我在小店門口試了半天也無法將它吹響，小店主人試了試，情況依然。我埋怨他做的口弦不地道，他說，你錯了，現在很多人都不會吹了。據行家說，納西人吹奏時將口弦對準口腔，同時用手輕輕彈撥，聲音在口腔裏共鳴，以氣息的調節使音色加以變化。擅吹口弦者能將即興創作的五言詩形式的歌詞，按照口弦的傳統調式，以氣息調節口弦聲加以表達，而口弦的傳統調式竟多達七十餘種。

口弦的這種功能，使它成了納西族青年男女最喜歡的樂器。洛克曾對口弦這種與愛情、情死有著神秘聯繫的樂器作過詳細介紹，他說：

「納西人有一種用竹製成的口弦，他們稱之爲『抗閣閣』。小夥子和姑娘們用這種樂器私訂愛情的盟約，相約幽會。他們約定殉情後，將盡情地彈奏口弦，直至生命最後時刻的到來。」

「過去，『抗闊闊』可以在家中彈奏，母女、父子可以對彈。現在，只有漫遊於美麗的高山草地的牧羊小夥子才彈它了。當他們在雲杉樹下看著他們的羊群時，他們喜歡掏出口弦彈奏。來山上打柴火的姑娘也喜歡彈奏口弦。姑娘們的口弦聲總會引起牧羊小夥子的回應。對彈一會兒後，他們會用口弦約定一個相會的時間。」

「小夥子和姑娘把口弦的三塊竹片穩定地放在唇間。當他們手指同時彈撥兩塊竹片時，用呼吸的氣息把所要表達的話呼於口弦片上。……這些話語雖然直接聽不到，但每一個母音和輔音振動的聲音將很快地被對方辨識和理解。這種口弦音樂是情人們的某種『摩斯電碼』。」

「納西青年男女用口弦即興創作演奏的愛情詩歌證實了他們的智慧和敏捷的才思，從中反映出他們是自然界敏銳的觀察者，他們歌中的比喻都取材於大自然。」⑨

楊福泉在他的《神秘的殉情》一書中也說，「口弦是納西族男女最喜歡的樂器。過去，幾乎人人都不離身地攜帶一副口弦，在勞作之餘彈唱娛樂。特別是在高山放牧的青年牧人，口弦更是他們度過寂寞時光的夥伴。邂逅相逢的青年男女常常用口弦互探對方的心意，由口弦作媒介而成爲知交、戀人。」「他們用口弦傳遞心聲，表達愛意，傾訴內心的憂鬱悲傷，表達要爲愛情理想慨然赴死的決心。去殉情的戀人們在最後結束自己的生命之前，都要盡情地在寂靜美麗的山林懷抱中彈奏口弦。」「據不少目擊殉情者的老人講，在他們的遺體上都發現有口弦，甚至有嘴裏含著口弦死去的。」⑩

楊福泉還記錄了一個他在一九七〇年七月聽東巴和開祥講述的故事。故事的女主角是老東巴和開祥的一個親戚。她在她所喜歡的戀人因父母包辦娶妻後，自己也被迫嫁了一個她不喜歡的男人，但他們舊情難捨，婚後依然偷偷幽會，用口弦傾訴內心的痛苦。她的丈夫覺察後，約上他的堂弟，在她又一次與情人幽會彈口弦時，衝上去抓人。她掙脫逃走，她的情人卻被打死。

夜深人靜之後，她悄悄回來，見情人已死，悲不自禁，遂用溪水將情人擦洗乾淨後掩埋。這事被族人發現後，她被抓回去關在一間小屋子裏。她在小屋裏沒日沒夜地彈奏口弦，悲傷淒切，如泣如訴，連看守她的人都不忍聽下去，便把她放走了。她回去換上自己出嫁時的衣服，跑到山裏，在一棵樹上自縊情死了。死時，手上還抱著那把陪伴了她一生的口弦。

如果說「骨泣」和口弦是殉情音樂的話，那麼，風靡於麗江古城的納西洞經古樂，就是納西人的雅樂了。也就是說，「骨泣」調和口弦屬於山野，屬於民間，屬於草民，而納西古樂總的說來則屬於城鎮，屬於納西社會的上層，屬於文化人。

在四方街，稍年長一點的納西人不說人人都演奏過納西古樂，至少也都聽過納西古樂。四方街的文化氣氛，那種平和、寧靜、儒雅與質樸，正是納西洞經古樂所極力營造的氣氛，它就像一團籠罩在四方街上空的吉雲祥瑞，至今也沒有散去。

我第一次聽到納西洞經古樂，是在一九九〇年的夏天。當地的民間演奏家，在位於四方街一條偏僻小巷裏的一座有上百年歷史的院子裏，不定期地舉行納西古樂音樂會。據說，起初，古樂會只是一些喜歡古樂的老人自發的組織，帶著明顯的自娛性，後來才漸漸發展爲一種具有一定商業性的演出。

四方街的小街小巷總是給人以出乎意料的驚喜。那個傍晚，當我跟著我的朋友在那些窄狹的街巷裏穿行時，根本無法想像在那座斑駁古舊的屋子裏，會聚集著一批後來讓昆明、北京甚至英倫三島目瞪口呆的民間音樂家。

隨著我們的漸行漸深，暮色也愈來愈濃。我懷疑我們是走錯路了，因爲那真是到了四方街的深處，一如一個游泳者沉到了海底，一片漆黑，險象環生。

終於走進了一道灰白色的石砌的大門，眼前是一個並不太大的院子，昏暗朦朧的燈光中，有幾個人影在閃動。院子兩邊，各有一座全木結構的老屋；演出廳在院子的右邊，有三十至四十平米大小；迎院子這邊，那一溜木格雕花門窗差不多已經成了黑色；走進去，迎門可見一道業已發黃的白粉牆，上面稀稀落落地掛著幾面錦旗。

興許是爲了演出，屋頂的天花板用白紙裱糊過，但日積月累留下的塵垢和水漬仍透過紙面顯露出來，彷彿一些神秘的圖案。聽眾席是十多排普通的長板凳，一律刷了暗紅色的油漆，在如今的城市裏，已很難看到那種古色古香的木板凳了。跟聽眾席相對的演奏席也一樣，有一些高高低低的小凳，散亂地放著雲鑼、大鼓和一些通常在民樂演奏時才能見到的樂器。讓我吃驚的是，坐在那裏的演奏家們，除了極少幾個年輕人，大多是一些看上去至少也有七、八十歲的老人，他們面若疊網，鬚髮銀白，眼神和他們的動作一樣遲緩。

進門時沒人讓我們買門票。演奏廳裏已有幾個外國人，據說都是特意來聽這種古老的音樂的。爲聽那場音樂會應付的報酬，在演出中休息時，由聽眾按自願的原則，自己扔進放在樂隊前的一個敞開著的紙箱，數量不等，就像人們進入一個寺廟後的隨心功德。

這種付款方式與納西古樂的精神非常協調，極大地沖淡了演奏的商業氣息。不過，即便是看在參加演奏的老人面上，聽眾都不會給得太少，何況，那樣的音樂會在當今實在也難得一見了。

我那天放進去五元錢時，看見紙箱子裏有人民幣，也有美元、馬克和日圓。

演奏開始，電燈熄滅，舞臺上僅剩下爲數不多的幾支燭光，搖曳恍惚，場內氣氛頓時變得古遠而又神秘。一個中年男人站起來，對那種據說十分古老的音樂作介紹。他臉膛黧黑，頭髮微微捲曲，說話卻十分流暢。許久之後我才知道，那就是大名鼎鼎的宣科。

與其說他是個納西族民間音樂家，不如說他是個音樂「狂人」，後來我多次領教過的他的那種「狂熱」，就從那一刻開始了。而當時，讓我甚爲意外的是他那一口流利的英語。在那樣一個偏僻小鎮，在那樣一間古舊的屋子裏，聽到宣科那一口流利的英語，我既驚訝又有些不習慣。那些英語句子簡直不像是從他嘴裏說出來的。

每支曲子演奏前後，他都要作一番演講，以至我覺得那個音樂會事實上是由兩大部分組成的，一部分是真正的納西古樂演奏，空濛、舒緩、平和，甚至有些沈鬱；另一部分，就是宣科的演說和介紹了，而且是英語的演說和介紹，機智、風趣，充滿了納西式的幽默、激情和煽動性。

我無法斷定演奏和演說哪個更爲重要，因爲，如果沒有真正的音樂演奏，他的演說也許就是十足的饒舌和混時間，而如果沒有他的演說、介紹，那些古曲是不是真能有人聽懂，就完全是個疑問。這麼說來，演奏和演說缺一不可，它們正是相輔相成的兩極。我後來聽到的納西古樂演奏，情形大體如此。而這種演奏和演說的奇妙結合，正是這種被稱爲納西古樂的音樂在二十世紀八十年代得以走出麗江，走出雲南，甚至走出中國、走向世界的一個重要原因。

第一次聽納西古樂儘管讓我感到新奇，但並沒有給我留下更深的印象。直到一九九三年我再去麗江時，才對這種音樂有了更多也更深入的瞭解。也就是說，直到那時，我才真正進入納西古樂所營造的氣氛。而當我後來在昆明與古樂會的幾個主要演奏家作了一番交談後，我才真正瞭解了這種音樂的價值。

一九九三年八月十八日，麗江納西古樂團應首屆「昆交會」組委會的邀請，在昆明一家劇院與另一個來自民間的藝術團體作了一次同台演出。我在接到我的朋友、麗江縣委宣傳部的張賽東的電話後，按時趕到了演出地點，並在演出開始前，在後臺與幾個演員作了簡短的交談。

那次演出與我在麗江第一次聽到的演奏大同小異，不同的是，這一次，全體演奏者都穿上了標準的演出服裝，其中尤以年逾古稀的和毅庵老先生最爲引人注目。那晚，他身穿古色古香的緞面暗紅灑金長袍，上套玄底金花對襟上裝，腳蹬大紅緞面布底軟靴，在宣科簡短的講話後，由兩個身著納西女裝的納西少女攙扶著走上舞臺；他白髮銀鬚，面色紅潤，步履沉穩，氣度非凡，一出場便贏得了一片熱烈的掌聲。

我得承認，那晚我一直目不轉睛地看著那位老人。我一直在想，在當今，當幾乎所有正規的音樂團體都面臨著危機時，他到底憑著什麼力量的支撐，來參加這樣的演出呢？受經濟利益的驅使？不像。爲了出名？也不像。我覺得他簡直就是一個謎。

那麼，納西古樂跟「骨泣」調和口弦音樂爲代表的納西民間音樂之間究竟是什麼關係？所謂納西古樂，據說是一種洞經音樂。周善甫先生在《樂藥論》一文中說，「『洞經音樂』乃往昔士林藉道教儀式所作之禮樂活動，兼有儒門敦睦人倫及道家頤養身心之功能」，在西學東漸之後，「此項活動，便漸衰歇，於今已屬廣陵絕響矣」；「而雲嶺深處之麗江，則因偏僻幽靜，鮮接時；加以喜文嗜樂之風，歷不後人，故竟克將洞經音樂之原型，較爲完整地保存至今，此實中華雅樂之活化石、亦音樂世界之鼎彝法器也。十數年來，得宣科、和毅庵及楊曾烈等行家重建樂隊，研其原旨，培訓新手，公開演奏」；從而得到了中外音樂界的一致好評。

其中的《八卦》一曲，「經音樂史家何昌林教授鑒定，就是失傳已久的，大唐玄宗皇帝親自創作的《霓裳羽衣舞》之姐妹篇——《紫微八卦舞》」，「那是開元二十九年二月為了新建道觀太平宮的落成，而創作奉獻的兩部大型舞曲之一，另一首就是尤為著名的《霓裳羽衣舞》。兩者都失傳已久，深為知者痛惜，現在竟意外『出土』於玉龍山下，是太令人興奮了」。⑪

就在我於昆明聽到的那次演奏會上，納西古樂團的演奏中新添了女聲伴唱，這在洞經音樂的演奏史上不啻是石破天驚的重大突破。據說，深受道教音樂影響的納西洞經古樂會，從它誕生之日起，就從不接納女性。

但時代總是在向前走。早在兩年前，我在麗江第一次聽古樂會的演奏時，聽說古樂會已開始吸收女學員學習演奏古箏，此次在演奏中加進女聲伴唱，不過是那種思路的自然延伸。原來，洞經音樂中原本就有所謂的「經腔」，即一種帶伴唱的樂曲，如《十供養》、《清河老人》等，只不過原來都由演奏者邊奏邊唱。這次由女聲伴唱的《浪淘沙》、《水龍吟》、《山坡羊》等三首曲目中，《水龍吟》源於西元六世紀前期的古琴曲《龍吟曲》，至盛唐，改為笛曲《水龍吟》，一九四二年，經周善甫先生將南宋張炎的《水龍吟》詞填配於納西古樂的同名曲牌，獲得成功，演唱至今。

周善甫先生回憶道，「記得五十年前，我曾把宋張炎詠白蓮的《水龍吟》詞，套入納西古樂同名的曲譜中，竟大體合奏。當時我還曾央幾位女教師，在樂隊伴奏下演唱，果然別出韻致，頗得聽眾首肯。」⑫

而《浪淘沙》和《山坡羊》則由宣科分別以南唐後主李煜的同名曲牌《浪淘沙》和元代張養浩的同名元曲《潼關懷古・山坡羊》審慎塡配，唱來亦甚入樂。充分說明它們即是中華雅集型儒家音樂的孑遺。

人們自然擔憂，納西古樂一經加進女聲伴唱，會不會改變古樂的性質？在我看到的那次演出中，女聲伴唱共四人，身著納西婦女的典型服飾，除唱腔外，並無表演。演出的整個風格似未受到影響，且由於女聲伴唱的加入，聽眾在聆聽音樂的同時，增添了對中國古詩詞魅力的感受，雖屬創舉，但又頗有「珠聯璧合」之感。這就說明，納西古樂的確與從中原傳進來的漢文化是同一個血緣。

納西古樂作爲納西上層人士的雅樂，與由「骨泣」和「口弦」所代表的納西民間音樂之間的巨大差異，由此可見一斑。實際上，它們共同構成了納西音樂中的兩極，一雅一俗，代表著完全不同的兩種生活方式，兩種文化背景。一爲外來的，一爲土生土長的，這樣兩種音樂在納西社會共存的事實，不過是納西社會有過的那次悲壯的文化融合的遺跡。這就再一次印證了，自從漢文化進入麗江，納西社會中就一直存在著兩種完全不同的文化。

從歷史的觀點來看，音樂作爲人的心聲和一個民族的聲音，原本是最不容易被「改造」的。但在麗江古城，音樂已經被徹頭徹尾地「改造」了。納西人爲學習先進的中原文化所付出的慘重代價，在這裏同樣表現了出來。

是的，我不能相信，在盛行「洞經音樂」的麗江古城裏，就從來沒有過因爲戀愛、婚姻的不如意帶來的悲劇，但在以儒文化爲代表的中原文化的長期薰陶下，對作爲漢文化中落後部分的不合理的婚姻制度，城裏的人們明顯地要比遠離縣城的鄉野草民順從得多，甚至可以說是麻木得多。在那樣的文化氛圍中，情死者相對地減少，也就不足爲怪了。

這也就是爲什麼我一方面對納西人爲保存中原雅樂所作的貢獻感到敬佩，另一方面，只要想到這一點時，我的心情又難免有些沉重的原因所在。

周善甫先生在談到納西古樂時曾說：「不知道應該嘉勉，還是應該惋惜，中華藝術就是有這種令人悵惘的悲憫之情。」⑬——或許他說的並非我所理解的意思，但至少，他說的那句話，對包括納西古樂在內的音樂來說，都是適用的：

「樂猶藥也，能活人，亦能釘人，奏賞之者，不可不慎！」

❖ 納西古樂會的「藝術總監」

看著他，你會覺得他就是歷史，一部活著的歷史，一個鮮活的文化載體。

我說的是麗江納西古樂會的和毅庵老先生。頭一次面對面地跟他交談，我就覺著他的蒼蒼白髮間，他那半尺長的銀鬚間，都深藏著歷史的風雲與變遷。他讓人深深感到人生的奇特和壯麗，感到歲月也有經不起人生淘洗而被生命留住的時候。皺紋算什麼呢？這位幾乎與世紀同齡的老人，再一次宣告了生命的偉大和輝煌。

就在那次麗江納西古樂會在昆明的演出結束後，我在第二天的晚上，穿過燈火輝煌的城市，去到他們的住地，與和毅庵老先生進行了將近兩個鐘頭的交談。

和毅庵，納西族，一九〇八年生。原學名和志強，字毅庵，是一清末舉人爲他取的。家爲世代皮毛手工藝人及洞經音樂愛好者。其祖父爲往來麗江、拉薩間的小商人，既做生意，又做手藝。其父和澤久（字汝霖），早年參加大研鎮的洞經會，善琵琶；文學修養甚高，可主持「講玄」。「玄」即洞經。原來，早年的洞經樂隊在演奏中，有時會停下來，由一人站起講解洞經音樂的內容，謂之「講玄」。我那時突然想到，宣科在演出中的英語解說，莫不是繼承了這種「講玄」的傳統？

和毅庵是獨子，其酷愛音樂的父親在生下他之前就在文昌宮裏許願道：若上蒼賜他一子，願獻爲文昌弟子，後果得毅庵。七歲，和毅庵就由其父帶去洞經會，經受洞經音樂的洗禮和薰染；十歲能吹笛，後又學會了多種樂器的演奏。上過初中、高中。

一九二八年，和毅庵正好二十歲，擬往昆明投考東陸大學。那時由麗江至昆明須隨馬幫步行十八天。和毅庵隨馬幫行四天至鶴慶牛街，被土匪劫掠一空，身無分文，只得返回麗江。恰其父病故，母親不願讓他再走，苦苦哀求，讓他留在家中。和毅庵只好尊重母親之意留在家裏。——人生變故難料，倘當年和毅庵未遭匪劫，考入東陸大學，恐今日便沒有禮樂總監和毅庵了。此是後話。

其時，毅庵家中設有一毛皮手工作坊，有客師、學徒七、八人，以從西藏購進的羊皮爲原料，經鞣製、加工做成皮衣及七星羊皮出售。麗江自來皮革手工業發達。做毛皮是細活。毅庵從小經其母嚴格訓練，又經客師悉心指點，做得一手好針線活。直至跟我談話的那天，老人已八十有六，仍能穿針引線，且仍在四方街開有一小鋪面，接活加工，每天可掙二、三十元，以為生計。

他說，大學夢破滅之後，他在做工之餘，仍十分迷戀洞經音樂。之前，洞經音樂在麗江一直極為盛行。每年二月初三和八月初三，都要在麗江古城的大研鎮文昌宮辦洞經會，當地秀才、文人和音樂愛好者都來參加。二月初三的洞經會為秀才們向文昌君乞拜許願，求神靈保佑獲取功名。八月初三為中考的秀才向文昌君拜謝，歌功頌德。當時的洞經會皆由皇糧支付所需費用。所謂皇糧，即當時官府的公款。

和毅庵極少離開麗江，然其音樂造詣日深，在大研、麗江及省城納西同鄉中聲名遠播。在當時及現在的麗江，提起和毅庵，幾乎無人不知。早在一九四六年四月，和毅庵因往昆明購買製革原料，在省城小住了半月。納西同鄉知其善吹笛，遂邀他往當時的昆明廣播電臺演奏，一時傳為佳話。

和毅庵精諳工尺譜，現洞經會所演之曲目，皆先由他以工尺譜寫出，再由人譯成簡譜或五線譜，供人演奏使用。不僅如此，他對洞經即道教經書也甚為熟悉。在他看來，洞經音樂乃修身養性、祛病延年的音樂。年深日久，洞經音樂已深入和毅庵的生命之中。他每日清晨五時即醒，於一片暗黑中端坐床頭操練「玄功」，一邊默念洞經經書《開壇經》，一邊調息。

據和毅庵說，「玄功」亦是一種氣功，但與氣功有很大不同。可傳授，但選人嚴格。須經一段時間練習、觀察後，認為該人願接受教導、為人正直、品行端莊，方可由先生傳授秘訣。和毅庵練「玄功」數十年，如今年過八旬，仍耳聰目明。人顯清瘦，但精神矍鑠。一部山羊銀鬚，使他更顯風采。

演出後我去住地拜訪時，老人早已脫去了大紅大紫的演出服，一身皂衣，盤腿坐在床上，素淨如同處子。那次他們住在一個單位的招待所裏，剛剛演出回來的人們，有的在打牌，有的在聊天，唯和老先生獨自靜坐於床沿，幾乎沒有聲息。言談中我才得知，每逢演奏，他便情緒活躍，內心卻毫無浮躁與焦急，一則所有曲目及意韻皆早已深藏心中，一旦開始演出，樂韻便如開閘瀉水，自然奔湧，滔滔不絕；二來，由於他對演出沒有任何功利目的，純出喜愛，日久年深，古樂已成了他生命的一部分，他也成了古樂的一部分。但對一般初習古樂者，情形就不同了，演出前和演奏完畢後少不了總有一陣興奮，因為演出時畢竟要高度集中精力，歸來後一時便難以入睡。他卻不然。由於處之泰然，演奏已如生命本身之需要，全不費力，回來上床即可入睡。

問及家庭，老人坦誠相告，他係再婚。原配現年九十，解放前夕離異，仍健在。後妻也已七十有四，只生一子。前後兩妻均為做毛皮活的手藝人。老人說，可喜現在已有兩個孫子，人丁倒是越來越興旺發達了。

在大研鎮納西古樂會現有的近三十名演奏員中，八十歲以上的老人六名，和毅庵為最年長者，另幾位是：孫子鳴，八十二歲，原為石印工人，善長剪紙、裝裱等民間工藝；和惠涵，八十一歲，農民；趙應仙；八十一歲，「二戰」時期為往返於中國——印度之間的馬幫的「馬鍋頭」；楊健，八十一歲，農民；李集義：八十一歲，農民。另有一位叫張龍漢的，其祖父、父親曾為道士。

大研鎮納西古樂會於一九九三年九月上旬應邀赴京演出，此舉被周善甫稱為是「雅樂還京」，這無疑是相對於京劇為紀念「徽班進京」一百周年而言的。

行前，古樂會以和毅庵為首的六個八十歲以上的老人都立下遺囑，表示為搞好這次演出，即使中途病故亦不反悔——那既讓人感到了一股蒼涼的悲壯，又讓人覺出了某種獻身的熱情。據報導，那次演出所使用的樂器，有六件是超過百年的文物，最古老的樂器已有三百多年的歷史。演出在北京引起轟動，首都各大報相繼刊登了有關演出的消息和評論，稱納西洞經音樂「是中華古樂雅韻與納西音樂風格色彩完美融合的獨特樂種」。

一九九三年十一月底，和毅庵從北京回麗江後不久，因病去世。

他所代表的一個時代結束了。

一個年逾古稀的納西音樂老人，就此走完了他的一生。當年其父在文昌宮前許下的心願，終於以他在北京奏出的那一串圓潤的樂聲作結。聽到那個消息後我想，他之離不開納西古樂，正像納西古樂會的離不開他。他所代表的，正是納西古樂的傳統和淵源。沒有他和所有那些老人所代表的這種傳統和淵源，納西古樂會算什麼呢？無非當今比比皆是的所謂仿古演出和仿古建築，包裝為「古」，而內裏卻既不「古」也不洋，實足一堆包「金」的破爛而已。如此說來，大研鎮的納西古樂會是幸運的，就像和毅庵老人也是幸運的一樣。

❖神秘的「波伯」

第一次聽納西古樂時，我心中就有過一個疑問。

按照宣科的介紹，納西古樂是來自中原的宮廷「雅樂」，傳入麗江並在麗江落戶之後，才漸漸化爲納西人特有的音樂。我的疑問恰恰就在這裏：既是來自中原甚至是來自宮廷的「雅樂」，何以會成爲當今讓世人爲之側目的「納西古樂」呢？跟著而來的另一個問題是：在宮廷雅樂與納西音樂相融合的過程中，這種中原「雅樂」音樂到底從納西族固有的民族音樂中吸取了一些什麼？

後來我才知道，那全靠了一種特殊的樂器，有了那種樂器，才能在原有的雅樂中揉進納西族固有的音樂特質。那種樂器，納西話叫「波伯」，翻譯成漢話，卻是一個普通不過的名字：蘆管。

米變成酒，靠的是酒麴。「波伯」正是釀造「納西古樂」這罈古酒的酒麴。

難怪我頭一次聽納西古樂時，就覺得古樂中有一種非常特殊的聲音。

「波伯」或曰蘆管，長不盈尺，僅六、七寸，細若無名指；管身以箭竹做成，俗稱「哨子」的音嘴兒以蘆葦製作。「波伯」雖然個頭不大，其樂聲卻寬厚柔和，波動蕩漾，是納西古樂演奏中不可缺少的特色樂器。曾有納西朋友戲言，納西音樂中如果沒有「波伯」，那就像納西姑娘沒有七星羊皮披肩。此說足可證明蘆管在納西音樂中的重要性。

然而，「波伯」在納西古樂的演奏中，並不擔任領奏的重任，它甚至不大演奏那些樂曲的「主旋律」。除了偶爾的幾個高音，在一般的情況下，我們甚至都不大容易聽出蘆管的聲音，它幾乎完全融合在整個樂隊的演奏之中。這樣說來，「波伯」是可有可無的嗎？

一九九三年八月十八日晚，當我在與和毅庵老先生交談之後這樣問楊曾烈時，這位「波伯」演奏家微微地笑了。不，他說，眼裏閃過了一絲平時很難看到的狡黠，一旦真的沒有了蘆管，樂隊的演奏將立即顯出樂聲的單薄。他說，我說「波伯」是神秘的，原因也正在這裏：你似乎感覺不到它，但你無論如何不能缺少它。它是整個樂隊的「底色」，也是整個樂隊的韻味所在。更奇妙的是，這種支撐著整個納西古樂的樂器，並不是納西族的原產樂器。

這是什麼意思？我問。

楊曾烈說，爲了證明納西古樂具有的「納西特色」，有人極力證明蘆管爲納西族自古就有的民族樂器，但另外一些人卻認爲此說不可取。他們說，蘆管乃外來樂器。據考，是當年忽必烈率大軍南下入滇時帶進納西地區後留傳下來的。持這種觀點的人認爲，蘆管作爲一種雙簧竹管樂器，原是燕樂主奏樂器，原名篳篥（音biLi）；燕，亦作宴，可見蘆管是流傳於北方、在宴會上使用的一種樂器，現仍流傳於北方的一些地區，但它與納西族如今使用的蘆管相比，在製作與音色等方面都已有了不小的區別。

楊曾烈本人正是持上述觀點的人之一。他說，證明蘆管並非納西族本土樂器的理由很多，簡言之：

一、東巴經中對蘆管無任何記載。作爲用納西象形文字記載下來的納西族經典，東巴經中對納西族使用過的多種樂器都有所記載，但獨無蘆管。

二、在納西族民間，蘆管從來都只是作爲合奏樂器之一，使用在白沙細樂和洞經音樂之中，一般不作獨奏樂器。由此可見，歷史上，蘆管在納西族內的普及程度並不高。

那麼「波伯」即蘆管，又是怎樣成爲納西古樂的主要樂器的呢？我問。

楊曾烈說，蘆管雖然是外來樂器，卻能在納西族地區流傳，最主要的原因，是因爲納西音樂需要它，它也能擔當起納西人用音樂來表達自己情感的重任。也就是說，「波伯」的演奏特點正好與納西人的發聲方法和發聲特點相吻合，可以用來表達納西人那種獨特的歌唱方式。

楊曾烈拿起一支「波伯」說，蘆管原僅七孔，實際演奏時一般只用六孔。現代經過改良的蘆管已多達九孔，可用於獨奏，但因它的音域較窄，不能奏出高音，用於獨奏時侷限較大。此外，它的「音準」的活動性大，演奏時發出的音與吹奏者吹出的氣流的大小、音嘴兒在吹奏者嘴裏的深淺、哨子製作時的軟硬程度都大有關係，全憑演奏者加以控制。

然而，「波伯」的音準活動性大是其弱點，也正是其特點，藉此，演奏者正好可以獲得獨具特色的、悠緩的大波音。而居住在雪山、草甸上的納西族音樂舒緩、開闊，其最大特點恰好是常有大幅度的慢波音。

我們可以設想一下，當初，擅長以「慢波音」這種節奏舒緩的歌唱來表達自己感情的納西人，得到正好可以奏出「慢波音」的「波伯」時，該有怎樣的一種驚喜！

楊曾烈回想說，當他用蘆管演奏一支樂曲給納西族女作家趙銀棠聽時，趙銀棠驚愕萬分，她說，哦，你吹的太像我們納西人說話了。反過來說也一樣：「波伯」這種外來樂器，正是因爲遇到了納西人這個「知音」，才展現出了它的全部魅力。在一種樂器和一個民族之間竟然會出現這樣「珠聯璧合」的幸事，歷史上也非常罕見！從某種意義上說，「波伯」似乎天生就是爲納西預備的。它再一次證明，納西人是個十分善於接納外來文化的民族。

「波伯」這種外來樂器能在納西地區存活並流傳，另一個十分重要的原因是納西族聚居地區有製作蘆管的原料。製作「蘆管」管身所需的箭竹，在麗江地區海拔三千至四千米的高山上十分常見；而海拔在二千米左右的水邊，又正好有用於製作音嘴兒的蘆葦。

還有一個原因是，納西族地區有適合蘆管演奏的樂曲，同時也有演奏的機會。白沙細樂和洞經音樂正是這種需要蘆管參與演奏的音樂。前者爲納西族民間土生土長的喪葬音樂，洞經音樂爲揉進了納西音樂特色的漢族道教音樂（但跟道士音樂有些不一樣，洞經音樂會從不接納道士）。納西的洞經音樂保留了一些古老的樂器，與其他地區的洞經音樂相比，前者最爲古雅。

楊曾烈的一番高論，讓我不能不對他另眼相看了，而他對「波伯」的評論，又彷彿是對他自己的評價。這個已經滿頭白髮的雲南鶴慶人從小就喜歡音樂，高中時作爲歌唱演員考入麗江地區歌舞團，後又轉而學習器樂。同時喜歡民間文學，寫過歌詞，現在還有著雲南音樂家協會會員、中國音樂文學協會會員等諸多頭銜。自從早年接觸到「波伯」，他就迷上了它。多年來他醉心於「波伯」的演奏，在保持「波伯」音色的前提下對它做了多次改進，使之成了能夠獨奏的樂器。

他能自己動手製作蘆管，所做蘆管遍佈麗江各地。他說，一根好蘆管得之不易，比如哨子，有時從幾十、幾百個中才能找出一個音色、音量都較好的。他的演奏甚至「波伯」獨奏，由於有演奏過單簧管的基本功，能造成獨具特色的慢波音，曾在雲南省民族樂器獨奏電視大獎賽中獲獎。所用獨奏曲有麗江地區歌舞團楊新民根據白沙細樂音樂素材改編創作的樂曲《山寨夜曲》，及白沙細樂的選段仿奏等。

他當場用蘆管為我演奏了幾段樂曲。音色柔韌，而又如水波起伏，舒緩寬闊，聽之古樸典雅，使人頓有返回遠古、遁入歷史深處的感覺。

我喜歡「波伯」這種獨特、古老的樂器，也就喜歡楊曾烈這個人。一個人和一件樂器居然有如此之多的相像之處，不能不讓我感到吃驚：「波伯」是神秘的，楊曾烈也是神秘的。「波伯」是外來的、經過納西人消化吸收改進了的樂器，楊曾烈也不是麗江人，甚至也不是納西族，但他在精神上，又哪一點不像納西人呢？「波伯」是納西古樂的「底色」，楊曾烈對納西古樂的貢獻，又何嘗不是塗抹在這個演出團體上的一層輝煌的底色呢？

在我所聽過的每一次納西古樂的演奏會上，我總看見他靜靜地坐在後排的位置上。他從不炫耀自己，就像「波伯」從不喧賓奪主，要去演奏「主旋律」一樣。他會演奏多種樂器，而只有在演奏「波伯」時，他才會雙眼微閉，進入一種近乎冥想的狀態，彷佛一個穩坐雲頭的仙人。那時，他腦子裏都在想些什麼呢？料想那千年往事，歷史風雲，人事滄桑，都曾在他的胸中盤旋過，升騰過，也湧蕩過，要不，那悠緩的「波伯」聲，何以會包含那麼悠長的韻味？

當我想起那個言語不多的楊曾烈時，我眼前出現的常常是那小小的「波伯」——或許，楊曾烈正是納西古樂會裏的「波伯」哩。

「音樂狂人」宣科二三事

到麗江的「老外」們，無論是一般遊山玩水的旅遊者，還是前來作學術考察的、一絲不苟的專家學者，到麗江後，總要去拜訪幾個麗江的名人，宣科就是其中之一，甚至是他們的首選人物。

作爲當今麗江的大名人，大奇人，宣科的名字早就列入了世界各地的旅遊手冊，甚至被寫進了各種各樣的「名人錄」。一篇報導宣科和他的納西古樂團前往英國訪問演出的文章寫道：「第一次走出國門，踏上英格蘭的土地，這位既無博士頭銜，又無教授身分的納西老人駭異地發現，在倫敦大英圖書館的電腦學術資料中，竟赫然列有自己詳細的學術檔案。據該館東方館館長、漢學家弗朗士•吳德博士介紹，被錄入大英圖書館的雲南學術界人士，還有中科院院士、著名科學家吳征鎰教授等。」文章說，「一不留神就成了世界文化名人，宣科先生簡直有點措手不及。」

在訪英歸來後舉行的彙報會上，宣科當著麗江地、縣領導和文藝界各方人士，面不改色地說，「以前沒人表揚我，我只有自己表揚自己，老說宣科第一，誰誰第二，人家老不服氣，自己老受閒氣。而從今天起，我就不再自己表揚自己了，因爲我不說宣科第一，也有很多人在說，宣科確實第一。」⑭

一九九五年末，當宣科率領麗江納西古樂團到英國演出回來，準備在昆明印製一本關於納西古樂的宣傳品時，我曾邀他到家裏小坐。言談中他說到，在應邀到英國牛津大學介紹並演奏納西古樂的那天，他站在那據說是十分神聖的講壇上，面對當今世界音樂界的專家名人，準備用他那一口嫺熟的古典英語大放「厥詞」之前，便先和在場的尊貴客人們開了一個小小的玩笑。

他對講壇下的那群英國人說，你們願意聽聽我們納西人對你們英國人的看法嗎？下面的人覺得很新奇，不知道這個來自中國之偏僻一隅的納西人究竟要對他們講些什麼，他們齊聲喊願意，還拼命鼓掌。宣科跟著就慢條斯理地用英語說，在我們納西人看來，我們中國人是開化得很早也進化得很好的民族，比方說吧，我們身上的毛除了頭髮和某些該有的部分，別的該沒有的地方都沒有了，蛻掉了。但你們還不行。宣科捋起袖子說，比如你們手臂上的汗毛就還很深，中國有句古話叫「風吹草低見牛羊」，你們是要吹開汗毛才能看到手錶。

聽眾們大笑，竟對宣科善意的玩笑報以熱烈的掌聲。

那時，台下就坐著宣科的老朋友、當年宣科的同事、當今世界著名的華人鋼琴家傅聰。傅聰也笑了。他在笑什麼呢？是笑宣科的大膽，還是笑英國人的「天真」？

我初初聽到這個故事時非常驚訝：甚至連美國也不放在眼裏的英國人，面對這個從沒聽說過的納西人對他們略顯「粗魯」的「嘲弄」，他們爲什麼不憤怒，不抗議，爲什麼沒把這位來自「蠻荒」的宣科轟下臺？

據宣科說，在場的英國紳士們或許是沒有料到，或許是根本就沒有反應過來，因爲他們已被他的一口流利的古典英語征服了，他們還處在由宣科給他們帶來的意外驚喜之中沒緩過勁來。更重要的是，他宣科並非出於惡意，他並不是真的要借此嘲弄他的英國朋友，作爲他們的遠方客人，他不過是要真真實實地告訴他們，在世界的另一極，有那麼一群住在雲南麗江的納西人，就是那樣看待他們的英國朋友的，這只是一個事實，儘管帶著一點荒誕，一點辛辣，但那實實在在只是一個幽默。而在當今世界，幽默是一張全球通行的「派司」。

這就是宣科式的機智，宣科式的智慧，就是這個納西人驚人的超群之處。

然而，以爲這只是宣科的機智和風趣，那就大錯特錯了。在我看來，那是納西人宣科向學者、名流的一次挑戰。

宣科這個名字，總是和「挑戰」這兩個字連在一起的。他從來不會向名流「屈服」。即便他要結識一個名流，他也會先把那個名流「打」下去，讓自己和名流站在同一個高度上後，再和對手交談。

其實，又何止是「名流」？一切在世人看來屬於神聖不可侵犯的東西，他都想去和它較較勁。不管你喜歡不喜歡，習慣不習慣，宣科就是這樣一個人。

有時候我想，作爲一個藝術家出現在世人面前的宣科，實在不應該僅僅只是一個納西族的民間音樂家，他的才能只用在藝術上似乎是「大材小用」了，他完全應該是一個出色的社會活動家，一個優秀的外交官，甚至是一個不錯的政治家，但他偏偏是一個藝術家。而從另一方面來看，他的經歷、個性又註定了他除了做一個藝術家，實在也沒有別的出路——對此，宣科或許會有異議，但我斷定，只要他細細一想，就會覺得我的判斷絕沒有錯。

前年，大研納西古樂會奉命接待一個日本旅遊團。開演時間到了，演出卻還沒開始。導遊進去後找到宣科，氣勢洶洶地說，怎麼搞的，客人都到齊了，你們怎麼到現在還不開演？納西古樂會的演出如今雖然已帶有一點商業意味，但從根本上說，那仍是一種家居式的同人演出，開演時間雖然大體上有個規定，但早晚幾分鐘仍是常有的事。

想想那些七、八十歲高齡的老人，這本是極易理解的。偏偏那位導遊就不理解。於是宣科回答說，今天我們已提前來做準備了，很快就能開演。導遊又說，怎麼茶水也不給客人倒？宣科說，你沒看見我們正在忙嗎，等一會兒好嗎？導遊聽了說，你這人怎麼搞的，話這麼多？這一下，宣科再也不能忍受了。你知道我是誰？宣科大聲喊道，我是宣科！你不就是個導遊，會說幾句日本話麼？我也會說！你無非是個日本鬼子的走狗！導遊頓時老羞成怒，命令宣科立即開始演出。宣科聽了說，告訴你，今天我不演了，你把他們帶回去！旅遊團的人聽他們吵了起來，忙說請原諒，對不起對不起……宣科說，這事跟你們沒關係！

傳說那天宣科還在那個導遊面前舉手高呼：「打倒日本帝國主義！」但宣科對我說，這句口號他那天真沒喊過，以前他倒喊過的，在四十年代的抗日戰爭中。

但宣科還是闖了亂子，事後，當地外事部門要宣科寫個檢查，他堅決不寫。他說他可以不幹這個會長，檢查是絕不寫的。

麗江大研鎭的納西古樂會，怎麼能沒有宣科呢？

麗江納西古樂要走出雲南，走向中國甚至走向世界，就不能沒有宣科。

作為當今麗江納西古樂會的三大台柱，和毅庵、楊曾烈和宣科，都是缺一不可的。如果「藝術總監」和毅庵是納西古樂優美的藝術傳統的一個溫文爾雅的當代標本，是早就皈依了中原文化的儒雅之士；如果楊曾烈是音樂藝術宮殿的一位不折不扣的聖徒，是納西古樂在技術上的一位實實在在的發掘者和探索者；那麼，麗江納西古樂會的現任會長、音樂狂人宣科，就是讓納西古樂走向中國甚至走向世界的一個直接的、成功的推動者。正是他們，共同支撐起了納西古樂這座古老而又金碧輝煌的金字塔。

然而，從根本上說，這位讓納西古樂風靡中國和世界的策動者，原來卻是傳統文化的一個道道地地的「反叛者」。小時候，他醉心的是西洋音樂。如今，宣科在音樂和藝術上的一系列見解，依然證明他是一個不斷地向傳統、向前人和同仁們的研究成果和某些約定俗成的結論發起挑戰和衝鋒的無所顧忌的鬥士。他的許多觀點，不管是生活的、文化的還是價值觀方面的，都帶有人們聞所未聞的「前衛」色彩，有時簡直就是海外奇談。

在他的一生中，爲此而付出慘痛、沉重代價的事例，幾乎舉不勝舉。他的美好不再的青春，就因爲將近三十年前他的「胡說八道」，而葬送在監獄和顛沛流離之中，但他依然「本性難移」。正如荷蘭的大型綜合雜誌《布萊斯雜誌》在介紹他時所說，「這是一個向一切人說真話的人」，但「這也是一個不斷樹敵的人」。⑮

宣科有許多著名的，常常讓納西人目瞪口呆，也讓文化界不知所措的觀點：

一曰「納西族的遠祖並非羌族」。而在許多學者的研究中，幾乎眾口一詞地認定，納西族是古代生活在當今大西北河湟地區的羌族，在長期的遊牧生活中漸漸遷到滇西北地方後，與當地民族融合而成的。

二曰「東巴教不是納西族的宗教，而是納西族原生文化在藏族再生文化中的傳承，其載體則是納西人創制的『提醒式圖畫文』，即東巴象形文字」。這與一般人認定的東巴教是納西本土宗教，東巴文化是納西族的本土文化相去何等遙遠！

三曰「音樂舞蹈起源於先民的恐懼感」。這又是一個大膽的、「不合時宜」的提法。一般認爲，甚至馬克思主義的經典作家也早就說過，人類包括音樂在內的各種藝術，都起源於人類的生產勞動。

四曰「納西族女裝上的『披星戴月』圖案，並不是什麼『象徵著納西婦女的勤勞』，而是對古時候納西族爲擊退普米族的入侵所進行的一場血流成河的戰爭的記憶」，與一般民俗學家的解釋大相徑庭。

這些驚世駭俗的說法，僅僅只是我知道的宣科的「奇談怪論」中的一部分。

有時我實在懷疑，當宣科將他的智慧和精力奉獻給納西古樂，爲了納西古樂的「走向世界」四處奔波的時候，他的心裏是不是真的在想著納西古樂！我總覺得，以他的過人的精力和他對這個世界的從不妥協的態度來看，他似乎是在做著一件我們至今還不明白，甚至從來都沒有認真思考過的大事情。

講述宣科身世的文章已經太多，在之前出版的一九九六年第一期《玉龍山》雜誌上，直接介紹宣科身世的文章至少占了三分之一。我不想引用那些材料，只想依據我與他的交談對他略加介紹。

我在一九九三年第一次與他交談時得知，他生於一九三〇年，其父宣明德雖只讀過小學，卻天資聰穎，有著過人的語言才能。他先爲在麗江的傳教士當傭人，學會了說英語，然後又被選送到神學院深造，成了一名基督教牧師。他的大伯宣伯超是位作家，據說「左聯」時期曾與茅盾、張天翼等一起從事革命文學活動。其祖母爲康巴地區的藏族貴族。解放前，其姐夫是當時的西藏地方政府駐昆明辦事處主任。

宣科本人於一九四四年初中畢業後即到昆明，住在昆明慶雲街他姐夫的一幢別墅裏；一九五〇年至一九五一年間，宣科在昆明擔任過歡迎人民解放軍進駐昆明入城式的合唱團指揮，後又調到昆明市工會文教部工作。就在那段時間裏，宣科曾和傅聰共過事。後來，由於他逃到印度的姐夫還照常給他寄生活費來而受到懷疑，被扣押審查，最後被送到一個勞改農場，一直在那裏待到一九七八年。他的「問題」被糾正後，他便重返麗江，先當了一段時間的英語教師，一九九〇年退休後，一心從事音樂研究活動。

「文革」中，麗江各地的納西洞經音樂會都被迫中斷了活動。一九七六年後，洞經音樂會陸續恢復，但各個樂會的樂手都很少，由於人員分散，活動也不正常，完全處在自娛狀態。宣科從回到麗江後，就開始有意識地做組織恢復工作。下面的幾個時間，對於大研納西古樂會來說，是值得紀念的：

一九七九年，麗江大研納西古樂會正式成立。

一九九三年，麗江大研納西古樂會到昆明參加昆交會的邀請演出。

一九九三年九月，麗江大研納西古樂會應邀到北京演出。

一九九五年十月六日凌晨二時（**當地時間十月五日下午七時**），麗江納西古樂會一行十人，應邀乘機到達倫敦希斯洛機場，開始了他們的訪英演出。

在麗江大研納西古樂會的這些重大活動中，當然少不了宣科。事實上，他正是這些活動的策劃者和組織者。讓我迷惑不解的是，這個一向以「挑戰」和「反叛」聞名的宣科，晚年爲什麼會一頭栽在「納西古樂」裏，再也難以脫出身來？

今年年初，我帶著幾個朋友去麗江的納西古樂會聽音樂，去前我給他打了一個電話，他說，歡迎。晚上的演出開始前，宣科照例要說上幾句開場白，那通常都是對納西古樂的介紹，我已聽過多次；可那天，宣科突然在普通而又平穩的介紹中提出了一個問題：「請問，中國在哪裡？」然後，他又用英語把那句話重複了一遍。

這算個什麼問題？我愣住了，但我分明看見，我眼前那個六十多歲卻依然穿著T恤衫、牛仔褲的納西男人宣科的臉上，有一道神秘的自得，他兩眼放光，目光掃過在場的每一個人。那當然並不是在等聽眾的回答，宣科的問題也從來不需要別人回答。果然，他說，中國不在昆明，也不在XX、XX、XX、XX……他列舉了一大串城市的名字，然後再一次提高了嗓門：「知道吧，中國在麗江！在麗江的大研鎮！因爲，這裏有最古老也最精粹的中國和中國的藝術，比如納西古樂。」

他的話當然有些突兀，但也並非沒有道理。中國並不是一個空洞的概念，中國事實上活在中國的文化裏，其中當然也包括在麗江生長出來的納西族文化，尤其是東巴文化。

場內的氣氛一下子就活躍起來了。

我頓時想到，宣科，這個以自己的整個身世證明著他的叛逆精神的納西人，最終還是皈依了一種對於納西人說來畢竟是屬於「外來」的文化，那就是在整個納西族文化人士中十分受寵的「儒文化」——納西古樂實際上只不過是漢文化的音樂版，你願意叫它是「國粹」也絕不會錯。

宣科對納西古樂這種傳統文化的皈依，再好不過地證明了中原文化對納西人的強大吸引力和感化力——要知道，宣科可是個從來就不願意向誰「臣服」的人。

「音樂狂人」宣科到底在想什麼呢？我不知道，我想大概也沒有人會知道。

是的，麗江的納西族，包括宣科、楊曾烈和已逝的和毅庵老人，以及整個大研納西古樂會，爲保存納西古樂作出了重大貢獻。一九九五年十月廿八日的《人民日報》載文說：

「……一部中國古代音樂史被叫做無聲的歷史，令人扼腕不止。但是，自從發現了雲南麗江地區的納西古樂，自從不久前納西古樂被最有權威的音樂民族學家鑒定爲在麗江『出土』的中國道教音樂和唐宋音樂，中國古代音樂史就不再是『無聲的歷史』了。……崇高、莊重、清純，若空谷之風，天外之響，與其說是音樂，毋寧說是歷史。歷史求諸遠。麗江地區位於滇西北高原深處崇山峻嶺中，爲納西族聚居地，地處偏僻，交通閉塞，這種地理環境對經濟發展極爲不利，卻爲保存古老文化提供了非常難得的條件。……所以納西古樂的意義，就不僅在於保存了道教音樂，實際上，它就是中國古代音樂。難怪原中央音樂學院院長趙楓說：『雲南納西族能將中華民族的音樂瑰寶如此地保存下來，將對我國音樂史和音樂民族學研究產生重大和久遠的影響。』」⑯

爲此，我作爲一個熱愛納西文化的人，當然爲納西族感到驕傲。但有時候，我仍免不了對納西族在作出這種貢獻時所付出的歷史代價而憂傷。不同文化的融合，永遠是悲壯的，永遠需要有一方甚至是雙方的巨大付出。只不過，在漢、納以及納西文化與其他民族文化融合的過程中，納西人的付出就顯得更爲驚心動魄。

那是以一代又一代納西人對自己民族文化的遠離、疏遠和遺忘爲條件的，是以無數納西族的仁人志士犧牲他們本民族的文化爲代價的。在某種意義上可以說，漢文化在納西地區的融入，在推動納西社會進步的同時，也既造成了無數納西青年男女的情死，又造成了無數納西族文化人的比「情死」也好不了多少的精神「自戕」。

納西族的這段歷史，與我們正在經歷的中國社會的現代化變革，有著驚人的相似之處。古老的中國已踏上了現代化的進程。中國和世界正在進行十分廣泛深入的交往和融合，包括經濟的、科學的、文化藝術的。事實已一再證明，一個不善於吸納世界各民族優秀文化來豐富和發展自己的民族，不會是一個強大的、能自立於世界的民族。但是，在這種融合中，我們是不是也要像當年的納西族一樣，付出巨大的甚至是慘重的代價？

隨著經濟的發展和社會的進步，隨著人們物質生活的逐漸富裕，一些人在理想、價值觀方面的失落，一些人在精神和道德上的淪喪，社會風氣在某種程度上的敗壞，人們對一些古老的、高雅的文化的鄙視和不屑一顧，人際關係中真情、真愛的嚴重缺乏，已經到了令人憂慮的地步。我想，強調精神文明建設，呼籲對中華傳統優秀文化的保護和發展之所以是重要的，原因或許正在於此吧。

正是在這個意義上，更加深入地研究納西文化，即東巴文化，同樣，更加深入地研究中國傳統的古老文化，將其中的精華發揚光大，就是我們的當務之急了——宣科和他的同事們，是不是想到了這些呢？

❖ 四方街外的四方街

作爲一個城鎮，面積僅一點四平方公里的麗江古城，空間當然是有限的，但事實上，四方街卻大得沒有邊際；不僅它自古就沒有城牆——據說納西族世襲土司由明朝皇帝賜姓爲「木」後，擔心麗江若修建城牆便會陷入「困」境；而且，作爲精神和文化象徵的「四方街」，甚至早就越過了古城，從地理上的四方街伸展到了散居各地的納西人的心中，甚至一直伸展到了昆明、北京和世界各地。我所謂的「四方街外的四方街」，所指正在於此。

幾乎是在與我開始對麗江、對納西文化著迷，並三番五次地去探訪麗江古城的同時，我也開始走進那個遠在四方街之外、肉眼看不見的「四方街」。

昆明就住著許多納西人，其中絕大部分甚至就是四方街人，是道道地地的古城人氏，至少也在麗江古城讀過書，經受過古城深厚濃郁的文化氣息的薰陶濡染。直至一九四九年後的相當長的一段時間裏，麗江一直是滇西北地方教育最發達的地方，就連如今的大理、劍川、鶴慶一帶的學子，都以能到麗江念高中爲榮。

包括著名詩人曉雪在內的一大批大理白族文化人，當年都在麗江上過學，都或多或少、或隱或顯地具有某種「納西情結」。如今他們雖然天各一方，散居於昆明的大街小巷，卻幾乎每月都有大小聚會。

從本世紀三四十年代以來，這幾乎成了遠離故土的納西人的慣例。除非他們開口說話，平時，沒人能從外貌和衣著上辨認出他們到底是或不是納西族。只是鄉音難改，濃重的鄉土口音幾已成了朋友們「取笑」他們的最好方式，比如他們說的「蘋果」，聽起來就像是在說「屁股」，朋友們常常借此跟他們開開善意的玩笑。他們的精神世界，他們的靈魂，卻永遠是屬於麗江的，永遠有雪山聳立，玉水長流。也只有他們自己知道，他們都是古「麼些」的後代，他們的血管裏幾乎無一例外地都流淌著「麼些」祖先那嚮往自由的、滾燙的血。

在昆明，只要你認識了第一個納西人，很快就會像滾雪球一樣地認識幾乎所有在昆明的納西人。他們大多從事的都是與文化、藝術有關的工作，差不多都算得上是真正的文化人。搞自然科學研究的納西人不多，而一旦從事，不少人就成了一方的專家、學者。曾任雲南省省長的和志強，原來就是一位在地質礦產部門工作的高級工程師。據統計，如今在全國各地工作的納西人中，有三百個教授、副教授，十個省一級的科研所所長，十個大學校長或省級文藝家協會主席。僅僅不到三十萬人口的納西族，竟有如此之多的人卓有建樹，不能不讓人驚嘆！

我無法詳敘我認識的每一個納西人。我所認識的在昆明的納西人，大體可以分爲四類：一類是普普通通而又最具納西民族本色的納西人，一類是老一輩的納西學者，一類是那種「能把理想實在化的」東巴文化研究者，一類便是新一代年輕的納西學人了。現擇其有代表性的四位略加點染，從中或可窺見「四方街外的四方街」的風采吧。

「文俠」和中孚

一九九六年四月，著名美籍華人畫家丁紹光先生應邀回他工作過的雲南採訪，記者、官員、文化界名人前呼後擁，趨之若鶩。當許多人都為能否與丁紹光先生見上一面而焦急時，一位名不見經傳的小人物卻接到了出席丁先生以私人名義舉行的盛大宴會的請柬；緊跟著，這個「小人物」又受丁先生邀情，一起前往雲南經濟電臺廣播室接受記者的採訪，並與聽眾對話，時間長達四十五分鐘。

許多人聞訊大為驚詫：這是個什麼人？這名字怎麼從來都沒聽說過？

此人就是和中孚，麗江四方街人氏，納西族，自稱「納西文化走卒」；我則對他另有一呼：「文俠」和中孚。

——世上有的是「武俠」，何來的「文俠」？和中孚正是道道地地、不折不扣的「文俠」——「文化大俠」。

世上的「凡夫俗子」們，哪會知道和中孚在丁紹光先生心中的地位呢？

和中孚是在「文革」後期，在東川火車站工作時，偶然結識丁紹光先生的。那時，正在雲南藝術學院任教的丁紹光先生，帶著一批學生到東川寫生作畫，經費拮据的學生們甚至住不起僅八毛錢一天的旅館，和中孚聞知後，便以做人的一貫作風，想方設法地爲丁先生的學生安排住處，使丁先生非常感動；或許就是因此，加上性情豪爽的丁紹光與耿直、熱情的和中孚「一拍即合」，從此開始了他們之間長達數年的交往，直至丁先生後來遠涉重洋，移居美國。可敬的是，丁紹光先生亦不愧性情中人，遠渡重洋多年，名震當今世界，竟然還未忘懷一個「小小」的和中孚！

而受過和中孚幫助的，又何止一位丁紹光呢！更別說那往往是在人們束手無策、最需要幫助的時候——我謂他爲「文俠」，根柢也全在此。

「文革」結束，儘管已是春光明媚，飽經磨難的納西族女作家趙銀棠卻已心灰意冷。又是和中孚，常常騎一輛破自行車，頂風冒雨，前去看望他從小就十分熟稔也十分敬重的趙銀棠先生，爲她帶去後來被她稱爲「新鮮空氣」的文壇盛況，一再請先生重揮錦毫，再續佳篇。

禁不住和中孚古道熱腸再三鼓動，趙先生終於抖擻精神提起筆來，開始了《玉龍舊話新編》的寫作。

和中孚則爲先生尋找資料，抄寫稿件，忙得不亦樂乎。書出之日，趙先生捧著散發著油墨香味的書，執意要拿出部分稿費給和中孚，以資酬謝。和中孚如何能收？趙先生只好買了兩段布料，送給了和中孚的妻子和女兒，略表心意。

說起來，我得以認識眾多在昆明工作的納西人，正是得力於早年結識的這位和中孚。他是我認識的第一個納西人，或者說，他就是那個後來在我心中越滾越大的納西「雪球」的第一團雪。

早在七十年代初，和中孚跟我就是同事和鄰居了，那時我們都住在離昆明八公里的鐵路東站地區那些簡陋的、由鐵道兵留下來的房子裏。我記得他那時在昆明車務段工作，具體做什麼我並不清楚。後來，他似乎是調到了同樣屬於昆明車務段的東川火車站，至於在那裏做什麼工作，我也不得而知。

我們很久沒再見過面，直到有一次我去東川開會，才在佈置得非常漂亮也非常文化的東川車站見到了他。和中孚好像是在那裏搞「宣傳」。

那是個十分注重「宣傳」的年代，就像如今的注重廣告和包裝，就連每個火車站也必須按照當時統一的「標準」，將票房、候車室、站臺等佈置得一如莊嚴肅穆的「黨校」。然而，與當時處處一片「紅海洋」的喧鬧和刺眼相比，東川火車站的佈置卻十分雅致，有一種清新脫俗之感，以至成了車站宣傳工作的「樣板」。

當我知道那一切都出自和中孚之手時，我就不能不對他刮目相看了。我覺得，他那樸實、謙和的外表下，隱藏著一種只有文化人才有的固執和主見，要知道，在那個年代，敢於那樣做，是多少要冒一點風險的。

開會之餘，我曾到和中孚早就搬到東川的家裏看望過他。那是一個雖然狹窄簡陋卻古色古香的家，滿屋子都掛著字畫。記得他拿出了不少他收藏的「寶貝」讓我欣賞，其中不少都是名家手筆的字畫，比如著名納西畫家周霖的畫。那時我既年輕又剛到雲南不久，對納西族還一無所知，對和中孚津津樂道的那些東西並不是很感興趣。卻據此得知，和中孚是個酷愛文化的人。這與他作為一個普普通通的鐵路員工的身分實在是反差太大。在那樣的年代，像他那樣的人的確非常少見。

多年後我離開了鐵路，和中孚也到昆明工作了。有時碰到他，說他已被「貶」在昆明近郊的「麻園」火車站當貨運值班員，那份工作在鐵路上只能算是「兵頭將尾」；不久再次碰到他時，他說他又到昆明火車北站去了，還是搞貨運。

後來我才得知，儘管他從小天資聰穎，祖輩又都是當地的文化人，他卻沒有上過幾天學。其父和世泰（字舒侯）早年做鹽業生意，在四方街頗有名望，與洛克、顧彼得等亦有交往；有人數次薦其做官，皆不就。麗江有了地下黨組織後，和世泰同情革命，暗中支持地下黨人。在地下黨人的勸說下，爲工作方便，遂出任麗江大研鎭鎭長，爲革命做過一些有益的事；當時的中共麗江工委常在和世泰家秘密開會，常去的有後來成爲麗江政務委員會副主任的和運琪、當過麗江縣解放後第一任縣長的李剛等。年紀尚小的和中孚那時就爲他們站崗放哨。

解放後，和世泰出任過麗江縣工商聯合會主任，並擔任過相當於現在的縣「人大」代表。然而，隨著「鬥爭」的弦越繃越緊，他也遭到懷疑審查，竟被打成了「反革命」。

厄運降臨，和中孚從此輟學，早早地結束了學生時代，開始到社會上闖蕩，後來才參加了鐵路工作，成了一個自食其力的勞動者。這或許是和中孚此生最大的痛苦和遺憾。想想看，一個從小就被文化薰染，夢想著做一個「儒雅飽學」之士的他，結果卻因並非他自身的無能而夢想破滅，那還不叫人心碎麼？

但他自幼的「闖蕩江湖」和浪跡人間，也讓他保有了納西社會最底層的勞動者的那些美德。我常想，他的熱情、豪爽、大度、勤懇和仗義，不正是納西族的傳統品格麼？當然不能說，如果他沒有曾經淪落到底層的那段遭遇，就會完全是另一個人，但那段遭遇無疑使他的那些品格受到了生活更爲嚴酷的錘煉，而變得更加堅韌，更加耀眼奪目了。

讓我難忘的是一九八九年夏天，報紙上突然登出來一條讓人震驚的消息：一個與我「同名同姓」的人，因在昆明鬧區幹了違法之事而被捕了。我自然一笑置之，因爲我知道那不過是個冒名頂替的傢伙；後來我才知道，對於我那些不明真相的親人和朋友來說，那事卻非同小可，他們都在爲我擔心——當然，這都是我後來才知道的。

有一天，我正在家裏看書，突然聽見有人敲門，開門一看，竟是許久不見的和中孚。他一見是我，驚喜地說：「哎呀，原來你還在家呀。」原來，他以爲我真「進去」了，他是作爲朋友特意來我家，看看是不是需要他幫忙做點什麼的，還帶來了一點日用品，讓我的家人「捎」給我——他說，他不相信我會幹那些事，但一個人受點冤屈，有時也難於避免。

納西人的豪爽、血性、俠義和膽識，讓我兩眼濕潤，今生今世永難忘懷。

但直到那時，我也不知道他是納西人。後來是怎麼知道的，我也記不清了，好像是他聽說我喜歡納西文化以後的事吧，而納西文化正是他的生命之根。雖說迄今爲止，和中孚做的都不是文化工作，但我敢說，和中孚比那些自以爲是「文化人」的人還要有文化得多，時時都在爲他遇到的每一件與納西人、與納西文化有關的事情奔走。

他與一些納西朋友一起，極力促成了麗江地方政府授予「麼些先生」李霖燦「麗江榮譽公民」稱號；他爲出版雲南地下黨最早的領導人之一、著名書法家李群傑先生的書法作品專集而四處奔走；就連一家名爲「納西雅閣」的餐廳開業，他也爲之歡呼雀躍——應他之邀，那天我便在那裏結識了許多納西朋友；在昆明的納西同鄉聚會，他也來邀請我去，我們好幾次在離我家不遠的一個小餐館裏跟一些納西朋友喝酒侃談；在昆明的納西朋友過「三朵節」，他專門給我發來了邀請。

他工資不多，卻買了幾乎所有與納西文化有關的書籍，收集了大量有關納西族的文史資料。僅一九九六年二月三日麗江大地震後，他便參與收集了中外數百種報刊有關這次地震的三千餘條圖片、報導，並整理成《麗江大地震實錄》一書，供有關部門參考。和中孚把每件關乎到納西族社會進步與文化發展的事情當作他自己的事，出錢出力，不計報酬，不顧休息……多年來，他忙乎的事情大大小小，形形色色，千差萬別，卻有一個共同特點，那就是與他本人的利益毫不相干。

像和中孚這樣的納西人究竟有多少？我說不清，我相信會是很多，而和中孚正是他們的傑出代表。

❖「大道之行」

「大道之行也，天下爲公。」《禮記・禮運・大同篇》的開篇，正是納西老一輩學者周善甫《大道之行》開篇的第一句話。接著他指出，就是那句話，「徑直揭示了中華文化的真精神。因而即以前四個字，作爲本文的標題，意在指出：中華文化，乃人類文化之正源主脈。」隨後又寫道，「話雖如此，可是近兩百年來的國家生活表現得如此貧、弱、差、亂。與西方相比，就不能不懷疑到會是出於傳統文化的劣根了。而論者又全據西方的價值觀予以批判，於是越罵越覺其可惡，罵得全無是處，甚至有人說它是『無法根治的遺傳性惡疾』，終於連最後一點民族自尊心都罵沒了。」

在一家叫「翠雲樓」的小飯館裏，我第一次見到了「儒者」周善甫老人。

「翠雲樓」就在我家附近，有朋友來，便常到那裏小酌，卻一直不知道那是納西人在昆明的聚會場所。那是一座不晚於三、四十年代的建築，斜倚著雲南大學高高的圍牆，門楣逼窄，走進去，迎面便是飯館煙燻火燎的廚房，須側身登上一段陡峭狹窄、油膩溜滑的樓梯，才能進到上面的餐廳。即便到了樓上，也照樣能聞到樓下的油煙。每次去那裏，我都覺得那裏太像「地下工作者」的接頭地點，戲言那裏適合拍偵探片，事實上，那一帶還真拍過不少電影。

那個冬日下午，和中孚風風火火地來了，說有幾個納西同胞在「翠雲樓」聚會，讓我一起去坐坐，我便去了。不久，一個清癯、硬朗的老人來了，穿一件舊的半長大衣，人說那就是周善甫先生。

我早就聽說過周先生的名字，卻直到那天才見到周先生本人。奇怪的是，我腦子裏的第一個念頭卻是，八十高齡的周先生，是怎麼登上那段樓梯的呢？要知道，即便是我，上樓時雖說小心翼翼，也差一點滑倒了。吃完飯，和中孚邀我去周先生那裏坐坐，便一同前往。

沒想到，周先生跟我就住在一條街上，離我家還不到三百米。那是一間位於翠湖北路、臨街面湖的老房子，已經年久失修，夾在新式樓房之間，更顯斑駁老邁。房子雖然臨街，周先生的居所卻並不臨街，而是從那所老房子後面接出去的兩間「偏廈」；穿過從街邊通到裏面的那條狹窄暗黑的過道走進去時，因爲太黑，我幾次都差點「撞牆」。後來卻聽說，久居於此的周先生，晚上進出那條過道從來都無須燈光照明，照樣能安然通過。

——路走得熟了，當然是個理由，卻並不是最深層次的理由。細細一想，八十高齡的周先生在那條暗黑過道裏行走的情景，幾乎就是他坎坷的人生之旅的象徵。世事坎坷，忽明忽暗，人生的跋涉甚至靈魂的行走，常常是一件極累人的事。所幸他一直在「走」，坦途，大道，荒野，什麼樣的路他沒遇到過呢？摸索，探測，摔倒，爬起來再走，都是常有的。即便是在他人生遭難、國家不幸、世道難測的「暗夜」裏，當他已被打入「另冊」時，不僅他自己從沒停歇過腳步，他的生命、學識與信念，進而成了爲後人指路的碑石和燈光。

記得就在那天的聚會上，座中一位現在省政府某部門工作的納西族青年阿暉，當年在麗江時，就曾與處於艱難窘困之中的周先生一起下力謀生。回憶那段日子，阿暉便禁不住雙眼濕熱。當即有人脫口而出，將周先生那首《送阿暉出山求學》中那些深情的詩句，鏗鏘頓挫地背誦了出來：

玉龍雪山高插雲，虎跳峽水響若雷。雷雲龍虎相搏鬥，中間赤足走阿暉。阿暉才八歲，父沉冤獄母遭摧。……謀生伴我掄大斧，心靈手敏耐辛苦。沉痛但深藏，嫉惡無俯仰。我亦深山白猿公，青青竿竹教之舞。三年廣學殖，五年脫粗腐。星垂平野木屋靜，活火煮茶論古今。……雛鷹初出谷，行作讀書郎。……幼獅崗頭秋雲飛，倚杖送汝一舉觴。……浮名功利不足貴，勿令搶飛蓬間墮我前。坎坷喜汝挺傲骨，坦途卻應習抑藏。……斂汝橫眉釋自負，人間盡多賢哲與善良。……⑰

——字字句句，道不盡一位儒雅老人對後來者的那番古道熱腸。那時，我陡然便有一種類似於「恨不相逢未嫁時」的感覺。

及至走進周先生的居所，我才對「大隱隱於朝」這句古話有了深刻的理解。周先生，這位曾經風流儒雅的納西人，正是著名納西族畫家周霖的親弟弟。儘管歲月曾給他帶來了無窮無盡的苦難，卻始終童心未泯，矢志難移，一直沉浸在浩浩的文化長河之中，孜孜以求，自得其樂。

近年來，先生醉心國學，潛心研究中國古代文化和古代哲學，相繼有《簡草譜》、《善甫文存》、《大道之行》、《春城賦》、《駢拇詞辨》和各類詩文問世，涉及國學、文字學、哲學、文學、書法等諸多學科。

聽說早年，周先生學的是土木工程，甚爲推崇西洋文化，可《大道之行》一書卻旁徵博引，彙集諸子百家於筆下，在對中西文化作了深入的分析比較之後，大聲疾呼繼承和發揚中國古典哲學、傳統優秀文化的必要，指出：

「有名言說：『凡是存在的，都是合理的。』像中華這樣一個碩大久遠的文化存在，總不會全然不合理到如現代國人之所咒罵的那樣。因之，我就改用傳統的價值觀，試來檢驗四千年來祖輩的歷史業績，竟恍然發現其成就之輝煌、方向之正確，實非西方文化之足以望其項背，而且它的合理性是全面的，不僅『有其合理的一面』。故恍然悟到不是我們的祖輩錯了，而是西方錯了，並使我們上兩代人也跟著西方錯了。」⑱

而這十四、五萬言的著述，是他以一個退休中學教師的微薄薪水糊口，在那間名副其實的「斗室」裏，以心對天，以筆蘸血，一字字一句句寫出來，又以自費印刷的；扉頁的上方，還有一行小字：「善甫自學筆記」。

周先生的論述是否被世人贊同和接受，其實並不要緊，要緊的是他顯示出的那種精神：一個時時都在走著「小道」的人，心中所有、筆下所現的卻是一條關乎國家、民族的大道！

那天晚上，坐在周先生那間一無長物卻滿是書籍、字畫的屋子裏，我不能不對納西學子於中華文化的那般酷愛而驚異莫名，感慨萬端。我坐立不安了。我在心裏對自己說：學問都讓前人做完了！真正的生活，好像只存在於過去。我想，最好的晚課，當是聽著遙遠的晚鐘，穿過霜葉鋪地的小徑，走進一間零亂不堪的書屋，於如水的靜夜之中，讀一篇前人的詩文，而把萬家燈火拒之窗外。

又一次去周先生家時，聞知周先生七十年代曾寫過一部「中篇小說」《西湖遊記》，記敘的是周先生在西子湖畔親歷的一個美麗纏綿的故事；又聽說那是周先生落難麗江時，在做工之餘，或於月下，或於清晨，聽著水磨房裏那一片吱吱呀呀的淋漓水聲寫出來的，那樣的環境，那樣的心境，寫那樣的書，更勾起我的一片好奇心。

禁不住我再三請求央告，周先生才從一個敝舊的木箱籠裏將手稿拿出來，道一聲「見笑」，讓我們拜讀。手稿保存得非常精心：外用方方的木夾板夾住，再以灰白的細麻線小心捆紮，層層打開，才是用麗江特有的棉紙抄寫得工工整整的一部手稿，一見那滿紙漂亮的行書，我便驚嘆不已。

翻閱了幾頁，見文句清麗，敘事委婉，頗有三、四十年代文人創作的風格。如果不是因爲語言的文白夾雜，放在如今的文學刊物裏，也未嘗不是一篇佳作呢！如果所有的文學寫的都是智者的個性，那麼，在那樣艱難的日月裏，那字字句句，或許就是作爲性情中人的周先生的一個美麗的夢吧，難怪老人一直珍藏至今，秘不示人了。

人怎能沒有夢呢？如此看來，周先生又不僅僅是個「儒者」了，學問與人生，真理與真情，或許正是他在蒿棘叢生的人生之路上奮力向前時，爲拓荒而揮舞的那把長劍的兩翼吧！

於是，我又想起了小飯館裏那段陡峭的樓梯，想起了通向周先生居室的那條深長的陋巷，那巷道常常是暗黑的，但它們的盡頭，卻有一條大道，大道上有藍天，有霞光，更有朝陽和滿月……

❖「現代東巴」戈阿干

作爲中國作家協會會員和我的同行、同事，戈阿干無疑是位優秀的作家，他寫過小說，寫過詩，得過獎，有些作品還翻譯到了海外。我跟他住在一個院子裏，早不見晚見。不知從哪天起，我覺得戈阿干更像一位「東巴」，有時我在院子裏遠遠看見他，便暗暗打量他走路的姿勢、說話的神情，怎麼看他都是一個地道的東巴，儘管東巴走路、說話到底是什麼模樣，連我也說不清。

東巴會讀、寫東巴象形文字，會畫東巴畫，會跳東巴舞，會念誦東巴經，能主持一些祭典儀式……所有這些，戈阿干統統都會；東巴與納西族古典文學密不可分，有收集、加工、整理納西族民間各種古傳神話，並將其寫成象形文字經典的義務，也有根據人們的實際和異人、異事、異物進行創作的才能，戈阿干在這方面更是成績卓著，創作出版了諸如長詩《黑白之戰》、中篇小說《金翅大鵬》等一大批取材於納西族神話或是現實生活的文學作品。

如此，說戈阿干是東巴便一點也不過分。有一天我對他說了我的感覺，他笑笑，好像是默認了。

我早就聽說他在研究東巴文化，我想，作爲一個納西人，那是他的興趣，而作爲雲南省民間文藝家協會的副研究員，那就是他的工作了。說不定有一天，他又會回過頭來寫他的小說和詩吧。直到那天我去他家才知道，這些年，他已完全放棄了文學創作，全身心地投入到了東巴文化的研究。

爲了弄清納西人「情死」的諸多細節，我去向他請教。進去就見他家客廳裏滿屋子都掛著一種奇怪的畫，一問，說叫「東巴畫」。我承認我非常喜歡那些畫，無論是它的造型、用色，還是它的線條、輪廓，與我們平時看到的中外繪畫作品幾乎完全不是一回事，既不是油畫、水粉、水彩，也不是傳統的國畫和如今在世界上走紅的雲南重彩畫。它就是它自己：線條靈活流暢，用色奇異古樸，看似具體，實則抽象，讓人看了不免引發思古之幽情。

我想起好像聽人說過，戈阿干也耐不住寂寞了，「下海」了，正日夜炮製「東巴畫」，每幅一兩百元美金，掙了不少錢。這個「罪名」當然不大，既非走私，也不是投機倒把，並不犯法；可對一個多年來一直在從事文化研究的人來說，這樣的傳言對其聲譽的影響也並不小，看著他家裏掛著的那些畫，我想，也許真有其事吧。

閒聊中，戈阿干又說，他還利用業餘時間，在教幾個老外學東巴象形文字。我去的那天，一個比利時留學生就該來上課的，因臨時有事才改期了。戈阿干給我講那個留學生的故事時，充滿了自信、驕傲和感情。

等到我的長篇小說《情死》需要幾幅插圖時，我自然想到了他的「東巴畫」。一九九五年春節前，我請他爲《情死》作畫，他說沒問題。不過，我說，出版社能付的稿費並不高，不知他願意不願意。他聽了說，就是沒有稿費，我也會畫的，這可是寫納西族的第一部長篇小說！

想想他又說，你是不是以爲我畫「東巴畫」是爲了掙錢？我說，掙錢沒什麼不好。他說，掙錢當然沒什麼不好，問題是掙了錢後幹什麼？你知道嗎，我掙的錢都拿去買「東巴經」了。隨即他打開一個櫃子，裏面滿滿當當的全是東巴經書，據說不少都是古老的手寫本。他還收集了一些東巴祭祀用的法器用品，甚至有一軸長達數米、如今已經罕見的精美的《神路圖》。他說，我想搞一個家庭式的東巴博物館，讓暫時不能去麗江的人就在這裏學習東巴文化。直到那時我才覺得，社會對一個人的誤解會有多麼深！

一周後，我便看到了那些作爲插圖的東巴畫，一共九幅，每幅都非常漂亮。爲了趕畫，春節戈阿干幾乎沒怎麼休息。那些畫寄到北京，用朱珩青先生的話，叫做讓她「驚異萬分」。據說，出版社原先只打算印幾幅黑白插圖，可美術編輯說，這樣的畫印成黑白，那還不如不印！

一九九五年下半年的一天，戈阿干給我送來一份請柬，請我去看他剛剛完成的幾部搶救拍攝的東巴舞譜的電視片。我知道納西人能歌善舞，有豐富的舞蹈藝術遺產，東巴舞則是納西傳統的古典樂舞，東巴舞譜是包括舞譜、音樂、美術、宗教和文學諸多內容的綜合性藝術典籍，記錄了動物舞、神舞、戰爭舞、器物舞等多種舞蹈。隨著在世東巴的日漸減少，能按東巴舞譜跳舞的已越來越少了。

東巴舞譜作爲「母親文化」的重要組成部分，一直在召喚著戈阿干。正是爲了搶救這一眼看就要失傳的《東巴舞譜》，他才興師動眾，四處籌集資金開始拍攝的。那天，我不僅看到了真正的東巴舞，還看見已經五十多歲，平時看上去老成持重、一聲不哈的戈阿干本人，也跟東巴們一起，按照舞譜手之舞之，足之蹈之。他眼裏閃爍著迷人的光芒，那是親情，也是責任。那會兒，戈阿干就不僅僅是像，簡直就是個真正的東巴了。

也許，要研究一種文化，不真正參與進去，就很難體會到它的奧妙吧。歌德說：「責任就是對自己要求去做的事情有一種愛。」戈阿干學習東巴象形文字，學畫東巴畫，學跳東巴舞，可能正是出於這樣的考慮。從根本上說，那是因爲對自己的民族、對東巴文化愛得太深。

戈阿干當然知道，從「木天王」開始，納西族上層知識份子就對東巴和東巴文化歧視、輕賤，不屑一顧了，而他作爲中央民族學院歷史系的畢業生，當然可以去寫小說寫詩，卻把自己的全部精力奉獻給了東巴文化的研究。

當代的文化研究，強調的是田野考察，純粹的書齋式研究早已成爲過去。戈阿干忽而「鑽進去」，忽而又「跳出來」，透過親身參與東巴的各種活動，對東巴也就有了直接、深切的瞭解。

他在一篇文章中寫道，爲了搶救攝製古老的東巴祭典儀式，「在整個拍攝過程中，我不僅承擔撰稿人角色，同時也披上東巴法服，戴上法冠，手持皮鼓，和我的東巴導師和開祥等老人一起，參與了祭典的全過程。在那段日子裏，我的靈魂經受了一陣陣前所未有的顫抖。」⑲

如此，他的許多著述才顯示出了它的不同凡響。由他主持編譯整理的《祭天古歌》在北京出版後不久，即獲第二屆中國民間文學優秀作品頭獎，著名學者鍾敬文先生稱它「將在中華文化史上當之無愧地占一席地位」。

這正應了他自己說的一段話：「納西族是有理想的，但納西族是能將理想實在化的爲數不多的民族之一。」⑳而他本人，也正是眾多東巴文化研究者中「能將理想實在化」的不多的人之一。

難怪他再三呼籲：「搶救東巴文化不能只是停留在『紙上的搶救』（**把東巴文化翻譯成漢文**），重要的是進行『活人的搶救』，趁東巴還有人存活在世，及時採取具體的可行性措施，先帶出一批能直接書寫和誦讀象形文字典籍，並操持一些儀式的納西後生來。」㉑

如此看來，戈阿干是以能做一個「東巴」爲榮的。可與傳統意義上的東巴相比，或許叫他「現代東巴」更好——儘管東巴該懂該會的他都懂都會，可他懂的東西，東巴就未必懂了。

回望家園

「暝色四合，二十世紀的帷幕行將緩緩落下，所謂『世紀末心態』或『千禧年效應』，其實與人們在歲末時刻的回顧和展望沒有什麼本質上的歧異，只不過因時間幅度的擴大導致回顧和展望的內容也隨之擴大，焦急期待的心理浪濤，也愈加波瀾壯闊而已。」記得偶讀樓肇明先生文章至此，凝望世紀的晚霞，不禁心潮湧動，甚而淚眼迷濛。

眼下，離「世紀末」僅剩不多的時間，確是道道地地的「世紀黃昏」了，「鳥近黃昏皆繞樹，人當歲末定思鄉」。日暮天晚，遠行人都會想家；臨近世紀的「黃昏」，在生命旅途上踽踽跋涉的我們，面對世紀晚霞，自然會浮想聯翩。

二十世紀也許是人類最偉大也最難忘的世紀之一。中國乃至世界，變化不可謂不大，發展不可謂不快。然一觸及人生的某些基本問題，才發現太空梭、衛星電視及諸多「高科技」成果，對改善人類的生存環境仍是杯水車薪，能力有限。眼看著又一個百年行將告罄，我們的「心理波濤」怎能不「波瀾壯闊」呢？

也是傍晚。不知不覺間，我那被高牆包圍的書房裏，光線比先前已暗了許多。擰開一盞落地燈，也只能照亮客人坐的那個角落。窗外，天凝淡紫，那棵在午後陽光下曾一派鮮亮的棕櫚，這時也已轉成暗綠的一蓬。

客人抬頭朝窗外看了一眼，緩緩地說：「如果我一直生活在麗江，一直生活在昆明，只會把麗江看作我的家鄉，頂多覺得麗江壩子是個好地方；可當我走出了家門、國門，回頭再看麗江，麗江就不僅是我的家鄉了，不管是窮是富，是好是壞，它都是一種文化存在，我的工作，就是要保護它，研究它……」

楊福泉，這位年輕的納西學者，那天在我家整整待了一個下午。

傍晚確乎是想家的時刻，楊福泉也在想家了。而這似乎也是個「想家」的年代，從「此致那個敬禮」的《一封家書》，到女歌星曖昧得讓人生疑的《我想有個家》，再到那亂哄哄的、不斷賣弄噱頭咯吱觀眾的情景電視連續劇《我愛我家》，「想家」竟然成了流行藝術的主題。楊福泉想的是哪個家呢？是他在這個城市西邊的小家，還是他在麗江古城裏的那個老家？他坐在一張舊沙發上，位置很低，可我總覺得他像是站在一座高山上，凝望著我們生活的這個地球，凝望著麗江和他的母族——納西族。

自從大半年前與他在戈阿干組織的一次納西舞譜電視片首映會上相識以來，這是我和他都期盼已久的見面。交談是從一個遙遠的話題開始的。

他說，一九九三年，加拿大卑詩省（大不列顛哥倫比亞省）的黑熊部落、饗風部落、溪流部落和夏特洛皇后島幾個印第安人部落的酋長組成的代表團，第一次訪問中國就來到了麗江。當印第安客人在麗江聽到納西人還說著納西話，穿著納西服裝，演奏著納西古樂，還完整地保留著自己民族的文化時，一個個竟潸然淚下。

客人怎麼啦?離家太久想家了?一九九二年曾到北美印第安地區考察過的楊福泉說,或許是也或許不是,但有一點是清楚的:如今,他們的家早已不是我們在美國西部片中看到過的,那些在荒山野嶺中的帳篷茅屋,他們有洋房、汽車,彩電冰箱,一應電器俱全。過去開部落大會,他們常常是一乘輕騎飄然而去,如今卻是駕著小車飛奔而來。可他們說,那並不是他們的家,真正的家,作爲他們精神歸宿的那個家早已不復存在。自從現代文明進入他們世代居住的那片土地,他們就被要求從「蠻野」中走出來,被迫說英語,被迫按照別人的方式生活。如今,大多數五十歲以下的印第安人,已不會說自己民族的語言。「現代化」給他們帶來了豐足的現代生活,也在他們心裏留下了一道深深的創傷,「母親文化」已滿目瘡痍,他們的靈魂正在經受慘重的文化折磨。那種對我們來說還很陌生的痛苦,竟讓一些印第安人痛不欲生,自殺身亡……

我沈默著,似能聽見漫步在麗江古城街巷裏的印第安酋長們的哭聲。作爲一個當代作家,我腦子裏甚至出現了另一幅悲慘場景:當每個民族都喪失了「自我」,喪失了自己的精神家園,當全世界只剩下同一規範的文化,無論走到哪裡,人們都坐著同樣牌號的小車,吃著「麥當勞」,喝著「可口可樂」,抽著「萬寶路」香煙,看著「好萊塢」電影時,這個世界將會多麼的蒼白、單調,又是多麼的可怕!而事實上,當今世界上,許多民族正一步步地走向那個悲壯的時刻!

幸好人類已開始覺悟,印第安人正在請他們的「長者」爲他們傳授自己的傳統文化;就連那些當年在印第安人居住區推行「極左」政策的白人們,也陷入了深深的反思,他們拿出大筆資金,極力幫助印第安人恢復傳統文化。但他們驚異地發現,他們能讓印第安人穿上用現代織物縫製的印第安服裝,表演性地跳起印第安土風舞,但印第安傳統文化的精華已再也無法重生……

想到這裏，我就不僅是沈默，而是驚異了。同樣人口不多的納西族，他們的命運會如何？這，正是像楊福泉這樣年輕一代的民族學學者正在思考的問題。

如此說來，他就不僅是在想家，而是在凝望納西人的精神家園了。

在中國的納西學者中，楊福泉算是年輕的一代，剛四十歲出頭，可研究納西文化已是第十五個年頭。在一九九五年雲南省跨世紀學術帶頭人選拔答辯會上，他是社會科學系唯一一個少數民族學者，一九九六年又被評爲雲南省有突出貢獻的優秀專業技術人才。八十年代初，還在他上大學期間，當他剛剛開始師從納西族學者、著名歷史學家方國瑜先生研究東巴文化不久，一個德國教授代表團來到了他就讀的學校。他有幸作爲方先生的助手隨代表團工作了半個月，立即贏得了德國科隆大學印度東方學系主任、世界著名語言文字學家雅納特教授的器重，希望能與他合作展開研究。一九八一年，當雅納特開始爲楊福泉聯繫辦理出國研究事宜時，楊福泉也已大學畢業，分配在一個政府機關工作。

那真是一個極富戲劇性的開頭：一年之中，雅納特教授從德國寫來三百八十二封信，平均每天竟不只一封；不幸的是，那些心誠意切的信像又破又髒的皮球，從一個部門踢到又一個部門，卻始終沒能「破門入網」。雅納特急了，怎麼辦？跟所有的德國人一樣，雅納特講起認真來，也足以讓全世界目瞪口呆。

不久，他得知當時的德國總統即將訪華，一個最大膽可能、也最有效的計畫在他腦子裏形成了：既然在德國戰後經濟最困難的年代，他們爲缺少經費購置東巴經書可以驚動總統，請總統直接過問有關款項問題，爲什麼不可以請總統訪華時，代爲向中國最高領導人提出這個小小的要求？想到這個計畫，如今已撒手人寰的雅納特先生一定欣喜若狂。

可不知是哪個環節走漏了風聲，事情終於被中國駐德國大使館的教育參贊知道了，便直接發函到雲南，轉達了雅納特的邀請。如此，楊福泉才得以成行。一九八三年至一九八八年，他兩度應邀赴德國，與雅納特教授一起，進行了為期四年的納西族語言、文獻的合作研究，完成了「德國亞洲研究文集」第七種「納西研究系列」著作四種。

然而，楊福泉並不是血統純粹的納西人，明朝年間來自湖南的楊姓家族在麗江赫赫有名，麗江流傳甚廣的故事「木土司三留楊醫師」，說的正是他的祖上、原籍湖南的名醫楊輝。那時，麗江一帶疾病流行，楊輝以他精湛的醫術為納西人把脈治病，贏得了納西人的尊重。可楊輝思家心切，一段時間後便執意要回老家，木土司挽留不住，一邊以重金厚禮相送，一邊派人在半路上將其「搶劫」一空。

楊輝被劫後，只得回到麗江；木土司見他依然要走，便再次重禮送行，也再次派人於半路上將其「搶劫」一空。楊輝第三次回到麗江後再不提回鄉之事，從此在麗江娶妻生子，紮根邊地，成了納西社會的一員。楊福泉後來婉謝德國友人請他留居德國的好意回國，看來是有違楊氏「家風」了。

楊福泉當然也不是一個「天生」的民族學研究者。剛上大學，楊福泉夢想的是當個詩人，也曾作為「詩壇新人」發表過詩作。在方國瑜先生、和志武先生的感召和啓蒙下，他才走上了艱苦的治學之路。而自從看到了外部的世界，便此心彌堅。

他說，從德國回來後，他寫過一篇《西柏林國家圖書館之行》，表述的正是那種心情：走在那寬敞、明亮、設備齊全的書庫裏，看到無以數計的東巴經書安臥於此，他先是爲民族文化資料的驚人流失而震驚，繼而慚愧，最後又對德國學者對資料的悉心保護和充分利用肅然起敬。據說著名學者季羨林先生在其《留德十年》一書中，就談到過德國對文化研究的重視。楊福泉則感到，德國的梵文文化研究甚至比印度還要富於成果，就連一些連本國也鮮爲人知的小民族，都有幾個教授在從事研究。我們自己呢？就從那時起，他便陷入了深深的沉思。

事實上，民族學和社會學一樣，過去一直被看成是資產階級學科；國內對東巴文化的研究，除六十年代由原麗江縣委書記徐振康組織翻譯過二十多本東巴經外，直至八十年代才真正開始，基礎薄弱，資金短缺，人才匱乏……再不認真對待，或許我們終有一天，也會遭遇印第安人正在遭受的那種「文化痛苦」。

回望家園，看看納西文化及其研究的現狀，他和當代許多年輕的納西學者一樣，眼前總有一片驅之不散的憂患之雲：再過十年、二十年，還有東巴、東巴文化嗎？印第安人的悲劇，會在麗江納西族中重演嗎？

有人以爲，納西族只要有漢文化就足夠了，誠然，漢文化對促進納西族的進步發展，起過並至今還在起著重要的作用，納西族當然應該也必須吸納世界上所有民族的長處以豐富自己；但是，對納西族自身文化漠然視之，對東巴、東巴文化嗤之以鼻，以爲他們不過是瞎胡鬧的「乩童」、「巫師」之流，甚而對越來越多的人從事東巴文化研究感到不可思議，譏笑他們是趕「時髦」、「獵奇」，那就近乎可笑了。

他說，最新的民族學理論認爲，文化並無優劣之分，民族無論大小，其文化都是整個世界的精神財富。保存一個多元文化並存的局面，是人類發展的需要，也是他們這一代學人最緊迫也最艱巨的任務。這種研究，既要做好如今健在的老東巴的保護，也要有一些年輕人像戈阿干先生那樣去學習東巴文化，還要有一批現代型學者，能站在世界文化的高度去從事理論研究工作。

後者並非可有可無，真要從事東巴文化研究絕不是一件容易的事。當今世界的許多學者都認爲，東巴文化是一種開放性、多元性的文化，其中包容了多種外來文化，比如要研究東巴文化與藏傳佛教、苯教、漢傳佛教、道教等等的關係，要研究東巴象形文字在文字學上的地位和價值，對其進行理論梳理，研究者就必須懂得多種語言，具備諸如文字學方面的知識，否則就只能付之闕如了……

「納西學」面臨的形勢非常嚴峻：「納西學之父」在國外，進行多學科比較研究的資料優勢也在國外，我們想要跟國外的納西學者「競賽」，讓他們承認權威性的「納西學」研究中心就在中國，那就還得繼續付出艱苦的努力。

楊福泉的研究是卓有成效的。比起他的四部專著和十二部合著等純學術論著來，他新近由香港三聯書店出版的《神秘的殉情》一書，雖然冠以「神秘文化叢書之一」的字樣，以盡可能淺近易懂的文字和筆調寫成，卻依然是一部有著相當深度的學術著作，可以說是至今爲止研究「殉情」的一本有價值的著作。

正如他所說的：「納西族的殉情是文化內涵十分豐富複雜的社會現象：納西族的哲學思想、鬼神論、生命觀、自然觀、情愛性愛觀、民族心理、個性等，都反映在這驚世駭俗的死亡之謎中。……我們之所以從各個方面對納西族的殉情現象進行透視，是力圖對這種舉世罕見的社會問題有一個明晰而全面的瞭解。無數走上殉情這條路的納西族青年，他們的殉情原因是有差異的，在諸多社會和精神導因中，每個人的死因都會有側重於某一方面的可能，但從總體來看，各種因素之間又有密切的內在聯繫。如果不是全方位地探索的話，我們無法從這撲朔迷離的殉情現象中去窺其全貌，解出這神秘的自殺之謎。」㉒讀者從本書對《神秘的殉情》的多處引用中，已能見其一斑，不必在此細說了。

然而，燈光映照下，楊福泉眼裏卻閃爍著一片朦朧的、似有若無的淚光，我知道，那卻是一種實實在在的憂患。那當然是所有納西文化研究者共有的憂患，也應該是所有中國人的憂患：我們的民族，我們的國家，不也正在經歷著外來文化、外來生活方式的衝擊嗎？如何在最大限度地吸收人類所有優秀文明的同時，也最大限度地維護本民族自身的傳統優秀文化，守衛好我們的精神家園，已是迫在眉睫……

送他出門時，晚霞如火，暮色更濃，我的思緒也更爲遙遠。

暫不說世界和國家大事，就說家吧。敝人家在遠方，少小離家遠行。屈指算來已三十餘載。頃接小弟來信告，高齡的母親身體日見衰弱，而我兄弟姐妹多人雲散各地，真能在母親病榻前侍奉的，只有一二。料想母親每每獨處空屋，思念兒女，必大有感慨。而「上帝」既讓我身爲人子，又不讓我盡到做兒子的義務，悲也不悲？

「國」，當然也是「家」，且是大「家」。作爲「民族之子」，我們從小夢想的是報效中華。說來慚愧，幾十年過去，我才發現我幾乎一事無成。做事也極努力，不知怎的，卻成效甚微。思之臉有愧色，心存焦慮。如今人人做生意，倒也熱熱鬧鬧，有如燦爛的晚霞；我能做什麼？國「家」還需要我這樣的「兒子」麼？

作爲「地球村」的一員，偌大一個星球，也該說就是我們的「家」了。近見報載，說人類有望於二十一世紀到火星定居；儘管那並非我等可奢望的，然人類準備離「家」出走的消息，頗有「棄船逃生」之嫌，不免讓人悽惶。也許屬於迂腐；料想到外星去做「星際遊子」，比起在地球上做個土「遊子」，也不會更愉快吧？

至於人的「精神家園」，看似雖有些虛無縹緲，其實，只要你在不管爲了什麼忙碌一天之後稍有閒暇，於飲茶抽煙獨坐冥想之際，心或說靈魂都得有個安歇之處——此即玄秘的「精神家園」。它既非有錢就能買的真皮沙發或席夢思，也不是砸出一疊大鈔就許你「擺譜」的豪華夜總會，錢於它竟「英雄無用武之地」。那樣的「家園」我們到底有沒有？難說。有時像有，有時又像沒有，挺玄。

還能想起許多跟「家」有關的東西。這是一個輝煌的世紀，卻又讓人覺得「大而無當」。最明顯的，是「物」的某種程度的富足，並沒能填補「靈」的某種程度的虛空。整整一個世紀過去，之前人類沒能解決的諸多難題，本世紀看來照樣沒有或沒有完全解決。

偉大而又可憐的人呵！更別說那些戰爭、那些犧牲，那些爭鬥、那些折騰，那些誤解、那些擠兌，那些迷失、那些荒唐，甚至那些執著、那些熱血，那些呼號、那些奔走，那些汗水、那些眼淚，那些幻想、那些夢境……面對已在降臨的「世紀黃昏的最後一抹晚霞」，難道人不會覺得臉紅心顫、羞愧難當、淚眼朦朧？

臨近世紀之交，在我們面對世紀黃昏的最後一抹晚霞時，不正應該瞻前顧後地沉思一番麼？

或許不必過於傷感，過於悲觀；有黃昏，就必有黎明；晚霞燦爛，更預示著一個大晴天；明天還會有風雨，明天也會有太陽，而「太陽每天都是新的」。

望著楊福泉那愈走愈遠，幾已融入那片深濃晚霞中的身影，我的心雖不免有些沉重，卻依然一點點地亮了起來，就像那已在閃爍的街燈……

◎註釋

①董橋《鄉愁的理念》第二十九頁，生活・讀書・新知，三聯書店一九九一年版。
②③④白庚勝、楊福泉《國際東巴文化研究集粹》第二〇七頁。
⑤⑦⑧楊福泉《神秘的殉情》第五十二頁，第二十七頁，第三十一頁。
⑥⑪⑬周善甫《樂藥論》，《玉龍山》一九九六年第一期第九十六、九十七頁。
⑫⑰周善甫《善甫文存》第一一〇頁，第八十一頁，一九九三年版。
⑨⑩轉引自楊福泉《神秘的殉情》第三十二頁。
⑭⑮楊新紅《魂在清音流韻間》，《春城晚報》一九九五年十二月十七日第八版。
⑯喬邁《昨天的音樂》，轉引自《玉龍山》一九九六年第一期第六頁。
⑱周善甫《大道之行》前言，一九九五年版。
⑲⑳戈阿干《愛神棲身的秘境》，《雲南文藝評論》一九九六年第一期第三十五頁、第

三十六頁。

㉑徐治《保留一方心靈的家園》，《光明日報》一九九六年五月六日第二版。

㉒楊福泉《神秘的殉情》第一六九頁。

生命的突圍——代結語

從上世紀末、本世紀初起，世界上就有很多人開始嚮往麗江，渴望瞭解並研究納西文化。一百多年過去，國內外熱愛、鍾情於麗江和納西文化的名人，已經可以開出一個長長的名單，除去納西族自身的許多著名人士外，我們已經提到洛克、顧彼得、李霖燦、徐遲、方紀等等，都在此列；但這還遠遠不是全部，還有更多的人曾與麗江、與玉龍雪山親近、結緣或是神交，留下了許多美麗的故事。

徐霞客早就到過麗江，可惜因雲霧遮擋沒能看到玉龍雪山，畢生引爲憾事。

四十年代，著名哲學家金岳霖先生慕名去過麗江。一眼看到玉龍雪山，他便從馬背上翻滾下來，對著皚皚雪峰歡跳雀躍，形如癡傻，讓爲他趕馬的「馬鍋頭」大爲詫異。「馬鍋頭」後來對人說：「這老頭子一見到玉龍雪山就發了瘋病，又叫又跳，叫我們很是費了一番手腳才把他架上馬背，馱到了麗江。」此事後來在西南聯大一直傳爲佳話。

郭沫若雖對玉龍雪山心儀已久，終未如願，卻在六十年代爲麗江黑龍潭公園寫下了一副楹聯，至今還掛在公園裏：

龍潭倒影十三峰　潛龍在天飛龍在地
玉水縱橫半里許　墨玉為體蒼玉為神

當代著名作家、評論家、中國作家協會副主席馮牧從五十年代起，就多次到過麗江，爲麗江留下了《虎跳峽攬勝》等多篇詩文。馮牧生前的最後兩次雲南之行，目的地都是麗江，都是玉龍雪山下的虎跳峽和那片殉情草甸——雲杉坪。一九九四年中秋節後，當他從玉龍雪山下的玉湖、白水河轉回麗江古城時，曾即興口占五言詩一首，爲他最後一次麗江之行，也是他最後一次雲南之行作結：

生當作納西，死亦聞古樂；
如今到麗江，不思回京都。①

——讀著這詩句，我簡直懷疑生性明敏、智慧過人的馮牧先生，在他生前的最後一次麗江之行中，是否有了什麼預感——那時，離他「遠行」的日子已不遠了。

國畫大師吳冠中先生在一篇文章中寫道，四十年代，「李霖燦在明信片上速寫的玉龍雪山使我嚮往玉龍數十年，一九七八年，我終於到達了玉龍山。」時值雨霧迷濛，雪山未露真容，吳冠中苦等十數日，終於在一個月夜見到翩然露面的玉龍雪山，並當場作畫，名爲《月下玉龍山》。他從不在畫上題跋寫詩，那次卻破例即興在畫上題了一首七絕：「崎嶇千里訪玉龍，不見真容誓不還；趁月三更悄露面，長纓在手縛名山。」②

近十多年，到麗江旅遊、考察、進行學術研究，甚至是學習東巴文化的中外人士就更多了，簡直是成千上萬。而一旦去過，他們便從此對麗江念念不忘。他們記掛著麗江，記掛著玉龍雪山，永無休止地歌唱著納西族人民——那可能是一部嘔心瀝血的煌煌巨著，一部探幽發微的學術著作，也可能是一首詩、一幅畫、一首歌；可能是一個人為它付出的燦爛的青春年華，更可能是一個人整整一生的智慧、熱情和精力。

一九六二年，「納西學之父」洛克博士去世前，躺在夏威夷的病床上，還在念叨著麗江，念叨著玉龍雪山和納西文化：「生命太短暫了，我已無力解開納西文化之謎。」

德國科隆大學印度學系主任、國際著名的印度語言文化學和納西學專家雅納特，為研究納西學幾已到了廢寢忘食的地步，常常是幾塊麵包、一個雞蛋就是一頓飯。洛克去世後，正是他，以超人的毅力承擔並完成了編撰《德國東方手稿目錄》中整整五大卷的《納西東巴經目錄》這一重擔。

一九八一年，德國總統卡斯藤斯訪華時，將這套書作為禮物贈送給了中國政府。一九九四年十二月十日，雅納特與世長辭，像他的老師洛克一樣，留下了一個未竟的英雄夢……③

這一切，到底是因為什麼？為什麼會有那麼多中外學者，那麼多鍾情於麗江的人，超越種族、膚色、地域、人文、宗教、信仰和政見，跨越漫長的歲月，穿過巨大的時空，如此長久地眷念它、懷想它、研究它、歌唱它？

「納西文化之謎」的謎底，又在何方？

我問自己，也問這個世界。

僅僅因爲它有一座高聳入雲的玉龍雪山嗎？

僅僅因爲它有一片花開如霞的殉情草甸嗎？

僅僅因爲它有一座古色古香的大研古城嗎？

不，當然不。歸根結柢，是因爲人，是因爲有了納西人，有納西人所創造的獨特的、燦爛的納西文化。

古往今來，無論是普天下的芸芸眾生，還是徜徉於思之海的智者、哲人，甚至隱匿深山古刹的高僧名士，都在探索同樣一個問題：

人的歸宿在哪裡？對人類的終極關懷又在哪裡？

有時，他們似乎發現了，有時，他們又否決了。現實生活有時美好有時痛苦，即便是在花好月圓之時、笙歌燕舞之中，人類的精神指向也仍然無法駐足停留於他們已經擁有的良辰美景，他們從來就沒有停止過那種追尋未來的探索。「把酒問青天，不知天上宮闕，今夕是何年」式的詩句，也從來就不只是一個詩人暫態的恍惚，而是人類永恆的追問。

也就是說，人類精神永遠無法在他們自己創建起來的現實世界裏得到滿足；不管這個世界是多麼地讓人窒息、讓人厭棄，也不管這個世界已經多麼完善、多麼美好，他們總想從「現在」飛出去，飛到某個能讓人的靈魂自由翺翔的地方。

爲此，人類就永遠需要從「現實世界」中「突圍」。在這個意義上，一部人類文明史，一部人類文化史，一部人類思想史，就是一部不折不扣的人類精神的「突圍」史。

一切「穩定」、停滯、滿足都是暫時的，唯有「突圍」才是人類生命的常態。

而在我看來，納西文化的精髓，正是「生命的突圍」。

當人們從世界的各個角落，從中華大地的四面八方進入麗江，進入納西文化時，我們無疑就是在進行著一次生命的突圍。每個人都能找到一個「突圍」的角度——從世俗中突圍，從物欲中突圍，從金錢中突圍，從虛名中突圍，從偏見中突圍，從虛假中突圍，從喧鬧中突圍，從爭鬥中突圍，從茫然中突圍，從困頓中突圍，從疲倦中突圍，從渾渾噩噩中也從精精明明中突圍，從屢犯錯誤中也從永遠正確中突圍，從心灰意冷中也從高官厚祿中突圍，從人老力衰中也從年輕氣盛中突圍，甚至，從愚昧無知中也從「尖端科學」、從「高科技」、從「現代文明」、從「電子網路」、「按鈕時代」中，從一切束縛人類身心的桎梏中突圍……當我們到達玉龍雪山，到達那片殉情草甸時，不僅是我們身體的抵達，我們的情感和心智、愛戀和思辨，甚至我們的整個靈魂，也都同時抵達那裏，並企盼著進入一個清新、聖潔的境界。

只要人類的精神追求沒有完結，「生命的突圍」也就永遠不會終止。

據此也就可以斷言，已整整「熱」了一個世紀的「麗江熱」、「納西文化熱」、「東巴文化熱」，或許還要繼續熱上一個世紀，兩個世紀……一定會有更多的人像我一樣，喜歡麗江，喜歡這個雖然只有二十七萬人口，卻擁有雪山、擁有虎跳峽、擁有古老的東巴文化的偉大民族。而且，隨著整個社會的文明進步，隨著人類的越來越趨於成熟，對於納西族，對於納西東巴文化，對於納西族「情死」風習的研究，都將進入一個新的階段。納西東巴文化作為整個人類的一筆重要的精神財富，已經並且必將會為世界上越來越多的人們所認同。

不要說遙遠的未來了，若干年後，當人類回過頭來細數自己「童年」時踉踉蹌蹌的腳印時，就會發現有那麼一個名爲「納西」的民族，爲了人類的自由、愛情和尊嚴，爲了人與大自然的和諧，作出了多麼可貴的努力，付出了多麼慘重的犧牲，又作出了多麼偉大的貢獻——那就是納西人基於民族的血性而進行的生命的突圍。

「突圍」原是個軍事用語，但我借用「突圍」這個字眼並非唐突。

是的，中外戰爭史上，著名的軍事突圍數不勝數——當大軍壓境、步步緊逼時，不突圍，就可能全軍覆沒，無一生還。而只要突圍，就總是悲壯的，有時甚至是慘烈的。

西元前二〇二年的「垓下之圍」，四面楚歌中的項羽低吟「力拔山兮氣蓋世，時不利兮騅不逝」的《垓下歌》時，恐怕是淚如雨下！「霸王別姬」，一齣驚心動魄的生命活劇，從血雨腥風的歷史深處，一直演到唱念俱佳的現代舞台，主題永遠都是古老的「衝出重圍」。

是的，楚霸王最終仍自刎於烏江，卻到底也沒做劉邦的階下之囚。那是一次慘烈的突圍：江山失手，尊嚴在握；爭戰失敗了，人生卻成功了。

西元一九四〇年五月，英、法盟軍四十萬之眾在法國北部的敦克爾克遭到德軍的重重包圍和狂轟濫炸。前面是多佛爾海峽，隔著大海，便是英吉利的海岸；後面是法西斯惡魔，透過硝煙，就能看到全軍覆沒的慘劇。大突圍、大撤退是唯一的出路。

是的，統統丟掉吧——那些讓人心疼的重型武器裝備，那些爲突圍勝利而必須犧牲的將士的生命！最終，越過海峽撤向英國的僅三十四萬人。那是一次悲壯的突圍：看似撤退，實爲前進；暫時的轉移，卻預示著最後的勝利。

與軍事上的突圍相比，「生命的突圍」的規模雖然沒有那麼大，持續的時間卻更長，也更爲悲壯，更爲慘烈，更爲驚心動魄。

「情死」，就是納西人歷史上鮮血淋漓的生命大突圍。

我們已經講過太多的「情死」故事，但有一個故事卻不能不講：五十年代中期，曾經擔任過麗江解放後第一任縣長的李剛與一個俏麗的納西女子一起，在玉龍雪山深處「情死」身亡。

我最早聽說那起情死事件，是在麗江縣委機關的一間辦公室裏。那是下午，那間凌亂不堪的辦公室裏陽光燦爛，我和一老一小兩個幹部相圍而坐，我的目的是瞭解麗江的一些歷史情況，「情死」並沒有列入我們談話的內容。李剛的情死是一位年輕幹部在無意中提到的，爲什麼他會突然提到這個敏感的話題，我至今也不明白，儘管我非常樂意聽他講述。

他說，李剛是麗江中共地下黨組織最早的領導人之一，參加過麗江解放前的一連串重大鬥爭，包括麗江的和平解放，在當地享有很高的威望，年紀大一些的麗江納西人，幾乎無一不知道李剛其人。一九四九年後，李剛一直身居要職，按照通常情況，日後他將前途無量，步步高升。然而，就在那時，不知道爲什麼，他卻和那個女子一起「情死」了。

這個簡單的介紹對我無異於一種強烈的誘惑，我因此發出追問就是十分自然的了，可惜他太年輕，更多的情況並不瞭解，那位老先生卻又緘口不言——也許他不知道，也許他知道也不願意說。

即使這樣，我也十分震驚。以我當時對「情死」的初淺認識，我當然不願也不敢相信，一個經受過革命鬥爭血與火考驗的共產黨人，居然也會去情死；而這，或許正是那些像當時的我一樣並不瞭解或並不真正瞭解納西族特殊心理的人們的想法——不由自主地，我們總是會以我們自己固有的觀念去解釋、評判世界上所有的文化現象，有時我們甚至拒絕承認世界上還有我們並不懂的東西。一切現成的觀念，早就包圍了我們、桎梏了我們，正可謂「不識廬山真面目，只緣身在此山中」。

我決意去調查一番。直到那時爲止，在我接觸到的幾乎所有的情死事件中，主角都文化不高，甚至不識字，李剛是我聽到的第一個「情死」身亡的文化人。我企盼通過對這一情死事件的調查，揭開「情死」風習所包含的某種十分隱秘也十分神奇的精神世界。

我找到了一些與李剛同時代的、據說非常瞭解當時情況的老人，請他們介紹有關情況。可惜他們對李剛的死大多諱莫如深，語焉不詳。他們說自己不太瞭解情況，無法說清，卻又說，聽說有人認爲李剛的「情死」是「自殺叛黨」，或是「作風敗壞」，最後還一再聲明那並不是他們自己的看法，純粹是聽說，這就更加激起了我的好奇心。

幾經打聽後我終於得知，李剛的兒子李碩，那時就住在黃山鄉的安樂村。那個消息讓我非常興奮，因爲我不相信，李剛死時已十多歲並已懂事的李碩，會對他父親的死毫無記憶。

黃山鄉安樂村離我住的招待所並不遠，我請我的朋友和強爲我帶路，一起騎車前往，只花了半個鐘頭，就找到了那個村子。稍一打聽，便很順利地找到了李碩的家——我隱隱覺得，李剛、李碩父子在那一帶好像很有名，隨便向一個碰到的人打聽，他們都樂意爲你指路。

李碩也就是李剛的家，是個很規矩的、兩進的納西院子，我們去時，滿院子都種滿了花，像個花圃，幽香陣陣撲鼻而來。花圃的一端有一幢顯然是新蓋的房子，樑柱、門窗的顏色都還很新鮮，後來我們就在那幢房子的堂屋裏交談；堂屋裏掛著一些喜慶的飾品和新式擺設，一問，才知道那是李碩為兒子討媳婦時留下的。

隔著另一幢房子有一個小一些的院子，用來晾曬糧食，堆放雜物。那幢分隔兩個院子的房子，據說還是李碩的祖父留下來的，李剛小時候就在那裏住過，當年，曾多次在那幢樓裏召開過中共麗江地下黨組織的秘密會議。李碩說，他的祖父在當地算是個有錢人家，要不，他的父親也不可能到昆明讀書，回麗江後，更不可能有那麼多錢用於革命活動。李碩告訴我，原來的院子比現在看到的還要大一些，一九四九年後，院子的一部分劃給了別的人家；剩下的雖經過幾次翻修、改建，但中間那幢樓卻基本保持著李剛在世時的原貌。

曾經當過村辦小學教師的李碩看上去非常樸實，留著平頭，穿著也很隨便。我對他說我很想瞭解一些他父親生前的情況。李碩看上去很願意跟我們談論他父親的事。他說，那時他跟父親在縣城讀書，住在現在麗江地區黨校那一帶，他父親那時已從工作了一段時間的鄰縣調回麗江，在那裏負責一項什麼工程建設。

李碩說，除他和他父親外，他母親、兩個姐姐和一個弟弟都仍然住在安樂村家裏。他記得父親很忙，常常早出晚歸，有時他一天都見不到父親一面。父親已為他安排好，讓他在學校裏吃飯，他基本上是「獨立」生活。正因為如此，父親出事後，他有兩三天沒見到父親，開始也並沒有感到奇怪。三天後他才覺得事情有些不對。而那時，父親已經不在人世了。

後來他才聽說父親是跟人去「情死」了，但他至今也不相信父親會去「情死」。李剛死後，一直沒有找到屍體，李碩因而懷疑父親的死另有原因，那些原因完全與他父親的感情生活無關。在李碩的印象中，他父母的關係一直都不錯，父親是個知書識禮的人，是個黨員，怎麼會去「情死」呢？

李剛死後，其妻聞訊亦上吊身亡。李碩的兩個姐姐後因輿論壓力和家境毀敗，先後遠嫁到偏僻山區。家裏只剩下他和一個小弟弟，不久，小弟弟因病死在李碩的肩頭上，李碩便成了李剛唯一的兒子。一九七九年後，李碩曾歷時數月到省內外有關部門上訪，想瞭解父親究竟是怎麼死的，要求爲他父親平反，卻沒有任何結果：據說組織上當時並沒有對他父親作什麼結論。李碩希望我們能在這件事上給他一些幫助。

我當然完全能理解李碩的心情，但我又能幫他什麼忙呢？我的直感告訴我，就連李碩也把事情搞得複雜化了——李剛的死，不大可能是出於別的什麼原因，更無必要硬把他父親的死與政治聯繫起來。爲了免生誤會，我實實在在地告訴李碩，我不是記者，也不是上級組織派來爲他父親搞「甄別」的，我只是一個從事寫作的人，只想透過他父親的死，弄清納西人的「情死」風習究竟是怎麼一回事。對此不知道李碩是否有些失望，但他顯得輕鬆多了。

他拿出一張他父親當年與麗江一支足球隊的合影照片。那張黑白照片不知是從哪裡翻拍下來的，畫面上蹲著長長兩排足球隊員，似乎是作爲教練的李剛，站在隊伍的排頭，位置非常突出。那是一個中等個子的納西男子，身體壯實，臉膛方正，眼睛大而有神，目光向著前方，透出一股生命的活力。

我久久地凝視著照片上的李剛，真希望他能開口告訴我他到底爲什麼要去情死？他真有必要按照納西人的傳統風習，走向「玉龍第三國」嗎？那時，他到底想到一些什麼？

在李碩的建議下，我們又一起去麗江東干河居住區找到了一個曾跟李剛一起工作過多年的離休幹部，從李剛在麗江當縣長起，他就是李剛的警衛員，後來又跟著李剛到鄰近的一個縣裏工作。他說，他跟李剛一起工作多年，從沒有聽說李剛跟黨組織或上級領導人有過什麼爭吵，所謂「叛黨自殺」絕無可能。

談到李剛的生活作風，那位離休幹部說，他覺得李剛的家庭關係一直很好，調到鄰縣工作期間，因爲想家，還特意把妻子兒女接到那裏去住，直到調回麗江，全家才又搬了回來。

——如此看來，他們都對李剛內心世界的感情波瀾無所覺察。

說得更準確些，他們都不願意承認李剛是「情死」的。

然而，不管承認不承認，李剛的「情死」都是確鑿無疑的事實。

據納西族青年學者楊福泉最近的田野調查，李剛的情死之地，就在玉龍雪山下一個美麗的小湖——玉湖附近。

玉湖美麗的風光一直爲納西人所稱道：湖水如鏡，雪山倒影其中，縹緲若夢；四圍草甸如氈，雉雞起落，白鷴振飛，一如仙境；「玉湖倒影」乃玉龍雪山十二景之一，近來已被列入麗江民俗旅遊的重點開發區。昔日，木土司曾在湖畔建夏宮，築書院，闢鹿場，附近最早的居民即爲木家的護宮、養鹿人，至今還留有明代種下的數十株森森古柏。

那裏是木土司的發祥地，也是納西人無人不知的木土司木增騎一匹老虎跨過雪峰仙化之地，更是美國學者洛克在麗江二十多年苦心研究納西東巴文化的居留地。

玉湖不僅與一部納西族歷史緊緊相扣，還因留有無數民間傳說而更顯神秘：每當月白風清之夜，湖畔會有幽幽泣聲，那是爲愛情而支持「伯」部落王子反叛木氏王朝、最後在此被幽禁而死的木氏公主的哭聲；玉湖附近峭壁下有一股清泉，據說可掬以明目；「太子廟」裏那尊裸體的「太子神」，相傳乃爲納西婦女降孕賜子之神，據說有求必應。

木增是一位在納西族裏影響很大，對納、藏文化交流作出過重大貢獻的土司，由他主持刻印的大藏經，至今還供藏在拉薩大昭寺內，是目前保存得最好、最完整的大藏經。木增爲明王朝竭智盡忠，中央政府對他也一再嘉封，先後被封爲中憲大夫、雲南布政司右參政、四川布政司右參政、太僕寺卿，蒙賜「忠義」、「益篤忠貞」等等，以資褒獎。

然而，深受佛、道教影響的木增早年便已厭倦紅塵，三十六歲即讓位於子，開始隱居，一直在玉湖一帶與鳥獸爲伍，甚至能聽懂鳥語獸言，與鳥獸對談。飛鳥雪峰，麗日朗月，正是他追求的理想世界。

木增「騎虎仙化」後，後人沒能找到他的屍體，卻在他仙化地附近的一堵峭岩上，尋到了他騎虎西去的圖像痕跡，從此該地便被叫做「仙人跡」。

多年之後，曾有一雲遊道人在那裏建了一座小廟，小廟附近的岩石上，刻有一些既非漢字也非東巴象形文的碑文，至今無人能夠辨認。楊福泉去調查時正值暮秋初冬，風舞蘆葦，天地瑟瑟，不僅小廟只剩下斷垣殘壁，木氏宮殿也早已灰飛煙滅，眼前一派蒼涼。

歷史與傳說在玉湖神奇的融合，使那一帶從此便成了玉湖附近有名的「情死」之地。玉湖村西南面，一座山峰峭拔入雲，峰頂的「花冷古」便是傳說中的情死始祖和情死者居住的「玉龍第三國」了，常有人去那裏祭拜「愛神」尤祖阿主。

據楊福泉介紹，早年有幾個殉情者，曾在岩壁上寫下「待到馬頭生角，石頭開花，我們再回人間」一行紅字後，在雪山草甸輕歌曼舞，最後飛身縱下懸崖而死。民間也叫那裏爲「阿章閣」，乃一個名叫阿章的納西族青年領著他的四個男性夥伴情死之處。

那是發生在比李剛情死稍早一些時候的事。阿章和他的幾個夥伴本來約好幾個年輕姑娘一起到那裏情死，但幾個姑娘因爲沒收到信而遲遲沒來。按照傳統習慣，即使約定的人沒來，他們也必須情死。

李剛選擇了這樣一個既富有歷史感又富有神秘色彩的地方結束自己的生命，足見那並非偶然，而是大有深意了。

我在調查中瞭解到，李剛和那個納西女子在進入玉龍雪山之前，路上曾碰到過一個牧羊人，他們跟牧羊人有過短暫的交談，李剛還送給牧羊人一包自己隨身攜帶的香煙，牧羊人因此對他稱謝不已——那時，一包香煙對一個牧羊人來說，簡直就是天大的奢侈。牧羊人顯然沒有想到，從他面前走過的那個男人，竟然會是麗江的「父母官」李剛。

李剛那時顯然是平靜的，甚至是從容的，他與那個牧羊人的交談，與其說是爲了打消牧羊人可能產生的疑心，毋寧說那是他對人世的最後一次回眸——一切都過去了，一切都已拋在身後。對於人世，也許他留戀過，對於事業，也許他愧疚過，對於生命，也許他也珍惜過，但路已至此，他已義無反顧，在他心裏，那時一定是在與這個他曾經熟悉的世界作暗暗的訣別吧……

楊福泉在玉湖一帶調查時，村裏人告訴他，當時村子裏一些好奇的人曾跟著李剛二人一直往前走，他們知道，凡是往雪山深處去的人，大多都是要去「情死」的。但他們聽說李剛身上有槍，走到一定地方後，就再也不敢靠前。他們站在那裏，看見李剛和那個納西姑娘坐在一塊石頭上，欣賞著身邊美麗的風景，白鷳鳥在他們身邊起起落落，成群地飛舞，一如前來接納他們的天國使者……

玉湖村的人說，幾天後，人們去到「仙人跡」附近，發現一塊岩石上寫有「李剛之墓」幾個字，據說那就是李剛的絕筆。但人們始終沒能在那附近找到李剛和那個納西姑娘的遺體。李碩正是據此斷定他的父親並非「情死」的。但情死後找不到遺體卻是常事，一則山高林密、谷深雪厚尋找困難；二來，有些情死者本來就不願意讓人找到他們。

曾經徒步攀登過玉龍雪山的楊福泉說，玉龍雪山深處極其險峻，往往登上一座陡崖雪峰，下面便是萬丈雪谷，存心到那樣的地方跳崖「情死」、爲自己舉行「雪葬」的人，就是要讓人永遠也無法找到他們的屍體。他們將永遠以雪谷爲家，與冰雪爲伍，茫茫冰雪，或許就是進入他們心中美麗的「舞魯遊翠閣」的大門……

當我後來與木麗春談起李剛時，老木說，拐彎抹角地算起來，李剛甚至是他的一個遠房親戚。

我問老木：李剛到底爲什麼要情死？老木說，在他看來，那至少有三個原因。

第一是李剛的個人感情無所寄託。李剛的婚事是由他父母一手操辦的，妻子沒有文化（**那時的納西女子絕大多數都沒讀過書**），他和他的妻子一直沒什麼感情。

這一點我當然能夠理解：李剛是在省城受過新文化、新思想薰陶的，他性情活躍，一直愛好文藝活動，對愛情必有自己的看法，他理想的愛情很可能更傾向於某種兩情相悅的浪漫形式。表面上他雖然接受了父母為他安排的婚姻，但那件由他父母親手定製的、看來非常華麗的婚姻大氅穿在李剛的身上到底是否合適，當然只有李剛自己才知道了。

其次，李剛那時顯然在仕途上受到了一點挫折。從鄰近縣調回麗江後，李剛並沒能回到他離開麗江前的那個職位上，而是被派去負責縣裏的一個基層部門的工作。他或許會有些失望，甚至會覺得自己是失寵了。最後，李剛雖然早就參加革命，但他一直生活在納西地區，納西族的傳統文化影響在他腦子裏依然存在。

這種影響並非李剛願意或不願意清除的問題，因為傳統納西文化的影響在他的腦子裏到底有多大，恐怕連他自己也說不清。李剛的家，黃山鄉安樂村就在離縣城不遠的麗江壩子上，那一帶正是情死的「高發區」。

老木說，李剛在調離麗江之前，曾親自批准對他一位同族的、「罪大惡極」的親戚實行槍決。李剛對革命事業的忠誠和堅定應該說無庸置疑，但他的這一做法，無疑也受到了親戚朋友的非議和責難，今天回頭看看，那個親戚是否一定要槍斃，或許還值得斟酌。人們的議論很可能在李剛的內心引起過痛苦的思索。

而按照納西人的說法，人死後，靈魂是要回到祖先故地去的。也就是說，若干年後，等到李剛離開人世時，他的靈魂和那個被槍斃了的親戚的靈魂將在祖先故地碰面。那時，李剛顯然將陷於尷尬。逃避回到祖先故地的唯一辦法，就是設法去到那個與祖先故地分庭抗禮的「舞魯遊翠閣」。正在那時，李剛自己的感情生活出現了問題，那個與他一起情死的俏麗女子闖入了他的生活……

我並不想否認李剛的「情死」所包含的某種「短視」，某種「軟弱」，某種讓人爲之扼腕嘆息的一面，但我也不想對之進行政治評判。說李剛是因爲「革命意志不堅定」而與情人一起「自殺」並非事實，認爲李剛是因「道德敗壞」無以見人而自絕人世，也無法真正解釋他的「情死」動機。作爲一個鮮活的生命，李剛之死，正是在他的靈魂陷於社會、家庭、政治和傳統文化的「重重包圍」之中難以解脫時，以「情死」方式進行的「生命的突圍」。

事實上，納西人從來就不曾把「情死」看作「自殺」。正如納西族學者和力民指出的：「納西人民長期以來形成一種特殊的宗教心理意識：相信有這麼一個美麗幸福的彼岸世界的存在，特別是相愛而不能成婚的青年男女，毅然選擇了這條路，而且視死如歸。在他們眼裏，情死並不等於自殺，更不意味著道德淪喪，而是一種高尙的崇高的行爲。」④

李剛當然是個革命者，但他也是個納西人；他有革命思想，但終究沒能逃脫傳統文化和民族心理意識的影響。他甚至有理由認爲，他的納西同胞會像對待所有納西族的情死者那樣地對待他的情死。事實上，李剛與人情死後，麗江雖然一度議論紛紛、眾說紛紜，但上級組織終究沒對他做出什麼激烈的政治性處理。李碩要求爲他父親「平反」，其實是無「反」可「平」——李剛的「情死」，顯示的是納西族傳統文化和民族心理意識的強大，對此，我們是無法進行「審判」和「量刑」的。

如此而已。

一個又一個、一代又一代的納西人，就這樣進行著生命的突圍，走向了他們心中的「玉龍第三國」。

我常常想，藏族有「天葬」，納西族有的卻是「雪葬」。掩埋納西族情死者肉體和靈魂的，是雪，是玉龍雪山的雪，是潔白、聖潔、高尚、一片白茫茫的雪。

在人類歷史上，爲愛情而自殺身亡，當然不只是納西族才有，但像納西族那樣，成千上萬的青年男女爲了愛情與自由而心甘情願地走向死亡，則異常罕見。

我謂「情死」爲「生命的突圍」，當然不是提倡人們在遭遇人生困境時都去「情死」，但與社會風氣在種種冠冕堂皇的理由下所張揚的「貪生怕死」、「苟且偷生」和喪失心靈相比，人們終會看到，那種生爲自由與愛情而活著，死也爲自由與愛情而獻身的人們，是多麼值得我們尊敬和懷念！

毫無疑問，他們是當代人生的一面鏡子！

正直和良心，怎能不爲那樣無所畏懼的生命歌唱?!

爲他們歌唱，就是爲自由和真正的愛情而歌唱，哪怕他們是以死亡換取了那樣的自由和愛情，也一樣。

世界每天都有新生，也每天都有死亡。在這個意義上，任何時代都既是一個「生」的時代，也是一個「死」的時代。生存和死亡，是人類迄今爲止碰到的兩個最大難題。當代人的生命，不也時時處在物欲、名利、謊言、財色、無義、心靈迷失、道德淪喪的重重包圍之中麼？

我們的生命需要「突圍」，也必須「突圍」，必須衝出那「重重包圍」，奔向人類的理想！

遺憾的是，當今世界，究竟還有多少人願意並且能夠爲了真理去「殉」我們的愛情和我們的理想？多少人在死亡面前嚇得發抖，多少人在面對危難甚至死亡時撕去了他們平時的僞裝，現出了他們怯懦的本相。而真正的勇士從來都不懼怕死亡。

正像電影《尼羅河上的慘案》中那位大偵探波洛的扮演者、曾兩次榮獲奧斯卡金像獎的彼得・烏斯提諾夫所說：「我不記得曾對出生有過恐懼，爲什麼又要害怕死亡呢？」⑤是的，我們當然不能無謂地「死亡」，但我們又有什麼必要害怕「死亡」？面對玉龍雪山，我聽到了那些爲了自由、爲了真正的愛情而慷慨赴死、寧可付出自己生命的納西人的歌唱。

古巴詩人紀廉說過：「偉大的死者是不朽的：他們永遠不會死亡。好像是他們走了；好像是他們被帶走了，他們凋謝了，溶解了。我們覺得那片最後塡住他們嘴巴的泥土將會使他們永遠成爲啞子。但是他們的舌頭在發脹，在長大；他們的舌頭張開，像是一顆粗野的種籽，生出了一棵龐然巨物的大樹，一棵長著羽毛和巢窩的硬樹。於是，偉大的死者就在歌唱。」⑥

安息吧，納西族那些情死者的靈魂！

歌唱吧，爲了愛，爲了理想和自由而奮鬥的人們！

一九九六年四月廿七日初稿於昆明

一九九六年五月廿六日二稿修定

二〇〇六年十二月一日校訂

◎註 釋

①轉引自李霖燦《神遊玉龍山》第二九五頁，雲南人民出版社一九九四年版。

②參見沙蠡《一曲納西古樂送馮牧》，《遠行的馮牧》第四一五頁，華齡出版社一九九六年版。

③參見楊福泉《癡迷於納西學的德國教授》，《光明日報》一九九五年七月五日第十一版。

④和力民《祭風儀式與殉情》，見《東巴文化論》第二八二頁，雲南人民出版社一九九一年版。

⑤佚名譯《請勿踐踏草坪》，轉引自《讀者》一九九六年第五期第十八頁。

⑥〔古巴〕紀廉《紀廉詩選》第一三四頁，人民文學出版社一九五九年版。

後記

這是我爲納西族寫的第二本書。第一本是一九九五年由作家出版社出版的長篇小說《情死》。

《情死》完稿時，正好大型文學期刊《百花洲》刊載了我的一個中篇小說，爲此，我給該刊副主編、我的朋友洪亮寫了一封短信，告知他我的近況。

洪亮不久便來信，建議我將在麗江採訪時的見聞、札記和隨想寫成書。那當然並非洪亮的「個人行爲」，而是經過百花洲文藝出版社社長鄧光東、總編輯朱煥添先生首肯的，但作爲一位目光敏銳和經驗豐富的資深編輯，洪亮仍讓我感到驚訝和敬佩，因爲他的這個主意正好與我的設想不謀而合。

事實上，寫《情死》時我就感到，我在麗江的不少見聞和純屬個人的種種思考，很難全部納入那部長篇小說中。小說，不管篇幅大小，畢竟都是「虛構」的故事，書中人物一旦確立了自己的個性，便會按照自己的生命邏輯「各行其是」，再也不受作家的支配和「控制」。對此，我常常感到無可奈何。

小說家當然可以在小說中融入作家個人的思考和情感，但那必須在遵守書中人物、情節的

「規定性」的前提下進行，因而勢必成爲某種「戴著鐐銬的舞蹈」。那些在採訪當中突如其來的情感碰撞所閃現的火花，那在採訪間隙中稍縱即逝的思考所蘊積的念頭，還有，採訪中所接觸到的，納西族豐富的社會、歷史、文化現象，都不可能全部進入長篇小說的寫作。它們一直堆積在我的心頭，讓我難釋重負。有機會向世人傾吐，豈不是一件樂事？於是，我答應了。

原以爲這會是一次輕鬆的寫作，真動起手來，才發現情況並非如此。只要是用心而不是用筆的寫作，從來都不會輕鬆，因爲你得付出感情，付出良知，當然也得付出精力。何況，就在我在一九九三年對麗江爲時最長的那次採訪結束後，我記在兩個筆記本上的數十萬字資料和採訪筆錄，已在一次旅行中意外地丟失。爲此，我簡直痛不欲生，很長一段時間也難以將心緒調整過來。寫《情死》時，我因此遭遇了我的寫作生涯中最爲慘烈的一次苦役。

這次，爲了長卷散文寫作所要求的真實性，我更爲深切地經受著那種痛苦：採訪中許多當事人的名字、時間、地點已模糊不清。今年初我又一次去到麗江，找到我可敬可親的納西族朋友，在交談中回想往事，那些人物、時間、地點，也在對記憶的重溫中清晰起來。

長卷散文並不是通常意義上的散文集，而是將筆墨集中於某一地域、某一文化，以散文筆調寫成的，帶有紀實性質的作品。但它又絕非「報告文學」，更不是當今意義上的所謂「紀實文學」。這類作品中，尤以丹麥女作家卡倫•布里克森的《走出非洲》爲佳，其意韻一以貫之，而又各篇相對獨立。有論者稱其爲「散文領域中的『四不像』，兼有遊記、速寫、抒情小品、小說等各種文體的表現手法」。文學作品的所有文體劃分都是人爲的，寫作可以有時甚至必須突破既成的文體種類，只要的確需要。我遇到的正是這種情形。

現在，這本書也終於完稿付梓。其間，麗江發生的七級大地震曾讓我萬分震驚。我擔心這次寫作涉及到的某些人和事，對災後的麗江會成爲永久的記憶。幸好，通過電話，通過納西族朋友的轉告，才得知美麗的麗江還在，納西族的燦爛文化還在，我的那些可敬的納西族朋友也還在。

我並非納西學學者、專家，本書也不是一本納西文化研究專著，其中涉及到納西族史實、文化的部分，純屬個人感受，謬誤難免。但我爲自己作爲一個漢族作家，從對納西文化一無所知到無比癡迷，能在從我第一次跨進麗江後將近八年的時間裏，結識那麼多的納西朋友，懂得世界上的那麼多事情和道理，從而更加珍惜自由，熱愛生活，而無比榮幸；爲此，我當然要衷心感謝偉大的納西民族，感謝麗江的父老鄉親。自然，也要感謝百花洲文藝出版社，感謝他們給了我一次爲麗江、爲納西族歌唱的機會！

寫作總有停下來的時候，但我相信，我永遠不會向麗江、向納西人民說「再見」！願納西人民不棄，能永遠把我當作他們忠實的朋友！

國家圖書館出版品預行編目資料

殉情之都 ／湯世傑著. — 初版.—
臺北市：風雲時代，2007〔民96〕
面； 公分

ISBN 978-986-146-348-3 (平裝)

855 96000394

殉情之都

作　　者：湯世傑
出 版 者：風雲時代出版股份有限公司
出 版 所：風雲時代出版股份有限公司
地　　址：105台北市民生東路五段178號7樓之3
網　　址：http：//www.books.com.tw
信　　箱：h7560949@ms15.hinet.net
服務專線：(02)27560949
郵撥帳號：12043291
執行主編：朱墨菲
美術設計：方瑜

法律顧問：永然法律事務所　李永然律師
　　　　　北辰著作權事務所　蕭雄淋律師
版權授權：湯世傑
初版日期：2007年4月

ISBN：978-986-146-348-3

總經銷：成信文化事業股份有限公司
地址：台北縣中和市中山路二段366巷10號10樓
電話：(02)2249-6108

行政院新聞局局版台業字第3595號
營利事業統一編號22759935

定 價：320元